Terri Blackstock

Unheilvolle Nähe

Terri Blackstock

Unheilvolle Nähe

Cape Refuge-Reihe Band 4

BOAS Verlag

Aus dem Englischen von Hilke und Friedhelm von der Mark

Die Bibelzitate sind der überarbeiteten Elberfelder-Übersetzung (Edition CSV-Hückeswagen) entnommen.

Die deutsche Ausgabe erscheint aufgrund einer Vereinbarung mit dem Originalverlag The Zondervan Corporation L.L.C. in der Verlagsgruppe HarperCollins Christian Publishing, Inc.
Titel der amerikanischen Originalausgabe: Breaker's Reef

Titelfotos:
Junge Frau: © www.shutterstock.com, 330321593, paffy
Polizeiwagen: © www.shutterstock.com, 157581782, s_bukley

Umschlaggestaltung und Satz: dtp-medien.de, Andre Dietermann, Haiger
Druck und Verarbeitung: CPI books GmbH, Leck

Paperback:
ISBN 978-3-942258-04-3
Art.-Nr. 176.804

eBook (ePub):
ISBN 978-3-942258-54-8
Art.-Nr. 176.854

www.boas-verlag.de

Dieses Buch entstand aus Liebe zu dem Nazarener,
Jesus von Nazareth.

Danksagungen

Ganz besonders möchte ich meinen Freunden vom Hinds County Detention Center[1] für all das danken, was sie mir über die Liebe, die Vergebung, die Gnade Jesu Christi und die Errettung durch Ihn beigebracht haben. Eure kühnen Kämpfe und Siege haben mir Gottes große Macht und Stärke gezeigt. Einige von euch haben ihre mühsam erworbene Weisheit mit mir geteilt, andere haben mir das Herz gebrochen und wieder andere haben mich in unglaubliche Spannung versetzt, weil ich zusehen kann, wie ihr Gottes Erlösung annehmt und euer Leben von Ihm verändern lasst ... auch dann, wenn ihr in die Freiheit entlassen werdet, wo es schwerfällt, gute Entscheidungen zu treffen.

Danke, dass ihr mir geholfen habt, dieser Romanserie Tiefgründigkeit zu geben und Figuren mit einer schwierigen Vergangenheit entstehen zu lassen, deren Leben nicht immer glatt verlaufen ist, die die Hölle auf Erden erlebt haben und sich wie Sklaven nicht daraus befreien konnten. Charaktere, nach denen der himmlische Vater täglich Ausschau hält, nach Seinen verlorenen Kindern, die nach Hause kommen. Menschen wie euch.

„Als er aber noch fern war, sah ihn sein Vater und wurde innerlich bewegt und lief hin und fiel ihm um den Hals und küsste ihn sehr.“ (Lukas 15,20)

Oh, meine Schwestern, wie liebt Er euch! Vergesst das nie!

1 Eine lokale Haftanstalt (Anmerkung der Übersetzer)

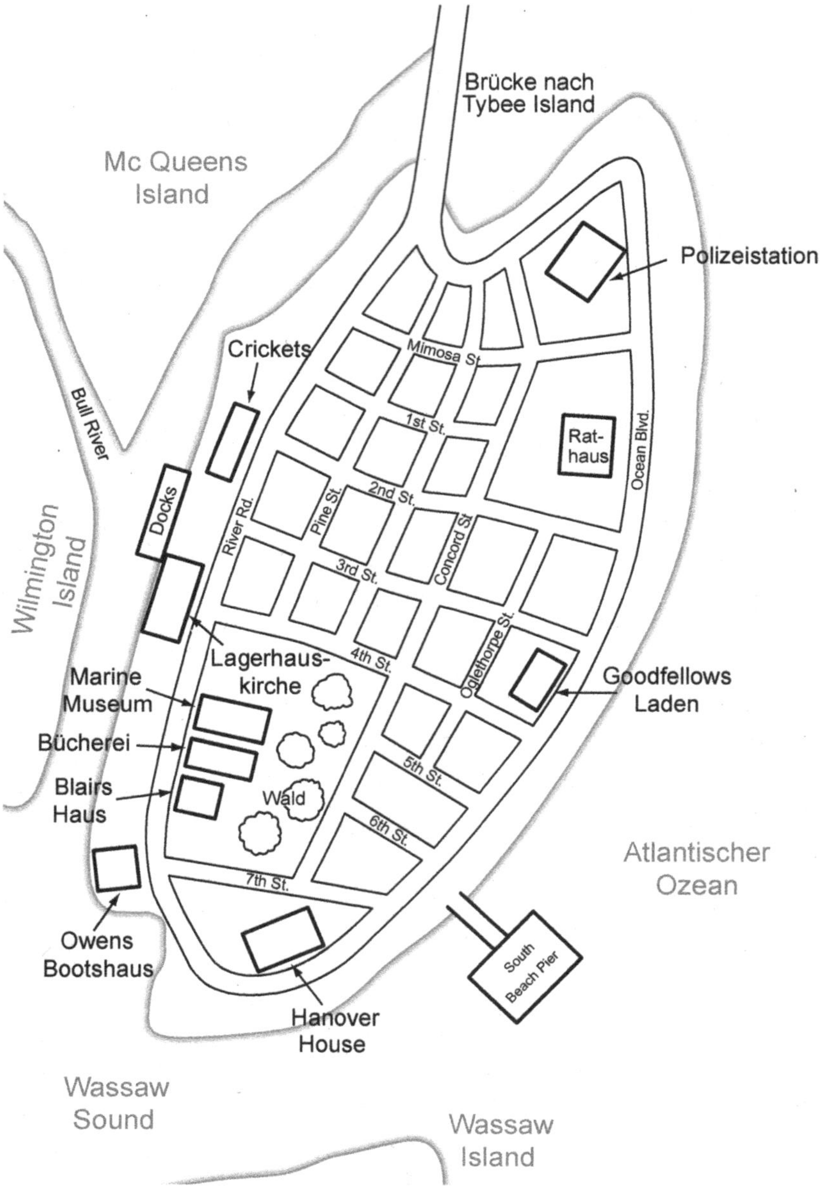

Brücke nach Tybee Island
Mc Queens Island
Polizeistation
Crickets
Mimosa St.
1st St.
Bull River
Rat-haus
Ocean Blvd.
2nd St.
Docks
Pine St.
River Rd.
Concord St.
Wilmington Island
3rd St.
Oglethorpe St.
4th St.
Lagerhaus-kirche
Marine Museum
Goodfellows Laden
Bücherei
5th St.
Blairs Haus
Wald
6th St.
Atlantischer Ozean
7th St.
Owens Bootshaus
South Beach Pier
Hanover House
Wassaw Sound
Wassaw Island

Kapitel 1

Polizeichef Matthew Cade hatte nie in Erwägung gezogen, einen anderen Beruf zu wählen, doch dieser Anruf um 4.30 Uhr morgens wegen des Todes eines Mädchens im Teenageralter ließ ihn sich einen Job als Buchhalter oder Elektriker wünschen – einen harmlosen Beruf, der ihn nicht dazu zwang, trauernden Eltern in die Augen zu sehen. Er saß auf dem Bettrand und rieb sich die Augen, während er sich das Telefon ans Ohr hielt.

„Sie stammt aus Cape Refuge, Chief.“ Myrtle, seine Nachtschichtleiterin, klang erschüttert. „Dieser neue Kollege, Scott Crown, hat sie gerade gefunden. Sie trieb in einem Boot. An dem Flussufer, an dem Tybee liegt. Sieht nach Mord aus.“

Cade riss sich zusammen. „Wer ist sie, Myrtle?“

„Sie haben mir noch keinen Namen genannt. Wenn sie ihn wissen, haben sie ihn bis jetzt noch nicht über Polizeifunk durchgegeben. Aber Chief Grant aus Tybee ist sehr wütend darüber, wie Crown vorgegangen ist, und er möchte, dass Sie so schnell wie möglich an den Tatort kommen.“

„In Ordnung, geben Sie mir die Adresse.“ Oswald, Cades Kater, sprang auf seinen Schoß und schnurrte nach Aufmerksamkeit, während Cade nach einem Stift griff und sich die Adresse notierte. Als er fertig war, stieg der Kater auf den Nachttisch und ließ sich auf den Notizblock plumpsen. „Also, was hat Crown angestellt?“

„Ich weiß es nicht genau, Chief. Aber er ist noch jung. Seien Sie nicht zu streng mit ihm.“

Er legte auf und dachte über den neunzehnjährigen Berufsanfänger nach. Crown hatte gerade erst seine Polizeiausbildung abgeschlossen und war noch nicht einmal seit einer Woche in Cades Einheit. Sein Ehrgeiz, der beste Polizist in der Einheit zu werden, hatte schon zu ein paar Missgeschicken geführt, aber es war noch nichts Ernstes passiert. Cade wusste, dass er dem jungen Mann ein wenig Zeit geben musste, um in seine Aufgabe hineinzuwachsen. Aber was hatte er nur getan, das den Polizeichef der Nachbarstadt so verärgerte?

Als Cade aufstand, ließ ihn der arthritische Schmerz in seinem Bein, den er jeden Morgen als Erstes spürte, zusammenzucken. Die vielen Brüche, die er bei einer Verletzung vor einem Jahr erlitten hatte, waren verheilt und er musste nur noch selten humpeln. Aber jeden Morgen wurde er an das erinnert, was er durchgemacht hatte.

Er zog sich an und eilte zu seinem Pick-up hinaus. Es war recht kühl für Mai, aber er wusste, dass es sich bis zum Ende des Tages auf bis zu 35 Grad aufheizen würde. Und das Leben würde so weitergehen wie immer – Mord hin oder her. Als er über die Brücke fuhr, die Cape Refuge mit Tybee Island verband, ging er in Gedanken die Gesichter der Mädchen im Teenageralter durch, die hier aufgewachsen waren. Wer auch immer das Mädchen war, ihr Tod würde schreckliche Folgen haben; er würde ihre Familie niederschmettern und ihre Freunde erschüttern. Er würde ein riesengroßes Loch in das Herz der Kleinstadt reißen.

Er erreichte den Tatort und hielt hinter den anderen Polizeiautos, die schon dort parkten. Einer der Polizisten aus Tybee kam auf ihn zu, als er ausstieg. „Oh, Sie sind es, Chief Cade. Ich habe Sie in Ihrem Wagen gar nicht erkannt."

„Wo ist Chief Grant?", fragte er.

Der Mann deutete in Richtung Ufer, und Cade entdeckte dort seinen Kollegen, der gerade mit dem Gerichtsmediziner die Leiche untersuchte.

Während Cade hinüberging, schaute er auf das im Gras liegende Mädchen. Sie war klein, wog etwa 45 kg, und es sah so aus, als hätte sie jemand sorgfältig dort hingelegt. Ihre Arme waren ausgestreckt, die Knie waren zusammengelegt und zur Seite geneigt. Wegen der blitzenden Blaulichter konnte er ihr Gesicht noch nicht erkennen, aber ihr Haar war nass und lang ... Als er nähertrat, sah Keith Parker, der Gerichtsmediziner, zu ihm auf. „Hey, Cade. Kennen Sie sie?“

Chief Grant reichte ihm eine Taschenlampe. Cade bückte sich und leuchtete ihr ins Gesicht. Sein Herzschlag setzte aus. Es war Alan Lawrences Tochter Emily. Sie konnte nicht älter als 16 sein. Cade vermutete, dass sie noch nicht einmal den Führerschein gemacht hatte.

Zorn stieg in ihm auf und er rieb sich das Kinn. Seine Kehle war wie zugeschnürt. Wer hatte das getan? Wer hatte das Leben dieses unschuldigen, liebenswürdigen Mädchens, das von seinen Eltern geliebt wurde, auf diese Weise beendet?

Er räusperte sich. „Ja, ich kenne sie. Ihr Name ist Emily Lawrence. Ihre Eltern heißen Alan und Marie.“ Er machte eine Pause und versuchte, seiner Stimme einen festen Klang zu geben. „Wissen Sie schon, woran sie gestorben ist?“

„Sie wurde erschossen“, antwortete Grant. „Scheinbar wurde sie woanders erschossen, dann hierher gebracht und in das Boot dort gelegt. Ihr junger Kollege hat sie gefunden.“

Cade richtete sich auf und sah in die Richtung, in die Grant nickte. Scott Crown stand bei den anderen Polizisten und beantwortete Fragen. Seine Uniform war nass, und er wirkte aufgewühlt und nervös. Der Junge tat Cade leid. Wahrscheinlich hatte er nicht damit gerechnet, gleich in seiner ersten Arbeitswoche ein totes Mädchen zu finden.

„Leider“, fuhr der Polizeichef von Tybee fort, „hat Ihr Kollege Beweise zerstört. Er hat die Leiche aus dem Boot gezogen, bevor er uns anrief. Und sie wurde nass, als er versucht hat, sie an Land zu bringen. Wer weiß, welche Beweise dabei vielleicht abgewaschen wurden? Ich hätte erwartet, dass Sie Ihre Leute besser ausbilden.“

Nun richtete sich Cades Zorn nicht mehr gegen den namenlosen

Mörder, sondern gegen den Neuling in seinem Team. „Was hat er überhaupt hier gemacht? Er sollte in Cape Refuge auf Streife sein."

„Er sah das Boot zwischen den beiden Inseln auf dem Fluss treiben und bemerkte, dass jemand darin lag. Er hätte dann sofort meine Leute verständigen sollen, anstatt in meinen Zuständigkeitsbereich herüberzukommen und die Sache selbst in die Hand zu nehmen."

Cade seufzte und sah erneut zu dem Burschen hinüber. Er hatte zunächst gezögert, einen so jungen Mann, der direkt von der Akademie kam, einzustellen, aber Crown war Joe McCormicks Neffe. Und weil sich sein Kriminalbeamter so für den jungen Mann eingesetzt hatte, hatte Cade beschlossen, ihm einen Vertrauensvorschuss zu geben. Aber er hatte Crowns Heldenkomplex schon an seinem ersten Arbeitstag bemerkt. Er hatte etwas von einem wandelnden Pulverfass an sich, und Cade hatte sich gefragt, ob er sich wirklich darauf verlassen konnte, dass er immer die Regeln einhalten würde.

Offensichtlich konnte er das nicht.

Er ging über die Wiese auf Crown zu. Der junge Mann drehte sich um, sah ihn und platzte sofort mit seiner Erklärung heraus. „Chief, ich weiß, dass ich mich falsch verhalten habe. Das war dumm. Ich weiß selbst nicht, was ich mir dabei gedacht habe. Aber da waren Geier, und ich nahm an, dass in dem Boot ein totes Tier liegt ... Ich bin über die Brücke gefahren und hierhergekommen ..."

„Das war schon der erste Fehler", sagte Cade.

„Aber wenn ich es nicht getan hätte, hätten sie sie vielleicht nicht gefunden!"

„Crown, wenn Sie die Kollegen von Tybee angefunkt und ihnen gesagt hätten, was Sie gesehen haben, wären die binnen weniger Minuten hier gewesen. Sie haben nicht nur ihren Zuständigkeitsbereich verlassen, sondern Sie haben auch noch Beweismittel vernichtet."

Der junge Mann sah sich nach den anderen Polizisten um, als demütigte es ihn, vor ihnen zurechtgewiesen zu werden. „Ich habe sie nicht vernichtet."

„Doch, das haben Sie! Ich *weiß*, dass man Ihnen an der Akademie beigebracht hat, niemals eine Leiche zu bewegen. Und dann gehen Sie hin und waschen die Beweise weg!"

Im Scheinwerferlicht der Polizeiautos konnte er sehen, wie der junge Mann errötete. „Okay, es tut mir leid! Ich bin zu dem Boot hinausgewatet und habe Emily erkannt. Ich war mir nicht sicher, ob sie tot ist. Ich habe versucht, sie zu *retten*!"

„Sie hätten überprüfen sollen, ob sie noch lebt, bevor Sie sie aus dem Boot gezogen haben!"

„Stimmt." Crowns Stimme wurde lauter, als er konterte: „Okay, wenn ich das richtig verstehe, soll ich das nächste Mal, wenn ich ein Mädchen sehe, das in einem Boot stirbt, so lange Däumchen drehen, bis die zuständigen Leute eingetroffen sind? Ich dachte, wir wären da, um zu helfen. Ich dachte, es wäre unser Job, Leben zu *retten*!"

Crown war wütend und hatte sich nicht mehr unter Kontrolle. Es brachte nichts, wenn Cade ihn weiter vor seinen Kollegen belehrte. Außerdem lag da ein totes Mädchen – und ein Mörder musste gefasst werden. Er hatte keine Zeit, sich weiter mit dem Neuling herumzustreiten.

„Fahren Sie zurück zur Polizeistation, Crown. Warten Sie dort auf mich."

„Ich *will* nicht zurück. *Ich* habe sie gefunden!"

Cade trat ganz dicht vor den jungen Mann und zischte: „Sofort, Crown. Wenn ich noch ein Wort höre, sind Sie gefeuert."

Endlich zog Crown sich zurück und stürmte, ohne ein weiteres Wort zu sagen, zu seinem Wagen. Cade sah ihm nach, bis er davonfuhr. Dann stieß er einen frustrierten Seufzer aus und wandte sich wieder der Leiche zu.

Emily. Er erinnerte sich daran, wie er ihr im Hanover House bei der Ostereiersuche zugesehen hatte, als sie drei gewesen war. Sie war fast über die „versteckten" Eier gestolpert und hatte das erste gefundene Ei regelrecht gefeiert, während die anderen Kinder alle übrigen Eier aufgesammelt hatten. Wer hatte sie tot sehen wollen?

Er ging zurück zu seinem Wagen und schaltete das Funkgerät ein. „Hier spricht Chief Cade. Schicken Sie alle verfügbaren Einheiten, um das dem Fundort der Leiche gegenüberliegende Ufer des Bull Rivers abzusperren. Ich will nicht, dass irgendjemand dort herumläuft, bevor ich da war. Wir wissen nicht, von welcher Seite des Flusses das Boot in die Strömung gestoßen wurde."

Das Funkgerät knisterte und Myrtles Stimme krächzte durch den Äther. „Geht klar, Chief." Während sie per Funk die anderen Polizisten, die gerade im Einsatz waren, verständigte, ging er zurück zu der Leiche und beugte sich zu dem Rechtsmediziner hinunter. „Wo ist die Schusswunde, Keith?"

Der Gerichtsmediziner zeigte auf das Loch in ihrem Bauch. „Keine Austrittswunde, also wurde wahrscheinlich nicht aus der Nähe geschossen. Die Kugel ist noch drin. Aber sie wurde schon vor Stunden erschossen. Sie ist verblutet, bevor sie ins Boot gelegt wurde."

Cade richtete sich auf. Ihm wurde ganz elend bei dem Gedanken, dass er zu ihr nach Hause gehen und ihren Eltern die Nachricht überbringen musste. Sie wussten vielleicht noch nicht einmal, dass sie gar nicht zu Hause war. Wenn sie vor der Zeit, zu der ihre Tochter zu Hause sein musste, zu Bett gegangen waren, würden sie es erst am Morgen bemerken. Doch wenn sie es genauer nahmen – und Cade war sich sicher, dass Alan das tat –, würden sie vermutlich bis jetzt wach geblieben sein, um auf sie zu warten und sie zur Rede zu stellen, wenn sie heimkam.

Doch nie im Leben würden sie eine solche Nachricht erwarten.

Er wünschte, er wäre für die Ermittlungen zuständig, aber die Tote war nicht in seinem Zuständigkeitsbereich gefunden worden. Er schaute immer noch auf die Leiche hinab, während der Gerichtsmediziner sich neben sie kniete.

„Ist das dort an ihrem Kiefer ein Bluterguss?", fragte Cade.

„Ja, und an ihren Armen und Beinen sind noch mehr. Es hat definitiv einen Kampf gegeben. Und schauen Sie sich das an." Er zeigte auf die wund geriebene Haut um ihren Mund herum. „Es sieht so aus, als hätte man ihr Klebeband vom Mund und von den Handgelenken gerissen."

Es war offensichtlich eine Entführung gewesen. Cade sah über das Wasser hinüber. Hielt sich dort drüben auf seiner Insel ein Mörder versteckt, der nach jungen Mädchen Ausschau hielt?

„Wir müssen die Familie benachrichtigen, Cade."

Er wandte sich Grant zu. „Das mache ich. Sie sind Freunde von mir."

„Ich warte noch auf das GBI. Ich brauche ihre Hilfe bei diesem Fall."

Cade wusste, dass das GBI, das Georgia Bureau of Investigation[2], die notwendigen Mittel hatte, um diesen Fall zu lösen. Er war froh, dass sie bereits zu diesem frühen Zeitpunkt hinzugezogen wurden.

„Einer unserer Kriminalbeamten muss ihr Zimmer durchsuchen und schauen, was dort zu finden ist", sagte Grant. „Wenn Sie den Eltern die Nachricht schon überbringen würden, können mein Beamter oder die Kollegen der Staatspolizei dort gleich die Beweise sichern."

Na klar. Lassen Sie mich ruhig die Drecksarbeit erledigen und dann machen Sie meinen Job. „In Ordnung. Ich versiegele ihr Zimmer und sorge dafür, dass es niemand betritt."

Er ging mit großen Schritten zurück zu seinem Wagen und ver-

2 Eine Art Landeskriminalamt von Georgia (Anmerkung der Übersetzer)

suchte dabei, seine Gedanken zu ordnen. Wie sollte er ihnen diese Nachricht überbringen? Die Muskeln in seinem Nacken waren vor Anspannung steinhart und sein Kiefer schmerzte, als er die Zähne zusammenbiss. Was sollte er sagen? Wie konnte er das in Worte fassen?

Herr, schenke mir die richtigen Worte.

Als er zurück nach Cape Refuge fuhr, probte er im Kopf die verhassten Worte: *Alan und Marie, es tut mir leid, aber ich habe schlechte Nachrichten ...*

Kapitel 2

Das Klingeln des Telefons riss Blair aus dem Schlaf. Sie setzte sich auf und griff zum Hörer. „Hallo?“

„Blair, ich bin’s.“ Ihre Schwester Morgan klang angespannt und gehetzt.

„Oh nein. Bei dir haben die Wehen eingesetzt.“

Ihre Schwester war im achten Monat schwanger und die Gefahr einer Fehlgeburt, wie es vor einem Jahr passiert war, war längst vorüber, aber es war immer noch zu früh für das Baby, auf die Welt zu kommen.

„Nein, mir geht es gut.“

Blair strich sich die Haare aus den Augen und seufzte vor Erleichterung. „Oh, das ist gut. Aber du klingst so, als hättest du schlechte Neuigkeiten.“

„Ich habe auch tatsächlich schlechte Neuigkeiten, Blair. Jonathan musste heute Morgen schon früh ins Rathaus, und er hat gerade angerufen und mir gesagt, dass letzte Nacht ein Mord geschehen ist. Emily Lawrence, die Tochter von Alan und Marie, ist tot.“

Blair atmete tief durch. „Sie wurde *ermordet*? Wie?“

„Ich weiß nichts Genaues, aber ich war mir sicher, dass du in deiner Zeitung darüber berichten willst.“

Blair stand auf. Sie erinnerte sich an das Mädchen, wie es regelmäßig in die Bücherei gekommen war, als sie noch dort gearbeitet hatte. Sie hatte versucht, es in die Geheimnisse der gehobenen Literatur einzuführen, aber das Mädchen war nicht über die Baby-Sitters Club-Bücher und Nancy Drew-Krimis hinausgekommen. Sie hatte Blair oft Listen mit Büchern gegeben, die sie für sie bestellen sollte.

Ihr wurde speiübel. Wie konnte sie nur tot sein? „Ich rufe sofort Cade an.“

„Nein, besser nicht“, erwiderte Morgan. „Er ist zu Hause bei ihren Eltern. So viel wusste Jonathan immerhin.“

Blair versuchte, sich zu konzentrieren, während sie ihre Kleidung zusammensuchte. Sie musste die Kamera mitnehmen. Wo war sie bloß? „Morgan, ich glaube, Sadie hat gestern Abend meine Kamera mit nach Hause genommen. Ist sie schon wach?“

„Nein, aber ich kann sie wecken. Möchtest du, dass sie heute früher zur Arbeit kommt?“

Letzte Woche hatten die Schulferien angefangen und Sadie arbeitete nun den ganzen Sommer über Vollzeit für sie. Sie würde nicht wollen, dass sie nur deshalb außen vor gelassen wurde, weil sie noch schlief. „Ja, sag ihr, dass ich sie in 15 Minuten abhole.“

„Sie wird bereitstehen.“

Kapitel 3

Sadie weinte, als sie die Außentreppe des Hanover Houses hinunterrannte und die Autotür aufmachte.

„Was ist mit Emily passiert?“, fragte sie, während sie einstieg. „Ich habe sie vor ein paar Tagen noch in der Schule gesehen.“

„Ich weiß es noch nicht, Liebes. War sie eine gute Freundin von dir?“

Sadies Gesicht verkrampfte sich, weil sie versuchte, die Tränen zurückzuhalten. „Nein, sie ist keine gute Freundin von mir. Aber ich mag sie. Sie ist eines der netten Mädchen.“

Blair war bekannt, dass Sadie sich mit den meisten ihrer Klassenkameraden nicht so gut verstand. Sie war als 16-jährige Ausreißerin nach Cape Refuge gekommen, die die Schule in der 9. Klasse abgebrochen hatte, und als sie hier wieder zur Schule gegangen war, war sie zwei Jahre älter als die meisten in ihrer Klasse gewesen. Als 18-jährige Elftklässlerin, noch dazu mit ihrer Vorgeschichte, war sie regelmäßig dem Spott der anderen ausgesetzt. Doch Blair wusste, dass manche Mädchen an der Schule so grausam waren, weil sie eifersüchtig auf Sadie waren. Ihr feines, blondes Haar und die großen blauen Augen hätten einer Schönheitskönigin alle Ehre gemacht. Aber für solche Dinge interessierte sich das junge Mädchen nicht. In ihrer Freizeit arbeitete sie als Reporterin und Fotografin für Blair. Trotz ihres jungen Alters war sie bereits eine begabte Journalistin.

Im Verlauf des letzten Jahres, seit Blair Sadie eingestellt hatte, war sie zu einer viel selbstbewussteren jungen Frau herangewachsen, die es nicht interessierte, was die Klassenkameraden von ihr dachten. Seltsamerweise fand sie mehr Freunde, seit sie nicht mehr so viel Wert darauf legte, von ihren Mitschülern akzeptiert zu werden.

Sadie wischte sich über die Augen. „Was hat Cade erzählt?"

„Ich habe noch nicht mit ihm gesprochen. Er ist bei den Lawrences. Dort fahren wir jetzt auch hin."

„Zu den Lawrences." Sadie wiederholte die Worte gedankenverloren. „Bist du sicher, dass wir das tun sollen? Ich meine, ist das nicht rücksichtslos, wenn die Presse auftaucht, nachdem sie gerade erst davon erfahren haben?"

„Wir werden sie nicht stören, Sadie, versprochen. Aber wir werden sicherlich nicht die einzigen Reporter sein, die dort auftauchen. Ich möchte nur ein paar Fakten sammeln. Und dabei sein, wenn die Polizei eine Erklärung abgibt. Wir helfen bei der Suche nach dem Mörder und wir sind dafür verantwortlich, auch diese Nachricht an unsere Leser weiterzugeben."

Sadie atmete tief durch. „Du hast recht. Ich habe nur an ihre Eltern gedacht ... Was sie gerade durchmachen ..." Ihre Stimme klang piepsig, dann brach sie ab.

„Ich denke ebenfalls an sie, Liebes. Vertrau mir, okay?"

* * *

Wie Blair es vorhergesagt hatte, parkte bereits der Übertragungswagen eines Fernsehsenders vor dem Haus der Lawrences. Und etliche Leute standen zusammengedrängt im Hof. Es waren Reporter aus Savannah, die auf eine Presseerklärung warteten. Blair bemerkte Cades Wagen in der Einfahrt, daneben stand ein Polizeiauto von Tybee Island.

Sadie hatte aufgehört zu weinen, aber ihr Gesicht war angespannt. Sie starrte auf die Haustür, als versuchte sie sich vorzustellen, was dahinter gerade vor sich ging.

Gott sei Dank, war Cade derjenige, der mit der Familie sprach. Er hatte Blair die Nachricht überbracht, als ihre Eltern ermordet worden waren. Er hatte eine einfühlsame Art, und wenn es jemanden gab, der trösten konnte, dann war er es, das wusste Blair.

Ihr Herz war erfüllt mit Liebe zu ihm, und sie sprach ein stilles Gebet, in dem sie Gott bat, ihm all die Kraft zu geben, die er brauchte. Sie wünschte, sie könnte zu ihm hineingehen und ihm die Hand halten, während er das schwierige Gespräch führte, ihn trösten, wenn es ihm schwerfiel, noch länger stark zu bleiben. Sie waren sich im letzten Jahr so nahegekommen, dass sie seine Lasten genauso empfand wie ihre eigenen und ihm helfen wollte, sie zu tragen.

Als hätten ihre Gedanken ihn gerufen, ging die Haustür auf und Cade trat heraus. Die anderen Reporter stürzten mit ihren Mikrofonen auf ihn zu und riefen laut ihre Fragen, doch Blair hielt sich zurück. Sie würde die Story schon noch früh genug bekommen.

„Chief Cade, haben die Eltern eine Vermutung, wer ihre Tochter getötet haben könnte?"

„Wie haben ihre Eltern die Nachricht aufgenommen?"

„Hatten sie ihre Tochter bereits vermisst?"

Er stieg die Stufen der Veranda hinab und durchquerte den Hof, bevor er etwas sagte. „Die Polizei von Tybee arbeitet mit der Staatspolizei an diesem Fall", erklärte er im Gehen. „Sie sind gerade drinnen. Sie werden bald eine Pressemitteilung abgeben." Cade schaute Blair an und deutete mit dem Kopf zu seinem Wagen.

Blair reichte Sadie die Autoschlüssel. „Ich fahre mit ihm und hole mir die Story. Kannst du für die offizielle Pressemitteilung der Polizei hierbleiben und dann mit meinem Auto zum Büro kommen?"

„Ja klar."

Blair zögerte. „Sadie, ist mit dir wirklich alles in Ordnung?"

„Ja, mir geht es gut. Geh schon. Das ist wichtig."

Cade stieg in seinen Wagen und Blair rutschte auf den Beifahrersitz. „Sie werden uns der Vetternwirtschaft bezichtigen", sagte sie.

„Lass sie doch.“ Er wandte sich um, schaute durch die Heckscheibe und fuhr rückwärts aus der Hofeinfahrt heraus. Sein Gesicht war angespannt und seine Mundwinkel zitterten.

„Cade, geht es dir gut?“

Er ignorierte die Frage. „Marie ist zusammengebrochen und hat geschrien, dass das nicht wahr ist, dass es nicht ihre Tochter sein kann. Und Alan war nicht in der Lage, sie zu trösten. Er hat selbst geweint wie ein kleines Kind.“ Tränen funkelten in seinen Augenwinkeln. „Ich kann mich noch daran erinnern, als Emily drei war. Es war bei der Ostereiersuche bei euch zu Hause. Dein Vater hatte Jonathan und mich gebeten, ihm dabei zu helfen, die Eier zu verstecken, und ich habe versucht, ihr dabei zu helfen, ein paar zu finden. Sie war so ein süßes, kleines Ding.“

„Oh, Cade.“ Sie nahm seine Hand, und er drückte ihre, aber er sah sie nicht an, weil er fuhr.

„Ich denke, sie müssen Marie ein Beruhigungsmittel geben. Ich habe Dr. Spencer angerufen und ihn gebeten, zu ihnen zu kommen. Er ist der Hausarzt der Familie und sollte daher am ehesten in der Lage sein, ihnen zu helfen.“

„Ich bin mir sicher, Morgan und ihre Freunde werden bald kommen, um sie zu trösten. – Cade, was ist passiert? Wie und wo wurde sie gefunden?“

Er bog zum Redaktionsbüro ab und fuhr dort auf einen Parkplatz. Nachdem er den Motor ausgemacht hatte, saß er einen Moment lang da und erzählte ihr dann alles, was er sagen durfte. Er schilderte ihr nach und nach die Fakten, wobei es ihm schwerfiel, die Emotionen in seiner Stimme und in seinem Gesicht zu kontrollieren.

Sie beugte sich zu ihm hinüber und zog ihn in eine Umarmung. „Ich kann mir nicht vorstellen, wie man sich als Vater fühlt, wenn man eine solche Nachricht bekommt.“

„Ich mir auch nicht.“

Er hielt sie eine Weile fest und klammerte sich dabei an sie, als würde er in tiefster Verzweiflung versinken und in dieser schrecklichen Tragödie untergehen. Als er sie losließ, atmete er tief durch. „Ich sollte jetzt besser mal zur Polizeistation fahren. Ich muss meinen Leuten Anweisungen geben."

„Schaffst du das?"

„Ja, es geht mir gut."

Sie schaute zu ihm auf und wünschte sich, er würde sich einfach gehen lassen und weinen, anstatt so hart um seine Beherrschung zu ringen. Sie wusste, dass es ihm das Herz brach.

Er berührte ihr Gesicht und küsste sie zärtlich. „Danke, dass du für mich da bist. Soll ich dich zurück zu den Lawrences bringen?"

„Nein, danke. Ich warte hier auf Sadie." Sie stieg aus, ging um den Wagen herum und trat an sein geöffnetes Fenster.

Er starrte abwesend durch die Windschutzscheibe. „Die Lawrences sind nette Leute. Überzeugte Christen, die in ihrer Gemeinde aktiv sind. Und sie lieben ihre Kinder. Ich werde mich nie daran gewöhnen, dass solchen Leuten, die es wirklich nicht verdient haben, so schreckliche Dinge passieren."

„Ich auch nicht." Sie lehnte sich ins Fenster. „Aber ich erinnere mich daran, was du zu mir gesagt hast, als meine Eltern ermordet wurden und ich Gott für einen himmlischen Terroristen hielt, der geisteskranke Mörder benutzt, um seinen Willen auszuführen. Du hast geantwortet, dass Gott ein liebender Vater ist, dessen Absichten wir aber nicht immer begreifen können. Du hast gesagt, dass wir den Zweck ihres Todes vielleicht nie verstehen können, aber dass wir sicher sein können, dass Gott einen damit verfolgt."

Cade sah ihr in die Augen und strich ihr die Haare zurück. „Ich glaube das immer noch, aber ich musste noch mal daran erinnert werden." Er küsste sie erneut. „Du tust mir gut, weißt du das?"

„Natürlich weiß ich das. Ich versuche schon seit einem Jahr, dir das beizubringen." Sie streichelte sein unrasiertes Kinn, und er nahm ihre Hand und küsste ihre Finger.

„Ich wusste es schon viel länger."

Sanft lächelnd trat sie zurück, und er fuhr los.

„Ich rufe dich später an."

Sie lächelte immer noch, als sie ihm nachsah, wie er davonfuhr.

Kapitel 4

Sadie stand mit den anderen Reportern im Hof der Lawrences und wartete darauf, dass einer der Kriminalbeamten der Staatspolizei herauskommen und eine Presseerklärung abgeben würde. Die Nachbarn kamen herbei, um so viel wie möglich mitzubekommen. Ein paar gingen an die Tür und klopften; sie wollten wahrscheinlich ihre Hilfe anbieten, aber die Familie reagierte nicht darauf.

Ein Auto voller Teenager hielt hinter einem der Fernseh-Übertragungswagen, und als sie heraussprangen, wandte Sadie sich ab. Sie waren alle in ihrer Klasse – zwei Cheerleader und ein Nachwuchs-Quarterback.

„Sadie!“

Sie wandte sich ihnen wieder zu, erstaunt darüber, dass sie überhaupt ihren Namen kannten, obwohl sie sie sonst immer ignoriert hatten. Sie kamen über den Rasen auf sie zu.

„Sadie, stimmt das mit Emily?“ April Manning sprach sie an, als wären sie die besten Freunde.

„Ich weiß auch nur das, was bisher gemeldet wurde.“

„Aber du arbeitest doch für die Zeitung, oder?“ Courtney Gray strich sich ihr in drei verschiedenen Tönen gefärbtes Haar zurück. „Du solltest es wissen.“

„Ich warte auf eine Presseerklärung. Die Polizei ist immer noch drinnen.“

„Im Radio haben sie gesagt, dass sie in einem Boot gefunden wurde. Wurde sie erschossen oder so?“

Sadie kämpfte gegen den Ärger an, der in ihr aufkeimte. Waren sie eigentlich schwerhörig? „Wie ich euch schon gesagt habe: Ich weiß wirklich nichts.“

Steve spekulierte laut drauf los. „Sie wirkte immer so prüde, aber es gab Gerüchte, dass sie vielleicht ein Drogenproblem hatte."

Ein Drogenproblem? Sadie wusste, dass das nicht wahr war. „Emily war eine Christin. Sie hat keine Drogen genommen."

„Man kann nie wissen", sagte April. „Die Leute sind nicht immer so, wie sie sich in der Schule geben."

Steve stupste sie an. „Damit kennst du dich ja aus."

Das Mädchen grummelte vor sich hin.

Sadie hatte nicht die Kraft, sich mit ihren Gerüchten und Spekulationen abzugeben. „Ich muss ... den Film wechseln." Sie ließ sie einfach stehen und weiter über nichtige Details aus Emilys Leben und über ihren Tod diskutieren, und stieg in Blairs Wagen. Hier konnte sie sitzen, bis die Polizeibeamten herauskamen, um eine Presseerklärung abzugeben. Das war besser, als wenn sie wie einer dieser trauernden Groupies auf dem Hof stehen würde.

Sie lehnte ihren Kopf gegen den Sitz und wünschte, sie könnte positiver über sie denken. Aber die vielen Verletzungen, die sie von ihnen erlitten hatte, seit sie in Cape Refuge zur Schule ging, taten immer noch weh. In den letzten Monaten hatten die kränkenden Bemerkungen zwar etwas nachgelassen – oder aber sie bemerkte sie gar nicht mehr – und sie fühlte sich nicht mehr unsicher, wenn sie den Flur entlangging. Es gab wichtigere Dinge, über die sie sich Gedanken machen musste – wie zum Beispiel über ihre Mutter oder ihren Job.

Ihr Leben war jetzt ausgefüllt, viel ausgefüllter als früher, als ihre Mutter noch im Gefängnis gewesen war und Sadie ihre Tage damit verbracht hatte, sich und ihren kleinen Bruder vor seinem gewalttätigen Vater zu schützen. Sie war körperlich und psychisch am Ende gewesen, als sie hierhergekommen war und im Hanover House Zuflucht gefunden hatte. Morgan und Jonathan Cleary hatten sie in dem Haus aufgenommen, das verschiedene Leute, die ein schwieriges Leben hatten, beherbergte, und sie waren die

Pflegeeltern von ihr und ihrem kleinen Bruder Caleb geworden, bis ihre Mutter vor rund einem Jahr aus dem Gefängnis entlassen worden und zu ihnen gekommen war.

Bei all den Veränderungen hatte Sadie keine Zeit mehr, über ihre mangelnde Beliebtheit in der Schule zu jammern. Und seit es sie nicht mehr interessierte, hatte sie Freunde gefunden, und die anderen, denen sie aus dem Weg ging, verloren die Lust daran, sie zu ärgern.

Die Haustür ging auf, und Sadie setzte sich auf. Die Polizeibeamten kamen aus dem Haus. Sie sprang aus dem Wagen und schoss Fotos, während die Polizisten immer noch oben auf der Veranda standen. Sie ging zu dem Pulk der Reporter, die vor der Verandatreppe standen, zog das kleine Tonbandgerät aus ihrer Tasche und streckte es zwischen all die anderen Mikrofone und Tonbandgeräte.

Einer der Polizisten trat vor. „Ich möchte im Namen der Polizei von Tybee Island und des Georgia Bureau of Investigation eine kurze Erklärung abgeben. Heute, am 30. Mai, wurde um ungefähr vier Uhr morgens in einem Boot, das zwischen Tybee Island und Cape Refuge trieb, eine Leiche entdeckt. Die Tote wurde am Flussufer von Tybee Island an Land gebracht und als die 16-jährige Emily Lawrence identifiziert. Todesursache war eine Schusswunde. Im Moment behandeln wir die Sache als einen Mordfall, aber wir haben bisher keine Verdächtigen. Die Autopsie soll morgen durchgeführt werden. Wir bitten die hiesige Bevölkerung, die Polizei anzurufen, wenn sie irgendetwas mitbekommen haben, das mit diesem Fall in Zusammenhang stehen könnte. Die Familie wird sich im Moment nicht äußern. Sie bitten darum, dass Sie heute ihren Wunsch nach Privatsphäre respektieren und ihr Grundstück verlassen. Das war's."

Er und der andere Polizist bahnten sich ihren Weg durch die Menge und gingen zu ihren Autos, während die Reporter sie mit Fragen bombardierten.

Sadie ließ die Kamera um ihren Hals baumeln, zog den Notizblock aus der Gesäßtasche ihrer Jeans und machte sich ein paar Notizen. Da kamen ihre drei neuen „Freunde“ schon wieder auf sie zu.

April hatte Tränen in den Augen. „Es ist schrecklich, einfach schrecklich. Wer hätte je gedacht, dass jemand aus unserer Klasse ermordet werden würde?“

Sadie schluckte ihre Gefühle hinunter und sah von ihrem Notizblock auf. „Wisst ihr, mit wem Emily am meisten zusammen war? Außerhalb der Schule, meine ich?“

„Natürlich, ja“, sagte Steve. „Sie hat viel Zeit mit Danny Brewer, Lourdes Grant und dieser Clique verbracht.“

Sadie notierte sich das.

„Wirst du sie interviewen?“

„Vielleicht.“

„Du könntest auch uns interviewen.“ Courtney lächelte sie hoffnungsvoll an.

Sadie zuckte mit den Schultern. „Okay. Gibt es irgendwas, das du über Emily erzählen willst?“

„Ja“, sagte Courtney. „Schreib auf, dass sie ein nettes Mädchen war. Dass die Leute sie mochten und so was.“

Originell, dachte Sadie. *Das ist der Stoff, mit dem man Preise gewinnt.*

„Und schreib meinen Namen mit *e* und nicht mit *a*. G-R-E-Y.“

„Ich möchte auch etwas sagen“, mischte sich April ein. „Schreib, dass es unheimlich ist, zu wissen, dass jemand da draußen ist, der deine Freunde ermordet. Man hat dann Angst davor, abends auszugehen.“

Das war etwas, das sie gebrauchen konnte. Sie notierte es. „Noch etwas?“

Nun war Steve bereit für seine 15 Minuten. „Ja, ich habe letzte Woche mit ihr gesprochen, da schien es ihr gut zu gehen. Ich durfte ihr Handy benutzen. Sie machte nicht den Eindruck, als sei sie depressiv oder verrückt oder irgendetwas in der Art.“

„Und wie heißt du mit Nachnamen?“ Sie kannte seinen Nachnamen so gut wie ihren eigenen. Wer kannte ihn nicht? Aber sie wollte bei ihm nicht den Eindruck erwecken, dass sie ihn jemals bemerkt hatte.

„Singer“, sagte er. „S-I-N-G...“

„Ich hab's schon.“ Sie klappte ihren Notizblock zu. „Also, vielen Dank, Leute. Ich muss jetzt gehen. Ich muss meinen Artikel schreiben.“

Sie ließ sie stehen und ging zurück zu Blairs Wagen.

Matt Frazier hatte sich mit dem Transporter des Blumenladens seines Vaters hinter das Auto gestellt und rief nach ihr.

Sadie lächelte ihn an. „Hallo, Matt.“

Er war ihr allererster Freund auf Cape Refuge gewesen. An dem Tag, als sie beim Hanover House abgesetzt worden war und niemand zu Hause gewesen war, war er vorbeigekommen, um einen Blumenkranz für die Tür zu bringen. Und dann hatten sie sich in den letzten eineinhalb Jahren immer besser kennengelernt.

„Sadie, sind Emilys Eltern schon herausgekommen, um ein Interview zu geben?“

Sie schüttelte den Kopf. „Nein. Nur die Polizei.“

Er sah zur Tür hinüber. Einige Reporter standen immer noch zusammengedrängt im Hof und wollten offenbar nicht gehen. „Mein Vater wollte, dass ich ihnen einen Kranz bringe. Ich kann es immer noch nicht fassen. Wie konnte so etwas passieren?“

Sadie schüttelte den Kopf. „Arme Emily.“

Sie standen beide schweigend da und Sadie sah die hilflose Wut in seinen Augen. Schließlich sah er sie an. „Geht es dir gut?“

Sie lächelte ihn durch den Schleier der Tränen, die ihr in den Augen standen, an. „Ja, danke.“

„Ich weiß, dass sie in deiner Klasse war. Sie war ein tolles Mädchen. Ich habe sie manchmal im Baseballstadion getroffen, wo sie am Imbissstand gearbeitet hat. Sie war immer so fröhlich und lebhaft. Sie hat nie jemandem etwas getan."

Sadie hatte Angst, dass sie gleich in Tränen ausbrechen würde, deshalb streckte sie ihre Hand nach dem Griff der Autotür aus. „Ich muss los."

Er trat zur Tür, öffnete sie für sie und sah sie an, während sie einstieg. „Ruf mich an, wenn du reden willst, okay? Ich habe heute später am Vormittag noch Vorlesungen, aber ich habe mein Handy dabei."

„Vielleicht mache ich das."

Er schloss die Tür, und sie fuhr davon. Eine Träne kullerte über ihr Gesicht und sie wischte sie weg. Matt hatte sie getröstet, obwohl er Emily wahrscheinlich schon länger kannte als sie. Aber so war er nun mal.

Blair hatte schon öfter vermutet, dass der Collegestudent, der im zweiten Studienjahr war, ein Auge auf Sadie geworfen hatte, aber sie war sich da nicht so sicher. Er hatte sie nie eingeladen, mit ihm auszugehen, jedenfalls nicht zu einem echten Date, aber er hatte in letzter Zeit angefangen, in ihre Kirchengemeinde zu kommen, und hatte sich dort immer neben sie gesetzt. Sie genoss es, Zeit mit ihm zu verbringen, aber sie konnte nicht sagen, ob es jemals mehr als eine Freundschaft werden würde.

Trotzdem war es schön, dass es einen jungen Mann gab, den ihre Gefühle interessierten. Es war wie ein Sonnenstrahl, der durch eine dicke, graue Wolkenschicht brach.

Sie fragte sich, was ihre Mutter dazu sagen würde.

Kapitel 5

„Also, Miss Sheila Caruso, sagen Sie mir, warum Sie für diese Stelle geeignet sind." Der berühmte Marcus Gibson stand wie ein Ankläger vor Sheila. Seine Hände lagen ausgestreckt auf den zwei einzigen Stellen auf seinem Schreibtisch, auf denen nichts anderes lag.

Sie hatte keine Ahnung, was sie antworten sollte. Denn in Wahrheit war sie wahrscheinlich gar nicht für den Job als Assistentin eines Autors geeignet, und wenn er wüsste, dass sie wegen Drogendelikten verurteilt worden war und ein Jahr im Gefängnis gesessen hatte, würde er sie auf der Stelle fortjagen. Aber Sadie, ihre Tochter, hatte sie dazu ermutigt, es zu versuchen, und sie durfte sie nicht enttäuschen. „Also, in Ihrer Anzeige haben Sie jemanden gesucht, der Maschine schreiben kann, und ich kann schnell tippen. Ich habe gerade erst auf dem Community College einen Sekretärinnenkurs abgeschlossen. Und ich kann auch mit dem Computer umgehen."

Sie warf einen raschen Blick zu dem Laptop auf seinem Schreibtisch hinüber und hoffte, dass sie mit diesem ebenfalls zurechtkommen würde. Er sah ganz anders aus als der Computer, den sie in der Schule gehabt hatte.

„Ich brauche auch Hilfe bei der Ablage." Er nahm eine weniger anklagende Haltung ein und wedelte mit einer Hand über den Tisch. Er war bedeckt mit wüsten Stapeln von einzelnen Blättern, Zeitschriften und Büchern. „Aber ich möchte nicht, dass jemand herkommt und alles planlos irgendwo hinwirft. Ich habe ein System, deshalb muss derjenige, der diesen Job übernimmt, lernfähig sein. Haben Sie Erfahrung mit so etwas?"

Während er auf ihre Antwort wartete, nahm er einen Panama-

Hut von einem der Stapel, stieß leicht mit seiner Faust hinein und schien darüber nachzudenken, was das bewirkt hatte.

„Ähm ..." Sie zögerte. Sollte sie warten, bis er mit dem Hut fertig war? „Nein, nicht wirklich. Ich habe noch nie für einen Schriftsteller gearbeitet."

„Gut." Er warf den Hut quer durch den Raum, sodass dieser auf einem alten hölzernen Aktenschrank landete. „Genau so jemanden suche ich. Jemanden, der noch keine Erfahrung hat."

Sie nahm an, das sei sarkastisch gemeint, und ihre Hoffnungen schwanden. Sie wartete auf seine Absage, aber stattdessen fing er an, sich durch einen der Stapel zu wühlen. Schließlich zog er ein Buch unter einem Stoß handgeschriebener Blätter hervor und fing an, es wie wild durchzublättern.

„Was wissen Sie über Forensik?"

Sie suchte in ihrem Gedächtnis nach einer passenden Antwort. „Ähm ... na ja, nur das, was ich im Fernsehen gesehen habe."

Er sah sie an, als würde er sie für dumm halten. „Glauben Sie wirklich an den Unfug, den Sie in einem einstündigen, langweiligen Streifen sehen, für den irgendein zweitklassiger Autor aus Hollywood das Drehbuch verfasst hat?"

Sie schluckte. „Ich habe nicht gesagt, dass ich das alles glaube – sondern nur, dass das alles ist, was ich darüber weiß."

„Also haben Sie während Ihres Gefängnisaufenthalts nichts über kriminaltechnische Ermittlungen gelernt?"

Also wusste er es. Sie räusperte sich. „Woher wissen Sie, dass ich ...?"

„Ich habe Sie gegoogelt."

Sie starrte ihn an und fragte sich, ob sie ihn richtig verstanden hatte. „Wie bitte?"

„Ich habe Sie gegoogelt. Im Internet nach Ihnen gesucht. Ich weiß alles über Ihre Haftstrafe."

„Ach so." Also war dieses Gespräch nur ein albernes Luftschloss gewesen. Natürlich hatte er sie überprüft. Was hatte sie auch erwartet?

„Ich habe mich im letzten Jahr sehr verändert." Sie beugte sich vor, damit er sie besser verstehen konnte. „Wissen Sie, meine Kinder wohnten bei ein paar Leuten hier auf Cape Refuge, während ich im Gefängnis saß. Und als ich entlassen wurde, kam ich dann ebenfalls hierher ... ins Hanover House, damit sie nicht ihre Heimat verlieren."

Sein Blick wanderte zu seinem Bildschirm hinüber und er fing an, zu tippen. Sie war sich nicht sicher, ob er sich Notizen machte oder seine E-Mails bearbeitete. Sie schluckte und redete weiter.

„Hanover House – vielleicht kennen Sie es, es ist drüben an der Meerenge, das große gelbe Haus gegenüber dem Strand am Ocean Boulevard?" Er ließ sich nicht anmerken, ob er es wusste oder nicht. „Wie auch immer, es ist so eine Art Resozialisierungseinrichtung mit einem strengen Bibel-Lernprogramm, und es hat mich zu einem besseren Menschen gemacht." Sie merkte, dass sie abschweifte, und ihre Stimme wurde leiser. „Ich habe mich beachtlich weiterentwickelt, und meinen Kindern geht es wirklich gut, und ich weiß, dass ich diesen Job machen kann, wenn Sie mir eine Chance geben."

Es herrschte eine Zeit lang Stille, die nur von dem Tippgeräusch auf der Computertastatur unterbrochen wurde. Hatte der Mann vergessen, dass sie hier war?

„Ich möchte Sie vielleicht über das Leben im Gefängnis befragen", sagte er schließlich. „Ich finde das faszinierend. Normalerweise versuche ich mich in meine Charaktere hineinzuversetzen – zu erleben, was sie erleben – aber ich habe es noch nicht geschafft, im Gefängnis zu landen."

Sie runzelte die Stirn und war sich nicht sicher, ob sie ihn richtig verstanden hatte. „Ähm, ja. Natürlich. Alles, was Sie wissen wollen."

Er tippte weiter. „Sie bekommen 400 Dollar pro Woche. Für

ungefähr 40 Stunden, vielleicht mal etwas mehr oder weniger. Ich brauche Ihre Entscheidung binnen 24 Stunden."

Sie erstarrte und glotzte ihn an. Hieß das, dass er ihr den Job anbot? Machte ihm ihre Gefängnisstrafe nichts aus?

Als hätte er seine letzte Aussage vergessen, wandte er sich zu der Kommode hinter seinem Schreibtisch um. Sie sah aus, als ob er sie auf dem Sperrmüll gefunden hätte. Eins der Beine fehlte und war durch einen Betonblock ersetzt worden. Er blätterte ein anderes Buch durch. Sie fragte sich, ob er immer noch über die Forensik nachdachte oder ob er schon zu einem anderen Thema gewechselt war.

Offenbar hatte er die Seite gefunden, die er gesucht hatte, und fuhr mit dem Finger über die Abschnitte. „Ich kann nicht in einem Raum mit Ihnen arbeiten. Ich werde meistens nicht da sein, wenn Sie hier sind. Ich mag es, draußen zu schreiben. Das wahre Leben zu erleben. Ich gehöre nicht zu diesen Möchtegern-Autoren, die den ganzen Tag in ihren vier Wänden sitzen und die Seiten mit ihrem Gefasel füllen. Und ich weiß, was Sie gerade denken. Aber dass ich mit Nachschlagewerken arbeite, macht mich keineswegs zu einem schlechteren Autor."

Sie atmete tief durch. „Oh nein. Ich habe gar nichts gedacht."

„Ich muss die Sachen einfach sofort überprüfen und Worte, Details, geschichtliche Hintergründe und Erklärungen finden ... Wissen Sie, wie der Knopf an einer Lampe heißt? Das kleine, schwarze Teil, das rein- und rausgeht und das verflixte Ding ein- und ausschaltet?"

„Schalter?"

Er sah ärgerlich aus. „Glauben Sie wirklich, dass ich nicht selbst auf *Schalter* gekommen wäre?"

„Nein ... Ich ..."

„Macht nichts." Er verzog das Gesicht, als hätte er Arsen geschluckt. „Wenn ich etwas hasse, ist es Gestotter aus Unwissenheit. Es wäre die perfekte Metapher gewesen, wenn ich bloß dieses blöde Wort finden würde." Er sah sich um, als hoffte er, die Antwort auf einer der anderen mit Stapeln bedeckten Ablageflächen zu finden. „Wenn Sie den Job haben wollen, können Sie morgen anfangen. Die Papiere müssen hier irgendwo rumliegen."

Sie hielt die Luft an und fragte sich, ob sie ihn richtig verstanden hatte. „Ich möchte den Job", sagte sie schnell. „Und ich kann gleich morgen herkommen."

„Gut. Ich habe eine Menge amtlichen Schreibkram hier, den Sie morgen erledigen müssen. Wir wollen der Regierung ja keinen weiteren Grund geben, mich zu belästigen. Ich habe Wichtigeres zu tun."

„In Ordnung."

Er ließ das Buch offen liegen, ging zu einem der Papierstapel und begann, ihn zu durchwühlen. „Ihr Job wird zunächst hauptsächlich darin bestehen, einige meiner älteren Bücher abzutippen. Ich habe sie damals auf einer Schreibmaschine geschrieben, aber mein heutiger Verleger möchte sie neu auflegen und ich brauche sie deshalb auf der Computer-Festplatte."

„Das kann ich machen."

„Ich möchte eine ganz genaue Abschrift haben. Es darf kein Komma verrückt sein. Kein Anführungszeichen ausgelassen werden. Es muss genauso sein wie mein Original."

„Kein Problem."

„Dann sehe ich Sie morgen."

Als sie sein Häuschen verließ, atmete sie erleichtert auf. Doch sie war sich darüber im Klaren, dass sie sich erst noch an seine Marotten gewöhnen musste, wenn sie für ihn arbeiten wollte. Sie redete sich selbst gut zu, dass sie das schaffen würde. Sie war schon mit etlichen schwierigen Typen unter den Vollzugsbeamten und ihren Mitgefangenen klargekommen. Und auch seit ihrer Entlassung musste sie mit den unterschiedlichen Persönlichkeiten im Hanover House klarkommen.

Außerdem würde es vielleicht eine interessante Arbeit werden. Auf jeden Fall kein langweiliger Behördenjob.

Sie konnte es nicht erwarten, Sadie zu erzählen, dass sie die Stelle bekommen hatte.

Kapitel 6

Der ehemalige Waschsalon, der zur Polizeistation umfunktioniert worden war, war überfüllt mit Pfadfindermädchen aus Cape Refuge. Cade hatte völlig vergessen, dass er Joyce, ihrer Gruppenleiterin, versprochen hatte, dass ihnen an diesem Morgen jemand die Arbeit in der Polizeistation erklären würde. Scheinbar war Alex Johnson für ihn eingesprungen.

Zusätzlich zu den schnatternden Mädchen installierten fünf Computerspezialisten vom GBI die modernere technische Ausstattung, die das Bürgermeisteramt ihnen bewilligt hatte, und legten Kabel, um sie per Internet mit dem Georgia Criminal Justice Information System Network zu verbinden. Myrtle, die Schichtleiterin, saß an ihrem Platz, hatte die Kopfhörer aufgesetzt und versuchte, trotz des Wirrwarrs um sie herum, den Funkverkehr zu verstehen.

Cade stieg über ein paar Kabel und tippte der Gruppenleiterin der Pfadfinder auf die Schulter. „Bitte entschuldigen Sie das Durcheinander, Joyce. Ich habe vergessen, dass ihr heute kommen wolltet. Und Sie haben sich vorher nicht noch mal gemeldet."

„Ich dachte, dass das nicht nötig sei, Cade. Ich habe vor drei Wochen mit Ihnen gesprochen, und Sie haben gesagt, dass es klappen würde."

Er nickte Alex zu. „Nehmen Sie sie mit nach hinten und zeigen Sie ihnen die Gefängniszellen. Und dann können Sie sie mit nach draußen nehmen und ihnen den Schnickschnack in Crowns Streifenwagen zeigen."

Alex zwinkerte ihm zu. Offenbar hatte er verstanden, dass Cade sie aus dem Gebäude haben wollte.

„Bedankt euch bei Chief Cade, meine Damen", sagte Joyce. „Er ist ein sehr beschäftigter Mann und hat gerade viel Arbeit."

„Danke, Chief Cade", riefen die Mädchen im Chor.

Cade zwang sich zu einem Lächeln, doch ihm war übel dabei, wenn er daran dachte, dass sie alle bald von dem Mord an einem Teenager aus ihrer Stadt – einem Mädchen, das ohne Weiteres ihr Babysitter gewesen sein könnte – erfahren würden.

Als die Mädchen den Raum verließen, sah Cade sich in dem Chaos um. Die Computerspezialisten von der Staatspolizei hatten die Gehäuse mehrerer Computer geöffnet, und Platinen und Peripheriegeräte lagen offen auf den Schreibtischen herum. Zwei Männer lagen bäuchlings auf dem Boden und legten Kabel an den Wänden entlang. Es war der unpassendste Tag für diese Arbeiten, aber er hatte diese Upgrades so nachdrücklich gefordert, dass er die Techniker nun kaum rausschmeißen konnte.

Unmittelbar nachdem Jonathan Cleary – Cades bester Freund und Blairs Schwager – im letzten Jahr zum Bürgermeister gewählt worden war, hatte er begonnen, die nötigen Geldmittel für eine größere und besser ausgestattete Polizeistation aufzutreiben. Bisher war es aber nur ein Traum geblieben. Doch selbst wenn er es schaffen würde, die Zustimmung des Stadtrats zu erhalten und die erforderlichen Mittel zusammenzubekommen, um eine neue Polizeistation zu bauen, würde es mindestens ein Jahr dauern, bis das Cape Refuge Police Department dort einziehen könnte. Bis dahin, so hoffte Cade, würden sie durch die neue Computerausrüstung zum Standard der Polizeieinheiten anderer Städte aufschließen können und so in die Lage versetzt werden, in ihrer kleinen Dienststelle mehr Aufgaben selbst zu erledigen.

Scott Crown saß an seinem Schreibtisch in der Ecke des Raumes, und an seinem Gesichtsausdruck konnte man erkennen, dass er immer noch über das nachgrübelte, was heute Morgen passiert war. Cade hatte keine Zeit gehabt, sich um ihn zu kümmern, weil er mit den Lawrences sprechen musste. Stattdessen hatte er Crown angewiesen, seinen Bericht über den Fund der

Leiche zu schreiben, und ihn eine Zeit lang in seinem eigenen Saft schmoren lassen.

Aber der Trotz stand immer noch in seinen Augen, als er zu Cade aufsah. „Meine Schicht ist vorbei. Wenn ich nicht mehr für irgendetwas Wichtiges gebraucht werde, kann ich ebenso gut nach Hause gehen."

„Sie wissen, dass wir alle verfügbaren Kollegen herbeordert haben, um das Flussufer abzusuchen."

„Dann lassen Sie mich mitsuchen."

Sein Tonfall klang so, dass Cade ihn gern nach Hause geschickt hätte. Für immer. „Kommen Sie in mein Büro. Wir müssen reden."

„In Ordnung."

Cade führte den jungen Mann in sein Büro und schloss die Tür hinter sich. „Setzen Sie sich."

Crown setzte sich und verschränkte die Arme wie ein Kind, das einen Verweis erhält.

Cade zog seinen Stuhl hinter den Schreibtisch. „Ich habe keine Zeit auf Ihre Befindlichkeiten Rücksicht zu nehmen, Crown. Ich bin kein Babysitter oder Grundschullehrer. Wenn Sie nicht etwas mehr Respekt zeigen und zugeben können, wenn Sie etwas falsch gemacht haben, gibt es in meiner Einheit keinen Platz für Sie."

„Aber ich ..."

„Ich möchte Ihre Rechtfertigungen nicht hören, Crown. Sie haben es heute Morgen total vermasselt. Es geht hier nicht nur um eine kleine Ordnungswidrigkeit. Sie haben möglicherweise eine Mordermittlung erschwert. Und bis Sie das einsehen und aus Ihren Fehlern lernen, kann ich Sie in meiner Abteilung nicht gebrauchen."

„Sie hätten mich nicht vor all den anderen zusammenstauchen müssen." Crown sank auf seinen Stuhl zurück. „Sie wissen, dass ich versucht habe, das Richtige zu tun. Was glauben Sie, wie ich jetzt dastehe?"

„Ich bin nicht dafür da, Sie gut aussehen zu lassen, Crown. Sie haben *selbst* dafür gesorgt, dass Sie schlecht dastehen. Sie haben versucht, den Helden zu spielen, und es ist nach hinten losgegangen."

„Ich kannte sie, okay? Sie ist die Schwester eines Kumpels von mir. Was erwarten Sie da von mir?"

„Ich *erwarte*, dass Sie sich an die Regeln halten. Sie wussten doch noch gar nicht, wer sie war, als Sie zu dem Boot gewatet sind."

Seine Lippen kräuselten sich, und Cade rechnete damit, dass er etwas erwidern würde, das ihm einen Kündigungsgrund lieferte.

Doch dann wurde Crowns Gesicht weicher. Seine Lippen zitterten. „Es tut mir leid, Chief. Wirklich. Bitte feuern Sie mich nicht. Ich möchte als Polizist arbeiten. Das wollte ich schon, seit ich ein kleines Kind war. Es war ein Traum, der für mich wahr geworden ist."

„Das klang aber vorhin nicht so."

„Ich weiß." Er faltete seine Hände zwischen den Knien und schluckte. „Ich hätte Ihnen gegenüber nicht so reagieren sollen. Aber geben Sie mir noch eine Chance, Chief. Ich lerne daraus. Das verspreche ich."

Cade lehnte sich in seinem Stuhl zurück und tippte mit dem Finger gegen sein Kinn. „In Ordnung, Crown. Aber ich erwarte dann auch, dass Sie sich entsprechend verhalten. Sie halten sich streng an die Vorschriften, verstanden? Sie befolgen die Regeln. Folgen Sie nicht Ihrem Bauchgefühl und tun Sie nicht mehr einfach das, was Sie für richtig halten."

„Okay." In seinem Gesicht konnte man noch einen Rest Ärger erkennen, aber er klang zerknirscht. „Möchten Sie, dass ich mich wieder an die Arbeit mache?"

„Heute nicht mehr. Gehen Sie nach Hause und schlafen Sie ein bisschen. Wir sehen uns, wenn Sie zur Nachtschicht kommen."

Crown stöhnte, gab aber keine Widerworte. Er stand auf, ging zur Tür und drehte sich dann noch einmal um. „Danke, Chief. Ich werde Sie nicht enttäuschen."

Cade sah ihm in die Augen. „Sorgen Sie dafür, dass das tatsächlich so ist."

Er sah ihm nach, als Crown sein Büro verließ, und hoffte, dass es richtig war, ihn zu behalten. Er stand auf und ging zurück ins Großraumbüro. Durch das vordere Fenster sah er, dass die Pfadfindermädchen auf dem Parkplatz waren, sich abwechselnd in den Streifenwagen setzten und das Blaulicht an- und ausmachten. Er ging zu Sarah hinüber, die Myrtle für die Tagschicht abgelöst hatte. „Haben Sie es schon geschafft, alle Beamten, die eigentlich freihaben, zu erreichen?"

„Die meisten von ihnen. Ein paar sind bereits gekommen und ich habe sie direkt zum Fluss geschickt."

„Holen Sie sie hierher. Ich muss sie informieren und ihnen ein paar Anweisungen erteilen."

Er ging zurück in sein Büro. Einer der Computerspezialisten hatte in der Zwischenzeit seinen Schreibtisch in Beschlag genommen, saß auf seinem Stuhl und beschäftigte sich mit seinem Computer. „Was glauben Sie, wie lange Sie noch brauchen werden?"

Der Mann sah auf. „Nicht sehr lange, aber solche Dinge brauchen halt ihre Zeit."

Cade lehnte sich gegen die Tür. „Ich möchte Sie nicht hetzen. Aber ich muss meine Arbeit erledigen."

„Na ja, dafür geht alles viel schneller und effizienter, wenn ich das hier aufgebaut habe. Das wollten Sie doch, nicht wahr?"

„Das möchte ich allerdings."

„Dann ist ja alles klar." Offensichtlich hatte der Techniker, der aussah wie Bill Gates, bevor er Milliardär wurde, einen Überlegenheitskomplex. „Ich habe im Radio von dem Mädchen gehört, das ermordet wurde. Ist das Ihr Fall?"

„Nein. Sie stammt zwar aus Cape Refuge, aber sie wurde nicht hier gefunden. Es war außerhalb meines Zuständigkeitsbereichs." Er sah keine Notwendigkeit darin, ihm zu erzählen, dass er lediglich ihren Eltern die Todesnachricht hatte überbringen müssen.

„Verbrecher halten sich eben nicht an Stadtgrenzen." Der Techniker tätschelte den Computer. „Dieses Prachtstück wird Ihnen dabei helfen, all die Informationen zu bekommen, die Sie brauchen. Wollen Sie wissen, welche Wiederholungstäter es in Ihrer Gegend gibt? Oder Kinderschänder? Oder Vergewaltiger? Ein Knopfdruck. Wollen Sie Einsicht in FBI-Akten nehmen? Oder in Akten der Polizeibehörden der Bundesstaaten? Wollen Sie die Berichte der Spurensicherung und die Autopsieergebnisse lesen? Mit dem Kriminallabor in Kontakt treten oder die ACIS-Datenbank durchsuchen?"

„Das Meiste davon konnte ich auch vorher schon."

„Aber nicht so schnell. Ein Knopfdruck, mein Freund, und die ganze Welt gehört Ihnen."

„Ich freue mich schon darauf."

Der Mann wirkte so aufgeregt wie ein NASA-Ingenieur beim Start einer Rakete. „Machen Sie sich keine Sorgen. Ich zeige Ihnen, wie alles funktioniert. Wir werden allen, die damit arbeiten sollen, eine Einweisung geben. Können Sie morgen alle hierher bestellen?"

„Das ist schon erledigt. Wir haben das bereits vor einer Woche eingeplant."

Cade huschte aus dem Raum, sobald sich die Gelegenheit bot, und ging zu dem kleinen Verhörraum. McCormick betrat soeben das Gebäude, gefolgt von zwei Beamten in Uniform, die gerade ihre Schicht antraten. „Kommen Sie alle hierher", rief er.

Er ging hinein und wartete, während der Rest seiner Einheit sich versammelte.

Als endlich alle da waren, schloss er die Tür und informierte sie über den Mord. Chief Grant hatte Cades Dienststelle um

Unterstützung bei den Ermittlungen gebeten, weil das Mädchen aus Cape Refuge stammte. Grant nahm an, dass sie mit informellen Befragungen bei ihrer Familie und ihren Freunden vielleicht schneller zu Ergebnissen kommen könnten als Außenstehende.

Cade hatte gehofft, sie motivieren zu können, heute härter zu arbeiten, aber als sie zurück ins Großraumbüro gingen, wurden die Computer gerade gestartet. Alle versammelten sich um die Monitore, um zu sehen, was das neue System alles konnte. Wie Kinder, die eine neue Playstation bekommen haben, ließen sie sich sofort von dem ablenken, was wirklich zählte: das ermordete Mädchen und die trauernde Familie.

Doch für Cade war das nicht so einfach. Egal, welche alltäglichen Pflichten seine Aufmerksamkeit erforderten, er konnte die schreckliche Tatsache, dass ein Kind aus Cape Refuge grausam ermordet worden war, nicht aus seinen Gedanken verdrängen.

Und der Mörder war noch auf freiem Fuß.

Kapitel 7

„Ich habe dieses Kinderbett letztes Wochenende auf der Antiquitätenauktion gesehen, Morgan, und dachte, dass es perfekt für Sie wäre." Clara Montgomery kletterte auf die Ladefläche ihres Pick-ups und nahm neben dem Bettchen eine Pose ein. „Ich gebe es Ihnen zum Einkaufspreis. Nur fünftausend Dollar. Es ist aus echtem Mahagoni, äußerst stabil und wahrscheinlich schon 100 Jahre alt."

Morgan stand auf der Verandatreppe und strich sich mit der Hand über den Bauch. Das Baby war heute sehr lebhaft und trat immer wieder zu wie ein Football-Spieler. „Es ist wunderschön, Clara. Aber ich kann mir das nicht leisten. Außerdem habe ich schon ein Kinderbett. Caleb schläft inzwischen in einem richtigen Bett, also haben wir bereits alles für das Baby."

„Oh, meine Liebe, es ist eine gute Investition! Sie wollen doch nicht, dass Ihr Baby in diesem billigen Ding schläft, das Sie haben. Das besteht doch genau genommen nur aus Spanplatten." Sie fuhr mit der Hand über das antike Holz des Kinderbetts. „Kommen Sie, meine Liebe, wir bringen es ins Haus und dann werden Sie es einsehen."

Morgan *wollte* es nicht im Haus haben. Sie kannte Claras Vorgehensweise. Sie war eine gute Verkäuferin. Sie war bekannt dafür, dass sie, wenn das Geschäft gerade schleppend lief, mit besonderen Möbelstücken bei den Leuten auftauchte und darauf bestand, dass sie wie für sie geschaffen wären. Meistens funktionierte ihre Taktik ziemlich gut.

Zum Glück hatte Morgan keine fünftausend Dollar irgendwo rumliegen.

„Ich glaube, dass ich in meinem Zustand besser keine Möbel

schleppen sollte, Clara. Und außerdem habe ich gar nicht so viel Geld."

„Ich könnte Ihnen einen Kredit geben, Liebes. Wenn irgendjemand kreditwürdig ist, dann ja wohl unser Prediger-Schrägstrich-Bürgermeister."

„Sie verstehen mich nicht. Ich möchte keine Schulden für ein Möbelstück anhäufen, das ich nicht brauche. Haben Sie schon an Marissa Brown gedacht? Sie erwartet jeden Tag ihr Baby."

Clara verzog das Gesicht. „*Die*? Die würde eine wertvolle Antiquität noch nicht mal erkennen, wenn sie ihr ins Gesicht springen würde." Während sie sprach, versuchte sie das Kinderbett abzuladen.

Erfreulicherweise bog in diesem Augenblick der alte Wagen, mit dem die Bewohner des Hanover Houses fahren durften, in die Einfahrt ein und lenkte Clara für einen Moment ab. Sheila saß am Steuer, und als sie ausstieg, rief Clara sie herbei. „Sheila, kommen Sie doch einmal her, meine Liebe. Helfen Sie mir bitte, das hier ins Haus zu tragen."

Morgan stöhnte, stieg die Treppe hinunter und stellte sich zwischen Sheila und den Pick-up. „Das ist nicht nötig. Es kommt nicht ins Haus."

Clara seufzte. „Morgan, seien Sie doch nicht so."

Sie lachte auf. „Ich kaufe das Kinderbett nicht, Clara. Sie vergeuden nur Ihre Zeit."

Endlich gab die Frau auf, ließ das Bettchen stehen, stieg von der Ladefläche und schlug die Heckklappe zu. „Sie sind ein Sturkopf, Morgan Cleary."

Morgan lachte und wandte sich zu Sheila um. „Nun, wie war das Vorstellungsgespräch?"

Sheila kreischte und warf die Hände in die Höhe. „Sagen Sie, meine Damen, sehe ich nicht aus wie die Assistentin eines berühmten Romanautors?"

Morgan sah sie an. „Du hast den Job bekommen?"

„Was für einen Job?" Clara schaute von Sheila zu Morgan hinüber. „Und um was für einen berühmten Romanautor geht es?"

Sheila genoss Claras Verwunderung sichtlich. Sie antwortete nicht sofort, um die Spannung noch zu erhöhen. „Marcus Gibson, der Krimiautor, der regelmäßig auf der *New York Times*-Bestsellerliste steht."

Clara schnappte nach Luft. „Marcus Gibson befindet sich auf Cape Refuge?"

„Ja. Er hat vor ein paar Wochen das Strandhaus von Gabe Stone gekauft. Aber so, wie es da aussieht, könnte man meinen, dass er schon vierzig Jahre dort lebt. Er hat seine Papierstapel offenbar einfach in Pappkartons gepackt und dann hier im ganzen Raum verteilt, genauso wie sie in Atlanta lagen."

„Und er hat Sie angestellt?" Clara musterte die Frau. „Kennt er Ihre Vorgeschichte?"

Sheilas Lächeln verblasste. „Ja. Er hat mich gegoogelt."

„Was hat er getan, Liebes?"

„Er hat mich gegoogelt, also im Internet nach mir gesucht."

Morgan wandte sich wieder an Sheila und versuchte trotz ihrer Bedenken, begeistert zu erscheinen. „Also weiß er alles?"

„Ja, und es macht ihm nichts aus. Er möchte, dass ich morgen anfange."

Morgan hatte nicht damit gerechnet, dass der Schriftsteller Sheila den Job anbieten würde, deshalb hatte sie ihre Bedenken vorher nicht geäußert. Aber sie würde sich mit Sheila zusammensetzen und darüber reden müssen, nachdem Clara gegangen war.

„Ich liebe seine Bücher", erzählte Clara. „Erst letzte Woche habe ich eins gelesen und dafür die ganze Nacht durchgemacht. Um ehrlich zu sein, habe ich mich beinahe zu Tode geängstigt. Ich habe mich gefühlt, als starrte mich jemand, der mit einer Axt in der einen und mit einem Maschinengewehr in der anderen Hand draußen im Dunkeln steht, durch das Fenster an. Wissen Sie, es ging um diese Frau, die diesen Typ geheiratet hat ..."

Morgan wollte sich nicht die ausführliche Schilderung der gesamten Handlung anhören, deshalb schaute sie auf ihre Armbanduhr. „Du meine Güte, ich muss schnell rein. Caleb wacht bestimmt gleich auf."

Clara musterte Sheila immer noch. „Ich vermute mal, Ihr schönes, blondes Haar hat bei dem Vorstellungsgespräch bestimmt nicht gestört, hä? Wer kann es einem heißblütigen Mann verübeln, dass er jemand wie Sie anstellen will, obwohl Sie ein Ex-Knacki sind."

Clara konnte mit ihren Komplimenten wirklich verletzen. Morgan sah, wie die Freude aus Sheilas Gesicht verschwand, und ihre Geduld mit der Frau war jetzt endgültig am Ende. „Danke, dass Sie vorbeigekommen sind, Clara."

Clara öffnete die Tür ihres Pick-ups und stieg ein. „Rufen Sie mich an, wenn Sie Ihre Meinung über das Kinderbett geändert haben."

Morgan konnte sich keine Antwort abringen, und Clara fuhr davon. Sie seufzte und lächelte Sheila an. „Ignorier sie einfach."

„Erzähl mir nicht, dass sie es gut gemeint hat."

„Das werde ich nicht, weil es nicht so ist."

Sheila lächelte wieder. „Kannst du das glauben? Er hat mich tatsächlich angestellt!"

Morgan bemühte sich, sich mit Sheila zu freuen, während sie mit ihr ins Haus ging. „Also, dann erzähl mir von deinem Vorstellungsgespräch. Wie war Marcus Gibson?"

„Verrückt. Exzentrisch. Ein bisschen unheimlich. Erinnerst du dich an den verrückten Wissenschaftler aus *Zurück in die Zukunft*? Er erinnert mich an ihn." Caleb, der in dem kleinen Gitterbett im Büro hinter der Küche geschlafen hatte, wachte gerade auf, als sie hereinkamen. Sheila hob ihn aus dem Bett und küsste ihn auf seine rosige Wange. „Hey, Kleiner. Hast du gut geschlafen?"

Er nickte und lehnte den Kopf schläfrig gegen ihre Schulter. Sie setzte sich an den Tisch und knuddelte ihn eng an sich. Morgan holte seine Schnabeltasse mit Milch aus dem Kühlschrank und gab sie ihm.

„Man kann mit ihm kaum eine vernünftige Unterhaltung führen", sagte Sheila mit sanfter Stimme. „Er springt ansatzlos von einem Gedanken zum nächsten, als würde er gleichzeitig über zwanzig Sachen nachdenken, könnte aber keinen Gedanken zu Ende bringen. Er ist geradezu ein Paradebeispiel für einen ADHS-Patienten. Ich kann mir nicht vorstellen, wie er Romane schreibt."

„Welche Arbeiten sollst du für ihn erledigen?"

„Vor allen Dingen Schreibarbeiten am Computer." Caleb rutschte von Sheilas Schoß und ging zu seinem Spielzeug in der Zimmerecke. Seine Mutter folgte ihm und setzte sich hinter ihn auf den Boden, während er zu spielen begann. Sie strich ihm über die Locken und sagte: „Das Tolle an der Sache ist, dass ich nicht jeden Tag stumpf von neun bis fünf Uhr zu arbeiten habe. Er hat gesagt, dass ich plus / minus vierzig Stunden in der Woche arbeiten muss, aber dass ich nicht dort sein soll, wenn er da ist."

Das waren gute Neuigkeiten. „Also wirst du ihn nicht so oft sehen?"

„Er hat es zumindest gesagt. Er schreibt gerne an anderen Orten auf seinem Laptop." Sheila sah zu ihr auf. „Das, was Clara gesagt hat, ist nicht wahr, Morgan. Er hat mich nicht wegen meines Aussehens angestellt. Er hat sich überhaupt nicht für mich interessiert. Er könnte dir wahrscheinlich nicht einmal sagen, welche Haarfarbe ich habe. Er hat mich die ganze Zeit über kaum angeschaut, und als er es getan hat, hatte er diesen ausdruckslosen Blick, als sähe er durch mich hindurch. Er hat sich mehr für den richtigen Ausdruck für einen Lichtschalter an der Lampe interessiert. Ich sage dir, er ist verrückt. Aber der Job wird wirklich gut bezahlt. Und nebenbei bemerkt, es ist das erste Jobangebot, das ich erhalten habe. Es ist ja nicht gerade so, dass die Leute mir die Tür einrennen, um mir Jobs anzubieten." Sie beugte sich vor und küsste Caleb auf die Stirn. „Bist du sicher, dass es dir nichts ausmacht, auf Caleb aufzupassen, während ich arbeite?"

„Ja, natürlich. Du weißt, dass ich Caleb liebe." Wie hätte es auch anders sein können? Sie war fast ein Jahr lang die Mutter für dieses Kind gewesen. Und während sie dabei zugesehen hatte, wie Sheila diese Rolle wieder übernommen hatte, hatte Morgan sich dazu zwingen müssen, sich zurückzuhalten. Nun freute sie sich darauf, wieder Zeit mit ihm allein verbringen zu können. „Sheila, glaubst du, dass es das Richtige für dich ist? Du musst bei der Jobsuche nichts überstürzen. Du hast deine Ausbildung erst vor wenigen Wochen beendet. Vielleicht solltest du dir noch ein wenig Zeit lassen und dich nach etwas anderem umsehen, nach einem Job, der ein bisschen berechenbarer ist."

„Er zahlt 400 Dollar in der Woche, Morgan. Bei allen anderen Jobs, die ich mir angeschaut habe, wurde nur der Mindestlohn bezahlt. Und die Gefahren für mich sind dort, wo ich die meiste Zeit allein bin, geringer als in einem Restaurant oder wenn ich mit Leuten zusammenarbeiten müsste, die vielleicht mit Drogen zu tun haben. Und ich kann bei dieser Arbeit meinen Verstand benutzen. Ich war ziemlich clever, Morgan, bis ich abgerutscht bin und angefangen habe, Drogen zu nehmen. Wenn es anders gelaufen wäre, hätte ich vielleicht sogar studiert. Ich *schaffe* das. Ich habe gelernt, mit dem Computer umzugehen, ich beherrsche die Textverarbeitung und ich kann schnell tippen. Ich freue mich darauf."

Morgan wählte ihre nächsten Worte mit Bedacht. „Wenn der Autor eine Frau wäre, würde ich mir keine Sorgen machen. Aber ich möchte nicht, dass er dir wehtut."

„Ich kann auf mich selbst aufpassen. Damit kenne ich mich

aus, vergiss das nicht. Wenn er sich an mich heranmacht, kündige ich."

„Bis du dein Herz verlierst", seufzte Morgan. „Marcus Gibson soll ein Vermögen besitzen. Von so einem Mann, der Geld und Macht besitzt und dazu noch berühmt ist, umgeben zu sein, könnte gefährlich für dich sein."

Sheila bedeckte ihr Gesicht, als ekele sie sich bei diesem Gedanken. „Er ist nicht mein Typ, okay? Ich finde ihn noch nicht mal attraktiv, und er ist viel zu alt. Und wenn du ihn einmal treffen würdest, würdest du nicht an Macht, Geld oder seine Berühmtheit denken. Er ist einfach nur – exzentrisch. Ich versuche es bei ihm, okay? Gib mir einfach eine Woche oder so, um herauszufinden, ob es wirklich etwas für mich ist. Ich verspreche dir, wenn es zu verrückt ist oder irgendetwas schiefläuft, kündige ich."

Wortlos beobachtete Morgan Sheila, wie sie ein paar Bauklötze aufbaute, damit Caleb sie umwerfen konnte. Vielleicht sah sie zu schwarz. Vielleicht war es trotz allem eine gute Sache. Und Sheila würde den Job annehmen, egal ob es ihr gefallen würde oder nicht.

Sie hoffte nur, dass sich ihre Befürchtungen nicht bewahrheiteten.

Kapitel 8

Marcus Gibson öffnete nicht. Sheila schaute auf ihre Armbanduhr. Sie war an ihrem ersten Arbeitstag zehn Minuten zu früh gekommen. Sie war extra früh losgegangen, weil sie laufen musste und durch ihr pünktliches Erscheinen einen guten Eindruck hinterlassen wollte. Marcus Gibsons Auto stand da, also schien er zu Hause zu sein. Vielleicht war er so skurril, dass er die Tür erst zur vereinbarten Zeit öffnen würde. Sie beschloss, bis Punkt neun Uhr zu warten und dann erneut zu klopfen.

Es war bereits sehr warm und schwül, und der Fußmarsch hatte es auch nicht besser gemacht. Trotzdem war es ein wunderbarer Tag. Im Verlauf des letzten Jahres hatte sie das Meer lieben gelernt und nahm dafür gerne die schwüle Hitze in Kauf.

Sie hörte ein Kind lachen und ging zum Rand der Veranda. Von dieser Stelle aus konnte sie den Strand hinter dem Haus des Schriftstellers überblicken. Eine junge Familie – wahrscheinlich aus einem der Nachbarhäuser – spielte dort. Die Mutter und der Vater hielten ein kleines Kind zwischen sich und tauchten seine Füße in die Gischt, wenn die Wellen gegen den Sand schlugen.

Sie erinnerte sich an eine Situation aus längst vergangener Zeit – ihre Mutter schwankte durch die plätschernden Wellen, während der Wind ihr Haar aufwirbelte. Ihre Mutter war wieder einmal betrunken gewesen und ihr lüsterner Begleiter hatte ebenfalls ordentlich gebechert. Trotzdem hatte die wahrscheinlich sechs- oder siebenjährige Sheila mit ihrem roten Eimer am Strand gesessen, Sand hineingeschaufelt und so getan, als wären auch sie eine der glücklichen Familien, die in der Brandung spielten.

Hatte diese kleine Familie dort unten am Wasser eine Ahnung davon, wie selten und besonders sie war?

Sie drängte diese Gedanken zurück, weil sie sich heute nicht schlecht fühlen durfte – und ging zurück zur Haustür. Es war jetzt Punkt neun. Sie klopfte, drückte auf die Klingel und wartete ...

Immer noch keine Reaktion.

Hatte er vergessen, dass er ihr gesagt hatte, sie solle sich heute Morgen bei ihm melden? Oder hatte er es sich mit der Anstellung anders überlegt? War ihm nun erst richtig bewusst geworden, was er mit Hilfe von Google über sie herausgefunden hatte?

Was sollte sie tun? Vielleicht war er kurz weggegangen. Wenn sie einfach warten würde, würde er vielleicht bald nach Hause kommen.

Sie setzte sich in den weißen Schaukelstuhl auf der Veranda und dachte nach. Sollte sie, wenn er nicht auftauchte, davon ausgehen, dass die Sache mit dem Job lediglich pure Einbildung war? Würde sie Morgan erzählen müssen, dass sie es falsch verstanden hatte? Würde Sadie wieder einmal total enttäuscht von ihr sein?

Die Minuten verstrichen, es verging eine halbe Stunde und die Sonne schien immer heißer. Die Kleidung, die sie sich aus Morgans Schrank mit Kleiderspenden ausgesucht hatte, pappte an ihrem Körper und ihr Haar klebte in ihrem Nacken. Wenn er nicht bald nach Hause kommen und sie hereinlassen würde, sähe sie nicht mehr aus wie jemand, der einen ganzen Tag arbeiten könnte, sondern wie jemand, der dringend ein erfrischendes Bad bräuchte.

Nach fünfundvierzig Minuten entschied sie, dass es sinnlos war, noch länger zu warten. Er hatte sie vergessen oder einfach seine Meinung geändert. Oder er befand sich im Haus und durchsuchte seine Bücher wie ein Verrückter nach einer trivialen Information.

Sie stand auf und stieg die Verandatreppe hinunter, als sie einen Mann sah, der über die Straße auf sie zu trottete. War er das?

Ja, er war es tatsächlich. Sie blickte ihm entgegen, während er näherkam. Er trug eine Tarnhose, ein großes knittriges T-Shirt, das schweißnass an seinem Körper klebte, Kampfstiefel und eine Weste, die offen stand und deren Taschen voll mit schwer aussehenden Gegenständen waren. Auf dem Rücken trug er einen großen Rucksack.

Er kam die Einfahrt herauf und sah zu ihr auf. Der Schweiß lief ihm das Gesicht hinunter. „Oh, ja. Sie sind hier."

So hatte sie sich die Begrüßung nicht vorgestellt, aber sie schluckte ihre Gefühle hinunter. „Hallo, Mr. Gibson. Ich sollte mich heute Morgen um neun Uhr bei Ihnen melden und mit der Arbeit anfangen, erinnern Sie sich?"

„Habe ich das gesagt?" Er nahm den Rucksack ab und ließ ihn auf der Veranda liegen. Dann durchwühlte er seine Taschen, wahrscheinlich auf der Suche nach dem Schlüssel. „Ja, ich glaube, das habe ich gesagt."

„Ist es gerade unpassend? Ich könnte wiederkommen, wenn es Ihnen besser passt."

Endlich zog er einen Schlüsselbund hervor und öffnete die Tür. „Es ist nie passend. Aber es gibt viel zu tun und die Arbeit muss erledigt werden."

Er führte sie in das dunkle Haus und schaltete im Vorübergehen das Licht ein. Nun konnte man im Wohnzimmer ungeöffnete Kartons und Möbel erkennen, die herumstanden, als wären sie hereingetragen und dann einfach irgendwo abgestellt worden. Es sah aus, als hätte er noch gar nicht bemerkt, dass die Couch mitten im Raum und der Couchtisch an der Wand standen. Das Klavier war scheinbar hineingerollt und einfach neben der Tür stehen gelassen worden.

Gibson ging ihr voran in die Küche und direkt auf einen Schrank zu. Er holte eine Packung mit Fruity Pebbles-Müsli heraus und schüttete es in eine Schale.

Er hatte sie schon wieder vergessen. „Möchten Sie, dass ich schon mal ins Büro gehe? Ich könnte mit der Ablage beginnen oder ..."

Gibson sah sie an, als würde es ihn nerven, dass sie noch hier war. Er klopfte schon wieder seine Taschen ab. Dieses Mal hatte sie keine Ahnung, wonach er suchte.

Er zögerte, öffnete eine Tasche mit Reißverschluss, zog vier Mikrokassetten und ein Diktiergerät hervor und hielt sie ihr hin. „Tippen Sie das. Ich habe sie nummeriert. Es sollten fünf Stunden eines wichtigen Diktats sein." Er zählte die Kassetten in seiner Hand. „Nur vier. Ach du meine Güte. Die fünfte muss ich im Wald verloren haben."

Im Wald? Sie nahm die Kassetten und das Diktiergerät entgegen, schaute hinein und sagte: „Da ist noch eine im Gerät."

„Oh, ja. Fünf. Ich habe sie doch nicht verloren."

„Haben Sie ... letzte Nacht gecampt?" Sie wusste, dass sie nicht hätte fragen sollen, aber die Neugier brachte sie fast um.

„Ja, ich habe im Wald geschlafen, ohne Essen, ohne Wasser, genau wie Ryan Casings."

„Ryan Casings?"

„Meine Figur. Ich musste fühlen, was er fühlt ... Wie auch immer, ich weiß, was Sie denken. Sie denken, dass eine Figur, die Ryan heißt, nicht primitiv im Wald leben könnte, sich nicht wie ein Soldat im Feindesgebiet herumtreiben und nur das essen würde, was sie töten kann ..."

„Ich habe nicht ..."

„Und natürlich haben Sie recht. Deswegen werde ich seinen Namen noch heute ändern. Also, wenn Sie alles eingetippt haben, suchen Sie alle Stellen mit seinem Namen heraus und ändern Sie ihn in ..."

Er erstarrte, und seine Gesichtszüge verzerrten sich, als habe er heftige Schmerzen, während er sich das Gehirn nach dem perfekten Namen zermarterte. Sie wollte ihm helfen. *Rocky, Rambo ...*

„Reed", stieß er schließlich hervor. „Ändern Sie seinen Namen in Reed."

Reed? Das war es? „Okay. Einfach nur Reed."

„Ja, Reed." Er beugte sich über die Spüle und grub den Löffel in sein Müsli.

Sheila ging ins Arbeitszimmer und räumte den Stuhl vor seinem Computer frei. Sie nahm die fünfte Kassette heraus und legte die erste ein.

Seine tiefe, polternde und etwas unheimliche Stimme diktierte die ersten Seiten seines Buches. Sheila lächelte, während sie tippte. Sie fühlte sich wie ein Teil von etwas Wichtigem, etwas Großem, als trüge ihre Arbeit zu einem Kunstwerk bei, das langsam Form annahm, bis es etwas Gewaltiges, Unsterbliches sein würde – etwas, an dem Millionen von Menschen teilhaben würden.

Nach einer Weile hörte sie, dass er wieder ging, und schaute aus dem Fenster. Gibson trug immer noch seine Tarnkleidung und stapfte durch den Sand auf das Wasser zu. Er ging wie ein Mann, der sich auf einer Mission befand. Obwohl er immer noch komplett angezogen war, lief er direkt in die Wellen hinein, bis ihm das Wasser über die Schultern reichte. Die Wellen schlugen gegen ihn, als sie sich am Strand brachen. Er schwamm durch die Wellen, weiter, immer weiter hinaus, bis sie ihn wegen der Reflektionen der Sonne auf dem Meer aus den Augen verlor.

Verrückt. Merkte er überhaupt, dass er komplett bekleidet war? Würde es ihm auffallen, wenn seine Stiefel anfingen, ihn nach unten zu ziehen?

Sie machte sich wieder an die Arbeit und tippte so schnell, wie sie ihre Finger bewegen konnte, in der Hoffnung, dass sie alles schaffen würde, bevor er triefnass zurückkam.

Kapitel 9

Die öffentliche Aufbahrung war sehr traurig gewesen, da Hunderte von Jugendlichen kamen und gingen, um ihrer toten Klassenkameradin die letzte Ehre zu erweisen. Sadie hörte, wie die anderen darüber sprachen, dass sie sich heute Abend im Gedenken an sie im Baseballstadion treffen wollten. Obwohl sie nicht eingeladen war, wusste sie, dass es der richtige Ort war, um neue Informationen für ihren Artikel zu sammeln. Also bewaffnete sie sich, als es Abend wurde, mit ihrer Kamera und lief hinüber.

Der Parkplatz war voller Autos und ein Baseballspiel war bereits im Gange. Viele ihrer Klassenkameraden hatten sich auf der Tribüne eines leeren Spielfeldes versammelt.

Der Imbissstand, in dem Emily gearbeitet hatte, war ihr zu Ehren und im Gedenken an sie geschlossen und etliche Blumenbouquets lagen um das kleine Gebäude herum.

Sadie sah zu den Jugendlichen hinüber, die sich vor den Ständen drängelten. Crystal Aimes und Kelly Jackson, zwei ihrer Erzfeindinnen, die sich regelmäßig vor anderen über sie lustig gemacht hatten, weil sie damals die Schule abgebrochen hatte und die Tochter einer verurteilten Straftäterin war, waren dabei. Auch ein paar von den Football-Spielern und Cheerleadern hatten sich unter die Streber der Klasse und die Gruppe, die sich stolz „die Freaks“ nannten, gemischt. Sie umarmten sich gegenseitig und weinten gemeinsam. Der Tod schaffte es, die unterschiedlichsten Leute zusammenzubringen.

Sadie, die wie immer Notizblock und Stift bei sich trug, ging auf sie zu. Ihr Herz klopfte laut.

„Sadie.“

Sie sah sich nach der Stimme um, die sie gerufen hatte. Courtney und April, die sie im Hof von Emilys Elternhaus getroffen hatte, winkten sie heran. Sie ging zu ihnen hinüber.

„Ich wette, sie weiß es", sagte jemand. „Sadie, weißt du, wo Emily erschossen wurde?"

Alle drehten sich zu ihr um.

„Sadie, bitte sorg dafür, dass all diese Gerüchte aufhören, und sag uns, was du weißt."

Sie fühlte sich, als wäre sie ein Promi oder so etwas in der Art, und dazu die Faktensammlerin der Stadt ...

Als sich die Jugendlichen um sie herum versammelten, zog Sadie den Notizblock aus ihrer Gesäßtasche. „Die Polizei hat noch keine Details darüber veröffentlicht, wie und wo sie ermordet wurde. Heute sollte sie obduziert werden. Hat jemand von euch Emily am Montagabend gesehen?"

„Ja, ich." Cameron Ward sah aus, als bräche er gleich in Tränen aus. „Ich hatte an diesem Abend ein Fußballspiel und Emily hat am Imbissstand gearbeitet."

Sadie notierte sich das. „Hast du gesehen, ob sie mit jemand Fremdem gesprochen hat?"

„Nein, zumindest kann ich mich nicht daran erinnern. Ich habe mir schon das Gehirn zermartert, aber da ist nichts. Es waren so viele Leute hier. Es könnte jeder gewesen sein."

„Wann ist sie gegangen?"

„Sie war noch da, als ich gegangen bin. Sie war normalerweise eine der Letzten, die das Stadion verließen."

Die Polizei wusste das wahrscheinlich schon. Es war gut möglich, dass jemand sie angesprochen hatte, nachdem alle anderen weg waren. „Emily machte einen ehrlichen und ordentlichen Eindruck. Das war sie doch auch, oder?"

„Ja, das war sie." Emilys beste Schulfreundin sah aus, als hätte sie den ganzen Nachmittag geweint. „Sie hat regelmäßig gearbeitet, ist in die Kirche gegangen und hat viel Zeit mit ihren Freunden verbracht."

„Sadie, wer hat sie gefunden?"

Das konnte sie beantworten. „Könnt ihr euch an Scott Crown erinnern, der letztes Jahr seinen Abschluss gemacht hat? Er ist inzwischen Polizist und er hat sie gefunden."

„Scott Crown ist Polizist? Unmöglich!"

Sadie nickte. „Doch, es stimmt. Er war auf Streife und hat das Boot auf dem Fluss gesehen. Es hat sich herausgestellt, dass es der Familie Craven gehört, die flussaufwärts an dem Ufer wohnt, an dem Tybee liegt. Sie haben gesagt, dass es in der Nacht von ihrem Anlegeplatz gestohlen wurde."

Sogar die Mädchen, die sich selbst zu ihren Feinden gemacht hatten, schauten sie nicht mehr geringschätzig an, sondern hingen an ihren Lippen, als wäre sie eine Autoritätsperson.

„Sadie, hat dir schon jemand gesagt, dass morgen Abend nach der Beerdigung ein Gedenkgottesdienst stattfindet?", fragte Courtney sie. „Emilys Jugendgruppe in der Methodistenkirche organisiert ihn."

Erzählten sie es ihr in ihrer Funktion als Reporterin oder luden sie sie einfach so ein? „Nein, das wusste ich noch nicht."

„Sie wollen, dass die Leute aufstehen und ihre Erlebnisse mit Emily erzählen. Sie nehmen es auf, damit sie ihren Eltern hinterher eine Kopie davon geben können."

Sadie schluckte. Sie hatte nichts zu berichten, das Emilys untröstliche Eltern trösten könnte. Was sollte sie sagen? *Emily war nett. Sie hat mich behandelt, als bedeutete ich ihr etwas.*

Nein, das konnte sie nicht sagen. Aber sie wollte trotzdem dabei sein.

Sie notierte sich den Termin, dann setzte sie sich zu den Jugendlichen, die leise über Emily sprachen – jeder berichtete über das letzte Mal, als er sie gesehen hatte, was sie da gesagt hatte, was sie ihnen am Imbissstand verkauft hatte.

Schließlich, als Sadie ihre Gefühle nicht länger zurückhalten konnte, verließ sie die Gruppe und machte sich auf den Heimweg. Sie entschied sich dagegen, wie sonst am Strand entlangzugehen. Obwohl es noch hell war, lief sie die Straße entlang, weil sie Angst hatte, allein zu sein.

Doch da sie noch nicht nach Hause wollte, lief Sadie durch Cape Refuge zum Fluss, setzte sich ans Ufer und starrte zur gegenüberliegenden Seite hinüber, wo Emilys Leiche gefunden worden war. Die Polizei war immer noch dort. Das Anwesen der Cravens, wo das Boot gestohlen worden war, war abgesperrt worden, weil die Beamten dort nach Spuren suchten.

Die Stelle, an der das Boot gefunden worden war, war ebenfalls abgeriegelt. Doch auf dieser Seite des Flusses standen einige Leute mit Ferngläsern und beobachteten, was die Polizei am anderen Ufer machte.

Ein paar Boote trieben flussabwärts, in denen andere Schaulustige saßen und sich bemühten, einen Blick zu erhaschen.

Sadie saß gegen einen Baum gelehnt auf der Wiese, schlang die Arme um die Knie und betete für Emilys Eltern, ihre engsten Freunde und ihre Geschwister. Was für eine schreckliche Zeit mussten sie durchleben.

„Bist du dienstlich hier oder schlägst du nur deine Zeit tot?"

Sadie blickte auf und sah, dass es Scott Crown war. Sie kannte ihn noch von der Schule, da er erst im letzten Jahr seinen Abschluss gemacht hatte. Er trug keine Uniform und sah daher genauso aus wie damals auf dem Korridor der Cape Refuge Highschool. „Hallo. Ich habe dich gar nicht kommen sehen."

„Du warst wohl in Gedanken versunken." Er setzte sich neben sie ins Gras und stützte sich nach hinten mit seinen Händen ab. „Verrückt, was? All diese Aktivitäten wegen eines Mädchens, das wir persönlich kannten. Wer hätte mit so etwas gerechnet?"

„Es muss wirklich schlimm für dich sein, weil du sie auch noch selbst gefunden hast.“

„Ja, es war schrecklich. Ich hätte nie erwartet, dass ich gleich in meiner ersten Arbeitswoche ein Mordopfer finde. Schon gar nicht jemanden, den ich kenne.“

„Das muss dich wirklich geschockt haben.“

„Du weißt gar nicht, wie sehr. Ich war hier in der Nähe auf Streife und sah das Boot mitten im Fluss treiben. Ein Truthahngeier zog seine Kreise darüber, was mir seltsam vorkam. Geier haben normalerweise Angst davor, in der Nacht herumzufliegen, weil sie dann nicht genug sehen, um sich schützen zu können. Ich wusste, was auch immer dieser Vogel in dem Boot gesehen hatte, es musste tot sein. Und er wollte es so sehr, dass er das Risiko dafür auf sich nahm.“

Sie war wohl zusammengezuckt, denn er brach ab. „Es tut mir leid. Ich vergesse immer, dass andere die schrecklichen Details nicht hören wollen.“

„Doch, ich möchte sie hören. Wie du weißt, arbeite ich für die Zeitung. Ich muss solche Sachen erfahren.“

Nun grinste er. „Wenn du willst, kannst du alles zitieren, was ich sage.“

Sie zog Notizblock und Stift aus der Gesäßtasche ihrer Jeans und setzte sich in den Schneidersitz. „Also bist du nach Tybee gefahren, um das Boot an Land zu ziehen?“

„Ja. Ich bin über die Brücke nach Tybee gefahren. Das Boot war nur ein paar Meter von der Anlegestelle der Jacksons entfernt. Ich habe versucht, das Seil mit einer Stange zu angeln und das Boot an Land zu ziehen. Aber dann habe ich gesehen, was da im Boot lag. Ich habe mich fast zu Tode erschrocken.“

„Gute Polizeiarbeit.“ Sie notierte sich das. „Ich wette, dir wurde dafür oft auf den Rücken geklopft.“

Er schwieg für einen Moment. „Nicht wirklich, weil alle so

erschüttert waren. Aber ich bin mir sicher, dass sie es bemerkt haben. Allerdings habe ich nur meinen Job gemacht."

„Und welche Rolle spielt die Polizei von Cape Refuge bei den Ermittlungen?"

„Also, weil sie von hier stammt, gibt uns Chief Cade viele Laufaufgaben, die darin bestehen, dass wir mit ihren Freunden sprechen und versuchen nachzuvollziehen, was sie in den letzten Tagen vor ihrem Tod gemacht hat."

„Habt ihr schon irgendwelche Hinweise?"

„Dutzende. Die Leute haben den ganzen Tag über angerufen und Hinweise gegeben. Cade musste die meisten davon an das GBI weitergeben, aber ein paar verfolgen wir selbst weiter. Hey, ich spreche gerne jederzeit mit dir, um dich auf dem Laufenden zu halten."

Sadie rang sich ein Lächeln ab. „Wir wissen ziemlich gut Bescheid, seit Blair mit Cade zusammen ist. Er erzählt ihr alles, was er darf. Und was er nicht erzählen darf, findet sie meistens selbst heraus. Manchmal denke ich, sie würde eine großartige Polizistin abgeben. Sie hat den Instinkt, den man braucht, um Kriminalfälle zu lösen."

Er lachte auf. „Es ist nicht so einfach, wie es aussieht, weißt du. Die Vorstellungen der Leute über die Polizeiarbeit stammen aus dem Fernsehen. Doch in Wirklichkeit läuft es ganz anders."

„Also braucht man dafür eine lange Ausbildung?"

„Zehn Wochen an der Polizeiakademie."

„Ich dachte, es dauerte länger. Kein Wunder, dass du in so jungem Alter bereits Polizist sein kannst."

„Chief Cade hat mich sogar schon angestellt, bevor ich mit der Ausbildung begonnen habe. Also konnte ich den Job sofort nach dem Abschluss antreten. Aber es ist nicht nur die Ausbildung, die dich zu einem guten Polizisten macht. Man braucht auch das nötige Bauchgefühl und eine gewisse Portion Mut."

„Das denke ich mir.“ Es war leicht zu merken, dass er stolz auf seinen Beruf war. Er war bestimmt fest angestellt worden. „Dieses Bauchgefühl brauchen Journalisten auch. Ich weiß nicht, ob ich es habe oder nicht. Ich vermute, das ist der Grund, warum ich meistens nicht über Reportagen über alltägliche, lokale Ereignisse hinauskomme. Langweiliger Kram eben. Doch Blair hat gesagt, dass ich auch über den Mord berichten darf, weil ich Emily kannte. Ich habe den ganzen Nachmittag mit Leuten geredet.“

„Wahrscheinlich hast du einen Vorteil, weil du sie kennst.“

Sie hätte es nicht so ausgedrückt, aber sie nahm an, dass es stimmte. „Ja, das glaube ich auch. Die Leute erzählen mir vielleicht Dinge, über die sie mit Blair nicht sprechen würden. Obwohl das keineswegs bedeutet, dass sich mir die meisten Leute einfach so anvertrauen würden.“

„Ja, ich habe gemerkt, dass du in der Schule ein ziemlicher Außenseiter warst.“

Sie zuckte mit den Schultern. „Ich bin ein bisschen älter als die anderen in meiner Klasse, weil ich ein paar Jahre nicht zur Schule gegangen bin. Ich bin achtzehn.“

„Dann bist du nur ein Jahr jünger als ich. Ich *dachte* mir schon, dass du irgendwie anders bist.“

Sie lächelte und war überrascht, dass er sie überhaupt wahrgenommen hatte „An mir ist vieles anders.“

„Ja, aber das macht dich ja gerade so besonders.“ Er sah auf die Grashalme hinunter, auf denen er saß, und riss ein paar ab. „Weißt du, ich wollte schon in der Schule immer mal mit dir reden. Aber du sahst so verschlossen aus. So, als bräuchtest du niemanden. Ich hatte Angst, dass du mich gleich niederschießen würdest.“

„Niederschießen?“ Sie starrte ihn an. „Ich dich niederschießen? Das würde ich nie tun.“

„Das würdest du nicht? Dann sollten wir mal miteinander ausgehen.“

Sadie atmete tief durch. Hatte sie ihn richtig verstanden? War er etwa wirklich an ihr interessiert? „Das wäre schön", brachte sie schließlich hervor.

„Wie wäre es mit einem Film oder sowas? Sagen wir, morgen Abend?"

Er meinte es ernst! „Gern. Weißt du, wo ich wohne?"

„Im Hanover House, oder?"

„Ja, genau." Doch wie viel wusste er sonst noch über sie? Alle im Hanover House hatten eine traurige und heikle Vergangenheit. War ihm bewusst, dass sie keine Ausnahme war?

„Wie wäre es mit halb sieben? Vielleicht finden wir einen Film, der um sieben anfängt."

Sadie schüttelte den Kopf. „So früh kann ich nicht. Ich möchte nach der Beerdigung noch in den Gedenkgottesdienst für Emily gehen. Aber danach kann ich."

„In Ordnung. Ich hole dich dann dort ab."

„Kommst du nicht zu dem Gottesdienst?"

„Nein, wahrscheinlich nicht. Es klingt ein bisschen makaber."

Sie saß einen Moment lang einfach nur da, verlegen und unsicher. Sie konnte es nicht erwarten, ihrer Mutter von dem Date zu erzählen, ein Outfit herauszusuchen und eine Frisur auszuprobieren. Schließlich stand sie auf und schüttelte den Staub von ihrer Jeans. „Ich muss jetzt nach Hause. Meine Mutter hat heute einen neuen Job angefangen, und ich weiß, dass sie mir alles darüber erzählen will. Sie arbeitet für Marcus Gibson, den Autor."

„Im Ernst? Er ist mein Lieblingsautor. Hast du sein neuestes Buch gelesen?"

„Nein, ich habe noch gar keins von ihm gelesen."

„Das solltest du aber. Sie werden dich umhauen."

Sadie wusste nicht, ob sie überhaupt umgehauen werden wollte.

Scott bot ihr an, sie nach Hause zu fahren, doch sie lehnte ab und ging zu Fuß zurück nach Hause, Richtung Ocean Boulevard, an der belebten Straße entlang. Sie fühlte sich ein wenig schuldig, da sich aus dem schrecklichen Schicksal von Emily ein Date für sie ergeben hatte. Aber es würde nicht schaden, mit ihm auszugehen.

Mit beschwingten Schritten eilte sie nach Hause. Sie brannte darauf, ihre Neuigkeiten zu erzählen.

Kapitel 10

Als Sadie nach Hause kam, war Sheila auch gerade erst heimgekommen und plauderte in der Küche mit Morgan und Blair. Sadie eilte hinein, um ihnen ihre Neuigkeiten zu erzählen, aber ihre Mutter war noch mitten in ihrer Erzählung.

„Hey, Liebling. Komm her und hör dir das an. Mr. Gibson kommt eine Stunde zu spät, weil er gezeltet hat, und dann geht er vollbekleidet, mit Tarnklamotten, Kampfstiefeln und allem, ins Meer und schwimmt so weit hinaus, bis ich ihn nicht mehr sehen kann. Eine Stunde später kommt er pudelnass zurück und geht kurz danach wieder weg. Den Rest des Tages habe ich ihn nicht mehr gesehen. Währenddessen tippe ich, was er letzte Nacht im Wald diktiert hat, eine total unheimliche Geschichte über einen Mörder, der jemandem nachstellt, den er ermorden will. Und ich habe dabei die ganze Zeit ein Gefühl, als würde er sich an mich heranschleichen."

Sadie erschauderte. „Bist du sicher, dass du dich da so allein wohlfühlst?"

„Bis jetzt schon. Er hat mich nicht wirklich gestört. Er ignoriert mich praktisch. Ich glaube, es überrascht ihn jedes Mal, wenn er merkt, dass in seiner Welt tatsächlich andere Menschen leben."

Sheila setzte Caleb in seinen Hochstuhl und gab ihm einen Keks aus der Speisekammer. Sie lächelte Sadie an. „Wie war dein Tag, Liebling?"

„Schrecklich. Ich war bei Emilys öffentlicher Aufbahrung." Sie schaute Blair an. „Ich habe mit vielen Leuten gesprochen und viele Aussagen aufgeschrieben."

Blair wandte sich ihr zu. „Ist etwas dabei, das wir brauchen können?"

„Keine harten Fakten. Nur Meinungen von ihren Freunden und anderen Trauernden."

Ihre Mutter sah sie an. „Sadie, bis dieser Mörder gefasst ist, solltest du abends nicht draußen herumlaufen."

„Sie hat recht", sagte Morgan. „Du hättest den Wagen nehmen können."

Sadie ließ sich auf einen Stuhl sinken und dachte über das neu entdeckte Autoritätsgefühl ihrer Mutter in Bezug auf sie nach. Sie hatte ihr früher nie Grenzen gesetzt – bis sie ins Hanover House gekommen war und gesehen hatte, wie Morgan und Jonathan Grenzen setzten.

Sadie nahm einen Keks und biss hinein. „Was würdest du dazu sagen, wenn mich ein Polizist begleitete, wenn ich ausgehe?"

Morgan und Blair sahen sie an. Sheila runzelte die Stirn. „Welcher Polizist? Cade?"

Sadie lächelte. „Nein, Scott Crown. Er will mit mir ausgehen."

Blair grinste, doch Morgan war offensichtlich besorgt. „Der neue Polizist? Wie alt ist er, Sadie?"

„Ein Jahr älter als ich. Er ist neunzehn. Und Cade denkt, dass er vertrauenswürdig genug ist, um für Recht und Ordnung zu sorgen."

Sie konnte sehen, dass Morgan einen Grund suchte, um sie davon abzuhalten, mit ihm auszugehen. Sie war nie begeistert davon, wenn sie ein Date hatte, da Sadie bei der Wahl ihrer Freunde in der Vergangenheit bereits ungute Entscheidungen getroffen hatte. Es machte den Eindruck, als wäre Morgan sich sicher, dass Sadie sich wieder auf sprichwörtlichen „Abwegen" befand. Blair sah trotzdem so aus, als würde sie sich mit ihr freuen, und Sheila schien noch zwischen beiden Reaktionen abzuwägen, bevor sie sich dazu äußerte.

„Er ist derjenige, der gestern Emilys Leiche gefunden hat", erklärte Blair. „Er scheint ein netter junger Mann zu sein. Cade hätte ihn nicht eingestellt, wenn es nicht so wäre."

„Trotzdem“, erwiderte Morgan. „Sadie ist noch auf der Highschool. Und er ist schon fertig mit der Schule und hat wahrscheinlich sogar eine eigene Wohnung.“

„Ich werde nicht dahingehen“, sagte sie. „Ich weiß, dass das nicht richtig ist. Wir wollen nur ins Kino.“

Sie sah an Morgans Gesichtsausdruck, wie sie mit sich kämpfte, doch schließlich rettete ihre Mutter die Situation. „Wann gehst du mit ihm aus, Liebling?“

„Morgen Abend.“

„Dann müssen wir deinen Kleiderschrank durchforsten und schauen, was du anziehen kannst. Keine abgetragene Kleidung für ein erstes Date. Es muss etwas Schönes sein, wenn du mit jemandem ausgehst, der eine so wichtige Person ist.“

Sadie schaute Morgan an und bemerkte, dass sie es sich verkniff, weitere Vorbehalte anzubringen. Sie hatte die Verantwortung an Sheila abgegeben, und Sheila ließ sie ausgehen.

Sadie hoffte, dass es deshalb nicht zu Spannungen zwischen den beiden kommen würde.

Es klingelte an der Haustür, und Sadie hörte, wie die Tür geöffnet wurde. „Ist jemand zu Hause?“

Blair sprang von ihrem Stuhl auf. „Komm rein, Cade!“

Er erschien in der Tür. „Wie steht es bei euch?“

Alle begrüßten ihn, und Blair ging zu ihm, schlang die Arme um ihn und küsste ihn. Dieser Anblick tat Sadie gut. Blair und Cade – zwei der Menschen auf der Insel, die sie am meisten mochte – hatten sich wirklich gegenseitig verdient.

„Genau der Mann, den wir gerade brauchen“, sagte Sheila.

Sadie sah etwas in Blairs Augen flackern, als sie sich umdrehte und ihre Mutter anschaute. Blair dachte offensichtlich, dass Sheila ein Auge auf Cade geworfen hätte. Und, ehrlich gesagt, dachte Sadie das auch.

„Oh, tatsächlich?“ Cade lächelte.

„Ja. Sadie hat morgen Abend ein Date mit Scott Crown. Sollen wir sie mit ihm ausgehen lassen?“

„Mom!“ Sadie wurde es schlecht. Was, wenn Cade Scott damit aufziehen würde? Oder schlimmer noch, wenn er ihn zusammenstauchen würde, weil er mit einem Mädchen ausging, das noch zur Schule ging? Sie hätte sich am liebsten unter den Tisch verkrochen.

Cade sah von Sheila zu Sadie hinüber, als wäre er nicht gerade begeistert von der Idee. Doch dann zuckte er mit den Schultern. „Er ist ein guter Mann. Ich würde mir nicht allzu viele Sorgen machen.“

Sadie seufzte vor Erleichterung.

Er wandte sich wieder Blair zu. „Kann ich für eine Minute draußen mit dir sprechen?“

„Ja, klar.“

Während Cade Blairs Hand nahm und sie in den Garten hinter dem Haus führte, wandte Sadie sich wieder ihrer Mutter zu. Sheila sah den beiden mit einer Spur von Sehnsucht in den Augen nach.

Wenn sie an Cade interessiert war, war das vielleicht doch eine gute Sache. Denn vielleicht bedeutete das, dass sich ihr Geschmack geändert hatte. Und da Cade nun mal vergeben war, würde es sie vielleicht davon abhalten, sich wieder einmal mit den falschen Männern einzulassen.

Es gab schlimmere Dinge, als wenn sie zu hohe Ziele hatte.

* * *

„Also, was wolltest du mir erzählen?“, fragte Blair, während sie in den Garten gingen.

Cade führte sie zur Seite des Hauses und beugte sich zu ihr hinunter, um sie in eine feste Umarmung zu ziehen. „Dass ich dich vermisst habe. Ich sah dein Auto hier stehen und wollte dich kurz sehen, bevor ich wieder zur Polizeistation fahre.“

Es war zu schön, um wahr zu sein, dass Cade sie so gernhatte. Sie fühlte sich klein, aber beschützt in seinen Armen. „Ich vermisse dich auch. Arbeitest du die Nacht durch?"

„Bis spät in die Nacht. Wir hatten heute das Einführungsseminar zu unserem neuen Computersystem, deshalb bin ich mit meiner Arbeit nicht so schnell vorangekommen und muss jetzt noch alle Hinweise aus der Bevölkerung bezüglich des Mordes an Emily durchgehen. Ich fahre auf dem Heimweg noch mal bei dir vorbei, und wenn bei dir noch Licht an ist, halte ich an. Ist das okay?"

„Das Licht wird noch an sein."

Sie lächelte zu ihm auf und wünschte sich, sie wären mehr als nur ein verliebtes Pärchen. Wenn sie verheiratet wären, müsste sie nicht bei eingeschaltetem Licht einschlafen und darauf hoffen, dass er vorbeikommen würde. Er würde zu ihr nach Hause kommen und neben ihr ins Bett kriechen. Und er würde da sein, wenn sie aufwachte.

Aber Cade hatte bis jetzt noch nicht viel über das Heiraten gesprochen, und sie auch nicht. Schon allein der Gedanke, dass er sie mehr liebte als alles andere, war ein Segen, den sie nie erwartet hätte. Doch würde er nicht eines Morgens aufwachen und merken, wie abstoßend sie war, mit den Narben der Brandwunden, die ihre eine Gesichtshälfte verunstalteten? Würde er nicht irgendwann merken, dass es einen Grund dafür gab, dass sie bisher noch keiner gewollt hatte?

Aber er wirkte keineswegs angewidert. Er schien vielmehr entzückt zu sein.

Auf einmal erhellten Scheinwerfer die Zufahrt neben ihnen. Jonathan bog mit seinem Pick-up in die Einfahrt ein. Cade ließ sie los, und sie trat einen Schritt zurück.

Jonathan stieg aus dem Wagen. Er trug eine Anzugshose und ein Hemd. Seine Fischerkleidung hing ganz hinten im Kleiderschrank, seit er Bürgermeister geworden war, aber Blair wusste, dass er sich nie an die Bürokleidung gewöhnen würde. Er sah müde aus, aber er grinste, als er auf sie zukam. „Hey, ich wollte euch nicht stören", sagte er schmunzelnd.

„Das hast du nicht", sagte Blair. „Ich wollte gerade reingehen."

Cade grinste. „Bis später."

Sie lächelte, nickte und machte sich wieder auf den Weg nach drinnen. Das *Später* konnte nicht früh genug kommen.

* * *

Jonathan folgte Blair nicht nach drinnen. Stattdessen schloss er die Autotür, lehnte sich gegen den Wagen und verschränkte die Arme. „Also, Cade, welche Absichten hast du mit meiner Schwägerin?"

Cade erwiderte das Grinsen seines besten Freundes. Jonathan hatte ihn im Lauf des letzten Jahres schon Dutzende Male gefragt, doch Cade war ihm immer ausgewichen. Aber Jonathan kannte seine Absichten. Wenn er sie nicht gekannt hätte, wäre er blind gewesen. „Ich muss jetzt gehen."

Jonathan hielt ihn am Arm fest. „Eines Tages wirst du diese Frage beantworten müssen."

Cade konnte nichts vor ihm verbergen. Sie waren schon seit 15 Jahren beste Freunde. Jonathan hatte Cade mit jedem Date gesehen, die er jemals gehabt hatte. Sie hatten sich während der College-Zeit über jede Beziehung ausgetauscht, und er hatte ihn in seinen Zwanzigern bei seinen Romanzen beraten.

„Mach dir keine Sorgen", sagte Cade. „Wenn etwas Wichtiges passiert, wirst du als Erster davon erfahren."

„Ich will es aber vorher wissen", neckte Jonathan ihn. „Komm schon, Cade. Es hat dich voll erwischt. Die Frage ist nur, wie willst du damit umgehen?"

„Ich würde es dir ja sagen, aber dann müsste ich dich umbringen."

Jonathan lachte. „Dann hast du also Pläne?"

„Ja, ich habe Pläne. Aber du bist in dieser Angelegenheit nicht vertrauenswürdig, weil du mit ihrer Schwester verheiratet bist."

„Hey, Mann, meine Lippen sind versiegelt."

Sie hörten, wie die Hintertür zuschlug und Sadie auf der Veranda mit Caleb sprach.

„Erzähl weiter, sie kann dich nicht hören."

Cade starrte Jonathan einen Moment lang an. Schließlich gab er nach. „Okay. Aber falls du dich verplapperst, weiß ich, wo du wohnst."

Jonathan trat näher an Cade heran, um seine geheimen Pläne zu erfahren.

Kapitel 11

Marcus Gibson war nicht zu Hause, als Sheila am nächsten Morgen zur Arbeit kam, aber er hatte sie nicht vergessen. Er hatte eine Nachricht an die Tür geklebt, die an *Sharon* gerichtet war.

Weil er darin Anweisungen gab, was sie heute tippen sollte, ging sie davon aus, dass die Mitteilung für sie gedacht war. Sie hoffte, dass er ihren Namen wenigstens auf dem Gehaltsscheck richtig schrieb.

Auf dem Zettel stand auch, dass der Schlüssel unter der Fußmatte lag. Warum hatte er die Tür dann nicht gleich offen gelassen? Glaubte er, dass es so sicherer war?

Amüsiert ging sie hinein und fand in dem Chaos auf seinem Schreibtisch die neuesten Audiokassetten. Als sie zu tippen begann, brachte sie seine Art zu diktieren fast zum Einschlafen. Er sprach mit einer holperigen, monotonen Stimme, mit noch weniger Betonung als der Schauspieler Ben Stein in der Rolle des Highschool-Lehrers für Naturwissenschaften in der Fernsehserie *The Wonder Years*. Es war ihr ein Rätsel, wie er es geschafft hatte, College-Studenten zu unterrichten. Sie hatten wahrscheinlich Koffein-Tabletten schlucken müssen, um die Augen offen halten zu können.

Hintergrundgeräusche von zirpenden Grillen und kreischenden Vögeln unterbrachen die Monotonie, gepaart mit den vertrauten Geräuschen der Autos und des Meeres. Als sie erfreulicherweise endlich mit den Kassetten fertig war, beschloss sie, weiterzumachen und mit dem alten, vergriffenen Buch zu beginnen, das er ihr gegeben hatte, um es in den Computer zu übertragen.

Zum Glück konnte sie dafür die gedruckte Vorlage benutzen und musste nicht erneut seine eintönige Stimme hören. Während sie tippte, spürte sie, wie die Geschichte sie in ihren Bann zog. Die

Protagonistin war ein Mädchen im Teenageralter, das von einem Stalker verfolgt wurde, der sie durch die Fenster beobachtete und jeden ihrer Schritte überwachte. Seine Besessenheit wurde mit jeder Seite bedrohlicher, bis hin zum Höhepunkt der Geschichte, als er sie kidnappte. Nach einem heftigen Kampf, der drei Kapitel lang dauerte, erschoss er sie, warf ihre Leiche anschließend in ein Boot und ließ es den Fluss hinabtreiben ...

Sie stockte, nahm die Finger von den Tasten, griff nach dem Buch und las diese Szene erneut.

Ich legte sie vorsichtig auf den Boden des Boots, die Knie angewinkelt und die Füße überkreuzt. Ihre gekrümmten Finger lagen auf ihrem Gesicht, als hätte sie sich hingelegt, um ein Nickerchen zu machen, und wäre verblutet, während sie träumte.

Ich ließ das Boot flussabwärts treiben, in der Gewissheit, dass sie bald jemand finden würde. Es war wichtig, dass sie es wussten. Das machte erst den wahren Nervenkitzel aus.

Genauso hatte sich Emily Lawrences Mörder ihrer entledigt, genauso wie es in Gibsons Buch stand!

„Sind Sie noch da?“

Die Stimme des Autors, die von der Tür herüberschallte, ließ sie zusammenfahren. Sie schrie auf und fuhr herum. Da stand er, wieder schweißnass, aber dieses Mal trug er statt der Tarnkleidung eine graue Jogginghose und ein weißes, abgenutztes Unterhemd. Dazu hatte er ein Handtuch um seine Schultern gelegt.

„Ich habe Sie nicht hereinkommen hören.“

„Sind Sie fertig mit den Kassetten?“

„Ja. Es ist alles erledigt.“ Sie legte die Hand auf die Brust und versuchte, ruhiger zu atmen. Ihr Herz raste. „Ich habe bereits mit den vergriffenen Büchern begonnen.“

„Machen Sie morgen damit weiter. Ich muss arbeiten und möchte allein sein.“

Erleichterung durchströmte sie. „In Ordnung. Ich speichere nur noch schnell, woran ich gerade gearbeitet habe."

Sie merkte sich den Titel des verfänglichen Buches, dann verabschiedete sie sich nervös.

Er nickte schwach. „Vielleicht bin ich nicht hier, wenn Sie morgen kommen. Ich habe nicht zu Hause geschlafen. Ich lege den Schlüssel wieder unter die Fußmatte."

Sie wollte gar nicht wissen, *wo* er geschlafen hatte. „In Ordnung", stieß sie mühsam hervor.

Sie verließ das Haus so schnell wie möglich und rannte beinahe davon, bis sie von der Straße, in der er wohnte, wieder auf die Hauptstraße einbog. Sie eilte den Ocean Boulevard entlang, bis sie bei der Polizeistation ankam.

Als sie das klimatisierte Gebäude betrat und nach Cade Ausschau hielt, wünschte sie sich, sie hätte sich ein bisschen besser zurechtgemacht.

Er war nicht im Großraumbüro, doch dann entdeckte sie seinen Kriminalbeamten Joe McCormick, der an seinem Schreibtisch saß und konzentriert auf seinen Computerbildschirm starrte.

„Hallo, Joe."

Er blickte auf, dann stand er auf und zog sein Hemd gerade. „Sheila, was führt dich hierher?"

„Ich möchte mit Cade sprechen."

Er sah ein wenig enttäuscht aus, was sie überraschte. Hatte er etwa gehofft, dass sie gekommen war, um ihn zu treffen?

„Ich hole ihn." Er ging zu Cades Büro hinüber und sie sah ihm nach, bis er darin verschwand. Er sah nicht schlecht aus. Sein kahl geschorener Kopf hatte sie zuerst abgeschreckt, aber jetzt, da sie ihn ein wenig besser kannte, war sie der Meinung, dass es sogar ein bisschen charmant aussah. Sie fragte sich, ob er es tat, damit seine Glatze nicht so auffiel oder ob er den Bruce Willis-Look einfach mochte.

Joe kam wieder zurück und Cade folgte ihm. So attraktiv Joe auch sein mochte, Cade war jedenfalls noch attraktiver. Er sah aus wie ein Kalendermodel für einen Helden in Uniform. Es war jammerschade, dass er mit Blair zusammen war.

„Sheila, was machst du hier?"

„Kann ich mit dir reden, Cade? Na ja, vielleicht sollte Joe auch dabei sein."

Joe zog die Augenbrauen hoch. „Aber sicher, am besten gehen wir hier rein."

Er führte sie in das Verhörzimmer, Cade folgte ihnen. Wieder wünschte sie sich, dass sie zuerst nach Hause gegangen wäre, um sich frisch zu machen, bevor sie hierhergekommen war. Ein bisschen Parfüm oder zumindest ein wenig Deo hätte nicht geschadet, nachdem sie in der Hitze herumgelaufen war. Sie kämmte ihre Haare mit den Fingern zurück.

Cade setzte sich auf den Tisch. „Um was geht es, Sheila?"

„Ich glaube, ich weiß vielleicht, wer das Mädchen umgebracht hat." Mit einem Schlag hatte sie ihre volle Aufmerksamkeit.

Joe zog einen Stuhl unter dem Tisch hervor und ließ sich darauf fallen. „Sprich weiter."

„Ich weiß nicht, ob Blair es dir schon erzählt hat oder nicht, Cade, aber Marcus Gibson – der Schriftsteller – hat mich angestellt, um Tipparbeiten für ihn zu erledigen."

„Nein, sie hat nichts davon gesagt."

„Nun ja, er hat mich also angestellt. Ich tippe das, was er diktiert, und übertrage auch ein paar von seinen älteren Büchern auf den Computer. Und als ich heute eins dieser Bücher abgetippt habe, habe ich die Beschreibung eines Mordes gefunden, der eine erstaunliche Ähnlichkeit mit dem Mord an Emily Lawrence hat."

Cade und Joe tauschten Blicke aus. „Worin besteht die Ähnlichkeit?"

„Ein Mädchen wurde erschossen, und dann wurde ihre Leiche

in ein Boot gelegt, das den Fluss hinuntertreiben sollte, damit sie jemand findet."

Joe warf Cade einen weiteren Blick zu, und Sheila wusste, dass sie ihnen eine wichtige Information geliefert hatte. „Wir brauchen den Titel des Buches, Sheila."

„Er lautet *Crescent Hill.* Ich hätte es wahrscheinlich besser mitbringen sollen, aber er war da und er ist so unheimlich. Er schläft jede Nacht im Wald, geht voll bekleidet schwimmen und schleicht sich an mich heran, wenn ich am wenigsten damit rechne ..."

„Er schläft im Wald?" Joe stand wieder auf. „Hat er dir das erzählt?"

„Ja, er versucht, sich in seine Figur hineinzuversetzen. Aber seine Hauptfiguren scheinen immer die Mörder zu sein – das allein ist schon unheimlich. Ich sage euch, ich weiß nicht, ob ich morgen wieder dahin gehen kann. Langsam bekomme ich Angst vor ihm. Aber ich weiß, wo er den Schlüssel versteckt. Und ich könnte wieder hingehen, wenn ihr bei den Ermittlungen meine Hilfe braucht ..." Sie lächelte und versuchte, Cade ebenfalls ein Lächeln zu entlocken. „Wenn ihr mir ein wenig persönlichen Schutz zusichert, bin ich vielleicht bereit zurückzugehen und nachzusehen, ob ich etwas Konkretes finden kann."

Joe schüttelte den Kopf. „Das ist keine gute Idee. Vielleicht bleibst du besser dort weg, bis wir Gelegenheit hatten, die Sache zu überprüfen. Wir wollen nicht, dass du dich in Gefahr begibst."

Wärme durchflutete sie. „Gut, danke, Joe. Das weiß ich zu schätzen."

„Er hat recht", sagte Cade. „Wir müssen das überprüfen, bevor du wieder dorthin gehst. Von hier ab übernehmen wir, Sheila. Danke, dass du vorbeigekommen bist."

Cade öffnete ihr die Tür – der vollendete Gentleman –, und sie ging hinaus in das Großraumbüro. Gerade in diesem Moment trat Blair durch die Eingangstür.

Das Lächeln, das Sheila vergeblich versucht hatte, Cade zu entlocken, legte sich auf sein Gesicht, und ihr brach das Herz.

Sheila bemerkte auch Blairs Gesichtsausdruck. In ihren Zügen konnte man eine Mischung aus Eifersucht, Wut, Unsicherheit und Angst lesen – zumindest war es das, was Sheila wahrnahm. Immer wenn Sheila in Cades Nähe war, schien Blairs normalerweise vorhandenes Selbstbewusstsein ein paar Stufen zu sinken. Sie sollte Blair sagen, dass sie nur wegen einer polizeilichen Angelegenheit hergekommen war, aber irgendwie gefiel ihr der Gedanke, dass jemand sie als Bedrohung ansah.

„Hallo, Liebling."

Bei Cades herzlicher Begrüßung verflog Blairs verängstigter Gesichtsausdruck und sie lächelte zu ihm auf. Er war gut einen Kopf größer als sie. Ob es einem gefiel oder nicht, sie sahen wirklich süß zusammen aus. „Ist es gerade unpassend?", fragte Blair.

„Nein, ganz im Gegenteil. Es passt perfekt. Ich möchte, dass du mit mir kommst."

Sheilas Brust zog sich zusammen. Cade hatte wohl vergessen, dass sie überhaupt da war.

„Wohin?", fragte Blair.

„In die Bücherei. Ich muss ein Buch ausleihen, und du weißt bestimmt, wo es steht."

„Klar. Schließlich bin ich" – Blair grinste – „Marian, the Librarian[3]. Und natürlich werde ich helfen, vorausgesetzt der Ladies-Wohltätigkeitsverein hat noch nicht alles komplett neu katalogisiert. Sie sind verantwortlich dafür, dass das ganze System verändert wurde."

Sheila folgte ihnen nach draußen. „Bis später. Cade, ruf mich an, wenn du noch etwas brauchst."

---

3 Figur aus dem Musical *The Music Man* – eine Stadtbibliothekarin, die sich in Harold, einen Hochstapler verliebt. (Anmerkung der Übersetzer)

„Das mache ich“, sagte er. „Danke, Sheila.“

Sie stand da und beobachtete, wie Cade und Blair in seinen Wagen stiegen.

„Bist du zu Fuß da?“

Sie sah sich um. Joe stand in der Tür. Er war ebenfalls groß, sogar ein bisschen größer als Cade. Sheila hatte schon immer eine Schwäche für große Männer gehabt. „Ja, das hält mich fit.“

„Du hast das doch gar nicht nötig.“ Er lächelte beinahe verlegen.

Sie grinste. „Joe, flirtest du mit mir?“ Sie wusste, dass sie ihn sich mit dieser Bemerkung angeln konnte – immerhin hatte sie ja eine Menge Erfahrung damit.

„Vielleicht“, gab er schmunzelnd zu. „Komm, ich fahre dich.“

Sie strich ihr Haar zurück. „Du bist mein Held. Ich liebe es, gefahren zu werden.“

Er führte sie zu seinem zivilen Einsatzwagen und öffnete ihr die Tür. Sie stieg hinein und fühlte sich dabei wie Cinderella, als sie in ihre Kürbiskutsche stieg.

„Zum Hanover House?“, fragte er.

„Ja, bitte.“

Während der Fahrt erzählte Sheila ihm von Marcus Gibsons Marotten. Er hörte aufmerksam zu, lachte über ihre Beschreibungen und schaute sie gelegentlich mit einem Lächeln in seinen silbernen Augen an. Es war schon lange her, dass ein Mann sie so angeschaut hatte.

Vielleicht war es falsch gewesen, sich in Cade zu verlieben. Vielleicht sollte sie Joe ein bisschen mehr Beachtung schenken.

Kapitel 12

Blair verstand, warum Cade Gibsons Buch nicht selbst ausleihen wollte. Denn schon allein seine Anwesenheit in der Bücherei während einer Mordermittlung würde unerwünschte Aufmerksamkeit erregen und Millionen von Fragen hervorrufen, die zu beantworten er keine Zeit hatte. Außerdem hätte jemand auf die Idee kommen können, dass die Polizei gegen Gibson ermittelte, bevor Cade Zeit hatte, mit ihm zu sprechen.

Sie ging in die kleine Bücherei und es überkam sie eine Flut nostalgischer Erinnerungen. Sie hatte so viele Jahre ihres Lebens hier verbracht, bevor ein paar Mitglieder des Stadtrats ihre Kompetenz infrage gestellt hatten. Daraufhin hatte sie den Job hingeworfen und ihre Sachen zusammengepackt. Der Ladies-Wohltätigkeitsverein, der hinter den Beschwerden über sie steckte, hatte auf arrogante Weise eingewilligt, den Büchereibetrieb zu „übernehmen", bis ein Ersatz für sie gefunden wäre. Aber bisher war noch keiner gefunden worden.

Blair ging zu den Regalen mit Nachschlagewerken, sog den staubigen Geruch dieser alten Bände ein und fuhr mit den Fingern sanft über einige Buchrücken. Die Bücher waren wie alte Freunde, die sie mit ihrem Reichtum willkommen hießen. Sie hatte diesen Ort vermisst, aber sie würde lieber sterben, als das zuzugeben.

Als sie den Raum durchquerte, um in die Romanabteilung zu gelangen, klackerten ihre Schuhe auf dem alten Parkettboden. Sie hielt an und ging die Bücher, deren Autoren mit G anfingen, durch. Da, direkt vor der John Grisham-Collection, entdeckte sie die Bücher, die Gibson geschrieben hatte – genau ein Dutzend.

Sue Ellen Jargis musste ihre Schritte gehört haben, denn sie kam aus dem Büro. „Kann ich Ihnen helfen, meine Liebe?"

Als Blair sich umdrehte, hielt Sue Ellen die Luft an. „Oh, du bist es."

Blair lächelte sie zuckersüß an. „Danke, mir geht es gut, Sue Ellen. Und wie geht es dir?"

Die Frau starrte sie gereizt an. „Womit kann ich dir helfen?"

„Ich brauche keine Hilfe." Blair behauptete stets, dass sie der Frau vergeben hatte, obwohl sie sie von ihrem Job vergrault hatte. Aber nun, da sie ihr von Angesicht zu Angesicht gegenüberstand, ertappte sie sich dabei, dass sie hoffte, Sue Ellen fühle sich in dem spärlich erleuchteten Raum und bei dem in der Luft herumwirbelnden Staub, der im Licht der durch die Schaufensterscheibe eindringenden Sonnenstrahlen sichtbar wurde, niedergedrückt. Hatten sie hier überhaupt schon einmal Staub gewischt? Als sie damals für die Bücherei verantwortlich gewesen war, hatte sie jeden Tag in einem anderen Bereich abgestaubt und es so geschafft, trotz des hohen Alters mancher Bände immer alles relativ sauber zu halten. „Ich gehe davon aus, dass ihr die Romanabteilung noch nicht umgestellt habt. Ihr habt doch bestimmt nicht etwas so Unfassbares getan, wie sie nach Themen oder den Namen der Charaktere zu ordnen, oder?"

Die Frau reckte ihr Kinn. „Natürlich nicht. Sie stehen noch genauso, wie du sie hinterlassen hast."

Blair beschloss, nicht darauf zu antworten, und zog stattdessen die Bücher aus dem Regal, bis sie den Arm voll hatte. „Ich nehme alle zwölf." Sie drückte sie Sue Ellen in die Arme.

Die Frau starrte sie mit offenem Mund an. „Blair, du weißt doch, dass du nicht zwölf auf einmal ausleihen kannst. Bei zehn liegt die Grenze."

Blair seufzte. „Seit wann? Bei mir gab es nie eine Beschränkung."

„Tja, die hättest du besser gehabt. Wenn man es nicht so macht, nehmen sich die Schüler, die hierherkommen, die unverschämtesten Dinge heraus. Sie reißen alle Fachbücher und Nachschlagewerke rücksichtslos an sich und behalten sie wer weiß wie lange."

„Wenn die jungen Leute die Bücher zum Nachschlagen brauchen, was schadet es dann? Ich hatte nie Probleme. Wenn sie die Leihfrist überzogen hatten, wusste ich in der Regel, wie ich sie erreichen konnte, und habe sie daran erinnert, sie zurückzubringen. So einfach war das. Und du weißt, wo ich wohne. Direkt nebenan. Wenn ich die Bücher nicht rechtzeitig zurückgebe, kannst du durch den Garten herüberkommen und sie abholen."

Sue Ellen schnaubte vor Ärger über ihren Vorschlag, doch dann nahm sie die Bücher mit an ihren Schreibtisch und fing an, die Ausleihformalitäten zu erledigen.

„Arbeitest du eigentlich jeden Tag hier? Ich dachte, deine Damen und du, ihr würdet euch abwechseln?"

„Ich bin montags und donnerstags hier."

„Wie kommt ihr mit der Suche nach einer qualifizierten Bibliothekarin voran?" Sie kannte die Antwort bereits. Jonathan hatte sich als Bürgermeister alle Mühe gegeben, einen Ersatz für sie zu finden, aber der Ladies-Wohltätigkeitsverein hatte die meisten Kandidaten abgeschreckt.

Die Frau klappte einen hinteren Buchdeckel laut vernehmlich zu und schlug den nächsten auf. „Wir haben ein paar Sachen laufen." Sie wollte ganz offensichtlich nicht darüber reden, und Blair konnte bei dem Gedanken an die Misere der Frau ein Schmunzeln nicht unterdrücken. Sue Ellen war eine Dame der besseren Gesellschaft und eine Weltenbummlerin. Den ganzen Tag in der Bücherei festzuhängen, war wahrscheinlich das Letzte, was sie wollte. Aber da sie diejenige war, die die Stadt in diesen Schlamassel gestürzt hatte, wusste Blair, dass sie fest entschlossen war, es durchzuziehen, koste es, was es wolle.

Blair nieste. „Weißt du, ihr solltet die Regale öfter mal abstauben. Ich kriege schon Halsweh, wenn ich nur hier stehe."

„Wir stauben ziemlich häufig ab, vielen Dank für den Hinweis."

„Hey, sei nicht gleich beleidigt. Ich mache nur Verbesserungsvorschläge ..."

„Ich *brauche* deine Verbesserungsvorschläge nicht."

Blair nahm die Bücher, warf ihr ein süßliches „Tschüss" zu und ging zurück zu Cades Wagen. Er stieg aus und nahm ihr die Bücher ab. „Warum so viele? Ich wollte doch nur eins."

„Ich dachte, dass es vielleicht hilfreich sein könnte, auch einen Blick auf die Mordszenen in den anderen Büchern zu werfen. Außerdem hat es mir Spaß gemacht, Sue Ellen ein bisschen zu ärgern. Wenn ich diese Frau sehe, vergesse ich die goldene Regel."

„Oh, oh. *Sie* hatte Dienst?"

„Wenn du es so nennen willst. Sie verleiht jetzt nur noch zehn Bücher auf einmal." Sie lächelte. „Ich habe zwölf mitgenommen."

Cade bemühte sich, nicht zu grinsen. Sie wusste, dass er sie nicht in diesem Verhalten bestärken wollte.

McCormick fuhr gerade wieder auf den Parkplatz der Polizeistation, als sie zurückkamen. Sie gingen hinein und schlugen die Szene nach, die Sheila erwähnt hatte.

Cade las sie laut vor. „Das ist in der Tat sehr ähnlich."

Joe nahm das Buch und überflog die Szene. „Also stellt sich die Frage, ob Marcus Gibson etwas mit dem Mord zu tun hat."

„Das wäre ziemlich dumm", sagte Cade. „Wie kann er, wenn er die Morde so haargenau beschrieben hat, sie dann im wirklichen Leben begehen und glauben, damit durchzukommen?"

Blair zuckte mit den Schultern. „Vielleicht ist er einfach verrückt. Das glaubt Sheila zumindest."

„Oder vielleicht ist es eine Nachahmungstat."

„Trotzdem müssen wir Gibsons Leben durchforsten und schauen, was wir herausfinden", sagte McCormick. „Wir sollten ihn beobachten lassen. Vor allem, wenn sich herausstellt, dass er in der Nacht, in der das Lawrence-Mädchen ermordet wurde, im Wald geschlafen hat."

Cade nickte. „Du hast recht. Wir dürfen das Offensichtliche nicht außer Acht lassen. Aber in der Zwischenzeit müssen wir das ganze Buch lesen, um herauszufinden, ob es noch mehr Gemeinsamkeiten gibt. Egal, ob er unser Mann ist oder nicht, wir müssen uns einen Überblick darüber verschaffen, was wirklich passiert ist."

Kapitel 13

Cade nutzte sein neues Computersystem, um in Minutenschnelle alle Informationen über Gibson abzurufen, die er brauchte. Der Mann hatte keine Vorstrafen. Bevor er mit seinen Werken die *New York Times*-Bestsellerliste erobert hatte, hatte er als Englisch-Professor an einem kleinen College in Maine gearbeitet. Er hatte mit ein paar kurzen, literarischen Romanen begonnen. Die Kritiker hatten sie zerrissen. Eine Rezension bezeichnete seine Bücher als „kompliziert, an der Grenze zum Obskuren." Ein anderer schrieb, dass „die Tiefe seiner Gedanken und die darin enthaltenen verworrenen Auffassungen oberflächlich und geistlos wirken – die hochtrabenden Bemühungen eines Mannes, der sich mehr auf seinen Intellekt einbildet, als er sollte."

In Artikeln über Gibsons Leben berichteten seine alten Kollegen und ehemaligen Studenten, dass ihn diese Kritiken sehr getroffen hatten und er mit einem düsteren, abwesenden Gesichtsausdruck auf dem Campus herumgeschlichen war. Er wurde als ein Mann beschrieben, der „von seinem eigenen, missverstandenen Genie gequält wurde".

Dann hatte er eines Tages beschlossen, das zu tun, was seine Kollegen so sehr verachteten, und „beging den Verrat", einen Kriminalroman zu schreiben. Aber nicht einfach nur irgendeinen Kriminalroman. Er schrieb ihn aus der Sicht des Killers, und eröffnete so einen dunklen, makabren Blick in das Innere eines Mörders. Er verkaufte es an einen anderen Verleger, der dann bereits Monate vor der Veröffentlichung mit einer großen Anzeigenkampagne Werbung dafür machte und eine Lesereise in zwanzig Städte organisierte. Der Roman stieg sofort auf Platz eins der *New York Times*-Bestsellerliste ein. Danach unterzeichnete er einen Vertrag in Millionenhöhe für etliche weitere Bücher und kündigte seinen Job. Er ignorierte dabei das Naserümpfen seiner Akademiker-Kollegen, die ihm vorwarfen, Schundliteratur für die breite Masse zu schreiben.

Seit dieser Zeit war er dem Vernehmen nach praktisch ein Einzelgänger. Er hatte nie geheiratet, und in den Berichten hieß es, dass er für jedes Buch akribische Recherchen anstellte. Das ging so weit, dass er einmal monatelang als Obdachloser in der Innenstadt von Atlanta gelebt hatte.

Cade fand die Sterbeurkunde von Gibsons Vater, der zwei Monate nach Gibsons Geburt gestorben war. Seine Mutter, die ebenfalls als Englisch-Professorin gearbeitet hatte, hatte ihn allein großgezogen. Er hatte jetzt nur noch wenig Kontakt zu ihr.

„Entschuldigen Sie, Chief?"

Cade sah auf und blickte Scott Crown, der in der Tür lehnte, an. „Ja, Crown. Was gibt's?"

Er kam herein. „Hier ist der Papierkram, den ich erledigen sollte. Ich gehe jetzt. Ich habe meine Schicht mit Bruce getauscht."

„Okay, dann bis morgen Abend."

Scott sah auf die Bücher hinunter, die überall verstreut auf Cades Schreibtisch lagen. „Sind Sie ein Gibson-Fan?"

Cade schüttelte den Kopf. „Nein, nicht wirklich. Und Sie?"

„Ja, ich habe fast alles gelesen, was er geschrieben hat."

Cade wandte sich von seinem Computer ab und zu dem jungen Mann hin. „Ist Ihnen aufgefallen, dass das Opfer in *Crescent Hill* genauso ermordet und abgelegt wurde wie Emily Lawrence?"

Crown nahm das Buch in die Hand und blätterte es durch. „Jetzt, wo Sie es sagen ..."

Vielleicht war das eine Chance für den jungen Mann, seinen Fehler wieder wettzumachen. „Ich möchte, dass Sie mir einen Gefallen tun, Crown. Haben Sie noch eine Stunde Zeit?"

„Sicher. Ich habe heute Abend zwar eine Verabredung, aber ich habe noch ein bisschen Zeit."

Cade erzählte ihm nicht, dass er wusste, mit wem er verabredet war. „Da Sie all diese Bücher gelesen haben, können Sie mir eine Zusammenfassung der Handlungen erstellen, und dabei vor allem genau darauf achten, wie die Morde begangen wurden, wer getötet wurde, welches Motiv vorlag und all diese Sachen?"

„Sicher. Bei ein paar Büchern muss ich mein Gedächtnis auffrischen, aber das sollte nicht so schwer sein. Gehört das zur Mordermittlung?"

„Könnte sein."

Crowns Augen weiteten sich. „Dann glauben Sie also, Marcus Gibson könnte unser Mörder sein?"

Cade wollte nicht so weit gehen. „Das habe ich nicht gesagt. Vielleicht ist es nur eine Nachahmungstat. Trotzdem stellen wir ihn unter Beobachtung – nur für den Fall. Er hat ein paar seltsame Gewohnheiten. Und wir vermuten, dass er die Mordnacht im Wald verbracht hat."

„Können Sie ihn nicht verhaften, bevor er noch jemanden ermordet?"

„Nein." Cade rieb sich die Augen. „Solange wir nicht genug Beweise für einen hinreichenden Verdacht haben, werden wir ihn nur beobachten, um sicherzugehen, dass er keinen Ärger macht."

Scott sammelte alle Bücher von Cades Schreibtisch ein. „Ich mache mich sofort an die Arbeit, Chief, und bringe Ihnen die Zusammenfassungen, bevor ich gehe."

Noch bevor Scott sein Büro verließ, kam Alex Johnson herein. „Cade, haben Sie gerade mal eine Minute?"

„Sicher. Worum geht es?"

„Die Staatspolizei hat das hier gerade gefaxt. Es ist der vorläufige Ballistikbericht im Fall Emily Lawrence."

Cade nahm den Bericht entgegen und las, was man über die Kugel, die in Emilys Brustkorb steckte, herausgefunden hatte. Sie stammte aus einer Glock, Kaliber 40 – die gleiche Waffe, die er trug.

Crown stand noch mit den Büchern da und beobachtete Cade, wie er den Bericht las. Cade ignorierte ihn, wandte sich seinem Computer zu, öffnete die Datenbank mit den registrierten Waffen und gab Gibsons Namen ein. Es gab einen Eintrag.

Er lehnte sich zurück gegen die Stuhllehne. „Marcus Gibson besitzt eine Glock, Kaliber 40."

Crown balancierte die Bücher unter dem Arm. „Ist das der hinreichende Verdacht, den Sie brauchen?"

„Noch nicht. Aber wenn ich diese Waffe bekommen könnte, könnten wir sie mit der Kugel abgleichen. Und falls es eine Übereinstimmung gäbe, wäre es ein Volltreffer. Aber um an die Waffe zu kommen, brauchen wir einen Durchsuchungsbeschluss, und der Staatsanwalt wird ihn nicht ausstellen, *bis* wir einen hinreichenden Verdacht vorweisen können."

„Da beißt sich die Katze in den Schwanz, was? Vielleicht könnten Sie ihn einfach befragen und sich dabei nach der Waffe erkundigen."

Cades Telefon klingelte und er hörte, dass jemand im Großraumbüro dranging. Dann erschien Alex wieder in der Tür. „Für Sie, Chief."

Cade nahm den Hörer ab. „Chief Cade."

„Hallo, Cade. Ich hoffe, Sie haben heute einen guten Tag." Er erkannte den pakistanischen Akzent von Zaheer, dem Juwelier in der Stadt.

„Ja, habe ich, Zaheer. Und wie geht es Ihnen?"

„Sehr, sehr gut", sagte der Mann. „Ich wollte Ihnen mitteilen, dass der Ring fertig ist. Er glänzt wundervoll, falls ich das so sagen darf."

Cade sah Crown an und wünschte sich, dass er endlich hinausgehen würde. „Danke. Könnten Sie vielleicht noch etwas für mich tun?"

„Für Sie tue ich alles."

Crown blieb immer noch dort stehen und versuchte, etwas von dem Ballistikbericht zu entziffern. Cade legte seine Hand über die Sprechmuschel des Telefonhörers. „Machen Sie bitte die Tür zu, wenn Sie hinausgehen."

Crown nickte, und da er beide Hände voll hatte, schob er die Tür mit dem Fuß zu. Sie ging nicht ganz zu, aber das würde reichen.

Cade senkte seine Stimme. „Könnten Sie ihn irgendwie in einer Austernschale verpacken?"

„In einer Austernschale?"

Cade war sich im Klaren darüber, dass der Juwelier ihn für verrückt hielt. Er schaute wieder zur Tür. „Das ist Teil meines Plans, Zaheer. Ich habe mir überlegt, dass ich sie zum Schnorcheln in der Breaker's Reef-Grotte einlade. Das ist einer unserer Lieblingsorte. Ich möchte, dass sie ihn dort in der Höhle findet."

Ein tiefes, polterndes Lachen kam aus der Kehle des Pakistani. „Ah, sehr romantisch. Ja, ich werde sehen, ob ich etwas Passendes finden kann. Ich freue mich, in dieser Angelegenheit Ihr Vertrauen zu genießen. Ich rufe Sie an, sobald alles fertig ist."

Cade legte auf, saß einen Moment lang da und starrte das Telefon an. Er hoffte, dass er nichts überstürzte. Heiraten war etwas, worüber Blair und er noch nicht gesprochen hatten. Alles, was er wusste, war, dass er für den Rest seines Lebens jeden Morgen neben ihr aufwachen wollte. Und es gab für ihn keinen Grund mehr, es noch länger aufzuschieben.

Er hoffte nur, dass Zaheer ein Geheimnis für sich behalten konnte.

Kapitel 14

Die Trauerfeier für Emily war sowohl erschütternd als auch feierlich, eine Erinnerung an ihr Leben, bei der die Trauernden ihren plötzlichen Tod beweinten. Ihre Familie hielt sich tapfer, von der Trauerrede bis zur Beisetzung, und Sadie brach es das Herz, als sie ihre Tapferkeit und ihren Glauben sah.

Als der Gottesdienst am Grab vorbei war, entdeckte Sadie ihren Freund Matt in der Menge. Er hatte genau wie sie geweint, und irgendwie berührte sie das.

„Hi, Matt“, sagte sie leise, als er auf sie zukam.

Er beugte sich zu ihr hinunter und umarmte sie, etwas, das er noch nie zuvor getan hatte. Sie fühlte sich ihm plötzlich nah, ihm verbunden durch eine Gemeinsamkeit.

„Gehst du auch zu dem Gedenkgottesdienst, den die Jugend ausrichtet?“, fragte sie ihn, als er sie losließ.

Er schaute in die Richtung, in die die meisten Schüler liefen, zur Kirche neben dem Friedhof. „Bin ich nicht zu alt dafür?“

„Natürlich nicht. Jeder, der will, kann kommen.“

„Okay, ich glaube, dann komme ich mit.“

Er ging mit ihr in den großen Raum, wo die Jugendlichen ihre Bibelstunden abhielten, und sie setzten sich auf zwei Plätze ganz hinten. Während die jungen Leute leise, nur miteinander flüsternd, hereinkamen, stützte Matt sich mit den Ellenbogen auf seine Knie. „Das ist so schrecklich. Ihr Tod ist so sinnlos. Ich kann es immer noch nicht glauben. Was hat er sich nur dabei gedacht?“

„Wer?“, fragte sie.

„Derjenige, der das getan hat. Sie war noch so jung, sie hat nie jemandem etwas zuleide getan.“

Sie sah hinter seiner Brille die Tränen in seinen Augen und strich ihm über den Rücken. Er lehnte sich langsam wieder zurück, nahm ihre Hand und hielt sie in seiner. Er sah auf sie hinunter, als ob er über ihre Hand sinnierte. „Tut mir leid. Das alles ist so schwer für mich."

„Für mich auch."

Er atmete tief durch und ließ ihre Hand los. Dann zog er die Brille ab und rieb sich die Augen. „Es macht mich so ärgerlich, dass ich nicht weiß, was ich tun soll."

„Auf wen bist du ärgerlich?"

Er zuckte mit den Schultern und zog die Brille wieder auf. „Vielleicht auf Gott. Er hätte sie beschützen, auf sie aufpassen sollen."

Sadie wusste nicht, was sie darauf erwidern sollte, aber seine Ehrlichkeit und Offenheit führten dazu, dass sie sich ihm näher fühlte als je zuvor. Sie wünschte sich beinahe, sie hätte nach dem Gottesdienst keine Verabredung. Vielleicht hätte sie dann noch länger mit ihm zusammenbleiben und mit ihm über seinen Ärger sprechen können.

Der Gebetsgottesdienst begann mit dem Lied „I Can Only Imagine" von Mercy Me, das der Leiter der Jugendgottesdienste sang und mit der Gitarre begleitete. Die jungen Leute um sie herum schlossen die Augen in tränenreicher Andacht. Sadie tat dasselbe.

Nach dem Lied wurde ein Mikrofon bereitgehalten und Emilys Freunde standen nacheinander auf, um persönliche Geschichten über das Mädchen zu erzählen – ihre Persönlichkeit war niemals in einem besseren Licht erschienen. Mit jeder weiteren Geschichte wurde die Traurigkeit etwas gelindert und die Tränen verwandelten sich in Lachen. Es war erfreulich zu beobachten, dass Jugendliche, die Jesus Christus noch nicht kannten, sowohl von Emilys Leben als auch von ihrem Tod berührt wurden. Es war hilfreich zu wissen, dass Gott wohl tatsächlich einen Zweck damit verfolgte und einen Plan hatte, wie Er eine Ernte einbringen würde, indem er eins seiner geliebten Kinder entschlafen ließ.

Als Sadie nach dem Gottesdienst die Kirche verließ, wurde ihr die Last, die wegen Emilys Tod auf ihr lag, leichter. Matt schien immer noch niedergeschlagen zu sein, aber seine Tränen waren getrocknet. Er folgte ihr in den Vorsaal der Kirche.

„Hey, wollen wir irgendwo hingehen und reden?“

Sie sah zu ihm auf. „Das würde ich gern, wenn ich könnte. Wirklich. Aber ich bin bereits mit jemandem verabredet.“

„Oh.“ Er nickte und sah beinahe verwirrt aus. „Also gut, dann sehe ich dich demnächst mal wieder irgendwo.“

„Vielleicht morgen? Ich möchte ja gern mit dir darüber reden.“

Seine Gesichtszüge entspannten sich und er sah sie an. Seine Augen hinter der Brille waren hellbraun. Es schlich sich sogar ein kleines Lächeln hinein. „Okay. Ich habe Vorlesungen und muss im Blumenladen arbeiten. Aber ich rufe dich an, sobald ich ein bisschen Zeit habe. Werden Jonathan und Morgan damit einverstanden sein, wenn wir miteinander reden?“

„Natürlich. Warum nicht?“

„Ich habe nur gehört, dass sie ziemlich streng sind. Und da ich ein College-Student bin ... Deshalb habe ich es bisher noch nie vorgeschlagen.“

„Ich denke, das geht in Ordnung.“

Sie folgte ihm aus der Kirche und sah ihm nach, wie er zum Parkplatz ging. Auf der Straße direkt vor der Tür wartete Scott Crown schon in seinem kleinen Toyota auf sie. Sie hoffte, dass es kein Reinfall würde.

Im Radio, das für ihren Geschmack zu laut aufgedreht war, lief ein Rapsong, aber glücklicherweise drehte er es leiser, als sie einstieg.

„Hi.“

Er studierte ihr Gesicht. „Geht es dir gut?“

„Ja. Der Gottesdienst war wirklich schön. Ich bin froh, dass ich hingegangen bin.“

„Gut. Ich habe gedacht, wir holen uns einen Hamburger. Hast du Hunger?“

„Ja, habe ich. Das ist eine gute Idee."

Während er fuhr, wurde ihr bewusst, dass er wie ein Teenager, der gerade aus seiner Algebra-Stunde kommt, aussah und nicht wie ein richtiger Polizist.

Er grinste noch genauso neckisch wie in der Highschool, als er über den Korridor gelaufen war und genau wusste, dass er mit jedem der Mädchen, die ihn mit verträumtem Blick ansahen und mit ihm sprachen, ein Date haben konnte. Und er war auch tatsächlich mit einigen von ihnen ausgegangen.

Er fuhr mit ihr zum Beach Bums, einer Hamburgerbude am Strand, wo sich die Strandgutsammler aufhielten und wo sich normalerweise jeden Abend viele junge Leute aus der Highschool auf dem Parkplatz trafen. Weil die meisten von ihnen im Gottesdienst gewesen waren, war es heute relativ leer. Scott wählte einen Fensterplatz mit Meerblick, und obwohl man die Sonne nicht sehen konnte, da sie auf der anderen Seite unterging, färbte sie den ganzen Himmel mit einer Vielzahl von Aquarelltönen und verlieh dem Abend einen Hauch von Romantik.

Scott lächelte sie an. „Ich bin froh, dass du mit mir ausgegangen bist. Ich hatte befürchtet, dass du es nicht tun würdest, weil ich nicht mehr in die Schule gehe und so. Hat deine Mutter dir irgendwelche Probleme gemacht?"

„Nein, aber das Alter war schon ein Thema, bis ich sie daran erinnert habe, dass du nur ein Jahr älter bist als ich."

„Kaum zu glauben, dass du noch ein ganzes Jahr zur Schule gehen musst", sagte er und biss in seinen Burger. „Hast du schon mal daran gedacht, die Schule abzubrechen? Weil du bereits einen Job hast und so?"

„Darüber denke ich ständig nach." Sadie stocherte in ihren Pommes herum. „Aber inzwischen habe ich verstanden, dass ich einen Abschluss machen muss. Vielleicht sollte ich sogar aufs College gehen und Journalismus studieren."

„Warum? Nur damit du vier Jahre damit verbringst, das zu lernen, was du jetzt schon machst, um dann hierher zurückzukehren und im gleichen Job weiterzuarbeiten?“

Sie lächelte. „Woher weißt du, dass ich hierbleiben will? Vielleicht will ich ja nach New York oder Washington gehen und für eine der großen Zeitungen arbeiten.“

„Das hast du vor?“

„Ich möchte mir zumindest die Möglichkeit offenhalten, auch wenn ich sie vielleicht nicht in Anspruch nehme. Hast du jemals daran gedacht, aufs College zu gehen?“

„Ja, ich habe darüber nachgedacht. Aber meine Eltern konnten es sich nicht leisten.“

„Und was ist mit einem Stipendium? Jonathan sagt, dass niemand das College aus finanziellen Gründen verwehrt bleiben sollte, bei all der finanziellen Unterstützung, die es gibt. Ich meine, dann kannst du vielleicht nicht auf das College, das deine erste Wahl wäre, aber du könntest immerhin irgendwo anders hingehen und einen Abschluss machen.“

Er biss wieder in seinen Burger, kaute und dachte dabei nach. „Also, um ganz ehrlich zu sein, meine Schulnoten waren nicht gut genug, um ein Stipendium für ein wissenschaftliches Studium zu erhalten. Auch als Sportler war ich nicht gut genug, um ein Sportstipendium zu bekommen. Und als es dann konkret wurde und ich anfing, über Kredite und Zuschüsse und so nachzudenken, ist mir bewusst geworden, dass ich in meinem Leben lieber schneller weiterkommen will. Jetzt habe ich bereits ein festes Einkommen und eine eigene Wohnung, und muss nicht in einem dieser Wohnheime hausen und darauf warten, dass mein richtiges Leben anfängt.“

„Dein richtiges Leben? Meinst du nicht, dass ein Studium zum richtigen Leben gehört?“

Er schmunzelte. „Nein, das ist etwas anderes. Wann kannst du dir im richtigen Leben schon vier Jahre Zeit nehmen, um Partys zu feiern und herumzuhängen, an einem Ort zu leben, wo bereits alles bezahlt ist und wo es niemand gibt, dem du dich unterordnen musst?"

„Du musst dich den Professoren unterordnen."

„Nicht wirklich. Wenn du ihre Klausuren bestehst, sind sie zufrieden. Aber es interessiert sie nicht, wann du nachts heimkommst oder wie viel du trinkst. Auch das, was man studiert, gehört nicht zum richtigen Leben. Überleg mal. Wie oft wirst du in deinem richtigen Leben die Infinitesimalrechnung nutzen?"

„Ich weiß es nicht. Aber glaubst du nicht, dass das Lernen gut für dein Denkvermögen ist? Es macht dich scharfsinniger. Und disziplinierter."

Er rollte mit den Augen. „Die meisten Leute kommen mit rauchenden Köpfen aus dem College und nicht mit klügeren. Ich habe Freunde, die auf dem College waren, aber im gleichen Chaos endeten wie diejenigen, die die Highschool abgebrochen haben. Da frage ich mich, wer das braucht?"

„Das klingt so, als hättest du lange darüber nachgedacht."

Er lächelte. „Ja, das habe ich allerdings. Und dann habe ich entschieden, dass ich als Polizist all das bekommen kann, was ich möchte. Die Leute respektieren Polizisten. Sie bewundern sie. Und die Bösen fürchten sie."

Sadie grinste. „Und es gefällt dir, gefürchtet zu werden?"

„Es gibt Schlimmeres."

Sadie dachte über die Erfahrungen nach, die sie in der Vergangenheit mit Polizisten gemacht hatte. Sie hatten ihre Mutter verhaftet und in Handschellen abgeführt ... Aber sie hatten sie selbst auch gerettet, als sie allein und am Ende war. „Ich habe keine Furcht vor Polizisten. Ich respektiere sie. Cade verdanke ich mein Leben. Meiner Meinung nach bist du mit zehn Collegeabschlüssen keine bedeutendere Person als mit einer Polizeimarke."

An seinem Lächeln konnte sie erkennen, dass er sich über ihre Worte freute.

„Und bedenke nur mal, was du getan hast. Du hast Emilys Leiche gefunden. Du bist sozusagen ein Held."

„Ich habe nur meine Arbeit gemacht."

Sadie war sich nicht sicher, ob er das ernst meinte – schließlich hätte er ja allen Grund gehabt, stolz zu sein –, aber sie beschloss, es einfach so hinzunehmen. „Wolltest du schon immer Polizist werden?"

„Seit ich ein Kind bin. Aber ich arbeite auch gerne am Computer. Ich könnte mir gut vorstellen, später mal im Bereich der Internetkriminalität zu arbeiten. Vielleicht für das FBI oder so."

„Möchtest du Kriminalbeamter werden wie dein Onkel?"

„Vielleicht. Aber ich würde mich nicht mit dem begnügen, was er macht. Er kümmert sich um Kleinstadtverbrechen, die zum Gähnen langweilig sind ..."

„Hey, Joe hat bei der Aufklärung einiger größerer Fälle geholfen. Cade sagt, dass er einer der Besten ist."

„Ja, aber ich will mehr. Ich habe jung genug angefangen, um richtig Karriere zu machen."

„Und du wirst von den Besten ausgebildet. Cade ist erstklassig."

„Ja, er ist toll. Ein wirkliches Vorbild."

Hörte sie da eine Spur von Sarkasmus in seiner Stimme?

Er schaute aus dem Fenster und sein Gesichtsausdruck veränderte sich. „Hey, wenn das nicht die alte Clique ist. Komm, wir gehen raus zu ihnen."

Sadie folgte seinem Blick zu der Gruppe ihrer Klassenkameraden, die sich auf dem Parkplatz getroffen hatten. Sie waren ebenfalls in der Kirche gewesen und schienen nun genau wie sie nach der Traurigkeit der letzten Tage etwas Leichtigkeit zu brauchen. Sie wollte sich nicht zu ihnen gesellen, aber Scott verließ bereits die Burgerbude. Widerstrebend folgte sie ihm.

„Hey, da ist Scott!"

Auf Don Sandifers Ausruf hin schauten sich alle um. Sadie

wäre am liebsten zurückgewichen, aber Scott schritt mitten in die Menge hinein.

„Hey, Leute. Was geht ab?“

„Bist du wirklich derjenige, der Emily gefunden hat?“ Bewunderung schwang in Annie Malones Stimme.

„Ja, das war ich. Aber ich darf nicht über laufende Ermittlungen sprechen, Leute.“

„Hast du deine Waffe dabei?“

Scott warf Bret Ames einen Blick zu, als hielte er ihn für einen Dummkopf. „Nein, du Depp, ich trage keine Waffe bei mir. Und wenn es so wäre, würde ich sie euch nicht zeigen. Sie ist kein Spielzeug.“

Sadie beobachtete Scott, wie er sich in der Bewunderung seiner ehemaligen Klassenkameraden sonnte. Er hatte es verdient ... doch so hatte sie ihr Date auf keinen Fall verbringen wollen.

Als hätte er ihre Gefühle erraten, streckte Scott seine Hand nach ihr aus und nahm ihre Hand. „Ihr kennt mein Date Sadie, oder?“

Sein Verhalten überraschte sie. Dieses Gerücht würde sich innerhalb einer Stunde über die ganze Insel verbreiten. Sie war sich nicht sicher, was sie davon halten sollte.

Dann bemerkte sie hinter der Menge jemanden, der sie beobachtete. Dort stand Matt, die Hände in den Taschen, und schaute zu, wie sie Scotts Hand hielt.

Sie ließ seine Hand los und verschränkte die Arme vor der Brust. Doch warum hatte sie das getan? Machte sie sich Gedanken über Matts Gefühle, obwohl sie gar nicht sicher wusste, was er für sie empfand? Oder wollte sie einfach nicht, dass er sie und Scott für ein Paar hielt?

Ehrlich gesagt, wusste sie es selbst nicht.

Matt kam nicht näher. Stattdessen ging er weg und war verschwunden, bevor sie ihn aufhalten konnte.

Sie überlegte, ob sie ihm nachlaufen sollte. Aber was hätte sie sagen sollen? Wenn er an ihr interessiert war, warum hatte er sie nie zu einem Date eingeladen?

Scott Crown hatte es so gemacht und er war ganz offensichtlich stolz darauf, mit ihr zusammen zu sein, obwohl sie noch zur Highschool ging.

Und das hatte etwas für sich.

Kapitel 15

Am Horizont verschmolz die Sonne mit den Wolken, die über dem Hanover House zu hängen schienen, und Amelia Roarke wurde bewusst, dass es bald dunkel werden würde. Beim Anblick dieses friedlichen Himmels – der wie ein Versprechen aussah, dass hier nie etwas Böses geschieht – hätte sie sich eigentlich entspannen müssen. Doch tatsächlich konnte sie kaum atmen.

Sie brauchte eine Papiertüte, um hineinzublasen und ihren Lungen zu signalisieren, dass sie sich nicht zusammenrollen mussten wie geballte Fäuste. „Ich kann es nicht. Fahr weiter."

Ihre beste Freundin Jamie umklammerte das Lenkrad. „Komm schon, Amelia. Wir sind extra den ganzen weiten Weg hergekommen. Und wir sind nun schon viermal an dem Haus vorbeigefahren. Wir halten jetzt an und klopfen an diese Tür."

Amelia meinte, sich übergeben zu müssen, als sie auf die Einfahrt zurollten. „Nein, ich kann das nicht! Bitte bieg nicht zu dem Haus ab. Wir machen es morgen."

Sie hatte sich nie für einen Feigling gehalten. Doch jetzt saß sie hier und zitterte, als hinge ihr Leben von dem Menschen hinter dieser Tür ab, von der Frau, die sie vor 19 Jahren geboren hatte.

Von der Mutter, die sie nie kennengelernt hatte.

In Wirklichkeit hatte sie Angst davor, wie sie sich fühlen würde, wenn diese Tür sich öffnete. Was war, wenn ihre Mutter an die Tür kam und sie für eine Lexikonverkäuferin hielt? Was, wenn sie ihr die Tür vor der Nase zuschlagen würde?

Oder noch schlimmer, wenn sie sie hereinbitten und von ihr erfahren würde, dass sie das Kind war, das sie zur Adoption freigegeben hatte? Sie könnte wütend werden und über verdrängte Erinnerungen und ruinierte Leben lamentieren. Es könnte passieren, dass sie sie hinauswerfen würde, ohne ihr auch nur ein einziges Lächeln zu schenken.

Es könnte alles Mögliche passieren.

Ihre Eltern hatten sie gewarnt – ihre *richtigen* Eltern, die sie geliebt und großgezogen hatten, die bei ihr geblieben waren, als sie krank gewesen war, und geweint hatten, als sie von zu Hause ausgezogen war, um aufs College zu gehen. Doch so sehr sie sie auch liebten, sie verstanden es einfach nicht. Sie waren so verletzt gewesen, als wäre ihre Suche ein persönlicher Angriff gegen sie.

Aber die Fragen nagten an Amelia. Oft wachte sie nachts auf und dachte an diese geheimnisvolle Frau, die sie abgegeben hatte. Wie sah ihre Mutter aus? Hatte sie noch andere Kinder? Und wer war Amelias leiblicher Vater? Lebte er noch?

Sie hatte die Suche hinter dem Rücken ihrer Eltern durchführen müssen und dafür das Internet und die Quellen, von denen sie durch eine Mailingliste für Adoptivkinder erfahren hatte, genutzt. Es hatte mehr als ein Jahr gedauert, den Namen ihrer Mutter herauszufinden, und noch ein weiteres Jahr, um sie selbst ausfindig zu machen.

Als Amelia erfuhr, dass sie an einem Ort namens Cape Refuge lebte, dachte sie, dass der Name nach Schutz und Frieden klang, nach einem Ort, an dem man integriert wurde, ohne sich darum bemühen zu müssen.

Sie hatte nicht erwartet, so kurz bevor sie das fand, was sie die ganze Zeit gesucht hatte, eine solche Angst zu verspüren.

„Irgendwann musst du es tun, Amelia." Jamie blickte sie ernst an. „Wir haben nicht genug Geld, um länger als ein paar Tage hier zu bleiben."

Jamie war eine gute Freundin. Sie war mitgekommen, um sie moralisch zu unterstützen, weil sie wusste, dass Amelias Nerven blank liegen würden und sie jemanden brauchte, der ihre Hand hielt. Amelia wollte sie auf keinen Fall enttäuschen.

„Ich weiß, und ich werde es tun. Morgen, das verspreche ich.“ Sie drehte ihr langes, blondes Haar so fest um den Finger, dass er beinahe nicht mehr durchblutet wurde. Sie benahm sich wie ein kleines Kind auf dem Weg zu einem Bibelferienlager, das die Beine seiner Mutter umklammerte und sie anflehte, nicht dorthin zu müssen.

Sie hatte nicht damit gerechnet, dass es so kommen würde. Sie hatte gedacht, dass sie mehr Mut hätte. Unermüdlich hatte sie nach ihrer leiblichen Mutter gesucht und mit jedem Anruf, der sie ihrem Ziel näher brachte, war sie furchtloser geworden.

War sie nun gerade dabei, alle Mühe zunichtezumachen, nur weil ihre Nerven verrücktspielten? Wenn sie das tat, würde sie es sich nie verzeihen. „Was ist, wenn sie mich nicht sehen will?“

„Das sind wir doch schon alles durchgegangen.“ Jamie hielt an einem Stoppschild und sah sie lange an. „Du hast gesagt, du wärest bereit. Du hast dich ein ganzes Jahr lang darauf vorbereitet.“

Das stimmte. Jamie hatte sie auf ihrem ganzen Weg begleitet und ihr mit Rat und Tat zur Seite gestanden. An dem Tag, an dem Amelia eine Kopie ihrer ursprünglichen Geburtsurkunde erhalten und den Namen ihrer Mutter erfahren hatte, war Jamie bei ihr und genauso aufgeregt gewesen wie sie selbst.

Jamie seufzte. „Ich bin total enttäuscht, wenn das alles umsonst war.“

Amelia wusste, dass Jamie, trotz all ihrer Mühe, sie zu ermutigen, kurz davor stand, die Geduld zu verlieren. Während sie vor dem Stoppschild standen, zog Jamie ihr wasserstoffblondes Haar aus dem Nacken, um ihn zu kühlen, denn die Klimaanlage ihres Wagens funktionierte nicht mehr richtig.

„Ich wäre selbst auch enttäuscht. Ich verspreche dir, dass ich es morgen mache. Ich muss nur erst einen klaren Kopf bekommen. Und überlegen, was ich sagen soll. Ich dachte, dass wir, nachdem wir hier angekommen sind, etwas mehr Probleme haben würden, ihre Wohnung zu finden, weißt du? Ich habe nicht damit gerechnet, dass uns diese Dame auf Anhieb die richtige Adresse gibt. Es hat mich aus dem Rhythmus gebracht."

Jamie warf ihr einen amüsierten Blick zu. „Aus dem Rhythmus gebracht? Spiel mir kein Theater vor, Amelia. Um an eine Tür zu klopfen, braucht man keinen Rhythmus."

„Okay, es hört sich verrückt an. Aber ich weiß noch nicht, was ich tun möchte, nachdem ich sie getroffen habe. Zum Beispiel, welche Beziehung ich zu ihr haben möchte, falls sie mich überhaupt anerkennt? Möchte ich mit ihr befreundet sein? Werde ich sie mit *Mom* ansprechen? Möchte ich Urlaube mit ihr verbringen oder sie im Sommer besuchen? Wenn ich eines Tages heirate, wird sie dann neben meinen Eltern sitzen oder wird sie irgendwo anders sitzen wie jeder normale Gast? Ich muss mir all diese Dinge überlegen."

„Jetzt benimmst du dich wie eine Verrückte. Normale Menschen müssen sich nicht für jedes denkbare Szenario eine Lösung ausdenken, bevor sie den ersten Schritt machen."

„Also hältst du mich für verrückt?"

„Ja, für völlig unzurechnungsfähig." Jamie schaute sie mit diesem ungeduldigen Blick an, und plötzlich fing Amelia an zu lachen. Jamie lächelte nun auch und fuhr wieder los.

„Okay, also fahren wir zurück, gehen auf unser Zimmer und schlafen noch eine Nacht darüber. Außerdem schreibst du noch hundert angsterfüllte Seiten in dein Tagebuch, und morgen ..."

„Morgen kommen wir wieder hierher und klopfen an die Tür. Dann bin ich bereit dazu."

„Versprochen?"

„Versprochen."

„Also gut. Dann fahren wir jetzt zurück und gehen auf unser Zimmer." Jamie warf ihr Haar wieder über ihre Schulter nach hinten und schaute Amelia an. „*Das* ist etwas, wovor man wirklich Angst haben muss."

Kapitel 16

Cade leitete die Informationen über Marcus Gibson an das GBI weiter und bot ihnen die Unterstützung seiner Einheit an, wann immer sie sie brauchen würden. Sie hatten geplant, Gibson rund um die Uhr zu überwachen, aber bis jetzt hatten sie ihn noch nicht ausfindig machen können.

Cade nutzte die Ruhepause, um zum Juwelier zu fahren und den Ring abzuholen, den er für Blair hatte anfertigen lassen.

Der Colonel aus dem Crickets – Cades Lieblingsrestaurant – war ebenfalls da, stand vor einer der Vitrinen und schaute sich ein paar Halsketten an. Zaheer, der einige Schmuckstücke herausgeholt hatte, um sie dem Mann zu zeigen, klatschte in die Hände, als Cade eintrat.

„Ah, Chief Cade, ich habe sie bereits erwartet."

Der Colonel drehte sich um und grinste. „Ja, ja. Wenn das nicht der gute, alte Romeo höchstpersönlich ist."

Cade grinste und schüttelte dem Mann die Hand. „Sie haben mich hier nicht gesehen, okay, Colonel?"

„Natürlich nicht. Ich habe nicht die geringste Ahnung, was Sie hierher führen könnte." Er zwinkerte. „Brauchen Sie vielleicht eine neue Uhr?"

Cade grinste. „Vielleicht." Der Colonel neckte ihn. Cade hätte einen Termin nach Geschäftsschluss ausmachen und hierherkommen sollen, wenn er sicher sein konnte, nicht gesehen zu werden. Warum hatte er bloß nicht daran gedacht? „Was führt Sie hierher, Colonel?"

„Meine Frau hat heute Geburtstag", sagte er. „Es fiel mir erst ein, als ich heute Morgen aufwachte. Und ich hatte ihr noch nichts gekauft. Jetzt suche ich schnell noch eine Kette aus, die ich mir leisten kann."

Cade schmunzelte.

„Sie können schon mal weitermachen und sich von ihm bedienen lassen." Der Colonel winkte mit der Hand. „Ich habe mich noch nicht entschieden."

Zaheer lächelte Cade an. „Ich bin sofort mit Ihrer Bestellung zurück, Chief Cade."

Cade überlegte, ihm zu sagen, dass er warten sollte, bis der Colonel weg war. Aber bis dahin war dann vielleicht jemand anderes in den Laden gekommen. An seinen Schläfen bildeten sich Schweißperlen. Vielleicht sollte er so tun, als erhielte er einen Funkspruch, und später wiederkommen. Doch bevor er den Plan in die Tat umsetzen konnte, kam Zaheer, die Auster hin und her schwenkend, zurück. „Ist sie nicht wunderschön? Ich habe die Schale ein wenig behandelt, damit sie noch ein bisschen märchenhafter aussieht."

Cade versuchte, dem Colonel das Blickfeld zu verstellen, und nahm die Auster in die Hand. Er konnte sich ein Grinsen nicht verkneifen. Sie war perfekt. Zaheer hatte sie mit Perlmutt-Lack eingesprüht, sodass sie eher nach einem Juwel als nach einem Meerestier aussah. „Darf ich hineinschauen?", fragte er mit leiser Stimme.

„Natürlich. Aber vorsichtig ..." Zaheer öffnete die Muschel, sodass der mit einem einkarätigen Diamanten besetzte Verlobungsring, den Cade so sorgfältig ausgewählt hatte, zum Vorschein kam.

Sein Herz pochte dreimal so schnell wie gewöhnlich. Er würde es wirklich tun.

Cade blickte sich über die Schulter nach dem Colonel um. Der reckte seinen Hals, um einen Blick zu erhaschen, schaute dann aber schnell weg und tat so, als hätte er nichts gesehen. Doch das Grinsen auf seinem Gesicht verriet Cade, dass es ihm dennoch gelungen war, etwas zu erspähen.

„Colonel, ich baue darauf, dass Sie niemandem etwas davon erzählen, okay? Ich möchte sie überraschen."

„Meine Lippen sind versiegelt. Sie wissen, dass ich euch beiden nie den Spaß verderben würde. Also, wie wollen Sie es machen?"

Cade entspannte sich und blickte vom Colonel zu Zaheer hinüber. „Ich werde am Samstag mit ihr zur Breaker's Reef-Grotte hinausfahren. Dort werde ich so tun, als hätte ich die Auster auf einer der Felsbänke gefunden. Wenn sie sie öffnet, führe ich sie zu der Grottenwand, auf die ich vorher ‚Willst du mich heiraten?' schreiben werde."

Die Männer lachten über den Plan und Cade wusste, dass es eine tolle Idee war. Er hoffte nur, dass Blair nichts davon erfahren würde, bevor er die Gelegenheit hatte, sie damit zu überraschen.

Kapitel 17

Der Funkspruch von McCormick kam in dem Augenblick, als Cade den Juwelierladen verließ. „Das GBI hat Gibson gerade ausfindig gemacht, Cade. Er kam soeben aus dem Wald gestapft."

„Also ist er jetzt zu Hause?"

„Ja, genau. Sie wollen ihn ab sofort nicht mehr aus den Augen lassen. Sie haben gesagt, dass sie ihn befragen werden, aber weil er hier wohnt, möchten sie, dass einer von uns sie begleitet."

„Das mache ich", sagte Cade. „Ich fahre jetzt gleich hin."

Zwei Agenten des GBI – Yeager und Smith – warteten in der Nähe von Gibsons Haus. Cade stieg aus seinem Pick-up und begrüßte sie.

„Haben Sie einen Haftbefehl?", fragte er, während sie zur Tür gingen.

„Ja." Yeager klopfte auf seine Manteltasche. „Haftbefehl und Durchsuchungsbeschluss."

Sie klopften, und kurz darauf öffnete sich die Tür. Der Romanautor blinzelte ihnen entgegen. „Wenn das mal nicht die Gestapo ist."

Er wirkte amüsiert – und ein wenig fasziniert –, als sie ihre Ausweise zeigten.

„Dürfen wir reinkommen?", fragte Yeager.

Er schien einen Moment lang irritiert zu sein, dann trat er zurück und bat sie herein. „Ich gehe davon aus, dass man dem Georgia Bureau of Investigation besser nicht den Gehorsam verweigert."

Sie gingen hinein, und Cade ließ seinen Blick über die Kartons im Wohnzimmer und die Möbel, die ab-, aber noch nicht aufgestellt worden waren, schweifen. Sie folgten Gibson in sein

Arbeitszimmer, und Cade konnte nun selbst sehen, was Sheila beschrieben hatte. Auf seinem Schreibtisch, den Regalen und dem Boden, überall lagen kippelige Papierstapel herum – sie schienen alles vollständig zu bedecken.

Gibson räumte ihnen ein paar Stellen frei, damit sie sich setzen konnten, und holte dann einen Stuhl für sich selbst. „Verzeihen Sie, dass ich, als ich die Tür öffnete, nicht so scharfsinnig war, wie ich es sonst für gewöhnlich bin, meine Herren, aber ich war gerade eben schlafen gegangen. Ich habe gecampt, um Ideen für mein neuestes Buch zu sammeln, und in den letzten Tagen nur wenig Schlaf bekommen."

„Wo genau haben Sie gecampt?", fragte Cade.

Gibson starrte ihn lange an. „Ich beantworte gerne Ihre Fragen, Detective, aber ..."

„Ich bin kein Detective. Ich bin der Chef der Polizei von Cape Refuge."

„Ich verstehe", sagte Gibson. „Verzeihen Sie mir, dass ich das nicht wusste. Ich bin neu in der Stadt. Wie ich bereits sagte, beantworte ich Ihre Fragen gerne, aber es wäre hilfreich zu wissen, worum es überhaupt geht. Habe ich etwas falsch gemacht?"

Cade übergab an Yeager.

„Wir ermitteln im Mordfall Emily Lawrence."

„Mord?" Gibson sprang auf und fuhr sich mit den Fingern durch seine Einstein-Frisur. „Und Sie glauben, dass *ich* etwas damit zu tun habe?"

„Beantworten Sie bitte einfach die Fragen", sagte Smith. „Wo waren Sie in der Nacht auf den Dreißigsten?"

Gibson schien in seinem Gedächtnis zu graben. „Okay, ich verstehe, dass ich ein Problem habe. Ich glaube, ich habe in dieser Nacht gezeltet. Ich bin zwischendurch mal nach Hause gekommen, habe aber mit niemandem gesprochen, außer mit der Frau, die den Schreibkram für mich erledigt. Sandra oder Sharon oder ..."

Cade korrigierte ihn nicht. „Dann haben Sie also kein Alibi?"

„Keins, das für diese Nacht bestätigt werden könnte. Es sei denn, sie finden einen Hasen oder eine Schlange im Wald, die mich vielleicht gesehen haben."

Cade fand das nicht lustig. „Wir wissen, dass Sie eine Waffe besitzen. Könnten Sie uns die bitte zeigen?"

Der Mann zögerte, und Cade bemerkte, dass er schluckte. „Das kann ich nicht. Wissen Sie, sie wurde mir gestohlen."

„Gestohlen?" Yeager runzelte die Stirn. „Wann?"

„Ich bin mir nicht sicher, aber ich glaube, es war vor ein paar Tagen. Ich hatte sie in der Tasche, als ich mich mit ein paar kriminellen Typen getroffen habe ..."

Cade warf Yeager einen Blick zu. Meinte der Kerl das ernst?

„Kriminelle Typen?"

„Ja. Drogendealer, Abhängige, Prostituierte. Ich habe für mein Buch recherchiert. Einige von ihnen waren ein bisschen zu vertraulich und schließlich fand ich heraus, warum. Sie haben mich bis aufs Hemd ausgeraubt. Einer von ihnen muss auch meine Waffe gestohlen haben."

„Wo haben Sie diese Leute getroffen?"

„An verschiedenen Orten. Ich war in ein paar heruntergekommenen Motels hier und auf Tybee Island sowie in ein paar weiteren in Savannah, bevor ich bemerkte, dass die Waffe verschwunden war. Jeder von ihnen könnte sie gestohlen haben."

Yeager stand auf und sah sich im Zimmer um. „Mr. Gibson, wir haben einen Durchsuchungsbeschluss für Ihr Haus."

Gibson sah sie verwirrt an. „Für mein Haus? Aber warum denn?"

„Weil der Mord an dem Mädchen genauso verübt wurde, wie der Mord in Ihrem Buch *Crescent Hill* beschrieben wird."

„Also haben Sie in Ihren wirren Köpfen geschlossen, dass ich irgendwie darin verwickelt sein muss? Sagen Sie, meine Herren, wie kommen Sie nur darauf, dass ich so dumm sein würde, jemanden auf eine Art und Weise zu ermorden, die so offensichtlich auf mich hinweist? Glauben Sie nicht, dass ich, wenn ich einen Mord begehen wollte, kreativ genug sein würde, um etwas Neues zu erfinden?"

Darüber hatte Cade auch schon nachgedacht, aber der Mann schien nicht mehr alle seine fünf Sinne beisammenzuhaben. Vielleicht war er psychisch krank – wie Sheila vermutete – und hatte es nicht richtig durchdacht.

„Nun gut, dann durchsuchen Sie mein Haus. Aber denken Sie dabei bitte daran, dass Mord mein Geschäft ist. Wenn Sie Bücher über Waffen, Gifte und die Arbeit der Spurensicherung finden, kommen Sie nicht etwa auf die Idee, das könnten Hinweise darauf sein, dass ich ein verrückter Mörder bin. Ich schreibe über Mörder und ich recherchiere gründlich."

„Wir möchten Sie gerne zu einer Befragung mitnehmen, während Ihr Haus durchsucht wird."

Gibson schien zuerst ungehalten zu sein, doch dann wirkte er plötzlich geradezu begeistert. „Ja, natürlich möchten Sie das. Und ich werde ganz bestimmt kooperieren. Ich wurde noch nie in einem Mordfall befragt. Es könnte sich als hilfreich für meine Arbeit erweisen."

Das hatte Cade nicht erwartet. Waren alle Romanautoren so?

„Und ich würde gerne meinen Laptop mitnehmen, wenn ich darf. Vielleicht mache ich mir ein paar Notizen."

Nun war Cade amüsiert. „Ich befürchte, wir sind diejenigen, die die Notizen machen, Mr. Gibson. Und Ihr Laptop ist ein Beweismittel."

Das schien ihn zu verärgern. Sein Gesicht rötete sich und eine Ader an der Schläfe pulsierte unter seiner Haut. „Ich fürchte, das kann ich nicht akzeptieren."

„Sie können das nicht akzeptieren?" Yeager zog die Brauen zusammen.

„Nein, das kann ich nicht. Wissen Sie, auf diesem Laptop befindet sich der Erstentwurf des Buches, an dem ich gerade schreibe. Und ich zeige niemandem meine Erstentwürfe."

„Haben Sie etwas zu verbergen?"

„Ja. Schlechte Schreiberei. Meine Erstentwürfe gehören in die Mülltonne. Ich gehöre zu den Autoren, die immer alles umschreiben. Ich überarbeite absolut alles, und ich kann es nicht zulassen, dass jemand mein Werk liest, bevor ich die Chance hatte, es zu überarbeiten! Das steht sogar in meinem Testament. Wenn ich sterbe, müssen meine Erstentwürfe verbrannt werden. Ich will auf keinen Fall, dass ein Haufen trotteliger Polizeikritiker über meine Worte nachgrübelt!"

Cade hatte sich schon viel anhören müssen, aber als „trotteliger Polizeikritiker" war er noch nie betitelt worden. Er glaubte kaum, dass *überhaupt* schon mal einer seiner Kollegen so genannt worden war.

„Ich fürchte, dass Sie das nicht entscheiden können", sagte Smith.

Sichtlich erschüttert warf Gibson die Hände in die Luft. „Dann verlange ich einen Anwalt. Ich bestehe darauf, dass ich ihn sofort anrufen darf."

Sie erlaubten ihm, seinen Anwalt in Atlanta anzurufen, und der Mann versprach, dass er ein Flugzeug chartern würde, um so schnell wie möglich herzukommen.

Cade hoffte, dass er sich beeilte. Marcus Gibson wusste mehr, als er sagte, und Cade war bereit, es aus ihm herauszuquetschen.

Kapitel 18

An diesem Abend berichteten alle Nachrichtensendungen über Marcus Gibsons Verhaftung und im Fernsehen wurden Filmaufnahmen der hastig angeordneten Vorführung des Schriftstellers vor den Haftrichter gezeigt. Offensichtlich war der Richter ein Fan des exzentrischen Romanautors und behandelte den Fall aufgrund seiner Bewunderung für den Star ziemlich stümperhaft. Er legte eine Kaution von 100 000 Dollar fest. Gibsons Anwalt zahlte sie, ohne mit der Wimper zu zucken, und Gibson wurde bei Einbruch der Dunkelheit bereits wieder freigelassen.

Die Polizei ließ ihn rund um die Uhr überwachen und wies ihn an, das County nicht zu verlassen.

Cade betete, dass es keine weiteren Morde geben würde.

Vielleicht sollte er den für morgen geplanten Tag mit Blair absagen. Er hatte sie darum gebeten, sich den Tag freizunehmen und ihn mit ihm draußen bei der Grotte zu verbringen. Sowohl der Tag als auch der Ort hatten eine besondere Bedeutung. Obwohl er bezweifelte, dass sie daran dachte, dass sie sich vor genau einem Jahr zum ersten Mal geküsst hatten ...

Nein, er würde es nicht absagen. Er hatte so lange darauf gewartet, ihr einen Heiratsantrag zu machen, und er wollte nicht noch einen Tag länger warten.

Die Grotte war für Blair ein Platz, mit dem sie viele Emotionen und Erinnerungen verband. Ihr Vater war oft mit ihr dorthin gefahren, um zu fischen, und sie hatte die Höhle zusammen mit ihm erkundet. Für Cade war sie eine der einzigartigsten und wunderschönsten Plätze an der ganzen Ostküste. Ein paar Taucher hatten sie vor fünfzehn Jahren entdeckt und Höhlenforscher aus Atlanta hatten dann begonnen, sie zu erforschen.

Weil es schwierig und gefährlich war hineinzugelangen, war sie nicht zu der Touristenattraktion geworden, die sie eigentlich hätte sein können. Den einzigen Eingang konnte man nur erreichen, indem man acht Meter weit unter der Felsformation her tauchte und an der einzigen Stelle des Riffs, die aus dem Wasser ragte, wieder hochkam. Wenn man wusste, wo sich der Eingang befand, starke Lungen hatte und schlank genug war, konnte man hindurch- und in dem schönsten Wunderwerk der Natur, das Gott jemals geschaffen hatte, wieder auftauchen.

Der Eingang war nicht groß genug für Taucher mit Sauerstoffflaschen, weshalb durchschnittliche Schwimmer nicht hineingelangen konnten. Vor Jahren hatten die Städte von Tybee Island und Cape Refuge eine Kommission gebildet, um prüfen zu lassen, wie man den Eingang verbreitern könnte, um den Ort besser für die Öffentlichkeit zugänglich zu machen, doch der logistische Aufwand war zu groß gewesen. Sie hatten sich nie auf eine gemeinsame Vorgehensweise einigen können.

Cade war froh darüber. Er fand es gut, dass die Grotte ein Geheimtipp für wenige Privilegierte blieb.

Blair sprach oft von ihren schönsten Erinnerungen an ihren Vater, wie er mit ihr dorthin gefahren und sie ihm dann unter diesen Felsen gefolgt war. Es war auch einer von Cades Lieblingsplätzen, der ihn immer wieder an Gottes außergewöhnliche Kunstfertigkeit erinnerte. Er würde nie vergessen, wie er und Jonathan zum ersten Mal hinuntergetaucht waren, wie ihre Lungen nach Luft rangen und wie sie schließlich in die Höhle hinaufgestoßen waren. Die Sonne hatte durch die schlitzartigen Öffnungen an der Höhlendecke hineingeleuchtet und mit ihrem natürlichen Licht die Schönheit um sie herum sichtbar werden lassen. Stalaktiten hingen wie diamantfarbene Eiszapfen von der Decke herab und Excentriques, die aussahen wie prächtige Blumen, wuchsen aus den Kalksteinfelsen.

Gerade noch hatte er die frische Luft gierig eingesogen, doch schon beim ersten flüchtigen Blick auf die Schönheit in der Höhle war ihm der Atem gleich wieder weggeblieben.

Der perfekte Ort, um Blair einen Heiratsantrag zu machen.

Er fragte sich, ob er einen schlechten Zeitpunkt gewählt hatte. War es unverantwortlich, sich gerade jetzt freizunehmen, wenn der Staat sich ganz besonders auf seine Polizei verlassen musste?

„Cade, du hast das jetzt schon seit Wochen geplant." McCormick saß auf dem Stuhl auf der anderen Seite von Cades Schreibtisch und versuchte, ihn davon zu überzeugen, die Sache durchzuziehen. „Die Kollegen von Tybee und von der Staatspolizei leiten die Ermittlungen. Wir sind bestenfalls am Rande daran beteiligt. Sie brauchen uns nicht. Und sollte doch etwas benötigt werden, schaffe ich das schon allein."

„Ich weiß." Cade nahm die Auster aus seiner Schreibtischschublade und öffnete sie vorsichtig. Dann drehte er sie um und zeigte sie McCormick. „Nun, wie findest du das?"

McCormick pfiff durch die Zähne. „Da hast du aber ganz schön tief in die Tasche gegriffen. Was hast du vor?"

Er grinste. „Morgens begebe ich mich in die Grotte und schreibe ‚Willst du mich heiraten?' an die Wand."

McCormick warf seinen Kopf zurück und lachte. „*Was* hast du vor? Weißt du, wie schwierig es ist, in diese Höhle zu gelangen?"

Cade grinste erneut. „Natürlich weiß ich das. Das ist ja gerade das Besondere daran."

„Also willst du diesen wunderbaren Ort mit Graffiti verunstalten?"

„Nein, ich nehme nur Kreide und schreibe es, während Ebbe ist. Sobald die Flut kommt, wird sie es wieder abwaschen. Und unter das Geschriebene lege ich gelbe Rosen, ihre Lieblingsblumen. Dann nehme ich sie morgen Nachmittag mit dorthin und locke sie in die Höhle."

McCormick gefiel das sichtlich. „Sie *locken*, hm? Mit kleinen Fischen? Oder mit Thunfischstückchen?“

„Nein.“ Cade lehnte sich zurück und legte seine Hände hinter den Kopf. „Nur mit meinem Charme, mein Freund.“

Sie lachten beide.

„Nun erzähl bloß noch, du willst den Ring in das Maul eines Seebarsches stecken, der genau in dem Moment, in dem sie den Heiratsantrag an der Wand sieht, aus dem Wasser springt ...“

Cade beugte sich vor. „Nein, aber das ist auch eine tolle Idee. Kennst du irgendeinen dressierten Barsch?“

„Nein, doch ich habe mal gehört, dass es kluge Tiere sind. Du kannst wahrscheinlich vom Fleck weg einen anheuern. Sie suchen immer nach einem interessanten Auftritt.“

„Ja, aber Sea World hat sich bereits die besten gesichert. Nein, ich kann mich dafür nicht auf irgendeinen Möchtegern-Flipper verlassen. Ich werde den Ring in meiner Hosentasche haben und ihn dann auf den Felsvorsprung direkt unter mein Geschriebenes legen. Ich muss sicher sein, dass sie ihn auch findet.“

„Sie wird ertrinken, wenn sie das alles sieht. Darüber bist du dir doch im Klaren, oder?“

Cade lächelte und sah auf den Ring hinunter. Er hoffte, dass ihr nicht die Luft wegbleiben würde. „Wir können ja aus dem Wasser steigen und uns auf einen der Felsvorsprünge setzen, während ich ihr mein Anliegen vortrage.“

„Dein Anliegen vortragen? Glaubst du nicht, dass sie auf der Stelle *Ja* sagen wird?“

Cade war sich relativ sicher, dass sie es tun würde. Aber es war unmöglich, sich ganz sicher zu sein. Blair war eine schwer einzuschätzende Frau. „Schwer zu sagen.“

„Nein, das ist es nicht. Sie hätte dir schon vor Monaten das Jawort gegeben. Ich weiß nicht, warum du so lange gewartet hast. Und das mit der Höhle ist toll. Frauen stehen auf so etwas. Sie müssen etwas zum Erzählen haben, so sind Frauen eben. Meine Schwester hat drei verschiedene Männer geheiratet, weil sie ihr romantische Anträge gemacht haben."

„Zwei von ihnen haben sie aber auch geschlagen, wenn ich mich recht erinnere."

„Ja, das stimmt. Aber sie spricht trotzdem immer noch von diesen Anträgen."

Scott Crown trat in die Tür. Cade sah auf und hoffte, dass er das nicht gehört hatte.

„Sprichst du von meiner Mutter?"

„Ja." Joe sah sich zu seinem Neffen um. „Hast du gelauscht?"

Der junge Mann zögerte. „Das wollte ich nicht. Aber was meine Mutter betrifft, so gehe ich davon aus, dass sie nicht mehr auf romantische Anträge hereinfallen wird. Ich glaube nicht, dass sie noch einmal heiratet."

„Nein, jetzt zieht sie einfach so mit ihnen zusammen."

Cade wünschte sich, dass Joe nicht weiter über Scotts Mutter herziehen würde. Der Junge fand das offensichtlich nicht lustig.

„Ich wollte Ihnen nur diesen Bericht bringen, Chief. Es ist die Zusammenstellung aller Morde in Gibsons Büchern, so wie Sie es haben wollten."

Cade nahm den Bericht entgegen, hielt seinen Blick dabei aber auf den jungen Mann gerichtet. „Hey, Crown. Was immer Sie gerade gesehen oder gehört haben mögen – außer der Sache mit Ihrer Mutter –, Sie haben es nicht gesehen oder gehört. Verstanden?"

Einen Moment lang dachte Cade, dass Crown leugnen würde, etwas gesehen oder gehört zu haben, doch dann grinste er. „Meine Lippen sind versiegelt, Chief."

Cade hoffte, dass das wahr war. Crown ging wieder hinaus, und Cade schaute McCormick an.

„Er ist zuverlässig, Cade. Ich glaube, du brauchst dir keine

Sorgen zu machen. Und es steht außer Frage, dass du das jetzt durchziehst. Du musst es tun, und zwar morgen. Keine weitere Diskussion. Ich werde hier die Stellung halten."

Cade schaute wieder auf den Ring hinunter und konnte sich ein Grinsen nicht verkneifen. „In Ordnung. Ich denke, dann wäre das wohl abgemacht."

Kapitel 19

Amelia starrte aus dem Autofenster, während Jamie in die Straße, die zum Flagstaff Motel führte, einbog. „Weißt du, Amelia, das Schlimmste, das morgen passieren kann, ist eigentlich gar nicht so dramatisch. Wenn du sie triffst und sie dich ablehnt, gehst du wieder und kehrst nie mehr zurück. Dann vergisst du einfach, dass du jemals eine leibliche Mutter hattest."

Amelia seufzte. „So einfach ist das nicht. Aber wahrscheinlich verstehst du das nicht. Denn du weißt, wer du bist. Ich nicht."

„Doch, das weißt du, Amelia. Du bist meine beste Freundin, ein wunderschönes Mädchen, dem alles gelingt, was es tut, die Tochter von zwei Menschen, die dich über alles lieben. Eine Einser-Schülerin mit einem Stipendium und einer tollen Zukunft. Wer du bist, hat nichts mit der Frau zu tun, die dich neun Monate lang in ihrem Bauch getragen hat."

„Ach ja? Warum hast du mich dann dazu angestachelt? Du hast beinahe genauso viel in die Suche investiert wie ich."

„Weil es interessant war. Und herausfordernd. Ich meine, es sieht so aus, als könnte alles Mögliche passieren. Es gibt da eine Geschichte über dich, die du nicht kennst. Das hat meine Fantasie angeregt."

„Meine auch."

„Aber es ist keineswegs so, dass du etwas zu verlieren hättest. Was auch immer geschieht, du hast immer noch tolle Eltern, die dich lieben. Das hat nicht jeder, Amelia."

Sie wusste, dass Jamie das nicht hatte. Ihr Vater lebte mit seiner neuen Familie am anderen Ende des Landes. Als Jamie noch ein Kind war, hatte er sich bestenfalls bemüht, sie einmal im Jahr an Weihnachten zu treffen. Und seit sie achtzehn geworden war, hatte er sich gar nicht mehr um sie gekümmert. Ihre Mutter war zum vierten Mal verheiratet und ständig so mit ihren eigenen Problemen beschäftigt, dass sie Jamie kaum wahrnahm. Wahrscheinlich hatte sie noch gar nicht bemerkt, dass Jamie die Stadt verlassen hatte.

„Ich liebe meine Eltern", flüsterte Amelia. „Es geht nicht um sie. Es geht darum, wer ich wirklich bin. Meine Gene. Meine Familie. Meine Geschichte."

Jamie war so anständig, nicht mit ihr darüber zu streiten. Sie war wirklich eine prima Freundin, und Amelia liebte sie. Jamie war immer für sie da. Amelia würde niemals den Sommer vergessen, in dem sie beide vorgehabt hatten, an einer Kirchenfreizeit teilzunehmen. Trotz all ihrer Begeisterung wachte Amelia an dem Morgen, an dem die Freizeit begann, mit Fieber auf und sie konnte auf den letzten Drücker nicht mitfahren. Als Jamie davon erfuhr, stieg sie aus dem Bus und weigerte sich, weiter mitzufahren. Sie sagte den Betreuern, dass sie an dem Vergnügen ohne Amelia nicht teilnehmen wollte. Also blieb Jamie zu Hause, und sie unterhielten sich am Telefon oder durchs Schlafzimmerfenster, bis das Fieber wieder sank.

Jeder Mensch brauchte einen solchen Freund.

Jamie schwieg, bis sie das Flagstaff Motel erreichten, die einzige Unterkunft mit freien Zimmern, die sie sich hatten leisten können. Jamies Gesichtsausdruck zeigte, dass es ihr davor graute, an diesen Ort zurückzukehren. Sie ließ ihren Blick über das Treiben auf dem Parkplatz schweifen. Autos fuhren vor und wieder davon; die Fahrer hielten an und sprachen mit den verwahrlost aussehenden Männern, die auf der Straße herumlungerten. Frauen unterschiedlichen Alters, von sehr jungen Teenagern bis hin zu Frauen mittleren Alters, liefen auf dem Fußweg vor den offenen Türen auf und ab, und gelegentlich ging eine von ihnen mit einem Besucher in eines der Zimmer und schloss die Tür hinter sich.

„Das hier ist eine miserable Unterkunft“, sagte Jamie. „Ich würde beinahe lieber im Auto schlafen.“

„In unserem Zimmer wird uns nichts passieren. Wir schließen die Tür ab.“

„Wenn wir es bis zu unserem Zimmer schaffen, bevor wir angegriffen werden.“

„Also gut. Willst du irgendwo anders übernachten?“

„Von was? Wir mussten schon im Voraus zahlen. Was haben wir uns dabei bloß gedacht?“

Amelia seufzte. „Heute Morgen sah es gar nicht so schlimm aus.“

„Ich vermute, da haben sie alle noch geschlafen. Aber jetzt sieht es wirklich schlimm aus.“

Amelia sah zu ihrem Zimmer in der oberen Etage hinauf. Sie konnten zur Treppe gelangen, ohne an den Männern vorbei zu müssen. Wenn sie dann schnell an den offenen Türen vorüberlaufen würden, könnten sie es zu ihrem Zimmer schaffen, ohne von jemandem aufgehalten zu werden. „Es wird uns schon nichts passieren. Wir bleiben einfach dicht beieinander und laufen schnell.“

Sie stiegen aus dem Wagen, und Jamie schloss ihn ab. Während sie die Treppe zur oberen Etage hinaufstiegen, flüsterte Jamie: „Du treibst mich noch in den Wahnsinn. Du hast zwar Angst davor, bei deiner Mutter an die Tür zu klopfen, aber nicht *hiervor*?“

„Ganz schön paradox, was?“

Sie hörten, wie unten jemand gegen das Treppengeländer klopfte, und ein Mann rief: „Hey, Schätzchen, sucht ihr beiden nach mir?“

„Lauf weiter“, flüsterte Amelia. „Schau dich nicht nach ihm um.“

Oben lehnte eine junge Frau, die Shorts und ein Bustier trug, in einer der Türen und schaute ihnen entgegen. Unter ihren Augen war schwarzes Make-up verschmiert und ihr Haar sah aus, als hätte sie es seit einer Woche nicht mehr gewaschen. Sie erinnerte Amelia an ein Kind, das das Make-up seiner Mutter entdeckt und den Eyeliner mit dem Korrekturstift verwechselt hatte.

Amelias Herz schlug schneller. Am liebsten wäre sie stehen geblieben und hätte mit der jungen Frau gesprochen, um herauszufinden, woher sie kam und wie sie hier gelandet war. War sie in der Schule eine Außenseiterin gewesen, die in keine Gruppe passte, und sich deshalb der erstbesten Gruppe angeschlossen hatte, die sie aufgenommen hatte?

Amelia schluckte heftig. Wo war die Mutter der jungen Frau? Wie hatte ein so junger Mensch hier unter all diesen zwielichtigen Gestalten landen können? War sie wie Amelia in die Stadt gekommen, um etwas oder jemanden zu suchen, und nur durch Drogen oder Männer oder irgendwelche Schwierigkeiten, in denen sie steckte, abgelenkt worden – bis sie schließlich in diesem dreckigen Motel eingecheckt hatte und es nie geschafft hatte, wieder wegzukommen?

Ihre Schritte wurden langsamer, als sie sich der jungen Frau näherten. Amelia spürte, dass Jamie an ihrem Ärmel zog, um sie zu ermahnen, weiterzugehen. Jamie kannte sie wirklich gut.

Amelia musste ihrer Freundin recht geben – wahrscheinlich würde die junge Frau gar nicht wollen, dass sie sich einmischte. Aber dann sah das Mädchen sie mit leerem Blick an und machte einen Schritt auf Amelia zu ... sie schwankte ein wenig ... und brach auf dem Betonboden zusammen.

Amelia schnappte nach Luft, eilte zu ihr und kniete sich neben sie. „Hol ihr etwas Wasser!“, wies sie Jamie an. „Beeil dich!“

Jamie sah sich um, rannte dann in das Zimmer des Mädchens und kam mit einem Pappbecher zurück.

Die junge Frau öffnete die Augen – offensichtlich wusste sie nicht mehr, wo sie war – und versuchte, ihren Blick auf Amelia zu richten.

„Geht es dir gut?“, fragte Amelia.

„Wer bist du?“, fragte sie lallend und mit kratziger Stimme.

„Amelia.“ In dem Moment, in dem sie ihren Namen aussprach, stieß Jamie sie mit dem Fuß an, um sie davor zu warnen, zu viele Informationen preiszugeben. Amelia griff nach dem Becher und bot ihn der jungen Frau an. „Du bist ohnmächtig geworden. Hier ist etwas Wasser.“

Die junge Frau nahm den Becher.

Nun kniete auch Jamie neben der jungen Frau nieder. „Sollen wir einen Krankenwagen rufen?“

Das Mädchen blinzelte und versuchte, sich aufzusetzen. „Nein.“ Sie nahm noch einen Schluck, dann blickte sie sich um, um zu sehen, wer sie beobachtete. Amelia bemerkte, dass sie die Aufmerksamkeit aller Anwesenden auf sich gezogen hatten.

„Wir können dich auch irgendwo anders hinbringen“, flüsterte Amelia. „Sollen wir dich hier wegbringen?“

„Nein, mir geht es gut.“ Sie erhob sich wankend wieder auf ihre Füße. „Ich habe keinen anderen Ort, wo ich hingehen könnte.“

Diese Worte trafen Amelia wie ein Schlag in den Magen. Wie mochte es sich anfühlen, keinen Ort zu haben, an den man gehen konnte? Sie war nur für eine Nacht hier in dieser gottverlassenen Drecksbude und dann war es überstanden. Was, wenn sie auf unbestimmte Zeit hierbleiben müsste, weil sie keine andere Wahl hätte? Tränen brannten ihr in den Augen.

„Wie heißt du?“

„Tina.“ Die junge Frau stolperte in ihr Zimmer und fiel aufs Bett.

Amelia stand auf und wollte ihr folgen, aber Jamie hielt sie am Arm fest und formte lautlos mit den Lippen: *Komm, wir gehen!*

Doch Amelia konnte die junge Frau noch nicht allein lassen, so lange nicht, bis sie sicher wusste, dass mit ihr alles in Ordnung war. Sie folgte ihr in das Zimmer und sah sich um. Es roch nach

Erbrochenem. Ein Paar Schuhe lag auf dem Boden neben einer Supermarkt-Tüte, aus der ein paar Kleider herausguckten. Ein Dutzend leerer Fastfood-Verpackungen lagen im ganzen Zimmer verteilt herum. Der Mülleimer lief über. „Wohnst ... wohnst du etwa hier?"

„Was geht dich das an?"

Amelia sah Jamie an, dann wieder die junge Frau. „Es ist nur kein sehr schöner Ort für eine junge Frau in deinem Alter. Und schon gar nicht für jemanden, der krank ist."

„Ich bin nicht krank." Tina rollte sich auf den Rücken und schaute an die Decke. Ein feiner Schweißfilm glänzte auf ihrer Stirn. „Wenn du es so schlimm findest, warum bist *du* dann hier?"

„Wir bleiben nur eine Nacht. – Hast du kein Zuhause? Gibt es jemanden, den wir für dich anrufen können?"

Die junge Frau fing an zu lachen, zuerst leise, aber dann begannen ihre Schultern zu beben vor Lachen. Sie rollte wieder zurück und verbarg ihr Gesicht in dem Kopfkissen.

Amelia wandte sich zu Jamie um, die genauso ratlos aussah, wie sie sich selbst fühlte. „Ich glaube, das war ein *Nein*", flüsterte Jamie. Sie zog an Amelias Ärmel, und Amelia nickte. Sie sollten gehen. Die junge Frau wollte sich nicht helfen lassen.

Als sie gingen, richtete sich die junge Frau plötzlich auf. „Genau. Ihr solltet schnellstmöglich verschwinden, sonst endet ihr vielleicht noch so wie ich. Es ist nämlich ansteckend, wisst ihr." Aus ihren Worten sprach Verachtung.

Amelia blieb an der Tür stehen und wandte sich um. Die Worte waren ein Vorwurf, aber sie konnte Tina deshalb nicht böse sein. „Wenn du irgendwohin gefahren werden möchtest, unser Zimmer ist am Ende des Gangs. Die vorletzte Tür. Wir können dir auch etwas zu essen kaufen."

„Bist du *verrückt?*", zischte Jamie ihr ins Ohr. „Wir haben nicht genug Geld!"

Aber das machte nichts, da Tina es sowieso nicht wollte. Sie blickte Amelia nur einen langen Moment an und sagte schließlich: „Du gehörst nicht hierher." In ihrer Stimme klang keine Häme mehr mit, sondern nur ein tiefer, drängender Ernst. „Ihr solltet in euer Auto steigen und so tun, als wärt ihr nie hier gewesen. Es ist kein sicherer Ort für jemanden wie euch."

Jamie zog wieder an Amelias Ärmel, um sie zu drängen, mitzukommen. Schließlich verließ Amelia den Raum und folgte ihrer Freundin zu ihrem Zimmer. Jamies Hand zitterte, als sie den Schlüssel in das Schlüsselloch steckte. Als die Tür aufging, schaute Amelia zu dem Zimmer der jungen Frau zurück.

Tina stand in der Tür und beobachtete sie. Sie sah aus wie ein ausgesetztes Kind.

Erschüttert betrat Amelia das schäbige Zimmer und sah zu, wie Jamie die Tür hinter ihnen abschloss.

Kapitel 20

Cade hätte sich keinen besseren Tag aussuchen können, um mit Blair zum Breaker's Reef hinauszufahren. Sie war froh, dass sie trotz all der Arbeit, die sie beide zu erledigen hatten, zugestimmt hatte. Sie war hin- und hergerissen gewesen, ob sie sich den Tag wirklich freinehmen sollte, aber es gab nichts, was sie lieber getan hätte. Selbst der Exklusivbericht des Jahrhunderts hätte sie nicht davon abgehalten, mit Cade die Grotte zu erkunden. Die Höhle war ein besonderer Ort aus ihrer Kindheit, einer ihrer Lieblingsplätze auf der Erde, der abgeschiedene Ort, den sie zusammen mit dem wichtigsten Mann in ihrem Leben aufgesucht hatte – ihrem Vater. Und nun wollte der andere wichtigste Mann in ihrem Leben ebenfalls mit ihr dorthin.

Sie waren mit dem Boot ihrer Familie hinausgefahren, vor Anker gegangen und dann mit ihrer Schnorchelausrüstung ins Wasser gestiegen, um in die Höhle zu gelangen.

„Bist du bereit?"

Blair schaute zu dem mächtigen Felsmassiv auf, das über das Riff hinausragte. Sie wurde immer leicht panisch, wenn sie unter diese Wand tauchte, weil sie fürchtete, dass sie nicht rechtzeitig auf der anderen Seite wieder hochkommen würde, um ihre Lungen mit Luft zu füllen. „Ich denke schon."

„Schwimm einfach zügig. Willst du zuerst?"

Sie glaubte, dass es dadurch vielleicht einfacher wäre. Das Wissen, dass Cade hinter ihr war, würde ihre Panik vielleicht verringern. Wenn sie es nicht schaffte, konnte er ihr helfen und sie an die Wasseroberfläche ziehen. „Okay, du folgst mir."

Sie setzte ihre Taucherbrille auf und tauchte unter. Er schwamm neben ihr, seine Arme bewegten sich in langen, eleganten Zügen und zogen ihn immer tiefer in die Wasserfluten hinab, bis er die Felswand erreichte. Sein dunkles Haar wogte um seinen Kopf herum, während er auf sie wartete. Sie folgte ihm, als er noch tiefer tauchte, die Unterseite der Wand erreichte und ihr dann ein Zeichen gab, an ihm vorbeizutauchen.

Ihr Herz raste, als sie ein Anflug von Panik überkam, aber sie schwamm weiter und mit großen Zügen an ihm vorbei, bis sie an der Öffnung ankam und sich durch sie hochdrückte.

Dieses Mal war es so weit! Sie konnte die Luft nicht mehr länger anhalten. Sie würde ausatmen müssen und dann würde sie nicht rechtzeitig hochkommen, um wieder einatmen zu können. Sie musste umkehren, doch sie war der Wasseroberfläche in der Höhle schon näher, als wenn sie wieder unter der Felswand zurücktauchte. Außerdem konnte sie Cade hinter sich spüren, der sie vorwärtsdrängte und darauf wartete, dass sie die Öffnung freimachte, damit er ebenfalls auftauchen und Luft holen konnte.

Sie kämpfte sich aus dem Tunnel heraus und Cade schob sich neben sie. Gemeinsam schnellten sie nach oben, mit aller Macht dem Licht entgegen ...

Sie stieß durch die Wasseroberfläche und schnappte nach Luft.

Etwas stieß gegen ihren Arm. Sie zuckte zusammen und wich zurück, während Cade auftauchte. War es eine Schildkröte? Oder ein Fisch? Es war weich, schlaff ...

Sie wandte sich im Wasser um ...

... und schrie auf.

Neben ihr trieb der Körper einer jungen Frau.

Cade zog Blair zur Seite und schaute nach, was sie so erschreckt hatte. Blair keuchte und versuchte verzweifelt, sich über Wasser zu halten, während sie entsetzt den Körper anstarrte. Sie war mit einer Leine gesichert, die um ihren Arm hing und an einem Stalagmiten, der aus einem Felsvorsprung herausragte, befestigt war.

„Schon gut“, flüsterte Cade ihr atemlos ins Ohr. „Beruhige dich.“

„Ist sie tot?“ Ihre Worte hallten durch die Höhle. Sie zitterte, doch ihm erging es genauso.

„Ich weiß es nicht.“ Er zog Blair auf einen flachen, ebenen Felsen und half ihr aus dem Wasser. „Alles okay mit dir?“

„Ja. Aber beeil dich.“

Er schwamm zu dem reglosen Körper zurück, seine Gesichtszüge waren vor Grauen angespannt.

„Sie ist kalt und hat keinen Puls mehr. Sie ist tatsächlich tot.“

Er schaute sich um, als wollte er nachsehen, ob sich noch jemand in der Höhle befände. Aber es gab hier definitiv keine Stelle, wo sich jemand hätte verstecken können.

Blair fröstelte. „Wurde sie hier hineingetrieben?“

„Nein, sie ist festgebunden. Jemand hat sie hergebracht.“

Blair überwand sich schließlich, die Leiche erneut anzuschauen. Sie befürchtete, dass sie zusammenbrechen würde, aber sie musste einen klaren Kopf behalten, wenn sie hier sicher wieder rauskommen wollte. Die Leiche sah aus wie ein Teenager, sie hatte Jeans und ein rotes Oberteil an. Federohrringe trieben auf der Wasseroberfläche und eine rosafarbene Sandale mit einem gelben Blümchen war um ihren einen Fuß geschnallt. Blair folgte mit den Augen dem Seil, mit dem das Mädchen festgebunden war. Dann glitten ihre Blicke weiter zu der Wand über ihr. Dort, genau über der Stelle, an der das Mädchen angebunden war, standen ein paar mit Kreide geschriebene Worte.

Willst du mich heiraten?

Sie atmete tief durch. „Cade, schau mal! Der Mörder hat eine Nachricht hinterlassen.“

Sie sah die Kreide neben einem Strauß gelber Rosen liegen, so, als hätte der Mörder sie dort platziert. Cades Gesicht war aschfahl, als er sich umdrehte. Und seine Stimme klang rau, als er sprach.

„Ich glaube, der Mörder spielt mit mir. Das kann kein Zufall sein."

Blair bemühte sich, das Zittern zu unterdrücken. „W... Was m... meinst du damit?"

Er schüttelte den Kopf. „Jemand wusste, dass wir hier sein würden."

Blair zitterte noch stärker. „Hast du jemandem er... erzählt, dass wir herkommen?"

Er zögerte wieder. „Ja, ich habe es ein paar Leuten erzählt."

„Cade, ich habe A... Angst. Komm, wir ver... verschwinden hier."

Cade nickte. „Ja, ich muss das per Funk melden." Er schwamm zu ihr zurück, zog sich aus dem Wasser und rieb ihre Arme, um sie aufzuwärmen. Sie versuchte, sich zu entspannen.

„Alles in Ordnung mit dir?"

Sie nickte. „Ich glaube schon."

„Schaffst du es nach draußen?"

Sie nickte erneut.

„Zieh deine Taucherbrille auf", sagte er. „Und dann los."

„Aber das Mädchen."

„Wir müssen sie hierlassen. Sonst zerstören wir die Spuren."

Blair sah wieder zu der Leiche hinüber. Wer war die junge Frau? „Hast du sie erkannt?"

„Nein, ich habe sie noch nie gesehen." Cade setzte die Taucherbrille auf und verbarg damit die Gefühle, die sich auf seinem Gesicht zeigten.

Blair versuchte, nicht daran zu denken, dass nun ein weiteres Elternpaar um sein Kind trauern würde. Stattdessen konzentrierte sie sich darauf, genug Luft zu holen, um wieder aus der Höhle herauszukommen.

Sie folgte Cade hinab, tief, immer tiefer unter die Felsenwand, und dann zurück nach oben. Sie tauchte im Sonnenlicht auf und war noch nie in ihrem Leben so froh gewesen, den Himmel zu sehen. Cade half ihr ins Boot und schaute dann durch sein Fernglas, ob es irgendein Anzeichen dafür gab, dass sich der Mörder noch in der Nähe befand. Schließlich benachrichtigte er per Funk die Polizeistation.

Währenddessen wickelte Blair sich in eine Decke, um sich aufzuwärmen.

Kapitel 21

Cade war dankbar, dass Blair es geschafft hatte, ihre Angst abzuschütteln und auf Journalisten-Modus umzuschalten, als die verschiedenen Polizeieinheiten, die in den Fall involviert waren, ankamen, um den Fundort zu untersuchen. „Blair, du hast nun zwar zweifellos alles für einen Exklusivbericht, aber ich muss dich darum bitten, dass du nicht über Details vom Fundort berichtest. Es gibt bestimmte Dinge, die nur der Mörder weiß. Wir wollen diese Dinge noch vor der Öffentlichkeit geheim halten."

„Was ist mit der Schrift an der Wand? Kann ich darüber berichten?"

Cade hätte am liebsten hinausgeschrien, dass das nicht der Mörder an die Wand geschrieben hatte – sondern *er* –, aber er wollte nicht, dass sie auf diese Weise von dem geplanten Antrag erfuhr. Er hatte gewollt, dass sie die Schrift las, dann die Blumen und die Auster fand und schließlich den Ring entdeckte. Es sollte ein romantisches und unvergessliches Erlebnis werden, etwas, wovon sie noch ihren Enkeln erzählen würden.

Es würde in der Tat ein unvergessliches Ereignis sein.

„Nein, vor allem das nicht", sagte er. „Und gib es bitte auch nicht an andere Journalisten weiter."

Blair seufzte. „Bist du sicher? Das gäbe großartige Schlagzeilen."

„Ja, ich bin mir sicher."

Sie schaute zu dem Felsen, hinter dem sich die Höhle verbarg, hinüber. „Ich vermute, es ist die beste Spur, die ihr habt, oder? Wenn ihr die Handschrift zuordnen und Fingerabdrücke von der Kreide nehmen könnt, findet ihr vielleicht heraus, wer es war."

Cade gab keine Antwort darauf.

„Gibson wird observiert, nicht wahr? Er hätte es nicht tun können, ohne dabei beobachtet zu werden."

„Es sei denn, er hätte jemand angeheuert, um die Leiche hierher zu bringen. Vielleicht wollte er uns so an der Nase herumführen und uns glauben lassen, dass er nicht der Täter sein kann. Hör zu, ich muss jetzt wieder in die Höhle zurück." Er strich ihr die nassen Haare aus den Augen. „Kommst du klar?"

„Mir geht es gut. Mach dir keine Sorgen um mich."

Cade setzte seine Taucherbrille auf, schwamm zurück unter die Wand und tauchte auf der anderen Seite wieder auf. Yeager und Smith vom GBI untersuchten bereits den Fundort, dokumentierten Spuren und fotografierten die junge Frau.

„Ich muss Ihnen etwas sagen." Cades Stimme hallte als Echo von den Höhlenwänden zurück.

Der Kriminalbeamte, der für die Ermittlung verantwortlich war, schaute sich zu ihm um. „Was?"

„Die Schrift an der Wand. Das war ich."

Alle anwesenden Beamten wandten sich ihm zu und starrten ihn an. „Was meinen Sie mit *Das war ich*?"

„Ich habe es geschrieben. Ich war heute vorher schon einmal hier. Ich habe es an die Wand geschrieben und Blair hergebracht, um ihr einen Heiratsantrag zu machen. Der Mörder muss das gewusst haben. Die Leiche war vorher noch nicht da – da bin ich mir sicher. Er hat sie an den Felsen gebunden, direkt unter die Stelle der Wand, auf die ich meinen Antrag geschrieben hatte. Offensichtlich *wusste* er, dass ich Blair genau an diesen Ort bringen würde."

Yeagers Augen verengten sich. „Wann genau waren Sie hier?"

„Ungefähr um zehn Uhr morgens ..." Noch während er sprach, wurde ihm bewusst, dass er zum Verdächtigen geworden war. Er zog die Auster aus seiner Nylontasche. „Hier, sehen Sie. Ich wollte, dass Blair auftaucht und die Schrift sieht, und dann wollte ich das hier auf den Felsvorsprung legen und dafür sorgen, dass sie es findet. Es ist ein Ring darin." Er öffnete die Auster und zeigte sie den Polizisten.

Yeager sah aus, als wüsste er nicht, ob er ihm gratulieren oder ihn verhaften sollte.

„Wissen Sie, ich würde es sehr schätzen, wenn Sie das vor Blair geheim halten könnten“, sagte Cade. „Ich habe es ja nun mal nicht geschafft, ihr den Antrag zu machen. Ich möchte nicht, dass sie erfährt, dass ich das geschrieben habe.“

„Sie wollen mir also sagen, dass auf der Kreide *Ihre* Fingerabdrücke sind?“

Cade kämpfte gegen seinen Frust an. „*Natürlich* sind sie das. Ich habe doch nicht versucht, meine Fingerabdrücke abzuwischen. Ich konnte ja nicht wissen, dass ich mich dafür später würde rechtfertigen müssen. Aber irgendjemand hat es gewusst.“

„Wem haben Sie es erzählt?“

„Ich habe es dem Juwelier Zaheer und dem Colonel, dem das Crickets gehört, erzählt. Und Jonathan Cleary, dem Bürgermeister. Außerdem habe ich es beim Floristen erwähnt, als ich die Blumen abgeholt habe. Auch ein paar von meinen Männern wussten es. Aber obwohl ich sie beschworen habe, es geheim zu halten, könnte es jeder von ihnen einem Dutzend anderer Leute weitererzählt haben.“ Wenn er nur wüsste, wer getratscht hatte. Er würde denjenigen persönlich erwürgen.

Und was sollte er jetzt machen? Wenn er es heute nicht mehr schaffte, Blair einen Antrag zu machen, würde sie es sicher durch jemand anderen erfahren. Doch einfach so wollte er ihr keinen Antrag machen. Blair hatte etwas Besseres verdient. Er beobachtete die Kriminalbeamten bei der Arbeit und nahm ihre angespannten Bewegungen und gedämpften Unterhaltungen wahr. Und er wusste, dass die Spuren auf ihn hindeuteten, weil der Mörder es so gewollt hatte.

Er schwor sich von ganzem Herzen, dass er ihn nicht gewinnen lassen würde.

Kapitel 22

Ein paar Stunden später traf Cade sich mit Yeager und Smith in der lokalen Außenstelle des GBI.

„Sie werden nicht glauben, was wir auf Gibsons Computer gefunden haben", sagte Yeager. „Eine Szene, die diesen zweiten Mord beschreibt, ist in dem Manuskript, an dem er gerade arbeitet, enthalten. Er hat alles bis ins kleinste Detail aufgeschrieben."

Das hatte Cade nicht erwartet. Das war zu offensichtlich. Glaubte der Mann wirklich, dass er damit durchkommen würde?

Cades Kiefer verkrampfte sich. „Ich verstehe nur noch nicht, warum er mich so provoziert, indem er die Leiche des Mädchens genau an den Ort bringt, wo ich gerade hinwill, und sie direkt unter dem von mir geschriebenen Text festbindet. Warum nur?"

„Denken Sie daran, dass er Romanautor ist. Er denkt sich solche Sachen aus. Und er probiert diese Dinge sogar aus. In gewisser Weise verwandelt er sich in seine Figuren. Und seine Figuren sind Mörder, für die es ein Kick ist, die Leichen so abzulegen, dass sie gefunden werden."

„Wird der Mord in dem Manuskript ebenfalls jemand anderem in die Schuhe geschoben? Wird dort beschrieben, dass der Mörder die Leiche an diese Stelle brachte, weil er wusste, dass noch jemand da sein würde?"

„Nein, davon wird nichts erwähnt. Ich glaube, dass das für Gibson das Tüpfelchen auf dem i war. Oder vielleicht war das alles nur ein Zufall."

„Nein, das war es nicht." Cade stand auf und beugte sich über den Tisch. „Auf keinen Fall. Wer auch immer die Leiche der jungen Frau dorthin gebracht hat, wusste, dass sie noch am selben

Nachmittag entdeckt werden würde. Er kam, nachdem ich da war, und hat genau den richtigen Zeitpunkt abgepasst."

„Das Mädchen wurde vermutlich heute Morgen um ein oder zwei Uhr umgebracht."

„Also hätte Gibson sie töten können, nachdem er aus der Untersuchungshaft entlassen wurde. Gibt es eine Möglichkeit, wie er sich der Überwachung hätte entziehen können? Wie er hätte entwischen können, ohne gesehen zu werden?"

Smith schüttelte den Kopf. „Das kann ich mir nicht vorstellen. Wir haben um sein Haus herum Kameras angebracht. Selbst wenn einer unserer Männer eingeschlafen wäre, hätten die Kameras aufgezeichnet, wie er das Haus verlässt. Aber das ist nicht der Fall."

„Wir müssen herausfinden, wen er hier auf der Insel kennt. Es müsste jemand sein, den er angeheuert haben könnte, die junge Frau dort zu verstecken."

„Wir suchen schon danach. Bis jetzt haben wir aber noch keine Zeugen gefunden, die jemand anderen außer Ihnen auf dem Weg dorthin gesehen haben."

„Sie müssen alle befragen, mit denen ich über den geplanten Heiratsantrag gesprochen habe. Und herausfinden, wem *sie* es weitererzählt haben. Und überprüfen, ob es irgendwelche Verbindungen zu Gibson gibt. Vielleicht hat er auch gehört, wie einer meiner Männer darüber gesprochen hat, als er in der Polizeistation war. Die Wände sind so dünn wie Zeitungspapier."

„Übrigens hatte Gibson recht damit, dass sein Erstentwurf schlecht ist", sagte Yeager. „Richtig amateurhaft. Es ist ein furchtbares Geschreibsel, genauso wie er uns vorgewarnt hat. Ich hätte wenigstens erwartet, dass er die Sprache beherrschen würde. Immerhin war er Englischprofessor. Aber er redet wie Sherlock Holmes. Verrückt, dass er etwas geschrieben hat, womit er beim Englischunterricht rausfliegen würde."

Cade musste zugeben, dass er neugierig war. „Kann ich mir das mal anschauen?“

„Natürlich, ich habe einen Ausdruck davon.“ Er gab Cade einen Stapel Blätter. Stirnrunzelnd überflog Cade die Szene. Wie hatte der Mann jemals einen Englischkurs bestanden, geschweige denn unterrichtet? Er nahm an, dass es aus diesem Grund Lektoren gab.

Vielleicht hatte Gibson zur Beseitigung aller seiner Schwierigkeiten die passenden Leute zur Hand – sei es beim Schreiben oder auch beim Morden.

Kapitel 23

Um 19 Uhr verließ Cade das GBI-Büro und fuhr nach Hause. Als er hereinkam, klingelte das Telefon. Es war Chief Grant von der Polizei auf Tybee Island. „Cade, ich möchte, dass Sie hierher nach Tybee kommen. Ich möchte, dass Sie mit jemandem, der hier ist, sprechen."

„Ich kann in ein paar Minuten da sein. Worum geht es?"

„Es ist ein Elternpaar aus Brunswick bei mir, das glaubt, dass die Leiche, die Sie heute gefunden haben, ihre Tochter sein könnte. Sie sind sofort hergefahren, als sie es in den Nachrichten gehört haben. Manches von dem, was sie sagen, könnte interessant für Sie sein."

Brunswick. Die Stadt war über 90 Meilen weit entfernt.

„In Ordnung", sagte Cade. „Ich bin gleich da."

Ein Knoten bildete sich in Cades Hals, während er über die Insel fuhr, um mit einem weiteren Elternpaar zu sprechen. Er konnte sich nur schwach vorstellen, was sie jetzt durchmachten, nachdem sie gehört hatten, dass eine Leiche gefunden worden war, deren Beschreibung auf ihre Tochter passte.

Er überquerte die Brücke und hielt vor der Polizeistation von Tybee Island, einem Gebäude, das viel moderner war als der ehemalige Waschsalon, in dem die Polizei von Cape Refuge untergebracht war. Er ging hinein und fragte nach Chief Grant.

Grant wartete in einem der Befragungszimmer auf ihn. Gleich, als er durch die Tür trat, sah er das verzweifelte Paar. Der Fuß der Frau zitterte, während sie dasaß und ihren Stuhl umklammerte, dass ihre Knöchel weiß hervortraten. Der Vater lief schwitzend im Zimmer auf und ab.

Beide sahen verstört und panisch aus. Die Ungewissheit im Hinblick auf ihre Tochter brachte sie offensichtlich beinahe um.

Als Cade den Raum betrat, erstarrten sie.

Grant erhob sich und stellte sie vor. „Cade, das sind Bob und Lana Roarke. Sie sind heute Nachmittag von Brunswick hierhergefahren, nachdem sie von der jungen Frau gehört haben, die Sie gefunden haben."

Cade gab dem Vater die Hand.

„Wie sah sie aus, Chief Cade? Die junge Frau, die Sie gefunden haben ... wir müssen es wissen."

Cade räusperte sich. „Sie hatte blonde Haare. Und braune Augen."

„Oh, nein." Lana presste die Handfläche auf den Mund und schloss die Augen, als könnte das Cades Stimme zum Schweigen bringen.

„Sie müssen sie selbst identifizieren", sagte Cade leise. „Aber wenn ich mir ein Bild von Ihrer Tochter ansehen könnte, kann ich Ihnen vielleicht sagen, ob sie so aussieht wie die junge Frau, die wir gefunden haben."

Lana wühlte in ihrer Handtasche und zog schließlich ein Foto im Passbildformat hervor. Cade nahm es und schaute es sich an. War das die junge Frau? Er war sich nicht sicher. Hatte die junge Frau in der Höhle nicht etwas dunkelblondere Haare gehabt? Oder lag es nur daran, dass sie nass gewesen waren?

„Ich bin mir wirklich nicht sicher."

Hoffnung keimte in den beiden Gesichtern auf. „Dann glauben Sie, dass es vielleicht jemand anderes ist?"

Er wollte sie nicht in ihrer Hoffnung bestärken – aber es gab auch keinen Grund, sie zu zerstören. „Sie sieht anders aus, aber die junge Frau, die ich gefunden habe, war nass und ... ich weiß es einfach nicht. Mr. und Mrs. Roarke, ist Ihre Tochter von zu Hause weggelaufen?"

Lana fing an zu weinen. „Wenn man es mit neunzehn Jahren noch so nennen kann. Sie und ihre beste Freundin Jamie Maddox sind vor drei Tagen verschwunden. Es hat eine Weile gedauert, bis wir nachvollziehen konnten, was sie vorhatten, aber wir sind uns ziemlich sicher, dass sie nach Cape Refuge gefahren sind."

Bob rieb sich heftig über den Mund. „Chief, hatte sie ein Muttermal an der linken Schläfe?"

Cade schüttelte den Kopf und gab das Foto zurück. „Ich kann mich nicht erinnern, eins gesehen zu haben, aber das heißt nicht unbedingt, dass sie keins dort hatte. Warum ist sie Ihrer Meinung nach hierhergekommen?"

Bobs Stimme klang rau. „Wir haben unsere Tochter adoptiert, und sie hat alles nur Erdenkliche unternommen, um ihre leibliche Mutter zu finden. Wir haben immer wieder versucht, sie davon abzuhalten. Wir haben ihr ein gutes Zuhause gegeben und wir konnten nicht verstehen, warum sie noch andere Eltern haben wollte. Vor allem nicht, weil sie sie doch von Anfang an nicht haben wollten. Wir haben sie bekommen, als sie eine Woche alt war."

„Vor eineinhalb Jahren fand sie heraus, dass ihre Mutter im Gefängnis war", fügte Lana hinzu. „Sie war erschüttert darüber, und wir dachten, damit sei die Sache beendet. Aber in den letzten Wochen fing sie wieder an, nach ihr zu suchen, und fand heraus, dass sie vor einem Jahr entlassen wurde. Das hat sie uns verheimlicht."

„Wie haben Sie erfahren, was passiert ist?"

Bob seufzte. „Wir konnten sie nicht erreichen, haben uns Sorgen gemacht und eine ihrer Zimmernachbarinnen im College angerufen. Sie hat uns gesagt, dass Amelia und Jamie schon seit Mittwoch verschwunden sind."

„Wusste sie, wo sie hinwollten?", fragte Grant.

Lana griff nach ihrer Handtasche, wühlte erneut darin und holte ein Papiertaschentuch heraus. Sie schnäuzte sich und sagte: „Sie hat uns gesagt, dass sie nach Atlanta gefahren sind, um ihre Mutter zu suchen. Ich vermute, sie glaubten, im Gefängnis oder von einem der früheren Nachbarn ihre neue Adresse bekommen zu können."

„Wir haben versucht nachzuvollziehen, wo sie war und was sie getan hat, und dabei herausgefunden, dass diese Frau nach Cape Refuge gezogen ist."

Cade runzelte die Stirn. „Wie heißt Amelias Mutter, Mrs. Roarke?"

„Sheila Caruso."

Cade spürte, wie das Blut aus seinem Gesicht wich. Grant merkte das. „Kennen Sie sie?"

„Ja, ich kenne sie. Sie wohnt im Hanover House."

Grant kniff die Augen zusammen und setzte sich. „Im Hanover House? In dieser Pension für ehemalige Strafgefangene?"

„Ja. Sheila lebt dort schon seit ungefähr einem Jahr. Grant, sie ist diejenige, die für Marcus Gibson arbeitet." Er konnte zusehen, wie die Worte in Grants Verstand vordrangen, und wusste, was er dachte. Könnte Sheila in die Sache verwickelt sein? Oder war das alles nur ein Zufall?

Lana erhob sich. „Ich möchte mit dieser Frau sprechen."

Grant wandte sich wieder Cade zu. „Gehört das Hanover House nicht Ihrer Verlobten?"

Er machte sich nicht die Mühe, ihn darauf aufmerksam zu machen, dass sie noch nicht seine Verlobte war. „Es gehört Blairs Familie. Ich bin mir sicher, dass ich davon erfahren hätte, wenn Ihre Tochter Kontakt mit Sheila aufgenommen hätte."

„Es sei denn, Sheila wollte nicht, dass jemand davon erfährt." Lana berührte seinen Arm. „Kann es sein, dass sie gefährlich ist?"

„Sheila? Nein."

„Aber sie war im Gefängnis." Der Ausdruck von Angst in ihren Augen nahm zu. „Wie können Sie das dann so genau wissen?"

„Sie war wegen Drogenmissbrauchs im Gefängnis, Mrs. Roarke. Nicht wegen eines Gewaltverbrechens."

Grant stützte sich mit verschränkten Armen auf den Tisch. „Cade, glauben Sie, es wäre besser, wenn Sie zuerst allein mit ihr sprechen?"

Das war eine gute Idee. Falls Sheila diese junge Frau getroffen hatte, musste er sie darüber ausquetschen, was passiert war, ohne dass die Eltern jedes Wort hörten. Ihre Gefühlsausbrüche könnten dabei stören. „Gute Idee. Nachdem ich mit ihr gesprochen habe, können Sie mit ihr reden. Jetzt sollten Sie, Mr. und Mrs. Roarke, aber erst einmal zum Leichenschauhaus fahren. Das ist der einzige Weg, wie Sie sicher herausfinden können, ob die junge Frau, die wir gefunden haben, Ihre Tochter ist."

Lana presste das zerknüllte Taschentuch gegen ihre Augen und sank auf dem Stuhl in sich zusammen.

„Ja", sagte Bob mit schwacher Stimme. „Das sollten wir tun."

Cade erhob sich. „Ich bringe Sie hin. Ist das in Ordnung, Grant?"

„Sicher. Rufen Sie mich an, sobald Sie Bescheid wissen."

„Mache ich."

Das Paar sprach kein Wort, als sie in Cades Polizeiwagen stiegen. Während er zum Chatham County Leichenschauhaus fuhr, betete er, dass das alles ein großer Irrtum war und dass die junge Frau, die er in der Höhle gefunden hatte, jemand anderes war. Nicht Sheilas Tochter. Nicht Sadies und Calebs Schwester.

Aber dann gab es andere Eltern, die kommen und die leblose Hülle ihres Kindes identifizieren mussten. Andere gebrochene Herzen. Andere Leben, die zerstört worden waren.

Doch jetzt musste er sich um *diese* Leute, die einem schrecklichen Alptraum entgegensahen, kümmern – und er hoffte von ganzem Herzen, dass ihre Tochter noch lebte.

* * *

Cade hasste das Leichenschauhaus. Das war schon immer so gewesen, obwohl es zu seinem Beruf gehörte, dass er öfters hierherkam. Er war schon bei mehr Autopsien dabei gewesen, als ihm lieb war, und er hatte bereits neben zu vielen Leuten gestanden, während sie ihre geliebten Angehörigen identifizierten. Er hatte auch herkommen müssen, als seine eigene Mutter bei einem Autounfall gestorben war – damals war er achtzehn Jahre alt gewesen. Sein Vater war nicht in der Stadt gewesen und es hatte sonst niemanden gegeben, der sie hätte identifizieren können.

Er hatte es nicht wahrhaben wollen, während er und Jonathan den langen, dunklen, kalten Flur zusammen mit der Angestellten, die ihn „Goldjunge" genannt hatte, entlanggegangen waren. Selbst jetzt noch, nach so vielen Jahren, erinnerte er sich daran, wie gerne er ihr gesagt hätte, dass sie nicht so nett zu ihm sein sollte, weil es nicht seine Mutter war, sondern eine andere Frau in einem weißen LeSabre ... die nur zufälligerweise den Ausweis seiner Mutter bei sich hatte.

Jonathan war bei ihm gewesen, und als sie ihm die Leiche der Frau gezeigt hatte, war Cade einen Moment lang erstarrt. Sie *sah so aus* wie seine Mutter. Dieselbe Rundung der Lippen, dieselben Lachfältchen neben den Augen, dieselben silbernen Strähnen, die ihr schwarzes Haar durchzogen. Aber die Leere in ihren Augen und ihren Zügen ließen sie so erscheinen, als wäre sie jemand anderes. Er klammerte sich an diese Hoffnung, seine Augen suchten nach Hinweisen darauf, dass sie es trotz allem nicht war ...

Dann hatte er neben sich den leisen, unterdrückten Schluchzer seines besten Freundes gehört. „Oh, nein ... sie ist es. Mann, das tut mir so leid."

Cade hatte keine Träne vergossen. Nicht in diesem Moment. Er stand nur da, starrte sie an und versuchte, mit seinem Verstand die Wahrheit zu erfassen.

Cade schüttelte die Erinnerungen ab und sah das Paar an, das

Hand in Hand neben ihm herlief, genau denselben Flur hinunter, den er vor so vielen Jahren auch entlanggegangen war. Ihre Gesichter waren aschfahl, und pures, unterdrücktes Grauen verdunkelte ihre Gesichtszüge.

Waren sie gläubige Christen? Würden sie sich auf den Einzigen stützen, der sie trösten konnte? Oder würden sie Gott zürnen und ihm die Schuld am Tod ihres Kindes geben, das für sie ein vollkommenes Geschenk gewesen sein musste?

Sie betraten den Raum mit den vielen Schubfächern, in denen Leichen aus Savannah, Wilmington, Tybee, Cape Refuge oder einer der anderen Städte, die zum Chatham County gehören, lagen. Das Schubfach der jungen Frau hatte die Nummer 316. Die Angestellte führte sie dorthin und zog es heraus.

Die Leiche war mit einem Laken bedeckt. Lana zitterte, und Bob stützte sie.

Die Angestellte schlug das Laken zurück und zeigte ihnen die junge Frau, die Cade in der Höhle gefunden hatte. Er suchte in ihrem Gesicht nach dem Muttermal ...

Lana hielt die Luft an und legte die Hand über den Mund. Ein langes, verzweifeltes Stöhnen entstieg ihrer Kehle, während sie sich an ihren Ehemann lehnte.

„Das ist sie nicht!“ Bobs Stimme klang rau und heiser. „Das ist nicht Amelia.“

Cade wusste nicht, ob er ihnen glauben sollte. Wollten sie die Wahrheit nur nicht wahrhaben, so wie es damals bei ihm gewesen war? Oder war sie es tatsächlich nicht?

Lana wandte sich wieder der Leiche zu. „Es ist ihre Freundin Jamie. Aber, mein Gott, wenn sie tot ist, wo ist dann Amelia?“

Also versuchten sie nicht, die Wahrheit zu verdrängen. Sie hatten den Namen der jungen Frau genannt. „Können Sie mir bitte noch mal Jamies Nachnamen sagen?“

„Maddox. Oh, ihre armen Eltern! Wir müssen sie anrufen, Bob.“

Doch Bob dachte an andere Dinge, als die Eltern der jungen Frau anzurufen. „Amelia könnte also noch am Leben sein, Chief Cade. Sie muss hier irgendwo in der Nähe sein. Sie müssen sie finden. Sie *müssen*. Bitte, ich flehe Sie an."

Cade nickte der Angestellten zu, die die Leiche daraufhin wieder zudeckte. „Ich werde alles tun, was in meiner Macht steht. Das verspreche ich Ihnen."

Kapitel 24

Es wurde bereits dunkel, als Cade das Paar zur Polizeistation von Tybee Island zurückbrachte. Sie stimmten zu, dort zu warten, bis die Beamten des GBI sie wegen ihrer Tochter befragt hätten. Währenddessen sollte Cade Sheila die Nachricht überbringen und herausfinden, was sie wusste.

Grant begleitete ihn hinaus zu seinem Wagen. „Sind Sie sicher, dass Sie die junge Frau noch nie zuvor gesehen haben?"

Zweifelte Grant an seiner Geschichte? „Allerdings. Aber das hatten wir doch bereits besprochen. Ich habe sie noch nie gesehen. Hören Sie, Grant, ich weiß, dass das mit meiner Anwesenheit in der Höhle und dem allen merkwürdig erscheint. Wenn ich in diesem Mordfall ermitteln würde, würde ich mich wahrscheinlich selbst für den Hauptverdächtigen halten. Aber es war für mich genauso überraschend wie für jeden anderen."

Grant seufzte. „Lassen Sie mich wissen, ob diese Caruso Licht in die Sache bringen kann. Und überprüfen Sie, ob sie ein Alibi hat."

„Das werde ich tun."

Cade stieg in seinen Wagen, doch Grant hinderte ihn daran, die Tür zuzumachen. Er beugte sich hinein und sagte: „Cade, gibt es jemanden, von dem Sie sich vorstellen können, dass er Ihnen die Schuld in die Schuhe schieben will? Haben Sie irgendwelche Feinde? Vielleicht jemand, den Sie ins Gefängnis gebracht haben?"

„Es gibt immer irgendwelche Feinde. Diese Gefahr gehört zu unserem Beruf. Aber ich habe genau wie Sie keine Ahnung, wer es sein könnte."

Er fuhr über die Brücke zurück nach Cape Refuge. In Gedanken ging er alle Leute durch, bei denen er im Laufe der Jahre geholfen hatte, sie einer Straftat zu überführen. Wer von ihnen war so rachsüchtig, dass er dafür sogar töten würde? Und wenn derjenige bereit war, dafür über Leichen zu gehen, warum hatte er dann nicht *ihn* getötet, sondern eine unschuldige, junge Frau?

Und falls Gibson der Mörder war, wen hatte er dann angeheuert, um die Leiche in die Grotte zu bringen? Wenn er den richtigen Preis bezahlte, hätte er wahrscheinlich jeden Fremden am Hafen anheuern können. Oder jemanden, der ohnehin schon auf seiner Gehaltsliste stand.

Die Verbindung von Sheila Caruso zu einem der toten Mädchen war beunruhigend, insbesondere wenn man dazu noch berücksichtigte, dass es auch eine Verbindung von ihr zu Gibson gab. Wusste sie mehr, als sie erzählt hatte?

Er musste es herausfinden, denn es ging um Amelia Roarkes Leben.

Er rief Joe McCormick an, während er den Ocean Boulevard entlangfuhr. „Hey, Joe. Ich möchte, dass du zum Hanover House kommst, um dort mit mir zusammen mit Sheila Caruso zu sprechen."

„Okay, ich komme sofort. Was ist passiert?"

Er erzählte ihm von Amelia Roarke und ihrer Verbindung zu Sheila.

„Du glaubst doch nicht etwa, dass Sheila etwas mit den Morden zu tun hat, oder?", fragte Joe. „Denn das kann ich mir bei ihr nicht vorstellen."

„Ich weiß es nicht. Aber ich möchte dich dabeihaben, damit du mir hilfst zu beurteilen, ob sie die Wahrheit sagt."

McCormick schwieg einige Sekunden länger als nötig. „Okay, Cade. Ich treffe dich dann dort."

Kapitel 25

Als Cade in die Einfahrt des Hanover Houses fuhr und ausstieg, tauschte Jonathan auf der vorderen Veranda gerade eine Glühlampe aus.

Jonathan schaute zu ihm herunter. „Alles klar, mein Freund? Blair hat uns erzählt, was passiert ist."

„Ja, mir geht es gut. Jonathan, ich bin dienstlich hier."

„So?" Sein Freund kam die Treppe herunter. „Geht es um die junge Frau, die ihr heute gefunden habt? Weißt du schon, wer sie ist?"

„Ja, sie heißt Jamie Maddox und stammt aus Brunswick."

Da bog auch McCormicks Wagen in die Einfahrt ein, seine Scheinwerfer strahlten die Vorderseite des Hauses an. Jonathan runzelte die Stirn. „Oha. Du hast deinen Kriminalbeamten mitgebracht. Was ist los, mein Freund?"

„Das ist eine lange Geschichte. Ich muss sofort mit Sheila sprechen. Ist sie noch wach?"

„Ich glaube schon. Sie steckt doch nicht etwa in Schwierigkeiten, oder?"

Cade wich einer klaren Antwort aus. „Wir müssen ihr nur ein paar Fragen stellen."

Jonathan wischte sich mit dem Handrücken den Schweiß von der Stirn und stemmte die Hände in die Hüften. „Komm schon, Mann. Wenn Sheila etwas angestellt hat, muss ich das erfahren."

„Das wirst du auch", sagte Cade. „Aber lass uns erst mit ihr sprechen."

Jonathan führte sie ins Haus. Morgan kam ihnen aus der Küche entgegen. „Cade, Joe, ich hatte nicht mit euch gerechnet. Blair hat mir erzählt, was passiert ist. Wie schrecklich."

„Ja, es war eine unschöne Überraschung, so viel ist sicher."

Jonathan stieg die Treppe einige Stufen hinauf. „Sheila, kannst du bitte mal herunterkommen?"

Einen Moment später erschien Sheila an der Treppe und kam herunter. Als sie Cade und McCormick sah, fuhr sie sich mit der Hand durchs Haar. „Hallo, Jungs."

„Sheila, Cade und Joe müssen mit dir sprechen", sagte Jonathan.

„Klar doch. Geht es um Marcus Gibson?"

„Nicht wirklich", antwortete Cade. „Können wir ins Wohnzimmer gehen und dort reden?"

„Okay." Sie sah Jonathan und Morgan an. „Können die beiden mitkommen?"

Cade sah sich zu seinen Freunden um. „Das geht in Ordnung, wenn ihr es möchtet."

Morgan warf Jonathan einen besorgten Blick zu, dann folgten sie Sheila. Es war eine Sache, einer Bewohnerin ihre Privatsphäre zu geben, wenn sie sie brauchte, aber eine andere Sache, wenn es um eine polizeiliche Ermittlung ging. Sollte Sheila auf irgendeine Weise in dieses Verbrechen verwickelt sein, so mussten die Leiter des Hanover Houses es wissen.

Sie nahmen alle Platz, dann blickte McCormick Sheila mit ernsten Augen an.

Ihr Blick wanderte von ihm zu Cade. „Also, ihr macht mir Angst. Was ist los?"

Cade begann: „Sheila, ich habe gerade mit einem Ehepaar gesprochen, das glaubte, die junge Frau, die ich heute gefunden habe, sei ihre Tochter. Es stellte sich dann heraus, dass das nicht der Fall ist. Es war ihre beste Freundin, die gemeinsam mit ihr unterwegs war. Aber ihre Tochter ist immer noch verschwunden."

„Aha."

McCormick übernahm. „Ihre Tochter war nach Cape Refuge gefahren, um ihre leibliche Mutter zu suchen."

Sheila schien darauf zu warten, dass sie weitersprachen.

„Sie ist neunzehn", sagte Cade behutsam. „Geboren am 29. Oktober ..."

Sheilas Gesichtsausdruck veränderte sich, und Cade wusste, dass sie es verstanden hatte.

„Ist es ... *meine* Tochter?"

Morgan schaute Jonathan stirnrunzelnd an. Sie konnte nicht folgen.

„Moment mal", warf Jonathan ein. „Ist *Sheila* etwa die leibliche Mutter dieser jungen Frau?"

Als Cade nickte, sprang Sheila auf. „Es ist tatsächlich meine *Tochter*?"

„Sie heißt Amelia Roarke", sagte Cade.

Sheila fing an zu weinen. „Amelia", flüsterte sie. „Was für ein süßer Name. Und sie ist hergekommen, um nach *mir* zu suchen?"

Morgan stand ebenfalls auf und trat zu ihr. „Sheila, ich wusste gar nicht ..."

Sheila wischte sich über die Augen und rieb sich dann die Hände an ihrer Jeans trocken. „Ich habe ein Baby bekommen, als ich fünfzehn war. Ich habe es zur Adoption freigegeben. Es war schrecklich. Und als ich dann ein paar Monate später mit Sadie schwanger wurde, habe ich mich dafür entschieden, sie zu behalten. Ich konnte nicht noch ein weiteres Kind abgeben."

Cade zog das Foto des Mädchens aus der Tasche und reichte es Sheila. Morgan sah es sich gemeinsam mit ihr an. „Sie ist wunderschön", flüsterte Sheila.

Morgan stimmte ihr zu. „Sie sieht Sadie ähnlich."

Sheila sah Morgan an. „Ich habe Sadie nie davon erzählt. Ich glaube, nun ist es an der Zeit." Sie drückte das Bild an ihre Brust und wandte sich wieder Cade zu. „Wo ist Amelia?"

„Das weiß niemand."

„Und ihre beste Freundin ... das Mädchen, mit dem sie hierherkam ... sie ist *tot*? Was ... was um alles in der Welt ...?"

„Sheila, wir müssen wissen, ob Amelia dich kontaktiert hat."

„Nein, das hat sie nicht. Wie lange ist sie schon hier?"

„Sie ist vor drei Tagen verschwunden." Cade beugte sich vor. „Sheila, ich möchte, dass du genau überlegst. Wenn sie hierhergekommen ist, um nach dir zu suchen, hatte sie sicher vor, dich zu kontaktieren. Vielleicht hat sie sich nur nicht zu erkennen gegeben. Könnte es sein, dass du sie in den letzten Tagen irgendwo gesehen hast?"

„Nein, ich würde es euch doch sagen, wenn es so wäre. All die Jahre habe ich so oft an sie gedacht ... ich habe mir gewünscht zu wissen, wo sie wohnt, damit ich sie wenigstens einmal sehen kann ..."

Cade stützte die Ellenbogen auf seine Knie und richtete seinen Blick fest auf Sheila. „Ich muss dich das fragen, und ich bitte dich, mir gewissenhaft und ausführlich zu antworten: Was hast du gestern vom Aufstehen bis zum Bettgehen gemacht?"

Sheila wurde blass. „Du denkst doch nicht, dass ich ..."

Morgan unterbrach sie. „Cade, sie war den ganzen Tag hier und hat sich um Caleb gekümmert. Ich glaube nicht, dass sie irgendwo hingegangen ist."

„Nein, ich bin nicht weggegangen", sagte Sheila. „Es war mein Gartentag, ich habe draußen gearbeitet. Ich habe hinterm Haus Begonien gepflanzt und bin zwischendurch immer wieder mal reingegangen, um bei der Hausarbeit zu helfen."

„Was war am Donnerstag?"

Sheila zuckte mit den Schultern. „Ich habe bei Marcus Gibson gearbeitet, dann bin ich zu euch in die Polizeistation gekommen, um mit euch zu reden. Danach habe ich das Haus nicht mehr verlassen."

Morgan nickte bestätigend.

Cade sah McCormick an und las die Frage „Habe ich es dir nicht gesagt?“ in seinem Blick. Zweifellos sagte Morgan die Wahrheit ... aber er musste die Möglichkeit in Betracht ziehen, dass Sheila das Haus verlassen haben könnte, nachdem Morgan zu Bett gegangen war. Trotzdem war es unwahrscheinlich, dass sie sich hinausgeschlichen und mit den jungen Frauen getroffen, Jamie Maddox ermordet und dann jemand angeheuert hatte, um ihre Leiche in die Höhle zu bringen.

Möglicherweise war ihr Alibi echt.

Sheila sah ihn mit weit aufgerissenen Augen an. „Du musst sie finden, Cade. Bitte, es darf ihr nichts passieren.“

„Wir tun alles, um sie zu finden“, antwortete er. „Aber wir wollten, dass du Bescheid weißt, falls sie hierherkommt. Ihre Eltern sind außer sich vor Sorge. Bitte sag uns sofort Bescheid, falls du etwas von ihr hörst.“

„Natürlich.“

„Ihre Eltern übernachten im Frankfurt Inn, für den Fall, dass du sie kontaktieren willst. Sie heißen Bob und Lana Roarke. Sie würden jedenfalls gerne mit dir sprechen.“

Sheila nickte. „Ich möchte auch mit ihnen sprechen. Ich rufe sie gleich an, nachdem ich mit Sadie gesprochen habe.“

Cade und Joe erhoben sich und gingen zur Tür. Cade wandte sich noch einmal um, bevor er das Zimmer verließ. „Übrigens, Sheila, hast du noch einen Schlüssel für Marcus Gibsons Haus?“

„Nein, ich hatte nie einen. Ich weiß nur, wo er ihn aufbewahrt. Er legt ihn für mich unter die Fußmatte. Aber ich weiß nicht, ob er ihn immer dort liegen lässt.“

„Warst du, nachdem du uns von seinen Büchern erzählt hast, noch mal dort?“

„Nein, ich hatte zu viel Angst.“

„Hast du noch mal mit ihm gesprochen?“

„Natürlich nicht. Warum sollte ich?“

Cade erwiderte nichts darauf. Stattdessen suchte er in Sheilas Gesicht nach Anzeichen dafür, dass sie log.

„Du arbeitest für ihn, deshalb dachte ich, er hätte dich vielleicht angerufen.“

„Nein, hat er nicht. Und wenn er es getan hätte, hätte ich sofort wieder aufgelegt. Ich habe Angst vor ihm.“

„Das ist auch gut so“, sagte McCormick.

Cade war zufrieden, da er alles erfahren hatte, was Sheila ihm sagen konnte. Er bedankte sich und versprach ihr, sie auf dem Laufenden zu halten.

Jonathan folgte ihnen nach draußen zu ihren Wagen. „Cade, glaubst du, dass das Mädchen noch lebt?“

„Ich hoffe es. Die Staatspolizei arbeitet mit vollem Einsatz daran, sie zu finden, und ich tue alles, um ihnen dabei zu helfen.“

„Was hältst du von Sheilas Reaktion? Sie schien überrascht zu sein, nicht wahr?“

„Diesen Eindruck hatte ich auch“, sagte McCormick.

Cade enthielt sich eines Urteils.

„Also glaubt ihr nicht, dass sie etwas damit zu tun hat?“, fragte Jonathan.

Die Sorge stand Jonathan deutlich ins Gesicht geschrieben. Im Verlauf des letzten Jahres hatte er Sheila mehr und mehr vertraut, aber er traute den Bewohnern des Hanover Houses nie *ganz*. Die Drogenabhängigkeit war eine todbringende Gewalt, und sie hatte die Macht, die Leute immer wieder zu verführen. Leute, die von Drogen beherrscht wurden, würden fast alles tun, um an einen Schuss zu kommen.

„Wenn ihr Alibi wasserdicht ist, wüsste ich nicht, wie sie es getan haben soll“, antwortete Cade.

McCormick sah genauso erleichtert aus wie Jonathan. „Das denke ich auch. Und es würde für sie keinen Sinn ergeben, diesen jungen Frauen etwas anzutun. Was hätte sie davon?"

Jonathan schüttelte den Kopf. „Nichts. Ich glaube, wir können ihr diesbezüglich trauen."

Während McCormick in seinen Wagen stieg und wegfuhr, schaute Jonathan Cade an.

„Hey, Mann. Es tut mir so leid, dass die Sache mit deinem Heiratsantrag schief gegangen ist."

Cade schüttelte den Kopf. „Ich konnte es einfach nicht glauben. Wer hätte sich so etwas träumen lassen?"

„Wann versuchst du es noch einmal?"

„Wenn das alles vorbei ist, denke ich. Ich möchte, dass es ein unvergessliches Ereignis wird, weißt du? Etwas, was wir noch unseren Enkelkindern erzählen können."

Jonathan warf einen Blick nach hinten zur Haustür, um sicherzugehen, dass Morgan nicht herausgekommen war. „Bist du sicher, dass Blair nichts gemerkt hat?"

„Ja, bin ich. Sie hat keine Ahnung."

„Dann denk aber dran: Es ist nicht so wichtig, *wie* du es machst, sondern vor allen Dingen, *dass* du es machst."

„Aber sie verdient einen romantischen Antrag. Einen Ritter in glänzender Rüstung, der ihr Herz im Sturm erobert. Ich wünsche mir, dass sie sich als die glücklichste Frau auf der Welt fühlt."

„Das wird sie, mein Freund. Vertrau mir, das wird sie. Frag sie einfach. Du hast den Ring. Steck ihn ihr an den Finger."

Cade stieß einen tiefen Seufzer aus. „Wenn die richtige Zeit gekommen ist. Aber ich verspreche dir, es wird nicht mehr lange dauern."

Kapitel 26

„Ich habe eine Schwester und du hast mir nie davon erzählt?" Sadie fühlte sich, als hätte sich gerade der Boden unter ihr geöffnet und würde sie gleich verschlingen. „Wie konntest du so etwas nur vor mir geheim halten?"

Sheila setzte sich auf den Rand von Sadies Bett und sah sie mit Tränen in den Augen an. „Was hätte es gebracht? Sie war nicht Teil unseres Lebens. Ich wusste nicht, wo sie war. Ich kannte noch nicht mal ihren Namen."

Sadie starrte ihre Mutter an und suchte nach einer Möglichkeit, ihr zu erklären, wie sie sich fühlte – dass ihre Vergangenheit, ihre Identität soeben aus dem Gleichgewicht geraten waren. Ihre Mutter hatte ihr entscheidende Informationen darüber vorenthalten, wer sie war und was passiert war, bevor sie geboren worden war. Sie hatte eine Schwester. Jemanden, mit dem sie die Lasten hätte teilen und auf diese Weise leichter machen können, jemanden, durch den sie sich nicht so allein gefühlt hätte ...

Sie lehnte sich gegen die Schlafzimmerwand und starrte Sheila an. Ihre Mutter hatte geweint, als sie ins Zimmer gekommen war und die Tür hinter sich geschlossen hatte, und sie war immer noch verstört. Sadie war hin- und hergerissen, ob sie sie trösten oder beschimpfen sollte.

„Sie ist nur ein Jahr älter als ich?" Sadies Stimme klang dumpf.

„Ja, das stimmt, mein Liebling."

Der bittere Nachgeschmack davon, dass ihre Mutter ihr diese wichtige Tatsache vorenthalten hatte, ließ Sadie das Gesicht verziehen. „Ich wollte schon immer eine Schwester haben, Mom. Ich hätte es toll gefunden, das zu wissen. Auch wenn es nur eine Halbschwester ..."

Sheila schüttelte den Kopf. „Oh nein, sie ist nicht deine Halbschwester, sondern deine richtige Schwester. Ihr habt beide denselben Vater."

Sadie war sich nicht im Klaren, warum das die Sache noch schlimmer machte, aber sie richtete sich auf und trat einen Schritt auf ihre Mutter zu. „Ich kann einfach nicht glauben, dass du mir das verheimlicht hast!"

„Was hätte es gebracht, es dir zu erzählen? Es war doch nichts mehr daran zu ändern. Es hätte für dich keine Möglichkeit gegeben, sie zu finden. Zumindest habe ich das bis heute gedacht." Sie wischte sich übers Gesicht und atmete tief durch. „Liebling, du musst das verstehen. Ich habe sie abgegeben, weil ich mit fünfzehn schon schwanger und Mick mir keine Hilfe war. Er war ein Musiker, der mal in der Stadt und dann wieder weg war, gerade wie es ihm beliebte. Und das Letzte, was er wollte, war eine Verpflichtung."

„Und trotzdem bist du bei ihm geblieben und hast noch ein Baby von ihm bekommen?"

„Nicht wirklich. Ich traf ihn das erste Mal, als er in die Stadt kam und in diesem Club auftrat, in den ich eigentlich nicht reindurfte, weil ich noch zu jung war. Und ein paar Monate, nachdem ich sie zur Adoption freigegeben hatte, kam er zurück, und wie ein Groupie bin ich ihm gleich wieder verfallen. Du weißt, dass ich mich im Umgang mit Männern immer wieder blöd angestellt habe. Doch als ich mit dir schwanger wurde, habe ich beschlossen, dich nicht abzugeben. Vielleicht würde ich dich allein aufziehen müssen, aber ich wüsste dann wenigstens, wo du bist."

Was war ihr Vater bloß für ein Mann gewesen, dass er ein junges Mädchen nicht nur einmal, sondern gleich zweimal ausgenutzt hatte? Es hatte Zeiten in Sadies Leben gegeben, da hatte sie sich danach gesehnt, ihn kennenzulernen. Doch als sie von seinem frühen Tod durch eine Überdosis Drogen erfahren hatte, waren diese Träume geplatzt.

Nun wusste sie, dass es so besser gewesen war.

Sadie rutschte an der Wand nach unten und setzte sich auf den Boden. Sie versuchte, sich die unterschiedlichen Lebenswege vorzustellen, die sie und ihre Schwester gegangen waren. Sie schaute sich das Foto an und staunte, wie sehr sie sich ähnelten. Sie trugen ihr Haar auf dieselbe Weise und schienen gleich groß zu sein. Dennoch sah Amelia eleganter, privilegierter aus. Hatte sie Eltern wie Jonathan und Morgan bekommen? Hatten sie sie umsorgt und beschützt? Hatten sie ihr vor dem Schlafengehen eine Gutenachtgeschichte erzählt, sie ins Bett gebracht und sie am Morgen wieder mit Küssen aufgeweckt?

Von all dem hatte sie als Kind geträumt. „Mom, willst du, wenn sie sie finden, in Kontakt mit ihr bleiben?"

Sheila zögerte nicht einen Augenblick. „Ja, natürlich möchte ich das. Ich habe immer an sie gedacht. Ich wusste, dass ich das Richtige getan hatte, dass sie ein gutes Zuhause bekommen würde, aber ich habe mich so schuldig gefühlt und war wütend auf mich selbst. Ich hoffe, dass sie sich gut um sie gekümmert haben. Ich hoffe, dass sie nicht deshalb weggelaufen ist und mich gesucht hat, weil sie von ihnen wegwill." Sie nahm das Bild wieder an sich. „Was ist, wenn sie tot ist, Sadie? Was, wenn ihr etwas passiert ist, weil sie hierhergekommen ist, um mich zu suchen?"

„Sie darf nicht tot sein", flüsterte Sadie. „Sie *darf* es einfach nicht. Sie werden sie bald finden."

„Ich muss mit ihnen sprechen." Sheila stand auf, trat vor den Spiegel und wischte sich die unter den Augen verschmierte Wimperntusche weg.

„Mit wem musst du sprechen?"

„Mit ihren Eltern. Ich muss sie so viele Dinge fragen." Sheila wandte sich wieder zu Sadie um. „Liebling, sei bitte nicht wütend auf mich. Es tut mir leid, dass ich es dir verheimlicht habe, aber das hier ist eine Notsituation und ich brauche dich jetzt."

Sadie wollte nicht von ihrer Wut lassen, sie wollte sich sogar noch weiter hineinsteigern. Sie hatte allen Grund, wütend zu sein, und ihre Mutter hatte es nicht anders verdient. Aber ihre Tränen waren echt und auch ihre Reue schien aufrichtig zu sein.

Sadie ließ es zu, dass ihre Mutter sie umarmte. „Ich komme mit dir. Ich frage Morgan, ob wir den Wagen nehmen dürfen."

* * *

Sadie fand, dass das Frankfurt Inn wie eine deutsche Almhütte aussah, die von den Bergen ans Meer verpflanzt worden war. Das Schild, das draußen vor dem Haus stand, hieß die Vereinigung der Krankenschwestern von Georgia und die Caliburt-Hochzeitsgesellschaft willkommen.

Sie hatten vorher angerufen und gefragt, ob die Roarkes bereit seien, sie jetzt noch zu treffen. Und obwohl es schon 23 Uhr war, wollte das Ehepaar sie unbedingt sofort sehen.

Sheila fuhr in eine Parklücke neben einem Wagen mit einem Kennzeichen aus Alabama, doch sie stieg nicht aus. Stattdessen schaute sie in den Rückspiegel, rückte ihr Haar zurecht, und tupfte ein wenig Lipgloss auf ihre Lippen. „Ich will mir gar nicht vorstellen, was sie für eine Vorstellung von mir haben, da sie doch wissen, dass ich im Gefängnis war und das alles. Deshalb möchte ich wenigstens anständig aussehen."

„Du siehst toll aus, Mom."

Sie stiegen aus dem Wagen und Sadie folgte ihrer Mutter hinein. Sie zitterten beide, als sie in den Aufzug stiegen, um in den dritten Stock hinaufzufahren.

* * *

Lana Roarke wartete an der Zimmertür, als sie oben ankamen. Der Schmerz in ihren Augen war sogar noch stärker als der in

Sheilas. „Meine Güte! Sie sehen genauso aus wie sie. Sie haben ihre Augen, ihr Haar …“

Sadie blieb ein wenig zurück und ließ das Paar ihre Mutter betrachten.

Sheila legte den Arm um Sadies Schulter und zog sie nach vorne. „Das ist Sadie, meine andere Tochter. Sie wurde ein Jahr nach Amelia geboren.“

Sie baten sie herein, und Sadie folgte ihrer Mutter zu einer Couch am Fenster. Es lag Spannung in der Luft und sie fühlte sich unbehaglich. Sheila ging es offensichtlich genauso. Auf dem Bett lagen ein Notizblock und einige vollgekritzelte Seiten, die herausgerissen worden waren. Stapel von Plakaten, auf denen das Foto der jungen Frau und ein Aufruf, sich mit Hinweisen über ihren Verbleib zu melden, abgedruckt waren, waren überall im Zimmer verteilt – auf der Kommode, auf dem Schreibtisch, auf einem Stuhl und auf dem Fußboden. Vielleicht dürfte sie einige davon mitnehmen.

Bob Roarke räumte einen der Stapel von einem Stuhl und setzte sich ihnen gegenüber. „Sheila, hatten Sie irgendwann einmal Kontakt zu unserer Tochter?“

„Das Gleiche hat mich auch die Polizei gefragt. Ich habe ihnen gesagt, dass ich noch nie Kontakt zu ihr hatte. Aber ich wünschte, es wäre so gewesen. All diese Jahre …“ Ihre Stimme brach und ihr traten erneut Tränen in die Augen. „Das ist alles meine Schuld. Sie ist hierhergekommen, um nach mir zu suchen, und sehen Sie, was daraus geworden ist.“

Sadie schaute auf ihre Füße hinunter und wünschte, sie könnte etwas sagen, das die Stimmung aufhellen würde. „Diese Plakate … dürfen wir ein paar davon mitnehmen? Wir könnten sie aufhängen …“

„Ja, natürlich.“ Lana sprang auf und gab Sadie einen Stapel. „Dieses Bild haben wir an ihrem letzten Geburtstag gemacht. Wir sind mit ihr und Jamie nach Florida gefahren. Es war eine tolle Zeit. Kinko's[4] hat die Plakate heute Abend auf die Schnelle gedruckt."

Sheila räusperte sich. „Sie scheinen so nette Leute zu sein. Wieso ist sie da weggelaufen, um nach mir zu suchen?"

Lana schob die Hände in die Hosentaschen und schaute Sheila mit ihren traurigen Augen an. „Sie war neugierig auf Sie. Ich glaube, es hatte viel damit zu tun, dass sie ein Einzelkind ist. Sie hat sich immer gefragt, ob sie wohl noch Geschwister hat. Und wie ihre Mutter aussieht. Und sie wollte wissen, warum sie zur Adoption freigegeben wurde. Sie hat Sie verklärt, Sheila. Wir haben ihr schon, als sie noch klein war, erzählt, dass wir sie adoptiert haben. Denn wir wollten, dass sie weiß, dass wir sie ausgewählt haben und dass sie ein besonderes Geschenk Gottes für uns ist. Aber stattdessen, glaube ich, führte das dazu, dass sie sich immer einsamer fühlte, je älter sie wurde."

„Was ist mit ihrer Freundin?", fragte Sadie.

„Jamie war seit Jahren ihre beste Freundin. Sie waren mit ihrem Auto unterwegs." Bob lief im Zimmer auf und ab, während er sprach. „Jamies Eltern haben keine große Rolle mehr in ihrem Leben gespielt, seit sie aufs College ging. Sie hatten noch gar nicht gemerkt, dass sie verschwunden war."

„Das muss ein Schock für sie gewesen sein."

„Das ist es für uns alle." Bob trat ans Fenster. „Ich bin mir sicher, Amelia hätte uns bereits angerufen, wenn es ihr gut ginge. Sie würde sich nicht immer noch da draußen verstecken, wenn sie wüsste, dass ihre Freundin ermordet wurde."

„Vielleicht weiß sie es nicht", erwiderte Sadie. „Vielleicht sind sie in Streit geraten oder so etwas und haben sich dann getrennt."

„Vielleicht", sagte Lana. „Ich habe auch schon daran gedacht. Sie sind nicht immer gut miteinander ausgekommen."

4 Eine US-amerikanische Unternehmenskette, die Dokument-Management-Services, unter anderem Dokumentendruck, anbietet. (Anmerkung der Übersetzer)

„Irgendjemand hat sie gesehen." Sadie tat ihr Bestes, um bestimmt zu klingen. „Irgendjemand weiß, wo sie waren. Und diese Leute werden sich melden. Das müssen sie tun."

Sheila stand auf. „Der Mann, den sie wegen des Mordes an dem ersten Mädchen festgenommen hatten ... ich habe letzte Woche ein paar Mal für ihn gearbeitet. Ich habe darüber nachgedacht. Es ist zwar etwas weit hergeholt, aber was wäre, wenn sie irgendwie herausgefunden hätten, wo ich gearbeitet habe? Wenn sie dorthin gegangen sind, um mit mir zu sprechen, und dort auf ihn getroffen sind?"

Die Rädchen in Sadies Kopf fingen an zu rattern ...

Könnte das tatsächlich so passiert sein? Es gab nur wenige Leute, die wussten, wo Sheila arbeitete. Im Hanover House wusste es jeder. Und ein paar andere Leute in der Stadt hatten es wiederum von diesen erfahren. Es gab ja auch keinen Grund, das geheim zu halten.

Wenn Amelia zu Marcus Gibson gegangen war, dann hatte er vielleicht etwas mit ihrem Verschwinden zu tun ... und mit dem Mord an Jamie. Sie fing an, vor Angst zu zittern, mit ihren Gedanken war sie nicht mehr bei der Unterhaltung. Sie begann bereits, einen Plan zu entwerfen.

Morgen früh würde sie Blair um Hilfe bitten. Zusammen würden sie sie finden.

Kapitel 27

Sobald sie wieder im Hanover House angekommen waren, zog Sheila sich auf ihr Zimmer zurück. Sadie hoffte, dass sie ein wenig schlafen würde. Sadie versuchte selbst auch zu schlafen, aber ihre Gedanken kamen einfach nicht zur Ruhe. Stattdessen lag sie im Bett und betete für ihre Schwester. Als das Morgenlicht die Schatten aus ihrem Zimmer vertrieb, stand sie auf und machte sich fertig für die Suche nach Amelia.

Sie nahm den Stapel Plakate und ein paar Reißzwecken mit und machte sich auf den Weg zum Redaktionsbüro. Unterwegs hielt sie an jedem Mast an und befestigte eins der Blätter daran. Als sie schließlich im Redaktionsbüro ankam, telefonierte Blair gerade mit ihrer Freundin in der Gerichtsmedizin des Chatham Countys, um Informationen über die Todesursache von Jamie zu erhalten. Sadie setzte sich zu ihr ins Büro, hörte zu und versuchte, so viel wie möglich darüber aufzuschnappen, was mit der jungen Frau passiert sein könnte. Aber es gab keine neuen Informationen.

Als Blair auflegte, stützte sie sich auf ihren Schreibtisch und sah Sadie in die Augen. „Ich vermute mal, deine Mutter hat es dir erzählt."

Sie nickte. „Ja, das hat sie. Und du hast es von Cade gehört?"

„Ja. Geht es dir gut?"

Sie wollte nicht hier vor Blair in Tränen ausbrechen. Das würde sie nur unnötig aufhalten. „Können wir an dieser Story arbeiten, Blair? Ich bin sicher, dass wir Amelia mit deiner Hilfe finden können, vielleicht schnell genug, um sie noch zu retten."

„Genau darüber habe ich gerade nachgedacht. Ich habe auch schon ein paar Ideen, Liebes. Wir werden gleich nach dem Gottesdienst damit anfangen."

„Ich kann heute nicht zum Gottesdienst gehen", erwiderte Sadie. „Ich bin zu aufgewühlt, und für Amelia könnte die Zeit knapp werden. Meine Mutter und ich haben uns gestern Abend mit Amelias Eltern getroffen. Und wir kamen auf den Gedanken, dass Amelia und Jamie möglicherweise herausgefunden haben, wo Mom arbeitet. Vielleicht sind sie statt zum Hanover House zu Marcus Gibson gefahren. Wir könnten hinfahren und ihn fragen ..."

„Langsam, warte mal einen Moment." Blair schüttelte den Kopf. „Das machen wir auf keinen Fall. Cade befragt Gibson gerade. Das sollten wir ihm überlassen."

Sadies Hoffnung sank. „Was für Ideen hast du denn?"

„Ich denke, wir sollten uns in Amelias Lage hineinversetzen. Als sie und ihre Freundin in Cape Refuge ankamen, wo sind sie wohl als Erstes hingefahren?"

Sadie dachte einen Moment nach. „Zum Hanover House?"

„Wenn sie wussten, dass Amelias Mutter dort wohnt. Aber ihre Eltern glauben nicht, dass sie es wusste. Ihrer Kenntnis nach wusste sie lediglich, dass sie in Cape Refuge lebt. Also mussten sie sich zuerst durchfragen, um herauszufinden, wo sie wohnt. Und wen würden sie fragen?"

Sadie schloss die Augen und versuchte so zu denken, wie es Amelia vielleicht getan hatte. „Nun ja, sie sind wahrscheinlich von Tybee aus über die Brücke in die Stadt gekommen. Das Erste, was sie dann gesehen haben, ist die Texaco-Tankstelle mit dem dazugehörigen Mini-Markt."

„Richtig. Vielleicht sind sie hineingegangen und haben gefragt."

Sie starrten sich für einen langen Moment gegenseitig an.

„Auf geht's", sagte Blair.

Sie eilten nach draußen zum Auto, und Blair fuhr quer durch die Stadt. Sadie schaute aus dem Fenster und kämpfte gegen die

Tränen an. Ihre Schwester war irgendwo hier auf dieser Insel gewesen und hatte nach ihrer Mutter gesucht. Dann war ihr und ihrer Freundin etwas Schreckliches zugestoßen. War sie ebenso wie Jamie bereits tot und nur noch nicht gefunden worden? War sie in einer anderen Höhle abgelegt worden, an einen Felsen gebunden und im Salzwasser treibend?

Oder lebte sie noch und wurde irgendwo von einem Verrückten als Geisel festgehalten? *Herr, lass mich sie lebend finden.*

Bereits nach wenigen Minuten hatten sie den Weg über die Insel zu den Geschäften, die Amelia und Jamie vermutlich als Erstes gesehen hatten, als sie nach Cape Refuge gekommen waren, zurückgelegt. Bei der Texaco-Tankstelle, die sich nur einen Häuserblock von der Brücke entfernt an einer Kreuzung befand, hielten sie an.

Sie stiegen aus dem Wagen, und während sie hineingingen, schaute Blair Sadie an. „Du fragst die Angestellten, und ich spreche mit den Kunden."

Sadie steuerte auf die Kasse zu. Die Verkäuferin telefonierte und bediente gleichzeitig den Kunden vor ihr. Dabei ließ sie sich unendlich viel Zeit, obwohl vielleicht das Leben einer jungen Frau davon abhing, dass sie sich beeilte. Sadie überlegte, sich zur Kasse vorzudrängeln und ihr Problem zu schildern: „*Entschuldigen Sie bitte, aber meine Schwester könnte gerade sterben, während Sie in aller Ruhe ein Mountain Dew und ein Snickers über die Kasse ziehen.*" Doch stattdessen stand sie da und wartete, bis sie an der Reihe war. Schweiß lief ihr die Schläfen hinunter und sammelte sich auf ihren Lippen, während die Minuten vergingen.

In der Zwischenzeit arbeitete Blair sich durch den gut besuchten Laden, zeigte den Kunden die Bilder der jungen Frauen und fragte sie, ob sie sie gesehen hatten. Sadie bemühte sich aufzuschnappen, was sie antworteten, doch dann hatte die Verkäuferin den Kunden endlich fertig bedient. Sadie reichte ihr ein Plakat. „Ich bin Sadie Caruso vom *Cape Refuge Journal.* Wir suchen nach zwei jungen Frauen, die in den letzten Tagen möglicherweise hier waren. Eine der beiden jungen Frauen wurde gestern ermordet aufgefunden."

Fasziniert griff die Frau nach dem Blatt und starrte das Bild an. „Welche wurde ermordet?"

Sadie deutete auf Jamie. „Diese. Haben Sie eine der beiden hier gesehen?"

„Ich habe sie nicht gesehen. Sie sind ziemlich hübsch. Ich glaube, ich würde mich an sie erinnern."

„Könnten Sie das Bild bitte Ihren Kollegen in den anderen Schichten zeigen? Vielleicht haben sie sie gesehen."

„Natürlich." Die Frau studierte das Bild erneut. „Weiß man bereits, wer sie ermordet hat?"

„Nein. Genau das will die Polizei herausfinden."

„Und dieses andere junge Mädel? Wo ist sie?"

„Das versuchen wir ebenfalls herauszufinden."

„Sadie, komm mal her!"

Sadie wandte sich um. Blair hatte hinten im Laden einen weiteren Angestellten entdeckt. Sadie eilte hinüber.

„Dieser Herr sagt, er habe kürzlich abends hier gearbeitet, als sie hereinkamen. Sie haben ihn gefragt, ob er eine bestimmte Frau kennen würde."

„Sheila Caruso?", platzte Sadie heraus.

„Ja, das war wahrscheinlich der Name, aber ich kann es nicht sicher sagen. Ich habe ihnen geantwortet, dass ich noch nie etwas von ihr gehört habe. Dann sind sie wieder gegangen. – Und Sie sagen, eine der beiden sei die ermordete junge Frau?"

„Das ist richtig." Blair reichte ihm ihre Karte. „Rufen Sie mich bitte an, wenn Ihnen noch etwas einfällt? Und vielleicht hat noch jemand anderes gesehen, wie sie mit jemandem gesprochen haben. Bitte behalten Sie das Plakat und fragen Sie die Leute."

„Das werde ich."

Blair notierte sich den Namen des Mannes, damit sie ihn Cade für seine Nachforschungen geben konnte.

Sadie schöpfte neue Hoffnung, während sie zwei Plakate an die Fenster des Geschäfts klebte. „Komm, wir fahren zum Burger King nebenan. Zumindest sind wir schon mal auf der richtigen Spur."

Blair fuhr auf den Burger King-Parkplatz hinüber und Sadie stieg aus, noch bevor der Wagen überhaupt anhielt. Sie ging hinein und entdeckte ein paar ihrer Schulkameraden, die Burger King-Arbeitskleidung trugen und damit beschäftigt waren, Burger zu wenden oder Pommes durch das Drive-In-Fenster hinauszureichen. Zum Glück gehörten sie nicht zu dieser arroganten Clique, die sich für besser hielt als Sadie. Diese hier waren gewöhnliche Jugendliche aus gewöhnlichen Familien, die versuchten, das notwendige Geld für ein rostiges Auto und ausreichend Benzin im Tank zusammenzubekommen.

Steven Pratt – ein großer, spindeldürrer Junge, der zwei Jahre jünger war als sie – richtete sich auf, als sie hereinkam. Er war sichtlich stolz auf seine Baseballkappe, drehte sie mit dem Schirm nach hinten und schob seine dicke Brille hoch. „Hallo Sadie, was darf ich dir heute bringen?"

„Nichts, Steven. Ich bin als Reporterin hier." Sie schaute sich nach Blair um und sah sie draußen mit einem Jugendlichen sprechen, der gerade eine Raucherpause machte.

„So? Pass auf, ich weiß nicht, wie dieser Käfer in das Essen dieser Frau gelangt ist, aber sie hat echt Nerven, wenn sie deswegen bei der Zeitung anruft."

Sadie lächelte. „Ähm ... Nein, davon weiß ich nichts." Sie reichte ihm ein Plakat. „Ich muss wissen, ob einer von euch in den letzten Tagen diese zwei jungen Frauen hier gesehen hat."

Er griff nach dem Blatt und schob erneut seine Brille nach oben. „Oh ja, ich habe sie gesehen. Es muss am Freitag gewesen sein. Ich erinnere mich daran, weil ich bei einer von ihnen von Weitem gedacht habe, dass du es wärst. Sie war wirklich süß." Seine Wangen röteten sich vor Verlegenheit, dass ihm das rausgerutscht war.

Sadie sagte ihm nicht, dass sie Schwestern waren. „Hast du mit ihnen gesprochen?"

„Nein, ich wollte gerade Feierabend machen. Aber ich glaube, sie haben mit Sam gesprochen." Er wandte sich um und rief nach hinten in die Küche: „Hey, Sam. Komm mal her."

Ein anderer Junge aus der Schule kam herbei. Sein Haar war lang und fettig und er hatte einen Kinnbart, der wie ein Schmutzfleck unter seiner Lippe aussah. „Ja?"

„Erinnerst du dich daran, dass diese zwei hier waren?" Er reichte ihm das Plakat.

Der junge Mann sah Sadie an. „Klar. Warum?"

„Haben sie mit dir gesprochen?"

„Ja, sie haben mich gefragt, ob ich wüsste, wo irgendeine Frau wohnt."

„Sheila Caruso?"

Er zuckte mit den Schultern. „Oh Mann, ich kann mich nicht erinnern. Ich hatte noch nie etwas von ihr gehört, deshalb konnte ich ihnen auch nicht helfen."

„Ist Sheila mit dir verwandt?", fragte Steven.

„Sie ist meine Mutter."

„Mensch, hätten sie doch mich gefragt. Ich hätte ihnen sagen können, wo du wohnst."

Das hätte Sadie sich auch gewünscht. „Behaltet das Plakat, okay? Und ist es in Ordnung, wenn ich eins an die Tür klebe?"

„Sicher, kein Problem. Wer sind sie, Sadie?"

„Diese hier ist die junge Frau, die gestern ermordet in der Höhle gefunden wurde. Und die andere wird vermisst."

„Ist nicht wahr!" Die beiden Jungs starrten mit neuem Interesse auf das Bild. „Du meinst, dass sie vielleicht hier weggefahren sind und dann ermordet wurden?“

„Wir wissen es nicht. Aber ruft mich an, wenn ihr noch etwas erfahrt. Es ist sehr wichtig.“ Sie nahm das Plakat und schrieb ihre Handynummer auf die Rückseite. „Okay? Versprochen?“

„Natürlich. Wir hören uns um. Glaubst du, dass vielleicht die eine von ihnen die andere umgebracht hat?“

Dieser Gedanke war Sadie nie in den Sinn gekommen. „Nein. Das ist unmöglich.“

„Warum? Kennst du sie?“

„Also ... Nein, ich kenne sie nicht. Aber ich glaube nicht ...“ Schon allein bei dem Gedanken begannen ihre Schläfen zu schmerzen und sie fühlte sich ein wenig krank. Wenn *er* schon daran gedacht hatte, dann die Polizei sicherlich auch. Glaubte Cade, dass ihre Schwester eine Mörderin war? „Ich muss jetzt gehen.“

Sie eilte hinaus und trat auf Blair zu. „Irgendwas herausgefunden?“

„Nein, nichts.“

Sadie nannte ihr die Namen der Jungs, mit denen sie drinnen gesprochen hatte und die die Mädchen gesehen hatten, damit Cade sie auf seine Zeugenliste aufnehmen konnte. Dann klebte sie ein Plakat an die Tür. „Als Nächstes kommt Clara's Trash and Treasures. Wenn sie dort reingegangen sind, bin ich sicher, dass sie etwas herausgefunden haben. Clara wusste sogar über Moms Job Bescheid.“

„Wir hätten dort anfangen sollen“, sagte Blair. Sie fuhren einen Häuserblock weiter und parkten vor dem Antiquitätenladen. Der Laden war heute zwar geschlossen, aber sie trafen Clara in ihrem Haus, das sich direkt dahinter befand. Sie machte sich gerade für den Gottesdienst fertig.

„Sind Sie gekommen, um die Wiege für Ihre Schwester zu kaufen, Blair? Es wäre ein wundervolles Geschenk zur Geburt. Und auch ein schönes Familienerbstück.“

Blair runzelte die Stirn. Wovon sprach die Frau? „Nein, ich bin nicht hier, um etwas zu kaufen, Clara. Ich bin wegen der jungen Frau hier, die Cade und ich gestern ermordet aufgefunden haben."

Claras Gesichtsausdruck veränderte sich und sie sah plötzlich interessiert aus. „Oh, ja. Was für eine schreckliche Sache an so einem wichtigen Tag."

Blair runzelte erneut die Stirn. Warum schien Clara die ganze Zeit in Rätseln zu sprechen? Sie wollte Clara schon fragen, warum sie dachte, dass es ein wichtiger Tag gewesen sei, doch dann überlegte sie es sich anders. Sie wollte auf keinen Fall in eine unnütze Plauderei verwickelt werden. „Wir glauben, dass diese junge Frau und ihre Freundin vielleicht hier bei Ihnen gewesen sind."

Sadie reichte ihr ein Plakat. „Sie haben vermutlich nach meiner Mutter gesucht. Haben Sie sie gesehen?"

Clara griff nach dem Plakat und starrte es an. „Ja, ich habe sie gesehen. Sie kamen am Freitagnachmittag herein, glaube ich. Und jetzt wo ihr es sagt, sie haben tatsächlich nach deiner Mutter gefragt. Wollt ihr mir etwa sagen, dass eine von ihnen die ermordete junge Frau ist?"

„Ja, so ist es", antwortete Blair. „Clara, wir müssen alles wissen, was sie gesagt haben."

Clara sah bestürzt aus. „Sie haben nicht viel gesagt. Sie kamen nur herein, haben so getan, als würden sie sich umschauen, und als ich kam, um sie zu bedienen, haben sie mich gefragt, ob ich eine Frau namens Sheila Caruso kenne. Ich habe das bejaht. Eine von ihnen – diese hier" – sie deutete auf Amelia – „hat mir erzählt, dass Sheila eine alte Freundin ihrer Mutter sei und dass sie sie besuchen wolle. Also habe ich ihnen gesagt, dass sie im Hanover House wohnt, und ihnen eine Wegbeschreibung und die Telefonnummer gegeben. Dann haben sie mich gefragt, wo sie arbeitet, und ich habe mich daran erinnert, dass sie für Marcus Gibson arbeitet."

Sadie fühlte sich, als ob sie alle Kräfte verließen. Sie schaute Blair an.

„Clara, haben Sie ihnen gesagt, wo er wohnt?“, fragte Blair.

„Ja, allerdings. Ich wusste ja, dass er Gabe Stones’ Strandhaus gekauft hat, und habe ihnen also auch den Weg dorthin beschrieben.“ Sie unterbrach sich und schluckte. „Oh nein! Ihr glaubt, dass sie dahin gefahren sind. Glaubt ihr, er hat diesem Mädchen etwas angetan?“

Sadie konnte nicht antworten. Sie griff nach einem Stuhl und setzte sich langsam hin.

„Clara, gibt es sonst noch irgendetwas, was Sie uns über sie sagen können?“, fragte Blair. „Was hatten sie an? Oder was auch immer Ihnen sonst noch einfällt?“

„Wartet mal, lasst mich überlegen. Es waren wirklich hübsche Mädchen. Sie trugen beide Jeans. Ich bin mir nicht sicher, woher sie kamen. Aber ich habe sie nach draußen zu ihrem Auto begleitet und es hatte ein Nummernschild von Glynn County. Es war ein blauer Focus. Die junge Frau, die ermordet wurde, ist gefahren. Oh, und als sie losgefahren sind, haben sie einen christlichen Musiksender gehört. Es lief gerade das Lied „Who Am I“. Ich erinnere mich daran, weil es mein Lieblingslied ist. Und ich glaube, die eine junge Frau trug ein rotes Shirt. Eins von diesen elastischen, bauchfreien. Sadie, warum haben sie nach deiner Mutter gesucht? Glaubst du, dass sie etwas damit zu tun hat?“

Sadie musste heftig gegen den Drang zu weinen ankämpfen. „Nein. Sie haben sie nicht gefunden. Sie hat sie überhaupt nicht getroffen.“

„Aber sie könnte lügen. Es tut mir leid, Liebes, aber du weißt, dass deine Mutter eine kriminelle Vergangenheit hat. Ich meine, wenn so etwas passiert, ist es nur zu verständlich, wenn diejenigen mit Vorstrafen als Erstes verdächtigt werden.“

Das Bedürfnis zu weinen ließ nach und Sadies Wangen wurden rot vor Wut. „Sie wissen genau, dass meine Mutter sich verändert hat. Sie gehen mit uns zusammen zum Gottesdienst.“

„Nun ja, es scheint so zu sein, aber wir müssen realistisch sein, oder?"

„Komm wir gehen, Sadie." Blair schob Sadie in Richtung Tür, bevor sie etwas erwidern konnte. „Clara, rufen Sie mich an, wenn Ihnen noch etwas einfällt, okay?"

„Ich werde mir den Kopf zerbrechen, Liebes."

Sadie stürmte nach draußen zum Auto, und Blair stieg auf der anderen Seite ein. „Das tut mir leid, Liebes. Clara sagt immer, was ihr gerade in den Sinn kommt."

„Werden alle das, was sie gesagt hat, glauben?"

Blair saß für einen Moment da und schaute auf das Lenkrad hinunter. „Ich weiß es nicht. Vielleicht."

„Ich weiß, du magst meine Mutter nicht. Glaubst du das auch?"

Blair schaute sie an. „Nein. Deine Mutter und ich kommen nicht immer gut miteinander aus, aber ich weiß, dass sie keine Mörderin ist. Und trotz ihrer Vergangenheit bin ich überzeugt, dass sie sich verändert hat."

Sadies Augen füllten sich mit Tränen. „Danke."

„Schon gut." Blair startete den Wagen und kramte ihr Handy aus ihrer Handtasche. „Ich fahre zur Polizeistation, um mit Cade zu sprechen. Er muss erfahren, was wir herausgefunden haben."

Während der Fahrt versuchte Sadie, sich die beiden Mädchen vorzustellen, wie sie zum Hanover House fuhren. War niemand zu Hause gewesen, als sie dort ankamen? Oder waren sie direkt zu Marcus Gibson gefahren? Hatten sie in einem Motel eingecheckt?

„Blair, was ist, wenn sie in einem Motel übernachtet haben und vorhatten, am nächsten Tag gleich in der Früh weiterzumachen? Es müsste irgendein billiges gewesen sein. Wir sollten die Motels überprüfen. Vielleicht hat sie sich in Todesangst in einem Motelzimmer versteckt und wir finden sie dort. Oder wir finden das Auto ... es muss doch irgendwo sein."

„In Ordnung. Wir kümmern uns um die Motels, sobald ich

Cade informiert habe. Es würde ihm nicht gefallen, dass wir Zeugen befragen, ohne dass er etwas davon weiß. Deshalb erzähle ich ihm besser, was wir herausgefunden haben. Und wir müssen ihm von dem Auto erzählen, falls er es noch nicht weiß." Sie schaute zu Sadie hinüber. „Liebes, vielleicht wird doch noch alles gut. Vielleicht ist Amelia irgendwo gesund und in Sicherheit. Vielleicht sieht sie diese Plakate und ruft ihre Eltern an. Außerdem hat Cade mir erzählt, dass sie ihr Bild an die Fernsehsender weitergegeben haben. Sie werden es heute Abend in den Nachrichten zeigen und danach fragen, ob jemand Amelia gesehen hat. Und dann werden Anrufe eingehen. Es wird viele Hinweise geben. Und vielleicht werden sie sogar etwas von Marcus Gibson erfahren."

Ein Seufzer entwich Sadies Kehle. „Er wird nichts sagen. Der dumme Richter hätte ihn noch länger in Haft behalten sollen. Und warum musste Mom ausgerechnet für ihn arbeiten?"

„Wie hätte sie das ahnen können? Und überleg mal. Wenn sie nicht gewesen wäre, hätten sie die Verbindung nicht so schnell herstellen können."

Sadie bebte vor Ungeduld. Sie konnte nicht einfach tatenlos dasitzen, während Blair mit Cade sprach. „Halt an. Ich möchte aussteigen und den Boulevard entlanggehen, um Plakate aufzuhängen. Du kannst kommen und mich abholen, wenn du bei Cade fertig bist."

Blair war einverstanden und ließ sie aussteigen. Sadie stand mit einem Armvoll Plakate am Straßenrand, als sie weiterfuhr. Sie schaute sich nach der langen Reihe von Hotels und Motels um, die sich direkt am Strand befanden. Amelia und Jamie *mussten* in einem Motel eingecheckt haben, als sie angekommen waren. Amelias Eltern zufolge hatten sie zusammen ungefähr hundert Dollar dabei, und so war es unwahrscheinlich, dass sie am Strand geschlafen hatten, wie sie es damals in ihrer ersten Nacht hier gemusst hatte. Aber wo waren sie abgestiegen?

Sicher nicht irgendwo hier am Strand. Diese Motels waren alle zu teuer. Sie versuchte wieder, sich in Amelia hineinzuversetzen. Welche Motels hatten sie zuerst gesehen, als sie über die Brücke gekommen waren? Wenn sie sich nach billigen Übernachtungsmöglichkeiten erkundigt hatten, hatte man ihnen sicher einige Unterkünfte in der Mimosa Street empfohlen. Sadie überquerte den Ocean Boulevard und machte sich auf den Weg zu dem ersten Motel, an dem sie wahrscheinlich vorbeigekommen waren. Dem Flagstaff.

Wenn die Mädchen jemand mit Verantwortungsgefühl gefragt hätten, hätte er ihnen geraten, diesen Ort zu meiden. Es war eine der schlechtesten Unterkünfte in der Stadt, ein Ort, an dem sich Verbrecher und Drogendealer trafen. Jede Woche stand in der Polizeispalte des *Journal*, dass fünfundsiebzig Prozent der Verhaftungen an dieser Brutstätte des Drogenmissbrauchs und der Prostitution vorgenommen wurden. Sadie hatte Cade einmal sagen hören, dass er, wenn er eine Sache tun dürfte, um die Verbrechensrate auf der Insel zu senken, dieses Motel schließen und seine Bewohner aus der Stadt verbannen würde.

Aber wenn Jamie und Amelia tagsüber eingecheckt hatten, hatten sie vielleicht nicht bemerkt, was das für ein Ort war. All die schlimmen Dinge passierten erst nachts.

Furcht überkam sie, als sie sich dem Parkplatz näherte und bemerkte, dass sich dort bereits einige Drogendealer eingefunden hatten, die herumlungerten und auf ihren nächsten Deal warteten.

Sie entdeckte die Rezeption und ging hinein. Der Angestellte, der aussah, als hätte er die letzten drei Tage bewusstlos irgendwo in der Gosse gelegen, bediente gerade einen Mann.

„Ich habe meine Schlüsselkarte verloren“, sagte der Biker. „Sie muss mir aus der Tasche gefallen sein.“

Der Rezeptionist nahm eine neue Schlüsselkarte und programmierte sie. „Kein Problem. Damit sollte es nun klappen.“

Sadie biss sich auf die Lippe. Was, wenn sie sich, anstatt ihm zu erzählen, sie sei Reporterin, als Amelia ausgab? Alle sagten, dass sie sich ähnelten. Vielleicht könnte sie es schaffen.

Sie trat an die Rezeption. „Ich habe auch meine Schlüsselkarte verloren. Amelia Roarke."

„Welches Zimmer?"

Sadie beugte sich über den Tresen, als sei sie zu erschöpft, um aufrecht stehen zu können. Sie rieb sich die Augen und sagte: „Ich kann mich nicht erinnern. Ich war in den letzten Wochen in so vielen Motelzimmern ... und ich hatte eine turbulente Nacht. Könnten Sie bitte für mich nachschauen?"

Er blätterte durch sein Anmeldungsbuch. „Könnte es sein, dass Sie sich unter einem anderen Namen angemeldet haben?"

Sie räusperte sich und versuchte es erneut. „Oh, das habe ich vergessen. Wir haben es auf den Namen Jamie Maddox eingetragen."

Er schaute nach, und sie wartete und hielt die Luft an.

„Da ist es." Er wandte sich um und holte eine Schlüsselkarte, programmierte sie und reichte sie ihr über den Tresen. „Zimmer 218."

„Danke." Sie nahm die Schlüsselkarte und ging wieder hinaus. Ihr Herz schlug so laut, dass sie dachte, es würde ihr gleich aus der Brust springen.

Sie wusste ganz genau, dass sie die Polizei rufen sollte. Aber sie hatte die Schlüsselkarte und konnte in das Zimmer gehen. Wenn Amelia da war, würde sie sie finden. Und wenn sie nicht da war, konnte sie sich im Zimmer umschauen, bevor die Polizei es absperrte.

Sie stieg die Treppe hinauf und suchte Zimmer 218. Ihre Hand zitterte so stark, dass sie die Schlüsselkarte fallen ließ. Sie hob sie auf und setzte dazu an, sie in den Schlitz zu stecken. Aber was war, wenn Amelia drinnen war und gar nicht wusste, dass nach ihr gesucht wurde? Sie zögerte, dann klopfte sie.

Keine Reaktion. Doch sie hörte von drinnen einen Fernseher. Bedeutete das, dass jemand da war?

Sie klopfte erneut, dieses Mal lauter. „Amelia? Bitte mach die Tür auf."

Keine Antwort. Das Fenster war nur angelehnt, aber es gab keinerlei Anzeichen dafür, dass jemand da war. Schließlich steckte sie die Schlüsselkarte in den Schlitz und öffnete die Tür vorsichtig.

Die Lampe in einer Ecke des Zimmers war eingeschaltet und im Fernsehen lief leise ein Golfturnier. Das Bett war nicht gemacht und zwei Koffer, aus denen Kleidung quoll, lagen auf dem Boden. Anprobierte und dann beiseitegelegte Kleidungsstücke lagen im ganzen Zimmer verstreut – auf dem Bett ausgebreitet, über einen Stuhl gehängt, auf den Boden geworfen. Rund um das Waschbecken waren Schminkutensilien verteilt.

Sie hatten zweifellos vorgehabt, wiederzukommen.

Sadie sah sich nach irgendeinem Hinweis, irgendeinem Gegenstand um, der ihr dabei helfen konnte, sich vorzustellen, was passiert war. Und dann sah sie eine Handtasche, auf der ein Handy lag.

Das Handy lag mitten in dem zerwühlten Bett und war mit einem Ladegerät verbunden, das in einer Steckdose an der Wand steckte. Sadie nahm es und überprüfte die Anrufliste. Sie zog ihren Notizblock hervor und notierte sich alle Nummern, von denen in den letzten Tagen Anrufe eingegangen oder die angerufen worden waren.

Bei einer der Nummern fühlte sie sich, als würde ihr der Hals zugeschnürt. Sie hatten im Hanover House angerufen. Der Anruf hatte nicht lange gedauert – nur ein paar Sekunden. Entweder hatten sie nach Sheila gefragt und erfahren, dass sie nicht da war, oder sie hatten aufgelegt, ohne zu fragen.

Der letzte Anruf war vor zwei Tagen getätigt worden. Am Freitag, an dem Tag, an dem sie zuletzt gesehen worden waren.

Sie schrieb die Nummern fertig auf, scrollte dann schnell durch die eingespeicherten Nummern und notierte sie ebenfalls alle. Nur für den Fall, dass sie sie später mal brauchen würde.

Dann legte sie das Handy wieder hin und ging ins Badezimmer. Sowohl die Badewanne als auch die Handtücher, die auf dem Boden lagen, waren trocken. Heute Morgen war niemand hier gewesen.

Sie ging wieder zurück und sah auf der Kommode neben dem Umschlag für die Schlüsselkarte etwas Kleingeld sowie ein paar Papiere liegen. Sie sah sie durch. Es befanden sich Amelias Geburtsurkunde mit dem Namen ihrer Mutter darauf, Kopien von Sheilas Entlassungspapieren und ein Abzug des Fahndungsfotos ihrer Mutter darunter.

Hatte Amelia auch herausgefunden, dass sie Geschwister hatte?

Sadie ging zurück zur Tür. Es war an der Zeit, die Polizei zu rufen. Sie würden eine Million mehr Hinweise in den alltäglichen Dingen finden, die hier herumlagen. Sie schaute sich den Stil und die Farben der Kleidungsstücke und die Schuhe an, die neben dem Bett lagen ... manche dieser Sachen gehörten ihrer Schwester. Sie und Sadie waren sich ähnlich. Sie konnte es an der Kleidung, die Amelia trug, ihrer Schuhgröße und den Farben ihres Make-Ups erkennen.

Oh Herr, gib mir bitte die Möglichkeit, sie kennenzulernen.

Schließlich ging sie hinaus, setzte sich draußen vor dem Zimmer auf den Betonboden und holte ihr eigenes Handy heraus. Sie wählte die Nummer der Polizeistation und fragte nach Cade.

Wenige Augenblicke später meldete er sich. „Hallo, Sadie. Wie geht es dir?“ Seine Stimme klang sanft, mitfühlend.

„Gut.“ Sie schluckte und versuchte, ihrer Stimme einen festen Klang zu geben. „Cade, ich habe mir gedacht, du möchtest sicher wissen, dass ... Ich habe das Zimmer meiner Schwester gefunden.“

Es gab eine kurze Pause. „*Was?*“

„Ihr Motelzimmer. Sie haben vor zwei Tagen im Flagstaff in der Mimosa Street eingecheckt. Ich bin drin gewesen. Ihre Sachen sind noch hier.“

Sie konnte hören, wie er versuchte, die Aufregung in seiner Stimme zu unterdrücken. „Sadie, fass nichts an."

„Beeil dich, Cade. Vielleicht gibt es hier eine Spur."

„Wir sind sofort da."

Sie schlang die Arme um ihre Knie und wartete direkt vor der Tür, bis sie die Sirenen hörte. Ihr Handy klingelte. Es war Blairs Rufnummer.

„Hallo?"

„Sadie, Cade hat mich gerade angerufen und mir erzählt, dass du Amelias Zimmer gefunden hast. Bist du sicher, dass es ihres ist?"

„Ganz sicher. Ich habe sogar ihre Geburtsurkunde gesehen. Sie hatten vor, wieder zurückzukommen, Blair. Der Fernseher läuft noch und all ihre Kleider sind hier. Sie hat sogar ihre Handtasche und ihr Handy liegen lassen."

„Du bist hineingegangen? Bist du verrückt, Sadie? Wie hast du das geschafft?"

„Ich habe ihnen erzählt, dass ich Amelia sei und meine Schlüsselkarte verloren habe."

Blair stieß einen tiefen Seufzer aus. „Hör mal, ich komme sofort. Geh nicht weg, okay?"

„Das werde ich nicht. Aber Blair, kannst du, bevor du kommst, noch ins Büro fahren und schnell etwas überprüfen? Ich muss wissen, wem die Nummer 555-1289 gehört."

Sie wusste, dass Blair es sich notiert hatte. „Warum?"

„Weil sie in ihrer Anrufliste stand. Es ist eine hiesige Nummer und könnte damit eine Spur sein."

„Sadie, du weißt *genau*, dass du ihre Sachen nicht anfassen darfst, bevor die Polizei sie untersucht hat!"

„Bitte, Blair. Sag mir einfach, wessen Nummer es ist."

Blair legte auf, und Sadie hörte die Sirenen näher kommen. Die Männer, die auf dem Parkplatz herumlungerten, verschwanden, dann hörte sie, wie Türen zugeschlagen wurden.

Ihr Handy klingelte und sie ging ran. „Hallo?“

„Ich bin's“, sagte Blair. „Ich habe herausgefunden, wem sie gehört.“

„So schnell?“

„Ich kenne jemanden bei der Telefongesellschaft. Du wirst nie erraten, wem die Nummer gehört.“

Sadie schloss die Augen. „Sag mir nicht, dass es Marcus Gibson ist.“

„Bingo.“

Sadie glaubte, sie müsse sich übergeben. Sie legte auf und schaffte es nur mit Mühe, sich zusammenzureißen, während die Wagen von Cade und den anderen Polizisten den Parkplatz füllten. Sie stand auf und trat ans Geländer. Scott Crown war dabei und kam hinter Cade und McCormick die Treppe hinauf.

„Ich habe eine Schlüsselkarte“, sagte sie zu Cade, als er sie erreichte.

„Wie bist du daran gekommen?“

„Ich habe gelogen. Ich habe dem Rezeptionisten gesagt, ich sei Amelia.“

Cade seufzte. „Sadie, du hättest nicht hineingehen sollen.“

„Außer dem Handy habe ich nichts angefasst. Sie hat versucht, im Hanover House und bei Marcus Gibson anzurufen. Aber die Telefonate waren nur kurz. Vielleicht hat sie gleich wieder aufgelegt, als jemand dranging. Alles andere habe ich so gelassen, wie es war.“

Natürlich war Cade überhaupt nicht glücklich über ihre Ermittlungsarbeit. „Darüber werden wir später noch reden. Aber ich glaube, du weißt es auch so besser.“ Er öffnete die Tür, und McCormick ging hinein und begann mit seiner systematischen Durchsuchung.

Scott blieb zurück. „Alles okay mit dir, Sadie?“

Sie nickte abwesend, da sie gleichzeitig beobachtete, was passierte. „Ja, mir geht es gut.“

„Lass dich von ihm nicht ärgern. Mich schnauzt er auch ständig an. Sogar in der Nacht, als ich Emily Lawrence gefunden habe, hat er geglaubt, ich hätte jede Möglichkeit, das Verbrechen aufzuklären, zerstört. Er ist völlig aus der Fassung geraten, aber ich nehme an, dass er es gut meint."

Sadie brauchte keine Unterstützung. Im Moment war es ihr ziemlich egal, was Cade oder sonst irgendjemand über sie dachte. Sie wollte einfach nur, dass ihre Schwester gefunden würde.

Kapitel 28

Während die Polizei Amelias Zimmer durchsuchte, rief Sadie die Roarkes an und informierte sie über ihre Entdeckung. Sie kamen schon wenige Minuten später an, hielten mitten auf dem Parkplatz und rannten auf die Treppe zu, die zu dem Zimmer führte, vor dem sich die Polizisten versammelt hatten. Mehrere Beamte hielten sie auf und wollten sie nicht durchlassen.

Sadie überquerte den Parkplatz und ging auf sie zu.

„Es ist unsere Tochter!“, rief Bob. „Wir müssen wissen, was da drinnen vor sich geht.“

„Es tut mir leid, mein Herr, ich darf Sie nicht durchlassen. Aber ich bin mir sicher, dass der Detective Sie informieren wird, sobald er mit der Durchsuchung des Zimmers fertig ist. Sie müssen hier warten, bis es so weit ist.“

Sadie berührte sie leicht an den Schultern, und Bob und Lana fuhren zu ihr herum. Ihre Gesichter waren von Panik erfüllt. „Sadie!“ Bob ergriff ihre Arme und schaute ihr in die Augen. „Bist du drinnen gewesen? Hast du etwas gesehen?“

„Ja, ich bin hineingegangen, bevor ich die Polizei gerufen habe. Ich habe keinen Hinweis darauf gefunden, dass in diesem Zimmer etwas Schlimmes passiert ist. Ihre Koffer und ihre Kleidung sind noch dort und der Fernseher lief.“

„Lagen da vielleicht Notizblöcke, auf die sie ihre Pläne geschrieben haben? Oder ihr Laptop?“, erkundigte sich Lana. „Amelia ist jemand, der sich immer Notizen macht. Sie schreibt alles auf und führt genau Tagebuch.“

„Ja, da lag ein Laptop, aber ich habe ihn nicht angerührt. Notizen habe ich nicht gesehen, aber wenn da etwas ist, wird die Polizei es finden. Sie haben auch bereits das Auto gefunden.

Es steht dort drüben, aber die Polizei lässt niemanden in die Nähe."

Lana wandte sich um und beobachtete, was bei dem Focus vor sich ging. „Kannst du uns sagen, wann sie zum letzten Mal in dem Zimmer waren?"

Sadie schüttelte den Kopf. „Nein, tut mir leid, das kann ich nicht. Wir müssen einfach warten, bis die Polizei fertig ist. Und ich bin sicher, dass sie uns vieles sagen können, was mir nicht aufgefallen ist."

„Sadie!"

Sie wandte sich um und sah ihre Mutter auf sich zueilen. Ihre Augen waren geschwollen und rot. Sadie fiel ihrer Mutter in die Arme.

„Du hättest nicht hierherkommen sollen!", rief Sheila. „Was ist los mit dir? Du hättest in Gefahr geraten können. Ich könnte es nicht ertragen, wenn dir auch noch etwas passiert!"

„Es geht mir gut, Mom. Und ich habe das Richtige getan, denn ich habe gefunden, wonach ich gesucht habe." Sie berichtete ihrer Mutter, was passiert war, bis sie Scott Crown die Treppe herunterkommen sah. „Warte einen Moment, Mom." Sie traf am Fuß der Treppe mit Scott zusammen. „Haben sie etwas gefunden?"

„Das kann ich nicht sagen. Aber ich kann dir erzählen, dass sie gerade Gibson verhaftet haben."

„Gibt es irgendeine Spur von Amelia?"

„Es hörte sich nicht so an. Aber ich kann dir nur weitergeben, was ich im Polizeifunk gehört habe."

Bob trat zu ihnen. „Wo bringen sie Gibson hin?"

„Das GBI bringt ihn in unsere Polizeistation, um ihn erneut zu befragen."

Bob wirbelte herum und griff nach Lanas Hand. „Komm mit. Wir fahren dahin."

„Kann ich mitfahren?", fragte Sadie. „Ich will auch hin."

„Natürlich. Und Sie können auch mitkommen, Sheila."

Sheila schaute zu dem offenen Zimmer der jungen Frauen zurück, als könnte sie sich ihre Tochter dort eher lebend vorstellen als in der Polizeistation. Sadie konnte das gut verstehen. Hier schien Amelia noch am Leben zu sein, mit all den auf dem Boden verstreuten Klamotten und den offenen Make-up-Döschen. In der Polizeistation dagegen schien der Tod – oder zumindest eine Todesnachricht – auf sie zu warten. Doch hier würden sie wahrscheinlich keine Antworten erhalten, und Sadie war sich sicher, dass Gibson wusste, wo ihre Schwester war.

„In Ordnung. Ich komme auch mit." Sheila rutschte zu Sadie auf die Rückbank.

Bob raste vom Parkplatz herunter und weiter durch die Stadt. „Ich werde diesen Mann dazu bringen, mir zu sagen, wo meine Tochter ist", knurrte er mit zusammengebissenen Zähnen.

Lana blickte ihn flehend an. „Was hast du vor?"

„Ich werde es aus ihm herausquetschen."

Sadie wusste, dass man sie nicht in Gibsons Nähe lassen würde, sagte das aber nicht. Bob wirkte fest entschlossen. Vielleicht würde er es mit seiner puren Willenskraft tatsächlich schaffen, an ein paar Informationen zu kommen.

Sie kamen bei der Polizeistation an und eilten hinein. Bruce Baker empfing sie an der Tür.

„Haben sie Gibson schon hergebracht?", wollte Bob wissen.

„Nein, sie sind gerade auf dem Weg hierher. Sie können Platz nehmen, wenn Sie möchten."

Doch keiner von ihnen konnte jetzt sitzen. Stattdessen standen sie an den großen Fenstern, die sich an der Vorderseite des Gebäudes befanden, liefen hin und her und warteten auf den Polizeiwagen.

Als sie ihn endlich vorfahren sahen, dachte Sadie, dass Bob ausrasten würde. Doch anstatt hinauszustürmen, wie sie es erwartet hätte, blieb er vor Wut kochend drinnen stehen, bis sie den Schriftsteller hereinbrachten.

Vielleicht würde er doch nicht ausrasten. Vielleicht hatte er nur den Mund zu voll genommen.

Aber in dem Moment, als sie Gibson über die Türschwelle brachten, ging Bob auf den Mann los. Drei Polizisten griffen nach ihm und drängten ihn zurück.

„Sagen Sie mir, was Sie mit meiner Tochter gemacht haben! Wo ist sie? *Wo ist sie?*"

„Ich weiß es nicht!", krächzte Gibson mühsam.

Bob versuchte, sich von den Polizisten, die ihn festhielten, loszureißen. „Sagen Sie mir, wo sie ist. Ist sie tot oder lebt sie noch? Haben Sie sie umgebracht?"

Gibsons graues Haar kräuselte sich und stand von seinem Kopf ab, was ihn wie einen verrückten Wissenschaftler aussehen ließ. Dann entdeckte er Sheila und sein Gesichtsausdruck veränderte sich. „Sie!" Er deutete mit seinem dürren Zeigefinger auf sie. „Sie sind an all dem schuld. Sie haben in meinem Haus herumgeschnüffelt, oder? Sie haben Lügen über mich verbreitet und Gerüchte in die Welt gesetzt. Ich werde Sie verklagen, wenn das alles vorbei ist."

„Sie können mich gar nicht verklagen", schrie sie zurück. „Weil Sie schon bald in der Todeszelle sitzen werden!"

„Ich habe niemanden umgebracht!" Sein zerzaustes Haar flog ihm ins Gesicht. „Ich *schreibe* über Morde, aber ich begehe sie nicht!"

Die Polizisten zerrten Gibson in das Befragungszimmer, doch er schrie weiter. „Ich habe diese jungen Frauen noch nie gesehen! Nicht ein einziges Mal!"

„Sagen Sie uns einfach, wo sie ist!" Lana schluchzte so stark, dass sie kaum sprechen konnte. „Bitte, sie bedeutet uns so viel."

Alle schrien durcheinander – Bob drohte, Lana flehte, Sheila beschuldigte ihn, die Polizisten ermahnten. Einer der GBI-Agenten rief in dem Chaos nach jemandem, der sie aus dem Gebäude bringen sollte.

Bruce versuchte, sie hinauszuweisen. „Bitte, Sie müssen gehen."

Bob fing an zu weinen. „Sie müssen sie finden! Die Zeit könnte knapp werden. Sie ist noch so jung. Sie steckt in Schwierigkeiten und sie braucht uns."

Lana wich vor Bruce' ausgestreckter Hand zurück. „Wir werden ruhig sein. Bitte, lassen Sie uns bleiben."

Bruce gab nach und führte sie zu einigen Stühlen. „Sie können hier sitzen bleiben, wenn Sie leise sind. Ich gebe Ihnen sofort Bescheid, wenn ich etwas Neues erfahre."

„Er weiß es." Bob weinte leiser, und Lana legte den Arm um ihn. „Er weiß, wo sie ist. Die Regeln und die Vorschriften oder die Tatsache, dass er einen genialen Anwalt hat, interessieren mich nicht. Sie können diese Information aus ihm herausholen, wenn sie wollen. Notfalls kann man es aus ihm herausprügeln. Wenn sie es nicht können, sollten sie es mir überlassen."

Lana schüttelte den Kopf. „Sie dürfen es nicht. Das weißt du."

Sadies Brust war wie zugeschnürt, sodass sie kaum atmen konnte, deshalb stolperte sie zur Tür und trat in die Hitze hinaus.

Sheila folgte ihr. „Liebling, geht es dir gut?"

Sadie lehnte sich mit dem Rücken gegen die Glasscheibe und ließ sich zu Boden gleiten. „Ich musste da raus. Ich fühle mich krank."

Sheila setzte sich neben Sadie auf den Gehweg und strich ihr durchs Haar.

Sadie atmete tief ein und sah ihre Mutter an. „Es ist alles okay. Ich stehe das schon durch."

Sheila nickte und lehnte ihren Kopf gegen die Glasscheibe. „Ich habe so intensiv gebetet", flüsterte sie. „Aber ich weiß nicht, ob Gott meine Gebete hört."

Sadie wischte sich über die Augen und atmete schluchzend ein. „Natürlich tut er das, Mom. Gott hört alle Gebete."

„Nein, das tut er nicht. Ich habe in der Bibel gelesen. Ich habe ein paar Stellen gefunden ... Gründe, warum er nicht hört. Und das sind Dinge, die ich getan habe."

Sadie schaute ihre Mutter an. „Was denn?"

„Zum Beispiel habe ich nicht vergeben. In Markus 11 Vers 25 steht das ganz deutlich. Wenn ich vergebe, kann Gott mir vergeben. Und wenn ich es nicht tue, tut er es auch nicht. Aber ich habe nicht vergeben, Sadie."

„Wem hast du nicht vergeben?"

„Allen möglichen Leuten. Denjenigen, die mich angezeigt und verhaftet haben. All den Männern, die mir etwas angetan haben. Deinem Vater. Meinen Eltern."

Es gab so viel Schmerz in dem Leben ihrer Mutter. Tief in ihr war Bitterkeit, und das aus gutem Grund.

„Und Psalm 66 Vers 18 hat mich nicht mehr losgelassen, seit Morgan ihn mir gezeigt hat: *Wenn ich es in meinem Herzen auf Frevel abgesehen hätte, so hätte der Herr nicht gehört.* Nun ja, manchmal habe ich es in meinem Herzen auf Böses abgesehen, Liebling. Und manchmal sehne ich mich nach den alten Zeiten zurück. Nach einem Schluck Wodka, einer Nase voll Kokain ... dem Stoff, der mir meine Taten und all das, was ich durchgemacht habe, in einem besseren Licht erscheinen ließ. Solange ich diese Sünden nicht verabscheue, kann ich nicht wirklich Buße tun. Also wird Gott mich nicht hören. Ich hoffe, dass *du* betest, Liebling. Ich weiß, dass Gott dich hören wird."

Sadie fühlte sich seelisch total erschöpft und das Selbstbild ihrer Mutter war nun noch ein weiterer Anlass zur Sorge. Sie atmete tief ein und wischte sich erneut über die Augen. „Du kannst jederzeit Buße tun, Mom. Wenn du alles mit Gott in Ordnung bringst, wird Er dich hören."

Sheila schluchzte zitternd und schüttelte den Kopf. „Es gibt so viel, was ich zu bereuen habe. All das, was ich getan habe ... Es hat nicht nur mir geschadet, sondern auch Caleb und dir ... und nun auch Amelia. Es sollte ihr doch besser gehen. Sie sollte ein anständiges Zuhause und gute Eltern, die für sie kämpfen, bekommen."

Sie blickte über ihre Schulter und durch das Fenster nach drinnen. Bob hielt die Hände vor das Gesicht und weinte immer noch. „Aber *ich* bin ihre Mutter, und in der Bibel steht, dass die Ungerechtigkeiten der Eltern heimgesucht werden an den Kindern. Jetzt ist sie hergekommen, um nach mir zu suchen, und da passiert es. Alles wegen mir. Alles wegen meiner Sünde."

„Wegen welcher Sünde, Mom? Du hast das nicht getan."

„Wirklich nicht? Bin ich nicht von einem Kerl schwanger geworden, der sich überhaupt nicht für mich interessiert hat? Nicht nur einmal, sondern gleich *zweimal*, wie ein Dummkopf, der darum bettelt, ausgenutzt zu werden. Ich habe mein Baby abgegeben, weil ich nicht die Verantwortung übernehmen wollte, aber dann bin ich hingegangen und habe es wieder getan." Sie stemmte sich hoch und stand auf, drehte sich um und schaute zu Sadie hinab. „Es hätte alles ganz anders laufen können. Auf jede schlechte Tat, die ich begangen habe, folgte eine weitere, um sie rückgängig zu machen, aber es wurde alles nur noch schlimmer. Meine Sünden haben sich zu einem hohen Berg aufgetürmt, den ich nicht bezwingen konnte. Ich war dir eine schreckliche Mutter, Liebling. Und ich wäre auch ihr eine schlechte Mutter gewesen. Selbst jetzt, nachdem ich sie seit neunzehn Jahren nicht mehr gesehen habe, schade ich ihr noch. Und ich kann noch nicht mal für sie beten."

Sadie starrte zu ihrer Mutter hinauf. Wenn sie sich doch nur nicht so erschöpft fühlte. Ihre Mutter brauchte sie, aber sie konnte ihr kaum etwas geben. „Mom, ich glaube, du bist genau da, wo Gott dich haben will. Es klingt so, als würdest du deine Sünden verabscheuen. Du *kannst* Buße tun. Gott wird das hören."

Ein Auto fuhr auf den Parkplatz. Joe McCormick und Scott Crown stiegen aus. Als sie Sheila und Sadie sahen, kamen sie auf sie zu.

„Geht es euch gut?“, erkundigte sich McCormick.

Sheila gab keine Antwort auf seine mitfühlende Frage. „Habt ihr etwas herausgefunden?“

„Nicht bei meiner ersten Durchsuchung des Zimmers. Die GBI-Agenten haben nun übernommen.“

„Glaubst du, dass sie tot ist?“

Bei der Frage ihrer Mutter wurden die Augen des Detectives sanfter. Er schaute sie eine Weile an. „Ich habe keinen Hinweis gefunden, der darauf hindeuten würde, Sheila. Es könnte also ebenso gut sein, dass sie noch lebt.“

Sie sackte vor Kummer zusammen. Joe nahm sie in seine Arme und hielt sie fest. Sadie sah den Mann auf einmal in einem anderen Licht. Bisher war er für sie nur ein Polizist gewesen, der auf der Jagd nach irgendeinem Beweisstück war, das er brauchte. Nun sah sie in ihm einen Mann – einen freundlichen Mann, der sich um ihre Mutter sorgte, weil sie so tief erschüttert war.

Scott kam ebenfalls näher und ging neben Sadie in die Hocke. Mit leiser Stimme sagte er: „Geht es dir gut, Sadie?“

Sie rieb sich die Augen und wünschte sich, die Leute würden endlich damit aufhören, ihr diese Frage zu stellen. „Ja, mir geht es gut.“

„Wir werden sie finden, Sadie. Ich habe so ein Gefühl, dass wir schon nahe dran sind. Jetzt, wo wir Bilder und Namen haben, werden die Leute sich melden. Wir werden den zeitlichen Ablauf mit den Orten, an denen sie waren, all ihren Aktivitäten und allen Leuten, die sie getroffen haben, rekonstruieren.“

Sie wollte nicht vor Scott anfangen zu weinen, aber die Tränen ließen sich einfach nicht zurückhalten. Er legte seinen Arm um sie, zog sie an sich und küsste sie auf die Stirn.

„Es wird alles gut, Sadie. Du wirst schon sehen."

Seine Berührung linderte ihre Ängste und gab ihr Hoffnung – und für einen Moment glaubte sie beinahe, dass er recht hatte.

Kapitel 29

Sheila wusste genau, dass die erneute Befragung von Marcus Gibson ebenso unergiebig sein würde wie die erste.

Nach ein paar Stunden überredeten die Polizisten die Roarkes, in ihr Hotel zurückzufahren und auf weitere Nachrichten zu warten. Blair holte Sadie ab und fuhr mit ihr ins Redaktionsbüro. Und Joe bot an, Sheila nach Hause zu bringen.

Während sie zu seinem Auto hinausgingen, dachte Sheila wieder einmal über den Tod nach. Sie hatte schon einige Male in ihrem Leben Selbstmordgedanken gehabt, aber in letzter Zeit war alles so gut gelaufen. Sie hatte ein besseres Selbstbild bekommen und gedacht, dass sie mit Disziplin und harter Arbeit so einiges schaffen könnte.

Aber nun wäre sie am liebsten zur Tybee Bridge gelaufen und über die Brüstung ins Wasser gesprungen.

McCormick schien ihre Gedanken zu erraten. „Du musst jetzt Glauben haben. Du darfst nicht vom Schlimmsten ausgehen."

Sie blieb stehen, bevor sie in seinen Wagen stieg. „Joe, glaubst du an Gott?"

Er nickte. „Ja. Ich kenne mich zwar nicht so gut in der Bibel aus wie Jonathan oder Cade, aber ich weiß, dass Gott über uns wacht. Sheila, Er wacht auch über Amelia. Genauso wie Er über Sadie und Caleb gewacht hat." Während er sprach, legte er seinen Ellenbogen auf die Bordwand der Ladefläche von Cades Pick-up.

„Was sagt die Statistik? Ich meine, wie viele vermisste Personen werden lebend gefunden?"

„Ich weiß es nicht. Aber das spielt auch keine Rolle. Das Einzige, was eine Rolle spielt, ist, dass wir *sie* finden."

Sie stützte ihre Ellenbogen ebenfalls auf die Bordwand von Cades Wagen und vergrub das Gesicht in den Händen. „Aber wie stehen ihre Chancen? Nach deiner Erfahrung, wenn bereits eine Freundin tot aufgefunden wurde ..."

„So etwas habe ich noch nie zuvor erlebt." Er legte seinen Arm um sie und rieb ihren Arm. „Ich könnte mir etwas aus den Fingern saugen, Sheila, und dir das erzählen, was du hören willst ..."

Sie sah zu ihm auf. „Das will ich nicht."

Seine blauen Augen blickten sanft und traurig. „Ich habe auch nicht geglaubt, dass du das willst."

Er schaute nach unten auf die Ladefläche von Cades Pick-up, als würde er dort nach den richtigen Worten suchen. Sein Blick fixierte sich auf etwas. Er runzelte die Stirn und richtete sich auf. „Was ist das?"

Sie folgte seinem Blick. Es war eine Mädchensandale, pink mit einer gelben Blume darauf.

Er kletterte auf die Ladefläche des Pick-ups und starrte auf die Sandale hinab. „Das glaube ich jetzt nicht."

„Was ist los?"

Er schüttelte nur den Kopf, und seine Stimme klang drängend, als er sagte: „Geh wieder rein und sag ihnen, sie sollen Cade anfunken, dass er sofort herkommt. Sag ihnen, es ist ein Notfall."

Was auch immer los war, sie wusste, dass sie nicht zögern durfte. „Okay." Sheila eilte zurück ins Gebäude. Was war so aufregend an einer Sandale? Vielleicht hatte Blair sie da vergessen, obwohl sie andererseits nicht so aussah, als könne sie ihr gehören.

Der Beamte im Büro funkte Cade auf ihre Bitte hin im Motel an, und sie hörte ihn antworten, dass er bereits in seinem Polizeiwagen auf dem Rückweg und in ein paar Minuten da wäre.

Als Sheila wieder hinaustrat, fuhr Cade bereits auf den Parkplatz. Er stieg aus und bemerkte Joe McCormick bei seinem Pick-up.

„Was ist los, Joe?"

Er zeigte auf die Sandale. „Erkennst du sie?“

Cade erstarrte. „Jamie Maddox hatte so eine an.“

Sheila rang nach Luft. „Bist du sicher?“

„Ja, ich bin mir sicher.“ Cade schaute McCormick an. „Wo hast du sie gefunden?“

„Genau da, wo sie jetzt noch liegt.“

Cade riss die Augen auf. *„In meinem Pick-up?“*

Joe nickte. „Ja, genau, Chief. Sie war in deinem Pick-up. Vielleicht hat sie jemand hineingeworfen, als sie sie zurück an Land gebracht haben.“

Cade starrte auf die Sandale des toten Mädchens. „Wenn sie in meinem Pick-up lag, seitdem Jamie gefunden wurde, warum habe ich sie dann nicht gesehen? Nein, ich weiß genau, dass sie heute Morgen noch nicht da lag.“

„Dann muss sie jemand dort platziert haben.“

„Genauso wie derjenige auch die Leiche platziert hat.“ Cades Gesichtszüge waren angespannt, verkrampft. „Fass nichts an, Joe. Lass alles so, wie es ist. Ich muss Yeager verständigen.“

Sheila starrte Cade hinterher, als er hineinging. Die neue Entwicklung machte sie sprachlos.

„Ich kann dich jetzt nicht nach Hause bringen, Sheila“, sagte Joe. „Ich muss hierbleiben.“

Sie wandte sich wieder Joe zu. „Das ist okay. Ich will auch hierbleiben.“

„Nein, das geht nicht. Ich muss den Parkplatz absperren. Das ist jetzt ein Ort, der im Zusammenhang mit einem Verbrechen steht.“

„Ein Ort, der im Zusammenhang mit einem Verbrechen steht?“ Wovon sprach er da?

„Das ist nicht einfach nur der Schuh der toten jungen Frau, Sheila. Das ist ein entscheidendes Beweisstück.“ Er schaute sie wieder an. „Es tut mir leid, aber du musst gehen.“

Ihr rutschte das Herz in die Hose. „In Ordnung. Sagst du ... sagst du mir Bescheid, wenn ihr etwas Neues herausfindet?“

„Natürlich.“

Aber sie wusste, dass er gerade abgelenkt war und es wahrscheinlich vergessen würde. Sie überquerte die viel befahrene Straße und ging an den Strand. Die Sonne ging bereits unter und Amelia war immer noch verschwunden.

Die Last der Hilflosigkeit lag wie ein eiserner Mantel auf ihren Schultern. Während sie am Strand entlanglief und dabei das niederdrückende Gewicht spürte, blies ihr eine leichte Brise durchs Haar.

Mit jedem Schritt wuchs ihre Selbstverachtung und vergiftete ihr Inneres. Alte und neue Sünden kamen ihr in Erinnerung. Sie überfluteten ihr Gehirn mit ihrem Gift und durchstachen sie mit ihrem tödlichen Plan. Im Gefängnis hatte sie darüber gelacht, ihre wilden Geschichten mit ihren Mitinsassen ausgetauscht und versucht, sie mit ihren Erzählungen über Nahtoderfahrungen, die sie aufgrund dieser Sünden erlebt hatte, zu überbieten.

Aber nun fühlte sie sich deswegen schlecht. Die Drogen, die Männer, die schlechten Entscheidungen ... sie hasste sie alle mit derselben Leidenschaft, mit der sie sie geliebt hatte. Sie fühlte sich schon schmutzig, wenn sie nur daran dachte.

Dennoch war es immer noch möglich, dass sie wieder zu ihnen zurückkehrte. Auch wenn sie beinahe in dem Elend dieser Sünden ertrank, flüsterte ihr ein Teil von ihr immer noch Lügen ein: Ein Drink würde deine Sorgen ertränken, ein bisschen Koks würde deinen Kummer vertreiben, eine Nadel würde dein Leid beenden. Wenn sie sich gehen ließe, würde sie ihnen womöglich sogar Glauben schenken.

Sie war so schwach. So unglaublich schwach.

Sie spürte diese Schwachheit bis tief in ihre Knochen und Muskeln und ließ sich in den Sand fallen, direkt dort, bis wohin die Wellen reichten. Sie starrte auf das Wasser hinaus, das während der Flut gegen die Küste anrollte, um sich dann wieder eilig dahin zurückzuziehen, woher es gekommen war. Sie weinte wegen ihres völlig absurden Zustands, ihrer widersprüchlichen Gedanken, ihrer zwiespältigen Leidenschaften.

Hass, Abscheu und Ekel vor sich selbst und ihren Taten – in der Vergangenheit, der Gegenwart und der Zukunft – ließen noch mehr Tränen fließen. Sie hatte noch nie in ihrem Leben so viel geweint und sich so sehr den Tod gewünscht.

„Töte mich einfach, Herr! Schlag mich einfach tot, so wie ich es verdiene. Ich möchte nicht mehr als diejenige, die ich bin, weiterleben."

Sie schluchzte und ließ ihr Weinen vom Wind davontragen, in der Hoffnung, dass Gott ihre Sünden für einen Augenblick vergessen und wenigstens dieses eine Gebet erhören würde.

„Es tut mir so leid. Es tut mir so unendlich leid."

Während sie diese Worte sprach, merkte sie, dass es ihr wirklich ernst damit war. Zum ersten Mal spürte sie diese tiefe, quälende Reue, den stechenden Schmerz, die echte, wahre Abscheu vor ihren Sünden.

Sie sah zum wolkenverhangenen Himmel hinauf. „Mache mich neu. Das alte Ich muss sterben."

Sie hatte Jonathan so oft über „das Sterben des eigenen Ichs" sprechen hören und so getan, als verstände sie, was es bedeutete. Selbstlos sein, die anderen an die erste Stelle setzen, sich für andere einsetzen ...

Aber das war es nicht.

Nun begriff sie es endlich. Es bedeutete, dass man die Vergangenheit hinter sich lässt, sein altes, sündhaftes Ich ablegt und es im Grab, wo es hingehört, verrotten lässt. Und das Neue, Frische, Ganze hervorkommen lässt.

Aber sie konnte das nicht von sich aus.

„Ich brauche deine Hilfe!" Anstatt Gott erneut anzuflehen, sie sterben zu lassen, hörte sie sich selbst rufen: „Rette mich!"

Sie stellte sich sich selbst in einem toten, verwesenden Körper vor. Er war außen ganz dunkel und dreckiger Schlamm tropfte von ihr herab. Und dann griff Gottes Hand nach ihr und zog ihr diesen Körper aus, und ließ sie wie ein neues, ein erneuertes, ein neugeborenes Baby aus dem Mutterleib hervorkommen.

Wiedergeboren.

Sie schloss die Augen und wandte ihr Gesicht dem Himmel entgegen. „Kannst du mich reinwaschen, Herr? Ist das wirklich möglich?"

Eine warme Welle schwappte über sie hinweg und durchnässte ihre Kleidung und ihre Haut ... Sie fing trotz ihrer Traurigkeit an zu lachen.

Gott hatte sie erhört.

Er *konnte* es nicht nur tun, sondern Er *hatte* es bereits getan.

Die niederdrückende Last ihrer Sünde wurde von ihr genommen und sie fühlte sich leichter, freier als je zuvor. Gott schien direkt neben ihr gestanden zu haben, mit seinem Ohr an ihren Lippen und nur auf ihr geflüstertes Gebet gewartet zu haben.

Kapitel 30

„Ich weiß, wie das aussieht." Cade saß mit Yeager und Smith in seinem Büro. Er war sich bewusst, dass er gerade zum Hauptverdächtigen geworden war. „Wer auch immer das getan hat, will mir die Schuld in die Schuhe schieben. Das müssen Sie mir glauben."

„Die Sandale ist nicht das Einzige, das wir auf der Ladefläche Ihres Wagens gefunden haben, Cade."

Cade starrte Yeager an. „Was meinen Sie damit, dass es nicht das Einzige war?"

„Da war auch Blut."

Cade sprang von seinem Stuhl auf. „*Was*? Nein, da war kein Blut. Da *kann* keins gewesen sein. Ich habe keins gesehen."

„Aber es war da. Wir haben es mit Luminol sichtbar gemacht."

Luminol war das chemische Mittel, das man benutzte, um Blutflecken zu finden, selbst wenn jemand versucht hatte, sie wegzuwischen. Wenn sie damit Blut gefunden hatten ...

Er schloss die Augen, legte die Handflächen gegen die Stirn und lehnte sich gegen die Stuhllehne. „Es ist Teil des Plans. Ich habe die Leiche gefunden. Ich habe den zweiten Schuh. Auf der Ladefläche meines Pick-ups ist Blut ..."

Er ließ seine Hände wieder sinken und sah den Kriminalbeamten fest an. „Wissen Sie denn schon, ob es ihr Blut ist ... oder überhaupt menschliches Blut? Meine Güte, es könnte auch Fischblut sein."

Die beiden Beamten tauschten Blicke aus. „Wir warten noch auf den Laborbericht."

Cade war sich im Klaren darüber, dass er in Schwierigkeiten steckte. „Hören Sie, nehmen Sie sich meinen Pick-up vor. Und was Sie sonst noch brauchen ... durchsuchen Sie alles und machen Sie

Ihre Tests. Ich habe nichts damit zu tun. Jeder hätte die Sandale auf die Ladefläche meines Pick-ups legen können. Er stand den ganzen Tag auf dem Parkplatz. Gibson selbst hätte es tun können. Vielleicht sind ja Fingerabdrücke drauf."

„Das überprüfen wir gerade, Cade."

„Gut. Holen Sie einen Polygrafen. Ich möchte einen Lügendetektortest machen."

„Wir müssen Sie mit in unser Büro nehmen. Dort können Sie den Test machen."

Er schloss die Augen und nickte. Natürlich nahmen sie ihn zu einer intensiven Befragung mit. Es war nichts anderes zu erwarten gewesen. „In Ordnung. Gehen wir. Ich bin bereit, meinen Namen reinzuwaschen und der Sache auf den Grund zu gehen."

* * *

Blair fuhr gerade vor, als der Abschleppwagen kam, um Cades Pick-up abzuholen. Der Parkplatz war immer noch abgesperrt, deshalb parkte sie ihren Wagen auf der anderen Seite des Ocean Boulevards.

Scott Crown stand am Rand des Parkplatzes und hielt den Verkehr an, damit der Abschleppwagen genug Platz hatte.

„Was ist passiert?", fragte Blair. „Warum nehmen Sie Cades Pick-up mit?"

„Es wurde ein Beweisstück darin gefunden."

„Was für ein Beweisstück?"

Scott schaute sich nach allen Seiten um, als wüsste er nicht, ob er es ihr sagen dürfe oder nicht. „Das sollte ich wahrscheinlich besser nicht sagen."

Sie packte seinen Arm und schaute zu ihm auf. „Das ist nicht offiziell. Ich frage nicht als Reporterin, sondern als jemand, der sich Sorgen um Cade macht. Bitte, Scott, was geht hier vor?"

Er wandte sich ihr zu und antwortete im Flüsterton: „Sie haben Jamie Maddox' Schuh in seinem Pick-up gefunden."

Sie schnappte nach Luft. „Wie kommt der dahin?"

Er schaute sie einfach nur an. „Offensichtlich denken sie, dass Cade ihn selbst dort hingelegt hat."

„Nein, das kann nicht sein! Ich war dabei, als er die Leiche gefunden hat. Sie hatte nur einen Schuh an!"

Scott gab keine Antwort, er wandte sich einfach ab. Fernsehteams hatten sich auf der anderen Straßenseite postiert und filmten den Abschleppwagen. Da traten einige Leute aus dem Gebäude. Sie entdeckte darunter auch Cade, der herausgeführt wurde.

Blair duckte sich unter dem gelben Absperrband hindurch. „Cade!"

Er schaute sich zu ihr um, konnte aber nicht mehr antworten, bevor sie ihn in ein Zivilfahrzeug setzten. Auch wenn er keine Handschellen trug, war doch ganz offensichtlich, dass er nicht mehr entscheiden konnte, was passierte. Er winkte ihr durchs Fenster zu, als wollte er ihr mitteilen, dass alles okay war, dass mit ihm alles wieder in Ordnung kommen würde.

Sie glaubte ihm nicht.

Sie wandte sich wieder Scott zu. „Wo bringen sie ihn hin?"

„In die GBI-Außenstelle in Savannah. Sie werden ihn dort befragen."

Blair rannte quer über die Straße zu ihrem Wagen zurück und musste dabei mehrfach dem Verkehr ausweichen. Sie war fest entschlossen, ihnen bis nach Savannah zu folgen.

* * *

Als sie in Savannah ankamen, beobachtete Blair, wie Cade mitten durch die Schar der Reporter, die schon wie die Geier dort lauerten, in das Gebäude der Staatspolizei geführt wurde. Als sie aus ihrem Wagen stieg, hörte sie eine Liveübertragung von der Vorderseite des Gebäudes.

„... sie bringen gerade Polizeichef Matthew Cade her, um ihn über den Mord an Jamie Maddox, dem Mädchen, das gestern in der Breaker's Reef-Grotte vor der Küste von Cape Refuge gefunden wurde, zu befragen. Chief Cade hat zugegeben, dass er *Willst du mich heiraten?* an die Höhlenwand geschrieben hat, in der die Leiche gefunden wurde."

Blair atmete tief durch. Cade hatte das nicht geschrieben. Es hatte schon dort gestanden! Sie machte einen Schritt vorwärts, bereit, zu dem improvisierten Set hinüberzulaufen und der Frau den Kopf zurechtzurücken.

„Laut unseren Quellen wurde die junge Frau mit einer Pistole Kaliber 40 erschossen, derselben Waffe, die die Polizei in ganz Georgia benutzt. Bis zu dem Zeitpunkt, als die Sandale auf der Ladefläche seines Pick-ups gefunden wurde, vermutete die Polizei, dass Cade nur zur falschen Zeit am falschen Ort war, aber nun wird er zweifellos wegen der Morde befragt. Unterdessen wird Amelia Roarke, die beste Freundin der Toten, immer noch vermisst."

Als die Übertragung zu Ende war, stürmte Blair vorwärts und nahm sich die Reporterin vor. „Sie haben das alles durcheinandergebracht. Wie können Sie so etwas nur verbreiten? Ich war *dort*. Ich war bei Cade, als er die Leiche gefunden hat. Er hat das nicht an die Wand geschrieben. Es stand schon da!"

„Oh, Sie müssen Blair Owens sein."

Sie hatte nicht erwartet, dass die Reporterin sie kannte. „Ja, ich bin die Herausgeberin des *Cape Refuge Journals*."

„Und Sie sind seine Freundin. Laut meinen Quellen hat Cade zugegeben, dass er morgens früh in der Grotte war, um das *Willst du mich heiraten?* an die Wand zu schreiben. Er hat es für Sie geschrieben, Blair."

Blair stand mit offenem Mund da, während die Reporterin davonging, um sich einer anderen Gruppe von Reportern anzuschließen, die auf eine Pressemitteilung warteten. Konnte es sein, dass Cade das wirklich geschrieben hatte? Aber warum hatte er es ihr dann nicht erzählt? Ihr Herz raste und sie konnte kaum noch atmen. Sie schluckte heftig, doch ihre Kehle war wie zugeschnürt. Ihr Blick glitt zur Tür hinüber.

Sie musste dort hineingehen und herausfinden, was von den Behauptungen der Reporterin wahr war. Wenn Cade die Worte tatsächlich geschrieben hatte, bedeutete das, dass er sie heiraten wollte. Hoffnung keimte in ihrem Herzen auf.

Aber dann wurde ihr bewusst, dass der Heiratsantrag Cade noch tiefer in die Sache verwickelte. Kein Wunder, dass sie Cade verdächtigten.

Sie erschauderte, als sie die Komplexität des Plans des Mörders erkannte ... und die verwegene Ausführung desselben.

Kapitel 31

Blair wusste, dass sie als Reporterin keine Chance hatte, in das Polizeigebäude hineinzukommen, also ließ sie ihren Presseausweis in der Handtasche und suchte nach dem Hintereingang. Sie schlüpfte hinein und eilte zur Anmeldung. Die Einsatzzentrale war voller Straftäter und Menschen, die Anzeigen erstatten wollten. Die Polizisten waren gereizt und konnten das Chaos kaum unter Kontrolle halten.

„Kann ich Ihnen helfen?“

„Ja“, antwortete sie. „Mein Verlobter wurde hierhergebracht. Ich muss wissen, ob er festgenommen wurde.“ Die Worte waren ihr einfach so herausgerutscht – eine Lüge, von der sie hoffte, dass Cade niemals davon erfahren würde. Aber sie wusste, dass sie auf anderem Weg keine Informationen erhalten würde.

„Wie heißt er?“

„Matthew Cade.“

„Oh, ja.“ Die Polizistin musterte sie. „Nein, er wurde nicht verhaftet. Er wird gerade befragt. Waren Sie diejenige, die bei ihm war, als er die Leiche fand?“

„Ja.“

„In Ordnung. Bitte warten Sie einen Moment.“

Sie wartete, während die Polizistin die Anmeldung verließ und in einem anderen Raum verschwand. Ein Betrunkener, der einen strengen Körper- und Jack Daniels-Geruch verbreitete, taumelte gegen sie, und der Polizist, der hinter ihm herging, packte den Mann am Kragen und riss ihn zurück. „Entschuldigen Sie bitte, Ma’am.“

„Kein Problem.“ Sie blickte an dem Betrunkenen vorbei und sah die Polizistin zurückkommen.

„Miss Owens, würden Sie bitte mit mir kommen? Agent Yeager möchte Sie gerne sprechen."

Sie ging bereitwillig mit, in der Hoffnung, in denselben Raum wie Cade gebracht zu werden. Doch stattdessen führte man sie in einen leeren Raum. Zwei GBI-Agenten und ein Protokollführer traten zusammen mit ihr ein, und sie begriff, dass sie sich selbst geradewegs in eine offizielle Befragung begeben hatte.

Sie setzte gerade an, dagegen zu protestieren, aber dann wurde ihr bewusst, dass ihre Aussage dazu beitragen könnte, Cade zu entlasten. Deshalb fügte sie sich, setzte sich hin und erzählte die ganze Geschichte noch einmal.

Agent Yeager machte sich umfangreiche Notizen, während sie berichtete, was in der Höhle passiert war. Als sie geendet hatte, sah er zu ihr auf, der Blick seiner zusammengekniffenen Augen bohrte sich in ihren. „Was hat Cade Ihnen gegenüber bezüglich der Schrift an der Höhlenwand gesagt?"

Sie versuchte, sich zu erinnern. „Nichts, wirklich gar nichts. Ein Stück Kreide lag unter der Schrift und ich vermutete, dass Fingerabdrücke darauf sein könnten."

„Dann war Ihnen also nicht bewusst, dass er es geschrieben hatte?"

Darum ging es also wieder. Sie atmete durch und starrte ihn über den Tisch hinweg an. „Nein. Das erste Mal, dass ich davon gehört habe, war vor ein paar Minuten, als eine der Reporterinnen da draußen in einer Liveübertragung darüber berichtet hat." Sie beugte sich vor. „Ist das wahr? Hat Cade wirklich gesagt, er habe es geschrieben?"

„Ja, das stimmt. Und offen gesagt, bin ich ein wenig irritiert, Miss Owens. Haben Sie nicht eben der Kollegin am Empfang erzählt, Sie wären seine Verlobte?"

Erwischt! Sie stieß einen langen Seufzer aus. „Ich habe ein bisschen geschwindelt, okay? Ich habe befürchtet, man würde mich als seine Freundin nicht hereinlassen. Aber ich wollte ihn doch hier unterstützen. Ich wollte sichergehen, dass alles in Ordnung ist."

„Also haben Sie beide nicht über die Kreideschrift an der Höhlenwand gesprochen, nachdem die Leiche gefunden wurde?"

„Cade war seitdem sehr beschäftigt. Wir hatten kaum eine Gelegenheit, miteinander zu reden." Sie saß da, starrte auf die Holzmaserung des Tischs und versuchte nachzudenken. Wenn Cade tatsächlich diese Worte an die Wand geschrieben hatte, dann hatte er vorgehabt, sie zu fragen, ob sie ihn heiraten wollte. Ein Gefühl, als habe sie etwas Wertvolles verloren, machte sich in ihr breit, vermischt mit zaghafter Freude.

Er hatte vor, ihr einen Heiratsantrag zu machen ...

„Haben Sie vorher irgendwann schon einmal über das Heiraten gesprochen?" Yeagers Frage riss sie aus ihren Gedanken.

Sie schluckte. „Nicht direkt ..." Tränen schossen ihr in die Augen, als sie an diesen Tag zurückdachte. Er hatte so hartnäckig darauf bestanden, dass sie sich diesen Tag freinahm und mit ihm zur Grotte fuhr. Es war ihm offenbar wichtig gewesen. Und als er sie abgeholt hatte, hatte er so ein Funkeln und Grinsen in den Augen gehabt. Er war nervös, sehr sanft und so hinreißend zuvorkommend gewesen.

Sie dachte an die Anstrengungen, die es sie beide gekostet hatte, ihre Beziehung zu Jesus Christus in den Mittelpunkt zu stellen, die Art, wie er zurückwich, wenn ihre Gefühle sie zueinander hinzogen, und wie er sie abends zum Abschied küsste mit diesem Blick, der ihr verriet, dass er lieber bleiben wollte. *Es ist so schwer, dich abends allein zu lassen*, hatte er vor ein paar Tagen geflüstert.

Wie hatte es bei solch guten Absichten nur so fürchterlich schiefgehen können?

Sie bemühte sich, ihrer Stimme einen festen Klang zu verleihen. „Ich weiß nicht genau, was er an diesem Tag vorhatte, aber ich kenne Cade besser als irgendjemand sonst. Er war genauso geschockt wie ich, die Leiche zu entdecken." Sie hielt Yeagers Blick stand und beugte sich in seine Richtung vor. „Agent Yeager, Sie befragen ihn. Angesichts der Umstände kann ich das gut verstehen. Aber Sie müssen die *richtigen* Fragen stellen. Wer wollte Cade eine Falle stellen? Wer wusste, dass er an diesem Tag da draußen sein würde? Wer hat einen Grund, ihm schaden zu wollen?"

Yeager antwortete nicht. Vielleicht taten sie genau das schon. Und falls sie es nicht taten, würde Cade sie im Verhör darauf aufmerksam machen. Er würde nicht einfach untätig alles hinnehmen.

„Werden Sie ihn festnehmen?"

Yeagers Gesichtsausdruck war unverbindlich. „Das kann ich noch nicht sagen. Es hängt davon ab, was wir herausfinden."

Nachdem ihre Befragung beendet war, durfte Blair in den Wartebereich gehen. Zitternd lief sie auf und ab und versuchte, gegen die Kopfschmerzen, die sich in ihren Schläfen festsetzten, anzukämpfen. Endlich, nach zwei Stunden, kam Cade heraus. Er sah angespannt, erschöpft und blass aus. Sie konnte sich gut vorstellen, dass der Versuch, jeden Gedanken und jede Handlung der letzten Tage zu rekonstruieren, ihn völlig ausgelaugt hatte.

Als er sie sah, wurde sein Gesichtsausdruck weicher und ein Lächeln trat in seine Augen. Er war ganz offensichtlich froh, sie zu sehen.

Sie trat zu ihm, und er schlang seine Arme um sie. „Wie lange bist du schon hier?", flüsterte er ihr ins Ohr.

„Seitdem sie dich hergebracht haben."

„Tut mir leid, dass es so lange gedauert hat." Er strich ihr übers Haar und zog ihr Gesicht seinem entgegen. „Bringst du mich nach Hause?"

„Sie lassen dich gehen?"

„Ich habe ihnen alles gesagt, was ich weiß. Und ich habe den Lügendetektortest bestanden."

Eine Welle der Erleichterung durchfuhr sie. „Ich dachte schon, sie würden dich festnehmen."

„Ich auch. Ich vermute, es liegt daran, dass ich keine Vorstrafen habe und Polizist bin. Sie lassen mich gehen, aber es ist noch nicht vorbei."

Sie stiegen ins Auto, und während der Fahrt strich er ihr übers Haar und massierte ihren Nacken, als wäre sie diejenige, der man den ganzen Nachmittag aufs Heftigste zugesetzt hatte. Sie wollte ihn nach der Schrift an der Höhlenwand fragen, aber sie brachte die Worte nicht über die Lippen.

„Cade, was glaubst du, wer das getan hat?"

Er schüttelte den Kopf. „Ich weiß es nicht. Ich habe mir auch schon das Gehirn zermartert. Und ich habe ihnen eine Liste aller Personen gemacht, an die ich mich erinnern kann, die wir in den letzten Jahren festgenommen haben, all derjenigen, die es auf mich abgesehen haben könnten."

„Glaubst du, du bist in Gefahr?"

„Das ist schwer zu sagen."

Sie wusste, dass das *ja* hieß.

Er wurde still, während sie weiterfuhr. Sie wünschte sich, sie könnte ihm seinen Schmerz abnehmen. „Geben sie dir deinen Wagen zurück?"

„Noch nicht. Ich denke, ich werde einen Streifenwagen fahren, bis ich ihn zurückbekomme." Er merkte, dass sie zur Polizeistation fahren wollte. „Bitte bring mich nach Hause. Ich muss etwas essen und würde gerne duschen, bevor ich wieder zur Arbeit gehe. Es war so heiß da drinnen. Man sollte wirklich meinen, die könnten sich eine bessere Klimaanlage leisten."

Als sie sein Haus erreichten, blieb sie einen Moment still im Auto sitzen. Sie wollte sich noch nicht verabschieden, nicht, solange sie noch so viele Fragen hatte. Aber wie sollte sie sie stellen?

„Komm noch mit rein. Du bist der einzige Lichtblick an diesem Tag."

Er schaffte es jedes Mal, dass sie sich fühlte, als wäre sie für ihn die wichtigste Person auf der Welt.

Sie ging mit ihm hinein und machte ein paar Sandwiches, während Cade duschte. Als er wiederkam, trug er eine Jeans und ein weißes T-Shirt mit Knopfleiste. Er war barfuß und seine Haare waren noch nass.

Cade kam an den Tresen, auf den sie das Essen gestellt hatte, und glitt auf einen Stuhl. Anstatt sich ein Sandwich zu nehmen, fasste er ihre Hand und zog sie an sich. Sein Kuss machte sie schwach und sie fühlte sich, als würde sie mit ihm verschmelzen, als würden ihre Körper und Seelen zu einer Einheit.

Sie konnte kaum atmen, als sie sich wieder voneinander lösten.

Er strich ihr die Haare aus dem Gesicht. „Ich liebe dich, Blair."

Diese Worte konnte sie nicht oft genug hören. „Ich liebe dich auch." Tränen stiegen ihr in die Augen und sie begann zu weinen. Sie wusste nicht genau warum, aber es hatte wohl etwas mit dem vereitelten Heiratsantrag, der verpassten Gelegenheit, der nie gestellten Frage zu tun.

„Was ist los?", fragte er.

Sie schüttelte den Kopf und berührte seine Lippen mit ihren Fingerspitzen. „Nichts."

„Doch", flüsterte er. „Sag es mir."

Sie atmete tief und zittrig ein. „Es gibt Gerüchte."

Er wirkte nicht überrascht. „Was für Gerüchte?"

Sie schluckte und wünschte, sie könnte die Tränen zurückhalten. „Über ... die Schrift in der Höhle. Man sagt, dass ... sie haben gesagt, du hättest das geschrieben."

Er sah ihr fest in die Augen und wischte ihr sanft die Tränen vom Gesicht. „Das liegt wohl daran, dass ich es war."

Sie stieß trotz ihrer Tränen ein Lachen aus, und er nahm ihre Hand, küsste sie, zog sie an seine Wange und hielt sie dort fest.

„Es war so ein guter Plan. Ich wollte dir den romantischsten Heiratsantrag der Welt machen, weil du ihn verdient hast. Ich hätte nie damit gerechnet, dass das Ganze so endet."

Schluchzend atmete sie ein. „Cade, es ist die Frage, auf die es ankommt, nicht die Art und Weise, wie sie gestellt wird."

Er nickte. „Ich weiß. Ich wollte es doch nur zu einem unvergesslichen Ereignis machen. Ich wollte, dass es etwas ist, was wir unseren Kindern und Enkelkindern erzählen können ... Ich wollte, dass es eine Lovestory wird und kein Kriminalroman."

„Es ist eine Lovestory. Es ist romantisch, und es ist wunderschön. Genau hier und genau jetzt."

Seine Augen wurden feucht. „Du hast recht." Er stand auf und führte sie zur Couch, setzte sich hin und zog sie auf seinen Schoß. „Blair, du bedeutest mir so unendlich viel. Ich liebe dich schon seit Jahren, ich weiß schon gar nicht mehr genau, seit wann."

Seine Worte waren beeindruckend aufrichtig, blendend in ihrer Schönheit.

„Ich kann es nicht mehr länger ertragen, dich abends allein zu lassen. Ich möchte mehr von dir. Ich möchte dich für den Rest meines Lebens jeden Tag an meiner Seite haben. Ich möchte jeden Morgen, wenn ich aufwache, dein Gesicht sehen."

Sie hatte nicht damit gerechnet, die Fassung zu verlieren, doch die Schluchzer, die sich durch ihre Kehle quetschten, schüttelten ihren ganzen Körper. Er hielt sie fest und sicher in seinen Armen.

„Ich weiß nicht, was die nächsten Tage bringen werden. Es könnte sein, dass die ganze Sache noch schlimmer wird. Ich kann mir vorstellen, dass sie mich sogar festnehmen werden. Es könnte eine sehr nervenaufreibende Zeit werden."

Blair streichelte sein Gesicht. „Wir haben schon schwierige Zeiten durchgemacht. Wir haben bereits gemeinsam Schlachten geschlagen. Gott war immer bei uns."

„Ja, das stimmt. Und ich weiß, dass Er auch jetzt bei uns ist und uns sagt, dass Er uns füreinander geschaffen hat."

„Und Er sieht uns, seine Geschöpfe, und meint es gut mit uns."

Cade nickte. „Er meint es sehr gut." Er liebkoste ihre Hand, küsste ihre Fingerspitzen. „Blair, wenn du mich heiraten willst, werde ich mich für den gesegnetsten Menschen auf dem ganzen Erdboden halten. Ich werde mein Leben damit zubringen, alles mir Mögliche zu tun, dass du dich so wertvoll fühlst, wie du es für mich bist."

Sie konnte kaum sprechen. Sie nickte und versuchte *Ja* zu sagen.

Er griff in die Schublade des Beistelltischs, der neben der Couch stand, und zog eine Auster heraus. Sie beobachtete ihn, wie er sie in seinen Fingern umdrehte. „Als wir in der Höhle waren, wollte ich dich das hier finden lassen."

Sie nahm sie in ihre zitternden Hände. „Eine Auster?"

„Mach sie auf." Sein Blick ruhte auf ihr, während sie die Schalen auseinanderzog.

Und dann sah sie ihn. Ein Verlobungsring mit einem Diamanten besetzt, der strahlend und weiß war. Das Licht brach sich in jeder Facette und er funkelte wie Cades Augen. „Oh, Cade."

Er nahm den Ring heraus und ergriff ihre Hand. „Sag, dass du mich heiratest, Blair."

Sie unterdrückte einen Schluchzer. „Ja, ich werde dich heiraten."

Als er den Ring über ihren Finger streifte, erklang eine Sinfonie in ihrem Herzen. Der Mann, nach dem sie sich so gesehnt hatte, würde ihr Ehemann werden.

Er küsste sie erneut, ein langer, inniger Kuss, der ihr zeigte, dass es wirklich Wunder gibt. Und als der Kuss schließlich endete, raunte Cade gegen ihre Lippen: „Es gäbe da allerdings eine Bedingung."

„Wie bitte?“

„Wir werden nur eine kurze Verlobungszeit haben. Ich meine, wirklich kurz. Ich gönne dir eine Hochzeit, wie sie sich kleine Mädchen erträumen ... aber ich bitte dich, sie so schnell du kannst zu planen.“

Das war eine Bitte, die Blair nur zu gerne erfüllte.

Kapitel 32

Lass mich nicht sterben.

Amelia Roarkes stilles Gebet stieg in die schwarze Nacht hinauf, aber sie befürchtete, es würde an der Decke fünf Meter über ihr hängen bleiben und könnte ebenso wenig entweichen wie sie selbst. Sie sehnte sich nach dem Morgen, wenn die ersten Lichtstrahlen die Dunkelheit etwas erträglicher machen würden und ihr Gefängnis damit ein wenig an Schrecken verlieren würde.

Sie war geschwächt ... so sehr geschwächt, dass sie ihm keinen Widerstand mehr leisten könnte, wenn er käme, um sie abzuholen. Sie hatte nichts gegessen seit ... ja, wie lange eigentlich schon nicht mehr? Zwei Tage? Oder drei? Sie hatte jegliches Zeitgefühl verloren. Und sie hatte ebenso lange nichts zu trinken bekommen. Gott sei Dank, hatte es gestern kurz geregnet, und das Regenwasser war durch die Falltür über ihr getropft. Sie hatte mit geöffnetem Mund auf dem Rücken gelegen, so verzweifelt brauchte sie etwas zu trinken.

Sie *würde* sterben, genau hier in diesem Loch. Sie würde irgendwann vor Schwäche einschlafen und nie mehr aufwachen. Falls er sie nicht vorher umbringen würde. Würde er dann einfach Erde über sie schaufeln? Würde das hier ihr Grab werden?

Warum nur hatten sie und Jamie die Unterhaltung draußen vor ihrem Fenster belauscht? Warum hatten sie an diesem Abend, als an ihre Tür geklopft wurde, geöffnet? Noch nie zuvor hatte jemand eine Waffe auf sie gerichtet, noch nie hatte sie erlebt, dass zwei Männer ihr drohten, sie umzubringen, wenn sie nicht mit ihnen zu ihrem Auto ginge.

Sie hätte das Risiko eingehen und schreien sollen. Sie hätte versuchen sollen, wegzulaufen.

Dann würde Jamie jetzt noch leben, und sie selbst könnte nach Hause zurückkehren, nicht zu irgendeiner unwirklichen leiblichen Mutter, sondern zu ihren Eltern, die sie liebten, zu den Eltern, die wahrscheinlich schon vor Sorge verrückt wurden.

Warum nur war sie losgezogen, um irgendeine Frau, die doch kaum eine Rolle in ihrem Leben gespielt hatte, zu suchen? Sie wusste, dass es ihre Eltern verletzt hatte, als sie mit der Suche begonnen hatte. Sie fürchteten, sie zu verlieren, obwohl sie ihnen versprochen hatte, dass das nicht der Fall sein würde, dass sie immer noch ihre Tochter war und es auch für immer bleiben würde.

Ihr Verschwinden hatte ihnen wahrscheinlich das Herz gebrochen. Sie waren zweifellos um ihre körperliche und seelische Gesundheit besorgt.

Und sie hatten auch allen Grund dazu.

Vermutlich suchten sie nach ihr, versuchten ihren Weg nachzuvollziehen. Sie fragte sich, ob sie wohl herausgefunden hatten, dass sie nach Cape Refuge gefahren war. Vielleicht hatten sie irgendwelche Spuren hinterlassen oder es gab Zeugen, die gesehen hatten, wie sie an jenem Abend in das Auto gestiegen waren. Aber sie bezweifelte, dass irgendeine der Gestalten, die auf dem Parkplatz herumlungerten und hinter den Zimmertüren des Flagstaff Motels lauerten, der Polizei irgendetwas sagen würde. Und selbst wenn sie es täten, wäre die Polizei dann überhaupt in der Lage, sie in diesem abgelegenen Bauernhaus weit außerhalb der Stadt aufzuspüren?

Niemand würde sie jemals finden, hier in dieser Grube, die irgendjemand in den Boden gegraben hatte, ein Erdkeller, der zu tief für einen Tornado-Schutzraum und zu feucht für einen Weinkeller war. Waren hier schon andere gefangen gehalten worden? Lagen deren Knochen in der Erde unter ihr?

Sie schloss die Augen und versuchte, die Gesichter der beiden Männer, die Jamies und ihre Hände und Füße mit Panzerklebeband gefesselt und ihre Münder zugeklebt hatten, aus ihren Gedanken zu verdrängen. Einer der beiden hatte nach Whiskey, Schweiß und Rauch gestunken. Seine fettigen Haare hatten ihm in die wild blickenden Augen gehangen, und sie hatte darin seine Erregung gesehen, als hätte die bloße Tatsache, sie entführt zu haben, ihm einen Kick gegeben, wie ihn keine Droge bewirken konnte.

Der andere sah gepflegter aus. Er war derjenige, den sie durchs Fenster hatte fluchen hören, der in barschem Flüsterton über das Temperament des anderen geschimpft hatte. „Sie war noch ein Kind, du Schwachkopf, und du hast sie umgebracht!“

„Sie hat sich gewehrt“, entgegnete der Schmierige. „Ich hatte nicht vor, es zu tun, aber ich habe die Beherrschung verloren. Und es war auch besser so. Sie hätte mich immerhin identifizieren können.“

„Ich bin derjenige, der hinter dir aufräumen musste, Mann! Ich bin fertig mit dir. Das war das letzte Mal, dass du mich in solch eine Situation gebracht hast, hast du mich verstanden?“

„Du kannst dich nicht einfach so aus dem Staub machen. Du steckst selbst viel zu tief mit drin. Wenn sie mich erwischen, bist du mit dran.“

In diesem Moment stieß Amelia ein Glas vom Tisch. Es knallte gegen die Klimaanlage unter dem Fenster.

Die Unterhaltung draußen brach ab.

Jamie wandte sich Amelia zu. „Glaubst du, sie wissen, dass wir sie gehört haben?“, flüsterte sie.

„Ich hoffe nicht. Nein, wahrscheinlich ist ihnen das nicht klar.“

„Aber sie haben jemanden *umgebracht*. Wir sollten die Polizei rufen.“

Sie hörten, wie die Zimmertür nebenan geschlossen wurde, dann hörten sie Schritte, die sich auf die Treppe zu bewegten. Nach einigen Minuten klopfte es leise an ihre Tür.

Zuerst öffneten sie nicht, doch dann sagte eine Männerstimme: „Ich bin der Manager. Ich muss mit Ihnen sprechen.“

Jamie schaute hinaus und sah, dass der Mann ordentlich und nicht bedrohlich aussah. „Das ist schon in Ordnung“, flüsterte sie Amelia zu. „Der Typ sieht okay aus.“

Amelia versuchte, sie zurückzuhalten, aber Jamie öffnete bereits die Tür.

Es war der schlimmste Fehler ihres Lebens.

Er hielt eine Pistole in der Hand, die er dann in seiner Tasche verschwinden ließ. „Ihr zwei werdet jetzt mit mir kommen. Wir werden schön langsam gehen. Wenn ihr einen Mucks macht, seid ihr tot.“

Die Männer schoben Jamie und Amelia in ein Auto und fuhren mit ihnen bis zu einer dunklen Straße. Dort fesselten sie sie an Händen und Füßen mit Panzerklebeband. Dabei fluchten sie die ganze Zeit und schrien sich gegenseitig an. Dann fuhren sie aus der Stadt heraus und hierher, wo sie sie wieder aus dem Auto zerrten. Sie schnitten das Klebeband an ihren Füßen auf, damit sie zu ihrem Gefängnis laufen konnten.

Jamie versuchte wegzurennen. Eine einzige Kugel genügte, um sie zu stoppen.

Amelia hatte keine Ahnung, warum sie sie am Leben ließen, aber offensichtlich gefiel ihrem schmierigen Entführer ihre zeitweilige Gesellschaft. Er hatte nichts davon, sie zu töten, wenn er zuerst noch ein bisschen Spaß mit ihr haben könnte, hatte er gesagt. Außerdem bereite es ihm Freude, sie sterben zu sehen. Schön langsam. Er riss das Klebeband von ihrem Mund ab, weil er ihre Schreie genoss, wie er ihr erzählte.

Seinen Komplizen hatte sie seit diesem Abend nicht mehr gesehen.

Sie fragte sich, was sie mit ihrer besten Freundin gemacht hatten, ob sie schon jemand gefunden hatte, ob Jamies Eltern bereits benachrichtigt worden waren. Was mochten ihre Mutter und ihr Vater denken? Vielleicht wusste auch Sheila Caruso inzwischen über sie Bescheid.

Oder würde ihre Leiche eine derjenigen sein, die irgendjemand in einigen Jahren finden würde, ausgetrocknete Knochen ohne Fleisch? Man würde Vermisstenanzeigen durchforsten und dann erklären, dass sie möglicherweise das seit vielen Jahren vermisste Mädchen sei ...

Sie hörte ein Geräusch über sich, sah durch die Ritzen zwischen den Latten der Falltür einen Schatten, der sich im Sonnenlicht bewegte. Er kam.

Sie drückte sich gegen die Erdwand, zog ihre Knie ans Kinn und begann zu wimmern.

Die Klappe öffnete sich und die Strickleiter wurde heruntergelassen.

„Hallo Schätzchen, ich bin wieder zu Haaauuuse." Seine Worte klangen tödlich, wie die eines Verrückten. Er kletterte die Leiter herunter, seine Taschenlampe erleuchtete die Grube.

Es gab keine Möglichkeit sich zu verstecken.

Kapitel 33

Blair hätte am liebsten eine Extraausgabe ihrer Zeitung herausgebracht, um ihre Verlobung bekannt zu geben. Dieses Ereignis musste mit Fanfaren, Trompeten und einer Parade gefeiert werden ...

Doch andererseits waren zwei Mädchen tot, ein weiteres wurde vermisst und Cade steckte in Schwierigkeiten.

Jetzt war nicht die geeignete Zeit, die Aufmerksamkeit auf sie beide zu lenken.

Sie saß in ihrem Wagen in der Einfahrt des Hanover Houses und unterdrückte den Drang, hineinzustürmen und jedem in Hörweite zuzuschreien, dass sie jetzt offiziell eine Braut war, dass ihr Prinz seinen Anspruch auf sie angemeldet hatte, dass ihre Zukunft aufregend und voller Hoffnung sein würde.

An einem normalen Tag wäre Cade mit ihr hergekommen und sie hätten alle mit einer Bekanntmachung während des Abendessens überrascht. Sie hätte ihren Ring in ihre Tasche gesteckt und erst hervorgezogen, nachdem der Hauptgang beendet und der Nachtisch aufgetragen worden wäre.

Aber Cade musste arbeiten, und so musste sie allein entscheiden, ob sie eine passende Gelegenheit abwarten und den Ring bis zu der großen Bekanntmachung verstecken oder es sofort erzählen sollte. Unterdessen war über Cades missglückten Heiratsantrag in der Grotte sowieso schon in den Abendnachrichten berichtet worden. Alle würden sich fragen, was um alles in der Welt da los war.

Sie konnte einfach nicht mehr länger damit warten.

Als sie ins Haus eintrat, war alles ruhig. Sie schaute in die Küche – sie war leer. Enttäuschung überkam sie. Dann sah sie durchs Fenster auf die hintere Veranda hinaus und entdeckte Morgan und

Jonathan, die dort draußen, ins Gespräch vertieft, saßen. Morgan strich über ihren rundlichen Bauch, während sie schaukelte.

Blair atmete tief ein, ließ die Hand in ihre Tasche gleiten und trat hinaus. „Hey, Leute."

Bei ihrem Anblick sprang Jonathan auf. „Blair, was ist mit Cade?"

„Sie haben ihn wieder gehen lassen. Er ist in der Polizeistation."

„Gott sei Dank", sagte Morgan. „Ist das mit dem Schuh wahr?"

„Ja, ist es. Jemand hat ihn in seinem Wagen platziert. Und es war Blut auf der Ladefläche von Cades Pick-up. Das wird jetzt untersucht."

„Oh Mann, das ist doch total abwegig", entgegnete Jonathan. „Cade kann so etwas jetzt nicht gebrauchen."

„Nein, das kann er wirklich nicht."

Er holte tief Luft und sah Morgan an. „Ich werde zu ihm fahren."

Morgan nickte. „Tu das, Jonathan."

Er wollte ins Haus hineingehen, doch Blair hielt ihn auf. „Warte. Ich muss euch erst noch etwas erzählen."

Morgan hörte auf zu schaukeln. „Worum geht's?"

Sie zog die Hand aus der Tasche und ein leichtes Lächeln schlich sich auf ihr Gesicht. „Cade hat mich gefragt, ob ich ihn heiraten will."

Morgan sprang aus ihrem Schaukelstuhl, stieß einen Freudenschrei aus und schlang die Arme um ihre Schwester.

Jonathan begann zu lachen. „Nachdem die Sache mit der Schrift an der Wand herausgekommen ist, hat er endlich Nägel mit Köpfen gemacht, oder?"

Blair befreite sich aus Morgans Umarmung. „Du wusstest davon?"

Sein Grinsen sprach Bände, und so wirbelte Morgan herum und schlug ihn spielerisch. „Du *wusstest* es und hast mir nichts gesagt?"

„Hey, mein bester Freund hat mich gebeten, es für mich zu behalten. Wie hätte ich da etwas sagen können?"

„Oh, ich bin ja so aufgeregt!"

Während Morgan nach Blairs Hand griff und den Ring begutachtete, begann Jonathan leise zu lachen. „Hm, ich denke, meinem alten Kumpel geht es gut, wenn er die Geistesgegenwart besessen hat, dir heute einen Heiratsantrag zu machen. Dann kann es so schlimm nicht sein." Er küsste Blair auf die Wange und umarmte sie. „Herzlichen Glückwunsch, Schwesterchen. Du bekommst einen großartigen Mann. Ich glaube, ich werde jetzt mal fahren und ihm ebenfalls gratulieren."

Als Jonathan zurück ins Haus ging, drängten sich Sadie und Sheila an ihm vorbei und stolperten mit erwartungs- und hoffnungsvollen Gesichtern auf die Veranda. „Ist irgendetwas passiert?", fragte Sadie. „Ich habe Schreie gehört. Haben sie Amelia gefunden?"

Blairs Herz sank. „Nein, Liebes, nichts dergleichen ist passiert. Ich habe nur gerade Morgan erzählt ..." Sie stockte. Vielleicht sollte sie einen geeigneteren Zeitpunkt abwarten. Sadies und Sheilas Schmerz war so tiefgehend, dass es ihr grausam erschien, von etwas anderem zu reden.

Doch Morgan erzählte es frei heraus. „Cade hat Blair gefragt, ob sie ihn heiraten will, und sie hat Ja gesagt."

Sadie atmete tief durch und sah auf den Ring hinab. Doch die Enttäuschung stand ihr deutlich ins Gesicht geschrieben. „Oh. Herzlichen Glückwunsch, Blair. Ich wusste, dass es bald so weit sein würde."

Sheila stand einfach nur neben der Tür. Ihre vom stundenlangen Weinen geschwollenen Augen füllten sich erneut mit Tränen. „Gott sei Dank, ich dachte schon, ihr hättet geschrien, weil ..." Ihre Stimme wurde immer leiser. Sie rieb sich die Stirn. „Ich freue mich wirklich für dich, Blair."

Blair schob ihre Hand wieder in die Tasche. „Sheila, Cade tut alles, was er kann. Sie werden Amelia finden. Davon bin ich überzeugt."

„Ich bin auch überzeugt davon", flüsterte Sheila. „Ich bete nur, dass sie sie lebend finden."

KAPITEL 34

Sadie wollte sich nicht länger der Verzweiflung hingeben. Am Montagmorgen war sie fest entschlossen, weiter bei der Suche nach ihrer Schwester zu helfen. Sie würde sicher keine weitere Gelegenheit bekommen, sich in Amelias Motelzimmer umzuschauen, aber trotzdem waren ihr die Hände nicht völlig gebunden. Es gab immer noch andere Quellen, von denen sie Informationen erhalten konnte. Sie machte sich früher als üblich auf den Weg ins Redaktionsbüro. Blair war noch nicht da. Sie schaltete ihren Computer an, dankbar für den Internetzugang, der bei der Suche hilfreich sein könnte.

Die Suchmaschine, die sie aufrief, fand etliche Einträge über Amelia Roarke aus Brunswick, Georgia. Sie überflog einen Familienstammbaum, den eine entfernte Verwandte erstellt hatte. Unter Bob und Lana war Amelias Name eingetragen, mit dem Wort *adoptiert* in Klammern dahinter. Nichts Brauchbares.

Dann entdeckte sie Amelias Highschooljahrbuch, klickte auf den Link und blätterte es durch, wobei sie einige flüchtige Blicke auf das Leben ihrer Schwester werfen konnte. Amelia hatte im Schulchor gesungen, bei einer Aufführung des Musicals *Li'l Abner* mitgewirkt und die Hauptrolle im Theaterstück *Our Town* gespielt.

Und sie war im Reserve Officers' Trainings Corps[5]. Sadie fand ein Foto von ihr, das sie in ihrer Uniform in Habtachtstellung mit ungefähr zwanzig anderen zeigte. Das war ja interessant. Sadie hätte niemals erwartet, dass sich ein so zierliches und hübsches Mädchen für so einen harten Job interessierte.

Sie scrollte weiter durch die Seiten, auf denen Amelia erwähnt

5 Ein Ausbildungsprogramm der US-Streitkräfte an Colleges und Universitäten zur Rekrutierung und Ausbildung von Offizieren. (Anmerkung der Übersetzer)

wurde. Als sie zur Seite des Journalisten-Clubs kam, entdeckte sie, dass Amelia bei einer Zeitung arbeitete. In ihrem letzten Schuljahr hatte sie einen Journalismus-Preis gewonnen.

Also hatten sie noch mehr Gemeinsamkeiten außer ihrem Aussehen.

Das Telefon klingelte, aber Sadie versuchte, es zu ignorieren und scrollte weiter. Doch beim dritten Läuten warf sie einen Blick auf die Nummer im Display. Es war jemand von der Polizeistation, deshalb hob sie schnell ab, bevor sich die Voicemail einschaltete. „Cape Refuge Journal."

„Hey, Sadie. Scott hier. Ich wollte mal hören, wie es dir geht. Alles okay bei dir?"

Sie seufzte. „Ja, mir geht es gut. Habt ihr irgendetwas Neues herausgefunden?"

„Noch nicht, aber sie sichten immer noch das Beweismaterial aus dem Motelzimmer, untersuchen es auf Fasern, Fingerabdrücke und solche Sachen. Und sie haben Telefonlisten sowie Videobänder aus den Geschäften, in denen sie gesehen wurden, bekommen. Es gibt viele Informationen, die ausgewertet werden müssen."

„Ich habe mir gedacht, ich versuche es mal mit einer Internetrecherche. Und ich habe Amelias Highschooljahrbuch im Internet gefunden."

„Das ist gut. Aus solchen Sachen kann man jede Menge Infos erhalten."

Während er sprach, scrollte sie weiter durch die Seiten und suchte nach weiteren Bildern von Amelia oder Jamie.

„Ich könnte gleich vorbeikommen und dir helfen, wenn du möchtest. Ich habe jetzt Feierabend."

Sie verweilte einen Augenblick bei einem Bild der beiden Mädchen, das vermutlich bei einem Footballspiel aufgenommen worden war. Sie hatten sich das Maskottchen ihrer Schule auf ihre Gesichter gemalt.

„Sadie?“

„Ähm, ja. Okay, ich werde wahrscheinlich hier sein.“

Sie legte den Telefonhörer wieder auf die Gabel und studierte das Bild genauer. Sie sahen so jung aus, so unbedarft ...

Wer hätte sich vorstellen können, was mit Jamie passieren würde? Sadies Augen füllten sich mit Tränen, und auf einmal konnte sie nicht mehr weitermachen.

Gott, bitte rette Amelia.

Sie hörte, dass ein Auto draußen auf den Parkplatz fuhr und wie die Autotür geschlossen wurde. Schnell wischte sie sich über die Augen.

Die Tür öffnete sich und ihr Freund Matt Frazier lugte herein. „Sadie?“

„Hey, Matt. Was machst du denn hier?“

Er wirkte etwas verlegen. „Ich war beim Hanover House und dort sagte man mir, du seist hier. Ich bin gekommen, um nachzusehen, wie es dir geht, nach all dem, was passiert ist. Ich habe gehört, dass das vermisste Mädchen mit dir verwandt ist.“

„Ja. Neuigkeiten verbreiten sich offensichtlich sehr schnell. Dabei haben wir noch nicht einmal eine Sonderausgabe herausgegeben, seitdem Cade die Leiche gefunden hat.“

Er trat ein und setzte sich auf den Stuhl neben ihrem Schreibtisch. „Sind sie bei der Suche nach ihr bereits weitergekommen?“

„Tja, sie haben inzwischen ihr Motelzimmer durchsucht. Aber ich weiß nicht, ob das etwas gebracht hat. Ich weiß nur, dass sie bei Marcus Gibson zu Hause angerufen hat. Sie haben ihn wieder festgenommen, aber der Richter hat ihn schon einmal freigelassen, also weiß ich nicht, was diesmal passieren wird.“

„Du musst verrückt werden vor Sorge.“

„Allerdings. Meine Mutter ist bereits völlig fertig.“ Ihre Kehle schien sich zuzuschnüren, als ihr wieder Tränen in die Augen schossen.

Matt schien noch etwas anderes sagen zu wollen, hatte sich aber offensichtlich noch nicht dazu durchgerungen, es auch zu tun. „Ich habe dich neulich abends beim Beach Bums gesehen."

Das war es also. „Ja, ich habe dich auch gesehen. Aber du bist gleich wieder weggegangen. Warum hast du mich nicht angesprochen?"

„Ich wollte mich nicht dazwischendrängen. Es sah so aus, als würdest du dich prima amüsieren." Seine Stimme klang ein wenig schwermütig.

Sadie wusste nicht so recht, was sie sagen sollte. Die Tatsache, dass er wegen ihrer Verabredung mit Scott traurig war, schmeichelte ihr. Vielleicht machte er sich mehr aus ihr, als sie gedacht hatte.

Er beugte sich vor, stützte die Ellenbogen auf seine Knie und legte die Hände zusammen. „Du gehst also mit Scott Crown aus?"

„Nein. Es war nur das eine Mal. Wir sind nicht offiziell ein Paar oder so etwas."

Der Schmerz in seinen Augen tat ihr im Herzen weh. War sein Interesse an ihr eher brüderlicher Art oder hatte er tiefer gehende Gefühle für sie?

Er sah sie durch seine Brille an. „Magst du diesen Kerl?"

„Wen? Scott? Ja, er ist ganz nett. Kennst du ihn?"

Er lachte auf. „Ja, er war in meiner Abschlussklasse. Ich kenne ihn ein bisschen zu gut. Deshalb war ich überrascht, dich mit ihm zusammen zu sehen. Er scheint nicht dein Typ zu sein."

„Ich wusste gar nicht, dass ich auf einen bestimmten Typ festgelegt bin. Was ist denn nicht in Ordnung mit ihm?"

„Er ist nur ... nicht gerade der aufrichtigste Mensch auf der ganzen Erde. Und er hat ein ziemlich starkes Ego. Er kann ein richtiger Dreckskerl sein." Er richtete sich wieder ein wenig auf und stützte seine Ellenbogen auf ihrem Schreibtisch ab. „Ich möchte nur, dass du vorsichtig bist. Du verdienst jemanden, der dich wie eine Prinzessin behandelt."

Ihre Blicke trafen sich und sie sah die Sehnsucht in seinen Augen. Plötzlich war ihr klar, dass er nicht gekommen war, um ihr einen brüderlichen Rat zu geben. Ein sanftes Lächeln umspielte ihre Lippen. „Hast du dabei an jemand Bestimmtes gedacht?"

Nun lächelte er auch, sah hinunter auf seine Hände und versuchte, eine Schwiele wegzureiben. „Weißt du, ich wollte dich schon seit einiger Zeit fragen, ob du mit mir ausgehst. Aber die Sache mit dem Altersunterschied hat mich etwas gestört."

„Wir sind nicht so weit auseinander, Matt. Zwei Jahre vielleicht. Ich bin achtzehn."

„Ja, aber ich bin auf dem College und du gehst noch zur Highschool."

Er hatte schöne Augen. Und die Brille verlieh ihm einen attraktiven Hauch von Intelligenz.

„Ich dachte, es wäre angebracht, noch zu warten." Er zuckte mit den Schultern. „Bis du deinen Abschluss hast."

„Noch ein ganzes Jahr?"

„Ich dachte die ganze Zeit, es sei besser so." Er lachte leise. „Aber als ich dich mit Scott sah, wurde mir klar, dass du alt genug bist, um dich auch mit jemandem außerhalb der Highschool zu verabreden, und wenn ich es nicht täte, würde es wohl ein anderer tun. Jetzt ist es vermutlich zu spät."

„Ich habe ihn nicht geheiratet, Matt. Ich habe lediglich einen Burger mit ihm gegessen."

Ihre Blicke trafen sich. „Dann könntest du dir also vorstellen, mit mir auszugehen?"

„Natürlich könnte ich mir das vorstellen. Wenn das alles hier vorbei ist und meine Schwester gefunden wurde ..."

Die Hoffnung in seinem Gesichtsausdruck verschwand, als würde er ihre Worte als Zurückweisung interpretieren. „Ich hätte gar nicht davon anfangen sollen, bei all dem, was gerade los ist. Ich bin auch wirklich nicht deshalb hierhergekommen.

Ich habe mir Sorgen um dich gemacht und wollte wissen, ob es dir gut geht."

„Das weiß ich zu schätzen. Und ich meinte es ernst. Wenn das alles hier vorbei ist, möchte ich mit dir ausgehen. Ich habe sogar gehofft, dass du mich fragen würdest."

Ein schwaches Grinsen schlich sich auf sein Gesicht. „Hast du das wirklich gehofft?"

„Ja. Wieso überrascht dich das?"

„Ich weiß es nicht." Er lehnte sich zurück, sah an die Decke und atmete tief ein. „Also abgemacht. Wenn das alles vorbei ist, rufe ich dich an und wir gehen aus."

„Abgemacht."

„Gut." Er lächelte sie an und sie wünschte, sie könnte einfach alles stehen und liegen lassen und jetzt sofort eine Cola mit ihm trinken gehen. Aber sie musste Amelia finden.

„Ich habe nur gerade ... ganz andere Sachen im Kopf. Ich bemühe mich so sehr, Amelia zu finden oder herauszubekommen, was mit ihr passiert sein könnte."

„Das kann ich mir vorstellen. Ich bin genauso, ich versuche auch immer, mich um meine Verwandtschaft zu kümmern. Das ist aber nicht immer so eine gute Idee, weißt du. Manchmal gerät es außer Kontrolle. Man kann verletzt werden oder in Schwierigkeiten geraten."

„Ich weiß. Ich bin schon gewarnt worden. Aber ich bin vorsichtig."

„Das hoffe ich auch. Man kann nie wissen, mit wem man es zu tun bekommt. Und du bist irgendwie so ... na ja ... so unschuldig. Ich fände es schrecklich, wenn dir etwas passieren würde."

Es überraschte sie, dass er so über sie dachte – bei ihrer Vergangenheit. Die Mitschüler, die hinter ihrem Rücken über sie redeten, dachten sicher alles Mögliche über sie, hielten sie aber ganz bestimmt nicht für *unschuldig*.

Sie hörte ein Auto in die Einfahrt einbiegen und stand auf, um aus dem Fenster zu sehen. Scott Crown stieg gerade aus.

Auch Matt stand auf und erblickte ihn. „Was macht *der* denn hier?"

„Ich glaube, er ist gekommen, um mir zu helfen."

Die Tür öffnete sich und Scott trat ein. Er schien überrascht zu sein, Matt zu sehen. „Hi. Ich hoffe, ich störe nicht."

„Nein, natürlich nicht. Scott, du kennst doch meinen Freund Matt Frazier, nicht wahr?"

„Ja. Wie geht's, Matt?"

Sie gaben sich kühl die Hand. „Gut. Und selbst?"

„Ganz gut." Scott schaute Sadie an, und sie spürte, dass ihm die Situation genauso wenig gefiel wie Matt.

„Ich wollte ohnehin gerade gehen." Matt ging zur Tür. „Sag Bescheid, falls ich irgendetwas tun kann, Sadie. Ich melde mich später noch mal bei dir."

„Okay, Matt. Danke fürs Vorbeischauen."

Ohne ein weiteres Wort an Scott zu verlieren, ging er hinaus. Scott wartete, bis die Tür hinter ihm zu war, und wandte sich ihr dann wieder zu. „Was hat dieser Kerl hier gemacht?"

„Er ist ein guter Freund von mir. Er wollte nur mal nach mir sehen."

„Du brauchst bessere Freunde." Er ließ sich auf den Stuhl fallen, den Matt soeben geräumt hatte. „Also, hast du schon etwas herausgefunden?"

„Noch nicht. Ich bin gerade damit fertig geworden, ihr Jahrbuch durchzublättern." Sie ging zurück zur Suchmaschine und wählte den nächsten Eintrag über Amelia aus.

Scott zog seinen Stuhl herüber, um neben ihr sitzen zu können. „Sieh mal, es ist ein Blog."

„Ein Blog? Eins von diesen Online-Tagebüchern?"

„Ja. Ich konnte noch nie verstehen, wieso jemand seine privaten Sachen auf einer Website postet, sodass es alle Welt lesen kann."

Sadie klickte auf den Link, und Amelias Tagebuch wurde aufgerufen. Es sah so aus, als führte sie es schon seit ein paar Jahren. „Ich werde die ganze Nacht brauchen, um das alles zu lesen. Ich drucke es mir aus, damit ich es mit nach Hause nehmen kann."

„Gute Idee."

Sie klickte auf *Drucken* und überflog jede Seite, die aus dem Drucker kam. Amelias Blog enthielt lauter alltägliche Sachen, Geschwafel über ihre Lehrer und die Herausforderungen an der Schule. Trotzdem faszinierte es sie. Es war wie ein flüchtiger Blick in die Person hinein, die genetisch am nächsten mit ihr verwandt war, eine Person, die sie auf andere Weise vielleicht nie kennenlernen würde.

„Ich habe solche Angst, dass sie tot ist." Ihr Flüstern blieb ihr in der Kehle stecken.

Scott schüttelte den Kopf. „Mein Bauchgefühl sagt mir, dass sie nicht tot ist."

Sadie war dankbar für seine Worte, obwohl es nicht unbedingt richtig sein musste. „Manchmal stimmt es, was einem das Bauchgefühl sagt."

„Ja, das tut es. Es war mein Bauchgefühl, das mich veranlasst hat, in das Boot zu schauen, in dem Emily lag."

Das Blog war fertig ausgedruckt, also nahm sie die restlichen Blätter aus dem Drucker. Es waren fünfundsiebzig Seiten oder sogar noch mehr.

„Ich weiß, wie du das Ganze abkürzen kannst." Während er sprach, markierte er auf dem Computer den Text von Amelias Blog, kopierte ihn, öffnete Sadies Textverarbeitungsprogramm und fügte ihn dort ein. „Jetzt kannst du nach dem Ausdruck *leibliche Mutter* suchen und findest ganz schnell heraus, was sie über sie geschrieben hat."

Auf diese Idee wäre Sadie gar nicht gekommen. Fasziniert schaute sie auf den Bildschirm, als die Suchfunktion sie zu einem Eintrag führte, den Amelia erst letzten Monat gepostet hatte.

Es ist nicht etwa so, dass ich meine Eltern nicht lieben würde. Das tue ich wirklich. Sie haben mich total verwöhnt und sie bedeuten mir alles. Aber manchmal muss ein Mädchen eben einfach wissen, woher es kommt. Ich habe eine leibliche Mutter irgendwo da draußen, die mir möglicherweise ähnlich sieht. Vielleicht hat sie an mich gedacht, seit sie mich weggegeben hat, hat sich gefragt, wo ich bin, und dafür gebetet, dass wir uns eines Tages treffen. Und ich überlege, ob sie vielleicht noch mehr Kinder hat – Brüder und Schwestern von mir. Wie cool wäre es, andere zu treffen, die aussehen wie ich – die die gleichen Augen, die gleichen Haare, die gleiche Handform haben.

Ich weiß, dass Geschwister nicht immer gleich aussehen, vor allem dann nicht, wenn es Halbgeschwister sind. Aber es macht Spaß, darüber nachzudenken. Manchmal stelle ich mir eine große Familie vor, die rund um einen Tisch sitzt, auf dem auch ein Gedeck für mich steht, weil ohne mich in dieser Familie jemand fehlt.

Ich weiß, dass das alles wahrscheinlich überhaupt nicht so ist. Meine leibliche Mutter hat es möglicherweise geheim gehalten, hat keiner Menschenseele etwas von mir erzählt, vor allem keinem ihrer anderen Kinder. Also gäbe es dann auch keine Lücke. Sie hat womöglich alles darangesetzt, mich zu vergessen. Aber wenn ich plötzlich auftauchen würde, würde sie sich vielleicht trotzdem freuen.

Sadie konnte die Tränen, die ihr in die Augen traten, nicht zurückhalten. Sie presste ihre Lippen aufeinander und biss sich in die Wange. Als sie zum nächsten Eintrag scrollte, fand sie weitere Gedanken über ihre Mutter. „Ich frage mich, ob das der Polizei irgendwie von Nutzen sein könnte.“

Scott nickte. „Ich habe mir gerade überlegt, dass ich meinen Onkel Joe darauf aufmerksam machen sollte. Es ist echt verrückt, solche Sachen auf einer frei zugänglichen Website zu veröffentlichen. Kriminelle könnten solche Informationen nutzen. Vielleicht hat es bereits jemand getan, und das ist der Grund, weshalb sie vermisst wird. Wenn sie auch darüber berichtet hat, wann und wo sie nach ihrer Mutter suchen wird, hätte jemand sie mit irgendetwas ködern und ihr dann auflauern können. Vielleicht gibt es E-Mails von jemandem. Das könnten wichtige Hinweise sein.“

„Sie haben den Laptop aus ihrem Zimmer beschlagnahmt. Ich bin mir sicher, dass sie die Daten darauf überprüfen werden.“ Sie seufzte. „Ich frage mich, ob ich das meiner Mutter zeigen soll.“

„Wie geht es ihr?“

„Sie ist die ganze Zeit in ihrem Zimmer und weint sich die Augen aus. Ich kann nur erahnen, wie sie sich fühlt.“

„Wie alt war deine Mutter, als sie Amelia bekommen hat?“

„Fünfzehn. Und als sie sechzehn war, wurde ich geboren.“

„Nichts draus gelernt, was?“

Dieser Seitenhieb gegen ihre Mutter gefiel Sadie überhaupt nicht. „Kann man vermutlich so sagen.“

„Weißt du eigentlich, dass wir eine Menge gemeinsam haben, du und ich?“

Sadie runzelte die Stirn. „Wie meinst du das?“

„Ich meine, dass ich auch das Ergebnis einer Teenagerschwangerschaft bin.“

„Wirklich? Wie alt war deine Mutter?“

„Ein bisschen älter als deine. Ungefähr siebzehn.“

„Hat sie jemals geheiratet?“

„Dreimal.“ Sein Gesicht verhärtete sich. „Die gemeinsten Mistkerle, die du dir überhaupt vorstellen kannst. Meine Mutter hatte echt ein Talent dafür, solche Männer anzuziehen. Sie war machtlos gegen diese Typen."

„Bei meiner war es genauso."

Er schloss das Blog und ging zu Google zurück. „Nun, was denkst du, wer von euch beiden hatte es besser? Du oder deine Schwester?"

Sie sah auf den Bildschirm, auf dem die Trefferliste zu Amelias Namen wieder erschien. „Wie könnte ich das mit Sicherheit wissen?"

„Na ja, hattest du ein gutes Leben?"

Sie wollte nicht schlecht über ihre Mutter reden. Sie liebte sie. Aber die Wahrheit war doch, dass sie nicht gerade eine besonders glückliche Kindheit gehabt hatte. Sie war im Gegenteil schwierig und gefährlich und aufreibend gewesen.

Scott bemerkte ihr Zögern. „Du musst nicht antworten. Ich kann dir aber sagen, dass meins nicht gut war. Ich hätte es viel besser gehabt, wenn meine Mutter mich zur Adoption freigegeben hätte, anstatt mich wie einen Klotz am Bein herumzuschleifen, während sie immer zwei Jobs gleichzeitig hatte, um überhaupt etwas zu essen auf den Tisch bringen zu können. Und ihr Leben wäre dann ebenfalls einfacher gewesen."

„Vielleicht vom finanziellen Standpunkt aus gesehen. Aber ich weiß, dass das Leben meiner Mutter ohne mich nicht besser verlaufen wäre. Sie liebt mich. Und ich bin mir sicher, dass deine dich auch liebt."

Er antwortete nicht.

„Glaubst du nicht, dass deine Mutter dich geliebt hat?"

Er hörte auf zu tippen und blickte zur Decke, als müsste er darüber nachdenken. „Ob sie mich geliebt hat oder nicht, macht für mich kaum einen Unterschied. Es ändert nichts an meinem Leben."

„Natürlich tut es das. Sie hat dich genug geliebt, um dich zu behalten, obwohl das ihre Lage noch verschlechterte. Ich meine, was wäre, wenn sie die andere Alternative gewählt hätte? Was, wenn sie dich abgetrieben hätte?"

Er seufzte und sah ihr in die Augen. „Das ist etwas, was ich nicht verstehe. Abtreibung."

Sadie stimmte ihm zu. „Ja, das verstehe ich auch nicht."

„Ich war immer der Meinung, dass man anstelle der Babys die Mütter töten sollte."

Ihr stockte der Atem. Meinte er das ernst?

Er begann wieder zu tippen, dann grinste er. „Sieh mal, hier habe ich was." Er drückte ein paar Tasten und eine Datenbank öffnete sich.

„Was ist das?"

„Das Führerscheinverzeichnis."

„Wie bist du daran gekommen?"

„Ich benutze das auf der Polizeistation ständig", antwortete er.

„Ja schon, aber das ist die Datenbank der Polizei. Du kannst dich doch nicht einfach von hier aus einloggen."

Er grinste und lachte unterdrückt. „Das glauben auch nur die." Während er sprach, flogen seine Finger über die Tasten und schließlich erschien die Fahrerlaubnis von Amelia Roarke.

Sadie beugte sich vor und studierte das Bild des Mädchens, das ihr so ähnlich sah, eingehend. Amelia hatte sich an dem Tag, an dem sie ihren Führerschein bekommen hatte, wahrscheinlich besonders hübsch gemacht, hatte sich Locken gewickelt und ihr Make-up perfekt aufgetragen, als ginge sie zu einem Fotoshooting, anstatt sich bei der Kraftfahrzeugbehörde in einer Schlange anzustellen. Sie lächelte so, dass alle Zähne zu sehen waren, es machte den Eindruck, als kicherte sie tief in ihrem Innern vor Freude darüber, den Führerschein bestanden zu haben.

Sadie erinnerte sich, ebenfalls diesen Taumel verspürt zu haben, auch wenn sie ihren Führerschein erst letztes Jahr gemacht hatte. Morgan und Jonathan hatten ihr das Fahren beigebracht und sie selbst zur Führerscheinstelle begleitet. Doch sie hatte sich an diesem Tag auch so schwummerig gefühlt.

Die persönlichen Angaben ihrer Schwester besagten, dass sie blond und blauäugig, 1,65 Meter groß und 54 kg schwer war sowie volle Sehkraft hatte. Außerdem hatte sie einen Organspendeausweis.

Schon wieder kamen ihr die Tränen. Scott blickte überrascht zu ihr herüber.

„Hey, was ist los?"

Sie legte die Hand auf den Mund und schüttelte den Kopf. „Nichts. Kann ich mir das ausdrucken?"

„Natürlich. Aber verrate bitte nicht, woher du das hast. Am besten zeigst du es niemandem. Ich möchte nicht, dass irgendjemand weiß, dass ich das kann. Ich könnte sonst mächtig Ärger bekommen."

Sie wartete, bis es fertig gedruckt war, dann nahm sie das Blatt aus dem Drucker und starrte darauf hinab.

„Bist du sicher, dass mit dir alles okay ist?"

„Ja, alles gut. Es hat mich nur plötzlich so überwältigt."

„Was? Dass sie deine Schwester ist?"

Auf einmal wollte sie einfach nur allein sein. Mit einem Blick auf ihre Uhr sagte sie: „Meine Güte, sieh mal, wie spät es schon ist. Ich muss jetzt wirklich los und nach meiner Mutter sehen." Sie stand auf und sah zu ihm hinab. „Trotzdem vielen Dank, dass du vorbeigekommen bist. Du warst mir eine große Hilfe."

„Ich bleibe an der Sache dran, Sadie." Er stand auf und steckte die Hände in die Hosentaschen. In seinem Gesicht konnte sie Mitgefühl erkennen. Matt hatte ein falsches Bild von ihm, überlegte sie. Er war aufrichtig.

Zu jeder anderen Zeit wäre sie von seiner Aufmerksamkeit geschmeichelt gewesen, ja sogar aufgeregt, dass er Zeit mit ihr verbringen wollte. Aber jetzt war der falsche Zeitpunkt dafür. Sie hatte wichtige Dinge zu erledigen, und an ihrem Liebesleben zu arbeiten, gehörte definitiv nicht dazu.

„Gut, ich denke, wir sehen uns später noch, okay?“

„Okay“, sagte er. „Rufst du mich an, wenn du mich brauchst? Ich habe noch ein paar andere Tricks auf Lager. Und ich werde sie gerne vorführen, wenn der Preis stimmt.“

Sie würde besser nicht nachfragen, was der Preis sein sollte, doch als sie ihn irritiert ansah, lachte er. „Ich meinte das Vergnügen, deine Begleitung bei einem Milkshake oder so etwas genießen zu dürfen.“

Sadie lächelte. „Wenn das hier vorbei ist, machen wir das mal.“

Nachdem er gegangen war, schloss sie ab und machte sich, um die Insel herumgehend, auf den Weg zum Hanover House. Im Gehen überlegte sie, was sie als Nächstes tun sollte.

Kapitel 35

Sheila hatte sich immer noch in ihrem Zimmer vergraben, als Sadie nach Hause kam. Also klopfte sie an und öffnete die Tür. Ihre Mutter saß zusammengekauert in einem Sessel, umarmte ihre Knie und sah aus dem Fenster. „Hey, Mom. Ich wollte nur mal nachsehen, ob du etwas brauchst."

Die Augen ihrer Mutter waren geschwollen und gerötet und ihre Nase leuchtete purpurrot. Sie streckte den Arm aus. „Komm her, Liebling."

Sadie trat zu ihr und setzte sich auf die Armlehne des Sessels.

„Es tut mir leid, dass ich so aufgelöst bin. Das hat mich selbst überrascht. Ich habe so lange Zeit nicht einmal mehr an sie gedacht. Man sollte meinen, dass mich das Ganze kalt lassen würde."

Sadie schaute sie nur wortlos an.

„Enttäuscht dich das, Liebling? Dass ich nicht jeden Tag, jede Stunde an sie gedacht habe? Das habe ich das erste Jahr lang getan, weißt du, bevor ich dich bekommen habe. Und dann war es fast so, als hättest du sie ersetzt – als wärest du sie. Das kleine Baby, das ich nur einmal gehalten habe und dann aufgeben musste, war zurück in meinen Armen, und ich habe mir selbst vorgegaukelt, du wärest derselbe kleine Mensch."

Es war nicht gerade das, was Sadie zu hören erwartet hatte, und doch klang es authentisch.

„Hat das für dich funktioniert, Mom?"

„Manchmal. Meistens. Aber dann gab es auch Zeiten, wo es mich runtergezogen hat und ich an den Schmerz dachte, den ich an diesem Tag durchgemacht habe, an all die Qual, die dieser Entscheidung vorausging, und dann habe ich mir vorgestellt, wo sie ist und was sie gerade macht. Ich habe mir gesagt, dass irgendein reicher Milliardär sie adoptiert hat und sie nach Paris reist, die schönsten Kleider trägt, Diener hat, die alles tun, was sie sagt, und an ihren Geburtstagen Ponys und Autos geschenkt bekommt. Ich habe mir eingeredet, dass es ihr dort viel besser geht."

„Sie hatte liebe Eltern, Mom. Es ging ihr wirklich gut."

„Und dann gab es Zeiten, in denen ich ganz unten war. Dann habe ich da gesessen und gedacht, wie glücklich das kleine Mädchen sein konnte, dass nicht ich es war, die sie aufzog. Ich habe mich im Spiegel betrachtet und die Blässe und die Ringe unter meinen Augen gesehen, die von einem Kater stammten oder davon, dass ich vier Tage lang ununterbrochen high war, und dann warst du es, die mir leidgetan hat. Sie war von euch beiden diejenige, die es besser hatte."

Sadies Kehle zog sich zusammen. „Das ist nicht wahr, Mom."

„Du bist so lieb", sagte Sheila mit zitternden Lippen. „Du nimmst mich immer in Schutz. Jesus lebt wirklich in dir. All diese Vergebungsbereitschaft, all diese Liebe." Sie stand auf und ging zum Fenster, dann drehte sie sich mit Tränen in den Augen um. „Er wohnt jetzt auch in mir, Liebling. Ich habe gestern Buße getan. Ich habe getan, was du gesagt hast, ich habe mein Leben Jesus übergeben. Ich habe Ihn gebeten, mich zu retten, und ich weiß, dass Er es getan hat."

Sadie stockte der Atem.

Das Gesicht ihrer Mutter verzog sich, als die Emotionen sie überwältigten. Sie zog Sadie in ihre Arme. „Tiefer Frieden hat mich erfüllt, Liebling, und ich habe mich zum ersten Mal rein gefühlt. Ich weiß, dass Er den Kreislauf des Fluchs durchbrochen hat, der meine Kinder wegen meiner Sünden belastete. Jetzt kann ich für ihre Bewahrung beten. Vielleicht wird Gott uns ein Wunder schenken, wenn es nicht schon zu spät ist."

Sadie weinte mit ihrer Mutter, ihre Dankbarkeit war genauso groß wie ihre Verzweiflung. „Es ist nicht zu spät, Mom. Sie ist nicht tot. Ich weiß genau, dass sie nicht tot ist."

„Wie kannst du das wissen?“

Sie überlegte, ihr von Scott Crowns Bauchgefühl zu erzählen, doch dann wurde ihr klar, dass sie es selbst auch hatte. „Ich fühle es.“ Sie ließ ihre Mutter los und schaute aus dem Fenster, hinaus ins Sonnenlicht. „Es ist einfach so ein inneres Gefühl, Mom. Ich glaube nicht, dass sie tot ist.“

„Liebling, wir sind vor solchen Tragödien nicht gefeit, nur weil wir Christen sind.“

Sie konnte nicht glauben, dass ihre Mutter meinte, ihr diese Worte sagen zu müssen. „Ich kenne mich mit Tragödien aus, Mom. Glaubst du wirklich, ich wüsste das nicht?“

Sheila trat hinter sie und legte die Hände auf ihre Schultern. „Ich weiß, dass du das weißt. Vielleicht musste ich es nur für mich selbst sagen. Ich versuche jetzt, die Dinge in einem neuen Licht zu sehen, Liebling. Ich versuche, Gott zu vertrauen, egal, was Er tut. Mein altes Ich hätte geschimpft und getobt, und wäre in eine Bar gerannt, um die Sorgen zu ertränken.“

Sadie drehte sich um. „Dein altes Ich. Aber du hast jetzt ein neues Leben, Mom.“

Sheila nickte. „Ich vermute, das gehört auch zu dem, was die Errettung bewirkt. Sie zeigt dir, dass du nichts anderes tun kannst, als den Schmerz durchzustehen. Du musst ihn fühlen, jeden einzelnen Stich, denn wenn du ihn betäubst, wartet er so lange auf dich und überfällt dich, sobald du wieder zur Besinnung kommst. Den Schmerz zu akzeptieren ist unsere einzige Hoffnung, heil daraus hervorzugehen.“

Sie lächelte schwach. „Mach dir keine Sorgen, Liebling. Ich werde nicht wieder zur Flasche oder zur Nadel greifen, oder Cannabis rauchen. Diejenige, die das getan hätte, ist tot. Und da das so ist, kann ich jetzt tun, was eine gute Mutter tun würde. Ich kann für meine Tochter beten.“

„Das ist das *Einzige*, was du tun kannst, Mom. Und es ist das Allerwichtigste.“

„Das Problem ist, dass ich sie nicht gut genug kenne, um zu wissen, wie ich für sie beten soll. Ich weiß rein gar nichts über sie."

„Aber ich." Sie griff in ihre Tasche und zog den Stapel mit den ausgedruckten Seiten von Amelias Blog heraus. „Sieh mal, was ich heute entdeckt habe. Es ist ihr Tagebuch. Sie hat es im Internet als Blog gepostet. Ich habe es ausgedruckt. Wir können es jetzt lesen, Mom, und so alles Mögliche über sie herausfinden."

Sheila griff nach den ersten paar Blättern, setzte sich auf ihr Bett und begann, die Seiten zu überfliegen. „Das ist von ihr? Sie hat das geschrieben?"

„Ja, genau."

„Wir müssen es unbedingt lesen, Liebling. Es könnte Hinweise enthalten. Hier, du nimmst diesen Teil und ich nehme den hier."

Sadie kam der Aufforderung nach. Sie hätte es wirklich lieber alleine gelesen, gemütlich zusammengerollt auf ihrem Bett, aber ihre Mutter brauchte das jetzt. Also nahm sie ihren Teil, legte sich neben ihre Mutter auf deren Bett und begann, an der ihr zugewiesenen Stelle in der Mitte des Tagebuchs zu lesen.

Nach einigen Seiten mit alltäglichem Inhalt beschloss Sadie, zum Ende vorzublättern. Sie nahm sich einen der letzten Einträge vor, und ihr stockte fast der Atem, als sie sah, dass er vom zweiten Juni war – dem Tag, an dem Amelia verschwunden war.

Sadie wollte es gerade ihrer Mutter zeigen, doch irgendetwas sagte ihr, dass sie es so lange für sich behalten sollte, bis sie wusste, ob sie damit etwas anfangen konnten.

Ich weiß nicht, warum ich mir das Ganze so einfach vorgestellt habe. Ich habe mir immer ausgemalt, wie ich in die Stadt fahre, ihre Adresse aus dem Telefonbuch heraussuche und an ihre Tür klopfe. Aber so einfach war es nicht. Nachdem ich erfahren hatte, dass Sheila Caruso aus dem Gefängnis entlassen worden war, war es ganz schön mühsam, sie ausfindig zu machen. Und jetzt, wo ich weiß, dass sie in Cape Refuge lebt, bin ich mir nicht sicher, ob mir dieses Wissen überhaupt weiterhilft. Ich habe vor, in einigen Läden der Haupteinkaufsstraße anzufangen und nachzufragen, ob irgendjemand dort schon mal von ihr gehört hat. Solange müssen wir in diesem heruntergekommenen Motelzimmer mit toten Kakerlaken überall auf dem Boden schlafen. Die Kundschaft hier gehört eher zum Rand der Gesellschaft. Es ist sogar gut möglich, dass in einigen Zimmern illegale Machenschaften vor sich gehen. Aber wir konnten uns nichts Besseres leisten. Außerdem, selbst wenn wir es könnten, scheint alles ausgebucht zu sein.

Der Kerl nebenan hat seine Musik viel zu laut aufgedreht. Aber ich traue mich nicht, an die Wand zu klopfen und ihn zu bitten, sie leiser zu stellen, aus Angst, er könnte durch die Wand kommen und mich erschießen oder so etwas in der Art.

Sadie runzelte die Stirn. Hatte die Polizei überprüft, wer im Zimmer nebenan gewohnt hatte?

Die Klimaanlage ist kaputt und es ist heiß hier drin. Vielleicht öffnen wir ein Fenster und lassen den Gestank heraus, wenn wir wieder zurück sind. In der Zwischenzeit ziehen wir los und schauen mal, was wir herausfinden können. Ich wünsche mir beinahe, ich wäre nie hierhergekommen. Es muss doch eine einfachere Möglichkeit geben, das hier zu tun.

Sie ließ das letzte Blatt fallen und hob es schnell wieder auf.

„Hast du schon etwas gefunden, Liebling?"

„Noch nicht." Sadie war noch nicht bereit, ihrer Mutter den Inhalt mitzuteilen. Sie wollte den Eintrag erst zu Ende lesen, bevor ihr die Seiten weggenommen wurden.

Wir sind wieder zurück. Ich habe die Information erhalten, die ich gesucht habe. Diese freundliche Dame im Antiquitätenladen hat mir erzählt, dass meine Mutter an einem Ort namens Hanover House wohnt. Und sie hat mir beschrieben, wo es ist. Doch als sie dann erzählt hat, dass sie dort mit ihrer Tochter und ihrem Sohn lebt, habe ich auf einmal kalte Füße bekommen. Ich habe mich gefragt, was sie wohl denken werden, wenn ich auf einmal auf der Matte stehe und ihnen erzähle, dass ich ihre lange verloren geglaubte Schwester bin. Und auf einmal bin ich mir ziemlich blöd vorgekommen und habe gedacht, dass ich das nicht bringen kann. Wir sind dann hierher zurückgefahren, damit ich meine Fassung wiedergewinnen kann. Ich glaube nicht, dass ich es auf diese Weise machen kann. Aber es gibt noch eine andere Möglichkeit. Die Dame aus dem Antiquitätenladen hat mir erzählt, wo meine Mutter arbeitet. Sie erledigt Schreibarbeiten für so einen Schriftstellertypen, der direkt am Strand wohnt, und sie hat mir auch erklärt, wo das genau ist. Ich glaube, ich könnte dort auf sie warten, wenn sie morgen zur Arbeit kommt. Vielleicht erwische ich sie dann allein und muss nicht ihre ganze Familie in Aufruhr versetzen, falls sie nicht will, dass sie alle Bescheid wissen.

Sadie setzte sich auf, ihr Herz wollte aufschreien: „Nein! Amelia, geh nicht hin!“ Aber es war zu spät. Wenn sie hingegangen und dort auf Marcus Gibson getroffen war ...

Sie las weiter.

In der Zwischenzeit sitzen wir in diesem Zimmer fest. Ich versuche die ganze Zeit, Jamie dazu zu bewegen, rauszugehen, doch sie hört fasziniert der Unterhaltung draußen zu. Wir haben unsere Vorhänge zugezogen, aber die Fenster sind offen, und sie ist ganz vertieft in die Unterhaltung draußen vor unserem Fenster. Zwei Typen stauchen sich gegenseitig in barschem Flüsterton zusammen, sie glauben vermutlich, dass niemand sie hört. Einer von ihnen wohnt im Zimmer nebenan. Warum sie ihren Streit nicht dort austragen, ist mir schleierhaft. Sie wissen ganz offensichtlich nicht, dass wir sie verstehen können. Ich glaube, ich werde auch mal zuhören und versuchen herauszufinden, worum es geht. Das ist jedenfalls besser als jedes andere Unterhaltungsprogramm, das wir hier haben.

Sadie setzte sich erneut auf und umklammerte die Seiten mit zitternden Händen.

Ich denke, ich werde heute Abend meine Eltern anrufen und sie wissen lassen, dass es mir gut geht. Ich vermisse sie wirklich und möchte ihre Stimmen hören. Wenn ich weiß, wie es mit meiner leiblichen Mutter gelaufen ist, würde ich gerne meine Schwester und meinen Bruder besuchen, nur damit ich mal weiß, wie sie aussehen.

Das war der letzte Eintrag. Schweißtropfen rannen aus Sadies Haaransatz, als sie die Blätter zur Seite legte, zum Fenster hinaus starrte und überlegte, was sie jetzt tun sollte. Sie sollte die Polizei anrufen – und sie das erledigen lassen. Aber dann würde sie niemals die Chance bekommen, in die Augen dieses Zimmernachbarn zu blicken und selbst zu beurteilen, ob er zu einem Mord fähig war. Und das *musste* sie einfach wissen. Genauso, wie sie sich das Motelzimmer ihrer Schwester hatte ansehen müssen.

Sie würde die Polizei rufen, nachdem sie ihn gefunden hatte.

Und ihrer Mutter würde sie ebenfalls erst danach davon berichten.

Sie faltete die betreffenden Seiten zusammen und stopfte sie unter ihr Shirt. „Mir ist gerade eingefallen, Mom, dass ich mit Blair verabredet bin. Sie hat eine Story, an der ich arbeiten soll."

Sheila war so in ihre Lektüre vertieft, dass sie Sadie ohne aufzusehen zuwinkte. „Okay, Liebling. Mach dir keine Sorgen um mich, ich komme klar."

„Bist du sicher?"

„Ganz sicher. Ich werde das alles hier lesen."

Sadie schlüpfte aus dem Zimmer, ging in ihr eigenes und las sich die Einträge noch einmal durch.

Sie ließ die Seiten auf ihrem Bett liegen, eilte zur Treppe und hoffte, dass niemand sie aufhalten würde, bevor sie zur Tür hinaus war. Dann rannte sie, so schnell ihre Füße sie trugen, zum Flagstaff Motel.

Kapitel 36

Das Flagstaff Motel war kein Ort, an dem eine Frau allein unterwegs sein sollte, egal ob tagsüber oder nachts, doch Sadie scherte sich nicht darum. Sie marschierte quer über den Parkplatz, vorbei an zwei Männern, die sie für Drogendealer hielt, und an Frauen, die vor ihren Türen mit Zigaretten in ihren Händen auf- und abgingen, als warteten sie auf ihren nächsten Kunden.

Warum um alles in der Welt hatte ihre Schwester sich dafür entschieden, an diesem Ort zu übernachten?

Das Absperrband vor Amelias Zimmer zeigte, dass der Zugang immer noch verboten war. Sadie blieb einen Moment stehen und sah hinauf, bevor sie die Treppe hochstieg. Wenn sich die Männer draußen vor Amelias Tür unterhalten hatten, war es wahrscheinlich, dass sie Zimmernachbarn gewesen waren. Vielleicht waren sie noch hier. Wenn sie die einzelnen Puzzleteile zusammensetzen und herausfinden könnte, was passiert war, unmittelbar nachdem Amelia den letzten Eintrag geschrieben hatte, würde es ihr vielleicht einen Hinweis darauf liefern, wo Amelia sich jetzt befand.

Ihre Schuhe klapperten auf den Stufen aus Metall und Beton. Ein paar Leute traten aus ihren offenstehenden Türen, um zu sehen, wer die Treppe hinaufkam, und dadurch fühlte sie sich verunsichert. Waren Amelia und Jamie ebenso angestarrt worden, als sie zu ihrem Zimmer gegangen waren?

Ihr Blick glitt von dem abgesperrten Zimmer hinüber zu dem danebenliegenden Raum. Sie klopfte, drehte sich um und sah, dass die Gaffer wieder zurück in ihre Zimmer gingen.

Nach kurzer Zeit öffnete sich die Tür und ließ einen Schwall rauchiger Luft nach draußen entweichen. Ein Mann von etwa zwanzig Jahren mit langen, fettigen, braunen Haaren und grauen, rot geränderten Augen trat in den Türrahmen. „Ja?“

„Hi, ich bin Sadie Caruso vom *Cape Refuge Journal.* Ich arbeite an einem Artikel über die beiden Mädchen, die im Zimmer nebenan gewohnt haben.“

„Ja, und?“

„Ich würde gerne wissen ... Waren Sie schon hier, als die beiden eingecheckt haben?“

Er zögerte einen Moment. „Nein. Ich bin erst angekommen, kurz nachdem das alles passiert ist.“

„Was alles?“

„Die ganze Sache mit der Polizei und den verschwundenen Mädchen. Das Absperrband war schon dran, als ich vor ein paar Tagen eingecheckt habe.“

Er schien high zu sein und seine Aussage ergab überhaupt keinen Sinn. Das Zimmer war vor ein paar Tagen noch gar nicht abgesperrt gewesen, denn es war erst gestern entdeckt worden. „Sind Sie sicher? Ich hatte gehofft, Sie könnten sich eventuell an etwas im Zusammenhang mit ihnen erinnern. An irgendjemand, mit dem sie zusammen waren, oder jemanden, mit dem sie gesprochen haben, so was in der Art.“

„Nee. Tut mir leid.“ Seine Stimme klang patzig.

„Gut, okay. Danke schön.“ Sie wandte sich ab und ging ein paar Schritte, drehte sich dann aber noch einmal um, bevor er die Tür schloss.

„Darf ich fragen, wie Sie heißen?“

„Wozu das?“

„Ich möchte mir aufschreiben, wer mir was gesagt hat. Für meinen Artikel.“

„Ich heiße Nate.“

Das war zweifellos alles, was sie aus ihm herausbekommen konnte. Im Gehen notierte sie sich schnell seinen Namen. Dann blieb sie vor der Tür auf der anderen Seite von Amelias und Jamies Zimmer stehen und klopfte. Niemand öffnete.

Sie überlegte, von Zimmer zu Zimmer zu gehen, ihren Kopf in die geöffneten Türen zu stecken und die Leute, die dort wohnten oder arbeiteten zu befragen. Doch das würde sie später erledigen.

Zunächst eilte sie die Treppe hinunter an die Rezeption, wo ein schmuddeliger Mann mit einem verfaulten Schneidezahn sie empfing. „Kann ich dir helfen, Herzchen?"

Sie war erleichtert, dass es nicht derselbe Mann war, bei dem sie sich gestern als Amelia ausgegeben hatte. „Sadie Caruso von der Zeitung. Ich arbeite an einem Artikel über Amelia Roarke und Jamie Maddox und würde Ihnen gerne ein paar Fragen stellen."

„Natürlich. Ich erzähle dir das Gleiche, was ich auch der Polizei gesagt habe."

„Können Sie mir etwas über den Mann namens Nate sagen, der das Zimmer neben dem der Mädchen hat? Wie lange wohnt er da schon?"

„Paar Wochen. Ist ein Dauergast. Er kommt und geht."

Er *hatte* sie also angelogen. Sie fragte sich, ob die Polizei ihn wohl vernommen hatte. Falls ja, waren ihnen dann die Widersprüche aufgefallen? Ihr Herz hämmerte wie wild, während sie überlegte, was sie nun tun sollte.

„Ist eine schreckliche Sache, die da passiert ist. Ich versuche, ein ordentliches Haus zu führen. Schadet dem Geschäft, wenn sich so etwas ereignet."

Sein Kommentar schreckte Sadie aus ihren kreisenden Gedanken auf. Glaubte er wirklich, dies sei ein ordentliches Haus? Was um alles in der Welt konnte der Art von Geschäften, die hier abliefen, schon schaden? Würden die Prostituierten wohl einen anderen Ort finden, an dem sie so herumlungern konnten? Würden die Drogendealer sich eine feinere Gegend suchen?

„Wir haben uns hier alle drüber unterhalten und die ganzen Dinge zusammengebastelt", sagte er gedehnt.

„Ach, wirklich? Welche Dinge denn?"

„Zum Beispiel, dass ein Mädchen sie mit zwei Kerlen gesehen hat, und dass dieser Typ Gibson sich hier herumgedrückt hat."

Sadie stockte der Atem. „Marcus Gibson war hier?"

„Ja, ein paar Mal. Hat auf dem Parkplatz rumgelungert und sich mit den Leuten unterhalten. Hat sie nach ihren Familien gefragt, nach ihren Drogen, wie viel sie am Tag brauchen, wie sie sich einen Schuss setzen ..."

Sadie fragte sich, ob Cade das wohl wusste. „Hat Gibson mal jemanden bedroht?"

„Nee, die meisten haben ihn bloß ausgelacht. Merkwürdiger Kerl. Ein paar sind ihm gefolgt, als er wegging, und haben gesehen, dass er im Wald geschlafen hat wie ein Obdachloser."

„Wer genau ist ihm gefolgt? Können Sie mir ihre Namen nennen?"

„Nee, Herzchen. Ich weiß keine Namen. Habe nur gehört, dass ein paar der Mädels sich darüber unterhalten haben. Waren alle total erstaunt, als herausgekommen ist, dass er ein berühmter Schriftsteller ist. Wer hätte das gedacht? Aber warum sollte ein Kerl wie er rumgehen und Leute umbringen? Man sollte meinen, er hat es geschafft. Geld, Ruhm ... Es sei denn, er hatte von Anfang an einen Sprung in der Schüssel."

Sadie dankte ihm für die Informationen. Dann trat sie nach draußen und zog ihr Handy aus der Tasche. Sie wählte die Nummer der Polizeistation und kurz darauf meldete sich Cade am anderen Ende.

„Ja, Sadie? Was ist los?"

„Cade, ich war gerade im Flagstaff und habe mit dem Manager ..."

„Sadie, mach, dass du da wegkommst! Du hast da nichts verloren!"

„Hör mir doch bitte mal zu. Er hat mir erzählt, dass Gibson hier herumgelungert hat. Dass er ..."

„Das wissen wir doch längst. Wir haben alles im Griff."

„Habt ihr das wirklich?"

„Ja. Wir wissen, was wir zu tun haben, Sadie. Du musst da verschwinden und mich die Ermittlungsarbeit machen lassen. Machst du das bitte? Gehst du bitte jetzt sofort da weg?"

Sie seufzte und sah sich um. Sie war hergekommen, um etwas über den Zimmernachbarn von Amelia herauszufinden. Und das wollte sie immer noch. „Okay, okay. Ich geh ja schon, gerade im Moment, während wir telefonieren."

„Warum bist du überhaupt da hingegangen? Weiß deine Mutter, wo du bist? Oder Morgan und Jonathan? Ich weiß genau, dass Blair dich nicht da hingeschickt hat."

„Ich habe Amelias Tagebuch gelesen, das ich im Internet gefunden habe. Sie hat etwas über eine Unterhaltung draußen vor ihrem Fenster geschrieben, die sie belauscht haben, eine Unterhaltung von zwei Kerlen. Das war ihr letzter Eintrag. Habt ihr mit den Typen aus dem Nachbarzimmer gesprochen?"

„Ja, Sadie, haben wir. Und ich kenne auch das Tagebuch, von dem du sprichst. Wir haben das auch gefunden."

„Und denkst du nicht auch, dass es wichtig ist?"

„Alles ist wichtig. Aber jetzt will ich erst mal, dass du auf der Stelle da verschwindest!"

Sie wollte eigentlich nicht lügen, aber sie war einfach noch nicht bereit zu gehen. „Ich bin schon einen Block weit weg."

Sie konnte die Erleichterung in seiner Stimme hören. „Gut. Geh weiter und kehr nicht wieder um."

„Werde ich nicht."

Sie legte auf und sah wieder zu Amelias Zimmer hinauf. Vielleicht sollte sie einfach tun, was sie versprochen hatte, und hier verschwinden ... aber sie hatte noch zu viele Fragen. Der Manager hatte ein Mädchen erwähnt, das Amelia und Jamie in Begleitung von zwei Kerlen gesehen hatte.

Sie huschte zurück an die Rezeption.

„Entschuldigung."

„Ja?"

„Sie haben eben erwähnt, ein Mädchen habe Amelia und Jamie in Begleitung von zwei Kerlen gesehen. Wer waren diese Kerle? Und was haben sie gemacht?"

„Sie hat gesagt, sie habe gesehen, wie sie in deren Auto stiegen. Ich weiß nicht, wer sie waren."

„Sie hat gesehen, wie die Mädchen zu jemand ins Auto gestiegen sind? Hat sie das der Polizei erzählt?"

„Jupp, hat sie. Hab ich selbst gehört."

„Hat sie die Typen erkannt?"

„Nein. Sie sagte, sie hat sie nur von hinten gesehen und es dämmerte bereits. Und das Auto, in das sie eingestiegen sind, kannte sie auch nicht. Kann aber nicht das Auto der Mädchen gewesen sein, weil die Polizisten das ja hier gefunden haben."

„Sind die Mädchen freiwillig eingestiegen oder wurden sie gezwungen?"

„Fräulein, ich weiß es nicht. Warum fragst du das Mädel nicht selbst?"

„Mach ich. Welche Zimmernummer?"

„212. Sie heißt Tina."

Sadie eilte die Treppe hoch und ging zu Zimmer 212. Die Tür stand offen. Ein Mädchen, das kaum älter als vierzehn sein konnte, lag auf dem Bett und guckte *Lizzie McGuire*[6]. Sie sah aus, als habe sie seit Tagen nicht geduscht und befände sich seit Wochen in einer Katerstimmung. Ihr Haar war fettig und schwarze Wimperntusche war unter ihren Augen verschmiert, als wäre sie gerade erst aufge-

6 Amerikanische Unterhaltungssendung für Kinder und Jugendliche. (Anmerkung der Übersetzer)

wacht und hätte sich noch nicht die Mühe gemacht, in den Spiegel zu schauen.

Sadie klopfte an den Türrahmen, und das Mädchen setzte sich auf. „Entschuldigung, bist du Tina?"

„Ja. Warum?"

„Ich bin Sadie Caruso vom *Cape Refuge Journal*. Ich habe mich eben mit dem Manager des Motels über die beiden verschwundenen Mädchen unterhalten."

„Ja, ist schon irre, oder?"

Sadie trat in den Raum hinein. „Hör mal, er sagte, du hättest die Mädchen an dem Abend, als sie verschwanden, mit zwei Typen sprechen gesehen."

„Ich habe gedacht, das hätte ich. Aber im Nachhinein glaube ich, dass ich mich geirrt habe."

Sadie sank das Herz. „Du hast dich geirrt? Inwiefern?"

„Na ja, ich glaube nicht, dass sie es waren. Und die Abende verschwimmen alle irgendwie miteinander. Kann sogar sein, dass das jemand ganz anderes war, bevor die Mädchen überhaupt hier angekommen sind."

Sadie ging weiter ins Zimmer hinein. „Sieh mal, ich kann gut verstehen, wenn du vielleicht Angst bekommen hast, weil du mit der Polizei reden musstest ..."

Das Mädchen sprang vom Bett herunter und drängte sich an Sadie vorbei zur Tür. Sie sah sich nach beiden Seiten um, um sicherzugehen, dass niemand zuhörte. „Ich habe nicht mit der Polizei geredet, okay? Und ich rede auch ganz sicher nicht mit einer Reporterin."

Sadie griff nach der Türklinke. „Können wir die Tür schließen und weiterreden, wenn niemand zuhören kann? Ich verspreche dir, ich werde nichts von dem, was du mir erzählst, veröffentlichen."

Tina schüttelte den Kopf und spähte wieder hinaus. „Nein. Ich muss sie offen lassen."

„Warum?“

„Egal. Ich werde sowieso nicht mit dir reden, also ist es nicht wichtig.“

Sadie stand einen Moment da, während das Mädchen zum Badezimmerspiegel ging, sich vorbeugte und ihr Gesicht musterte. „Oh Mann, ich sehe furchtbar aus.“ Sie schnappte sich ein gebrauchtes Papiertaschentuch und wischte unter ihren Augen herum.

Sadie ging wieder weiter in das Zimmer hinein und stellte sich hinter sie, ihre Blicke trafen sich im Spiegel. „Sieh mal, ich weiß nicht, wovor du Angst hast, aber ich war auch mal in einer ähnlichen Situation, wie du jetzt bist. Und ich kann verstehen, dass du wirklich Angst hast. Aber ich bin nicht als Reporterin hier, okay? Ich bin hier, weil eines der Mädchen – dasjenige, das immer noch vermisst wird – meine Schwester ist.“

Tina drehte sich um und sah Sadie direkt ins Gesicht. Ohne das verschmierte Make-up sah sie sogar noch jünger aus. „Deine Schwester? Oh ja, du siehst ihr tatsächlich ähnlich.“

„Also hast du sie gesehen?“

Tina schaute wieder zur Tür, als wüsste sie ganz sicher, dass jemand lauschen würde. „Wir haben sie alle gesehen. Man konnte die beiden nicht übersehen. Sie sahen aus wie kleine Eliteschülerinnen, die plötzlich hier antanzten, total arglos, als ob sie erwarteten, dass sie hier Zimmerservice bestellen und schwimmen gehen könnten.“

Sadie setzte sich auf ihr Bett. „Hast du trotzdem mit ihnen gesprochen?“

„Ja, einmal.“ Das Mädchen sprach leise, beinahe im Flüsterton. „Ich bin, während ich in der Tür stand, sozusagen aus den Latschen gekippt. Da haben sie mir ein Glas Wasser gebracht.“

Sadies Herz machte einen Sprung. „Sie haben dir geholfen?“

„Ja, gewissermaßen. Die eine jedenfalls, die aussieht wie du.

Die andere hat so getan, als hätte sie Angst, sich eine Krankheit zu holen, wenn sie nur auf meinen Teppich treten würde."

„Was haben sie gesagt?"

Tinas Augen wurden glasig, als sie versuchte, sich zu erinnern. „Die eine – Amelia – sagte, dass sie mir etwas zu essen holen oder mich irgendwo hinbringen wollte. Ich habe ihr gesagt, dass es mir gut geht. Und dann habe ich ihnen noch gesagt, dass sie nicht hier hingehören, dass es für jemanden wie sie hier gefährlich ist. Aber sie sind einfach in ihr Zimmer gegangen. Sie hätten besser auf mich gehört."

„Warum sollte es für sie gefährlich sein?"

Tina lachte. „Bist du *blind*? Hast du die Leute nicht gesehen, die hier wohnen? Die beiden waren Beute, keine zehn Minuten, nachdem sie hier angekommen waren. Und sie sind ganz steif zu ihrem Zimmer gegangen, als ob sie Todesängste ausstehen würden. Die Typen, die hier wohnen, riechen Angst, genau wie Tiere." Sie ging zur Tür und sah hinaus. „Oh, Mann, was machen die denn hier?"

Sadie stand auf und sah an ihr vorbei. Ein Polizeiwagen fuhr gerade auf den Parkplatz. Sie hätte wissen müssen, dass Cade jemanden vorbeischickte, um sicherzugehen, dass sie gegangen war. Sie trat zurück ins Zimmer. „Ich glaube, die suchen mich."

Tina drehte sich um. „Steckst du in Schwierigkeiten?"

„Nein. Die wollen mich nur nicht hier haben. Chief Cade ist ein Freund von mir. Er ist etwas zu besorgt um mich."

Tina schaute wieder hinaus. „Er fährt wieder. Ist nur einmal hier durchgefahren und hat sich umgesehen."

Sadie spähte aus dem Fenster auf den Parkplatz hinunter. Sie beobachtete, wie der Streifenwagen sich wieder in den Verkehr einordnete, und entspannte sich.

„Muss schön sein, Leute zu haben, die sich um einen sorgen. Auch wenn es Polizisten sind."

Sadie musste zugeben, dass das stimmte ... meistens jedenfalls. „Hör mal, der Manager hat gesagt, Marcus Gibson wäre hier gewesen und hätte herumgeschnüffelt."

„Ja, das ist echt ein Spinner."

„War er an dem Tag, als die Mädchen verschwunden sind, auch hier? Hast du gesehen, ob er mal mit ihnen gesprochen hat?"

„Nein, an diesem Tag habe ich ihn nicht gesehen. Aber so, wie er hier herumgeschlichen ist, kann er ohne Weiteres da gewesen sein, ohne dass ich ihn bemerkt habe."

„Hat er mal jemanden bedroht oder verletzt?"

„Nein. Er wirkte ziemlich harmlos, bevor das alles passiert ist."

„Du sagtest, *sie* riechen Angst. War er einer von denen, die du gemeint hast?"

„Nein, er nicht. Leute, die hier wohnen."

„Wer? Ich brauche Namen."

Sie ächzte. „Ich werde dir keine Namen nennen."

„Sind es die Männer, die im Moment da draußen sind?"

Das Mädchen wandte sich ab. „Du bist verrückt. Du solltest jetzt gehen."

Sadie griff nach ihrem Arm und versuchte, sie wieder zu sich umzudrehen. „Erzähl mir, wie die Mädchen mit den beiden Typen ins Auto gestiegen sind. Was hast du gesehen?"

Tina riss sich los und holte eine Zigarette aus einer Glitzerhandtasche mit Audrey Hepburns Gesicht auf der Seite. „Okay", sagte sie im Flüsterton. „Ich werde dir erzählen, was ich auch den Bullen gesagt habe. Ich habe sie mit den beiden Männern zu einem Auto gehen und einsteigen sehen. Ihre Gesichter habe ich nicht gesehen, nur ihre Hinterköpfe. Hätte jeder hier sein können."

„Was war es für ein Auto, in das sie eingestiegen sind?"

„Hey, es war dunkel. Hab ich nicht gesehen. Kleines eckiges Auto, Viertürer. Dunkle Farbe, glaube ich. Ich kann mich erinnern, dass es geklappert hat, als es wegfuhr."

„Hast du gesehen, in welche Richtung sie gefahren sind?"

„Nein, ich habe mir ja nichts dabei gedacht. Warum hätte ich also darauf achten sollen?"

Sadie stand auf, ging zur Tür zurück und spähte über das Geländer auf den Parkplatz hinunter. „Kannst du dich sonst noch an jemand erinnern, der an diesem Abend draußen war, irgendjemand, der sie gesehen haben könnte? Jemand, der einen Blick in die Gesichter der Typen geworfen haben könnte?"

„Nein. Wir haben seitdem ständig darüber geredet. Ich habe von sonst niemand gehört, der das gesehen hat."

Sadie hätte sich das gerne aufgeschrieben, aber sie wollte verhindern, dass Tina sie wieder als Reporterin betrachtete. Sie sah zu ihr hinüber und registrierte die hoffnungslose Leere in ihrem Blick. „Darf ich dir noch eine weitere Frage stellen?"

Tina zuckte die Schultern. „Ich kann dich eh nicht daran hindern."

„Kennst du diesen Nate, der da hinten ganz am Ende wohnt, direkt neben dem Zimmer, in dem Amelia und Jamie gewohnt haben?"

Sie drehte sich um und drückte ihre Zigarette aus. „Ja, ich kenne Nate."

„Was kannst du mir über ihn erzählen?"

„Er ist einfach nur ein Junkie", sagte sie mit gedämpfter Stimme. „Er war es nicht."

„Woher willst du das wissen? Du sagtest doch, du konntest ihre Gesichter nicht sehen."

Das Mädchen öffnete eine Schublade und begann, in ihren zusammengeknüllten Klamotten herumzuwühlen. „Er war es nicht, okay? Ich kenne seinen Gang."

Sadie beobachtete sie. Warum machte es Tina so nervös, dass sie über Nate sprachen? Das Mädchen hatte endlich gefunden, was sie suchte – ein weiteres Päckchen Zigaretten. Sie zog eine

Zigarette heraus und zündete sie an. Dabei sah sie zu Sadie herüber.

„Bist du manchmal high?"

Sadie dachte zurück an die Zeit, als Drogen bei ihnen zu Hause jederzeit einfach zugänglich waren, als Metamphetamin so schnell verbraucht wurde, wie neue Drogen hereinkamen. Sie hatte ein paar Mal damit herumexperimentiert, weil sie dem Leben, in dem sie gefangen war, entfliehen wollte.

Sie hasste die Erinnerung daran.

„Nein, ich nehme keine Drogen."

„Kluges Mädchen." Tina lehnte sich an die Wand und blies den Rauch zur Decke. „Ich war auch mal so wie du."

Sadie sah auf ihre Füße hinab.

„Du bist clean und brav, und denkst vermutlich, du wärst viel besser als ich. Aber wenn du aus den Verhältnissen stammen würdest, in denen ich groß geworden bin, wärst du genau da, wo ich jetzt bin."

Sadie *stammte* aus den gleichen Verhältnissen. „Wir haben alle eine Wahl. Es ist nicht zu spät für dich, Tina. Du kannst immer noch aussteigen. Ich kenne Leute, die dich aufnehmen würden, wenn du nicht weißt, wo du hingehen sollst."

Tina lachte und deutete mit der Hand im Zimmer umher. „Und das alles hier zurücklassen? Willst du mich veräppeln? Nein danke."

Sadie überlegte zu gehen, doch etwas im Verhalten des Mädchens veranlasste sie zu bleiben. Sie zog ihren Notizblock aus der Tasche und schrieb ihren Namen und die Telefonnummer des Hanover Houses auf. „Sieh mal, wenn du Hilfe brauchst oder dich dafür entscheidest, deinem Leben doch eine neue Richtung zu geben, ruf mich unter dieser Nummer an, okay? Falls ich nicht da bin, sprich mit demjenigen, der ans Telefon geht. Sag ihnen, dass ich dir die Nummer gegeben habe. Sie können dir helfen, das verspreche ich dir. Als ich hier ankam, war ich in einer Situation, die viele Ähnlichkeiten mit deiner Situation hat – meine Mutter war im Gefängnis und ihr Freund benutzte unsere Wohnung als Drogenlabor. Ich war heftig zusammengeschlagen worden, bevor ich nach Cape Refuge kam, mein Arm war gebrochen und ich hatte blaue Flecken am ganzen Körper ... und Morgan Cleary hat mich entdeckt und bei sich aufgenommen. Ich war auch noch minderjährig, aber sie hat mich nicht zurück nach Hause geschickt. Ich lebe jetzt seit eineinhalb Jahren dort und sie haben mir geholfen, mein Leben zu ändern. Das sehen sie als ihre Aufgabe an. Die meisten Menschen, die dort wohnen, kommen direkt aus dem Gefängnis, alle haben Drogenprobleme ..."

„Ich kann mir kein Rehabilitationsprogramm leisten."

„Es kostet nichts. Das Haus wird von Christen durch Spenden finanziert. Gott benutzt sie, um immer wieder Menschen wie dich zu retten."

„Ich bin cracksüchtig." Das Mädchen hob ihr Kinn beinahe stolz, als sie das sagte. „Du weißt nicht, wie das ist. Du kannst davon runterkommen, denken, du hast es geschafft, du hast es unter Kontrolle. Aber dann trickst dich dein Verstand aus und gaukelt dir vor, dass du nicht ohne Stoff sein kannst, sonst würdest du sterben. Und wenn du erst mal an diesem Punkt angekommen bist, würdest du den Herzschrittmacher deiner Großmutter verkaufen, um an einen Schuss zu kommen. Was immer du gerade hast, du verkaufst es dafür."

Sadie wusste, dass das Mädchen sich selbst für diesen Schuss verkaufte. Sie reichte ihr den Zettel. „Nimm ihn. Und ruf dort an, wenn du Hilfe brauchst, um hier rauszukommen. Oder frag nach mir. Ich werde dir helfen."

Tina starrte mit Tränen in den Augen auf die Telefonnummer. Sie wandte sich um und stopfte den Zettel in die Schublade. „Weißt du eigentlich, wie ähnlich ihr zwei euch seid? Du und deine Schwester?"

Sadie wollte ihr sagen, dass sie es nicht wusste, weil sie sie noch nie getroffen hatte. „Warum sagst du das?“

„Ihr wollt mir beide helfen.“ Sie schloss die Schublade und atmete tief ein. „Danke für die Nummer. Ich brauche sie eigentlich nicht, aber ...“

„Behalte sie trotzdem. Eines Tages wirst du vielleicht zu Gott um Hilfe schreien, wirst Ihn um einen Ausweg anflehen, und dann wird Er dich an diese Nummer erinnern. Du wirst anrufen und du wirst Jesus dort finden. Das wird der Beginn deines neuen Lebens sein. Verlier sie nicht, okay?“

Tina lehnte sich mit dem Rücken gegen die Wand. „Das werde ich nicht.“

Sadie verließ ihr Zimmer mit dem Gefühl, einen Teil von sich selbst zurückzulassen. Als sie die Treppe hinunterging, wehte ihr eine Rauchwolke entgegen. Unten wartete jemand. Sie verlangsamte ihre Schritte und bemerkte den Schatten eines Mannes, der sich direkt am Fuß der Treppe an ein Auto lehnte. Sie kam unten an, ging um die Mauer herum und sah ihn. Nate lehnte an einem heruntergekommenen alten Volvo und starrte sie aus trüben, ungeduldigen Augen an.

„Kannst du mir mal sagen, warum du alle Leute über mich ausfragst?“

Sie blieb abrupt stehen. „Ich habe nicht nach dir gefragt, sondern nach den Mädchen ...“

„Ich habe gehört, dass du meinen Namen genannt hast.“

Sie wusste, dass leugnen keinen Sinn hatte. Wenn er ihre Unterhaltung oben mitbekommen hatte, konnte sie sich nicht herausreden. „Okay, ich *habe* tatsächlich nach dir gefragt. Weil ich glaube, dass du etwas über meine Schwester weißt.“

Er zog die Augenbrauen hoch. „Über deine Schwester?“

„Ja. Eins der Mädchen, Amelia. Diejenige, die noch nicht gefunden wurde.“

Nate stieß eine Rauchwolke aus und grinste. „Hätte ich mir denken können."

„Bist du derjenige, mit dem sie an diesem Abend weggefahren ist?"

Er fing an, in sich hineinzulachen.

Sadies Herz begann zu rasen. „Ich versuche nicht, dir irgendetwas anzuhängen, falls du es warst." Sie bemühte sich, mit normaler, ruhiger Stimme zu sprechen. „Nur weil sie zu dir ins Auto gestiegen und mit dir irgendwo hingefahren ist, bedeutet das ja noch lange nicht ..." Die Worte blieben ihr in der Kehle stecken, die sich plötzlich ganz trocken anfühlte. „Sieh mal, ich versuche nur, zurückzuverfolgen, was sie gemacht hat. Je mehr ich weiß, desto einfacher ist es für mich, sie zu finden. Du *warst* es, oder?"

Nate atmete tief ein und machte einen Schritt auf sie zu. Sie trat zurück an die Ziegelsteinmauer.

Er kam näher, bis sie seinen Atem riechen konnte – diesen verkaterten Geruch nach Whiskey und Rauch, der unzweifelhaft darauf hinwies, dass er die Zähne schon lange nicht mehr geputzt hatte. Er griff in seine Hosentasche und zog ein Springmesser heraus.

Mit einer schnellen Bewegung aus dem Handgelenk öffnete er es, und sie sprang zur Seite.

Er trat noch näher und drückte die Spitze der Klinge gegen ihren Hals. Sie schloss die Augen und schluckte.

„Bitte ... nicht ..."

„Ich glaube, du und ich, wir beide müssen eine kleine Ausfahrt machen."

„Nein! Ich fahre nirgendwohin."

Er ließ die Klinge weiter nach oben gleiten und ritzte ihr dabei die Haut ein. Er würde sie gleich hier auf dem Parkplatz umbringen. Vielleicht würde es jemand beobachten und melden, aber dann wäre es für sie schon zu spät. Wo war bloß dieser Polizeiwagen? Sie betete, dass er zurückkommen würde. „Bitte ..."

Nate legte einen Arm um ihre Schultern, dann nahm er das Messer herunter und drückte es ihr in die Seite. „In mein Auto! Du und ich, wir gehen jetzt ganz dicht nebeneinander, und ich bringe dich zu meinem Auto. Du wirst so gehen, als kämst du freiwillig mit, weil du weißt, dass du ein Messer in die Rippen bekommst, wenn du es nicht tust."

Er setzte sich in Bewegung und zog sie neben sich her. Sie berührte die Schnittwunde an ihrem Hals und verschmierte dabei das austretende Blut. Beim Gehen spürte sie das Messer an ihren Rippen. Auch dort blutete sie bereits. Eine falsche Bewegung könnte sie das Leben kosten.

Nate war in der Stimmung, einen weiteren Mord zu begehen.

Er schob sie auf der Fahrerseite ins Auto, schubste sie zur Beifahrerseite hinüber und setzte sich hinters Steuer. Sein Auto klapperte, als er vom Parkplatz fuhr.

Kapitel 37

„Wo bringst du mich hin?“

„Wirst du schon sehen.“

„Bitte ... du kannst mich aussteigen lassen. Ich werde niemandem etwas verraten.“

Er lachte, während er beschleunigte und den Wagen über den Ocean Boulevard in Richtung Tybee-Brücke steuerte.

Sie versuchte, vorsichtig zur Tür hinüberzurücken. Wenn sie es schaffte, sie zu öffnen, könnte sie hinausspringen. Welche Verletzung sie auch immer von einem Sprung aus einem fahrenden Auto davontragen würde, es war allemal besser als der sichere Tod durch seine Hände.

„Das würde ich nicht tun.“ Er ließ sie gerade lange genug los, um unter seinen Sitz zu greifen ... und eine Waffe hervorzuziehen.

Das Herz klopfte ihr bis zum Hals. Sie versuchte abzuschätzen, ob er es tatsächlich schaffen würde, auf sie zu schießen, wenn sie die Tür aufstieß und sich herausfallen lassen würde. Sie hatten die Brücke überquert und aufgrund des Verkehrs konnte er nicht mehr als etwa 65 km/h fahren. Wäre er in der Lage, gleichzeitig zu fahren und sie zu treffen, wenn sie springen würde? Und falls er schießen würde, wäre er dann nicht innerhalb von Sekunden von der Polizei umzingelt? Es war unwahrscheinlich, dass ein Schuss auf Tybee Island überhört würde, besonders auf solch einer belebten Straße.

„Sei jetzt still, sonst bringe ich dich genau so um, wie ich die anderen umgebracht habe.“

Entsetzen überfiel sie. Amelia *war* tot. Lieber Gott, ihre Schwester war tot. Sie explodierte innerlich vor Wut, und auf einmal war es ihr egal, ob er sie töten würde oder nicht.

Sie griff nach der Waffe und versuchte, sie ihm aus der Hand zu reißen.

Er behielt eine Hand am Steuer, während er mit ihr rang. Der Wagen ruckte nach rechts. Er fluchte, packte sie bei den Haaren und riss sie daran zurück. Dann griff er wieder zum Lenkrad und brachte das Auto unter Kontrolle. Sie streckte die Hand nach der Tür aus, doch er zog sie erneut an den Haaren zurück, dass ihr beinahe die Kopfhaut heruntergerissen wurde.

„Lass mich los!"

„Willst du dich mit mir anlegen?", zischte er durch die Zähne. Er bog nach links von der viel befahrenen Straße ab in Richtung Tybee Zentrum, wo nicht so viel Verkehr war, und raste mit unverminderter Geschwindigkeit weiter, obwohl sie nun in eine Wohngegend kamen. „Niemand legt sich ungestraft mit mir an."

Sadie kämpfte weiter. „Du hast sie umgebracht! Du *Mörder*!" Sie rang mit ihm um die Waffe und das Lenkrad, und als er seinen Griff, mit dem er sie festhielt, lockern musste, um den Wagen unter Kontrolle zu halten, warf sie sich zur anderen Seite und öffnete die Tür.

Er fuhr mit mindestens 80 km/h durch eine düstere Seitenstraße. Als sie zögerte, packte er wieder ihre Haare und versuchte, sie festzuhalten. Sie fasste nach ihm und grub ihre Fingernägel wie Krallen in seinen Arm, um ihn dazu zu bringen loszulassen.

Der Wagen kam mit kreischenden Bremsen zum Stehen. Nate griff nach ihrem Arm und drehte ihn ihr auf den Rücken. Sadie bäumte sich auf. Sie spürte die Spannung in dem Knochen, der schon einmal gebrochen gewesen war, und das Reißen von Gewebe in ihrer Schulter. Er drückte die Waffe unter ihr Kinn, der Lauf schien ihre Haut zu durchstechen und in ihren Hals einzudringen.

„Ich werde dir beibringen, was es bedeutet, gegen mich zu kämpfen, so wie ich es auch den anderen beigebracht habe."

Er öffnete das Handschuhfach und nahm eine Rolle Klebeband heraus. Mit den Zähnen löste er das Band von der Rolle, klatschte ihr das Ende auf den Mund und wickelte das Band um ihren Kopf.

Sadie kämpfte mit aller Kraft und betete dabei, dass jemand aus einem der Häuser käme, um die Zeitung hereinzuholen, und diesen Wahnsinn stoppen würde. Sie spürte, wie sich das Band Runde um Runde um ihr Gesicht legte, dann riss er es mit seinen Zähnen ab und band ihr die Hände zusammen. Sie bäumte sich auf und trat nach ihm, versuchte, sich von ihm wegzustoßen, um aus dem Auto zu kommen, doch er griff einen Fuß und umwickelte ihn mit Klebeband. Dann zog er sie auf den Rücken, packte auch den anderen Fuß und band ihre Knöchel zusammen.

Sie roch seinen Schweißgestank, als er über sie hinweg griff und die Autotür zuknallte, und damit ihr Schicksal besiegelte. Sie versuchte zu schreien, doch das Band dämpfte ihre Stimme und machte ihre Bemühungen zwecklos. Er saß einen Augenblick da, um wieder zu Atem zu kommen, und betrachtete sie dabei mit seinen blutunterlaufenen Augen. Sie sträubte und wand sich, um sich von ihren Fesseln zu befreien – ein nutzloses Unterfangen. Offensichtlich zufrieden damit, dass sie gebändigt war, setzte er sich wieder hinter das Lenkrad und fuhr zum Ende der Straße, wo eine Baumgruppe etwas mehr Sichtschutz bot. Er stieg aus, und sie betete, dass er sie einfach hier zurücklassen würde, sodass sie irgendwann gefunden werden könnte.

Doch er ging um das Auto herum, öffnete die Beifahrertür und legte einen Arm unter ihre Knie und den anderen um ihren Rücken.

Als er sie hochhob, ruckte und trat sie und wand sich, dabei schrie sie in das Klebeband, das ihre Stimme jedoch dämpfte.

Er warf sie in den Kofferraum, während sie weiter versuchte, ihre Hände oder Füße freizubekommen oder um Hilfe zu schreien.

„So, wer hat jetzt hier das Sagen, Schätzchen?“, fragte er mit höhnisch verzogenen Lippen. Die Heckklappe knallte zu, Dunkelheit umgab sie und Sadie kreischte, in der Hoffnung, gehört zu werden. Der Wagen fuhr wieder an, der Motor klapperte ...

Sadie schloss die Augen. War das das Ende? Ging es ihr jetzt genauso wie Emily, Jamie und Amelia? Würde er sie ebenfalls umbringen und ungestraft davonkommen?

Sie versuchte, die aufsteigende Panik zu unterdrücken und sich stattdessen auf mögliche Auswege zu konzentrieren. Gott wusste, wo sie war. Vielleicht hatte Er dafür gesorgt, dass jemand ihren Kampf auf dem Ocean Boulevard oder in der Butler Avenue auf Tybee beobachtet hatte. Irgendjemand in einem dieser ruhigen Wohnhäuser könnte das Schreien und Kreischen gehört und aus dem Fenster gesehen haben ...

Dann würden Scott oder Cade ihr folgen und eine ganze Polizeieinheit mitbringen, die Nates Wagen umzingeln und ihn stoppen würde. Er würde nicht weit kommen.

Aber das war äußerst unwahrscheinlich.

Ihre Hoffnungen verwandelten sich wieder in Verzweiflung. Wenn aber niemand die Polizei gerufen hatte, würde dann überhaupt irgendjemand vor Ablauf einer weiteren Stunde oder gar noch längerer Zeit bemerken, dass sie verschwunden war? Realistisch betrachtet konnte es Stunden dauern, bevor sich jemand Sorgen machte.

Was hatte sie nur getan?

Warum war sie nur für eine Person, die sie noch nie getroffen hatte, solche unvernünftigen Risiken eingegangen? Und das auch noch völlig umsonst, jetzt, da sie wusste, dass Amelia tot war. Sie war ihr nie begegnet, hatte nie gesehen, wie ähnlich sie sich waren, hatte nie das Vergnügen gehabt, eine Schwester zu haben, so wie Morgan Blair hatte.

O Gott, bitte hilf mir!

Wo brachte Nate sie hin? Würde er sie da, wo auch immer sie anhielten, gleich umbringen? Oder würde er sie erst noch quälen?

Wie würde ihre Mutter das jemals durchstehen können? Zwei Töchter durch die Hand desselben Mannes ermordet. Sie würde mit Sicherheit wieder rückfällig werden und erneut Drogen nehmen, erst auf der Straße und anschließend im Gefängnis landen. Der arme kleine Caleb würde ein weiteres Mal im Stich gelassen werden.

Morgan und Jonathan würden jahrelang trauern. Blair würde sich Vorwürfe machen.

Oh, *warum* hatte sie nur so leichtsinnig gehandelt? Dadurch würden so viele Menschen zu leiden haben.

Bitte, Gott, meine Zuflucht und meine Stärke ...

Er würde ihr helfen zu kämpfen. Er musste es einfach. Nate mochte sie vielleicht töten, aber sie würde es ihm so schwer wie möglich machen.

Kapitel 38

Sadie spürte, dass das Auto von einer Asphaltstraße auf eine unbefestigte Straße abbog. Steine knirschten unter den Rädern und der Wagen bockte und rumpelte, als wäre er nicht für solche Wege gemacht.

Er würde sie umbringen und ihre Leiche mitten im Wald liegen lassen. Oder würde er sie wie die anderen irgendwo platzieren, in einem Boot oder in einer Höhle? War das alles nur ein Spiel für ihn oder gab es einen anderen Beweggrund, vielleicht einen so bösartigen, dass sie ihn sich gar nicht vorstellen konnte?

Als der Wagen zum Stehen kam, hielt sie den Atem an, das Schlimmste erwartend. Einige Augenblicke vergingen, in denen nichts passierte, dann wurde schließlich der Kofferraumdeckel aufgerissen. Das ungewohnte Licht blendete sie, sie kreischte in das Klebeband und sah zu Nate hoch.

Er hatte ein Seil in der Hand und, bevor sie sich wehren konnte, begann er, es um ihre Taille zu schlingen. Er zog es viel zu fest, doch sie konnte ihn nicht daran hindern. Sie kämpfte gegen die Fesseln an ihren Händen und Füßen an und fragte sich, ob er vorhatte, sie zu hängen. Aber hätte er das Seil dann nicht um ihren Hals gelegt?

Nate hob sie aus dem Auto und ließ sie unsanft auf den Boden fallen. Sie stöhnte auf.

Er zog das Springmesser aus seiner Hosentasche und öffnete es. Sie kniff ihre Augen fest zu, als er sich über sie beugte.

Sadie fühlte, wie er das Klebeband an ihren Knöcheln aufschlitzte und dabei ihr Schienbein ritzte.

„Steh auf", sagte er. „Ich werde dich nicht tragen. Du kannst laufen."

Ihre Füße waren frei! Sie stemmte sich hoch und überlegte, dass sie fliehen könnte, wenn sie es schaffte, sich weit genug von ihm zu entfernen. Wenn sie vorgäbe zu tun, was er wollte, dahin zu gehen, wohin er sagte ...

Er zerrte an dem Seil um ihre Taille. „Vorwärts. Hier entlang."

Sie schaute sich um und entdeckte ein gutes Stück entfernt ein Haus. Vielleicht würde jemand von dort aus sehen, was hier vor sich ging, und ihr zur Hilfe kommen. Vielleicht hatten sie eine Waffe. *Bitte, Gott.*

Er zerrte sie mit dem Seil neben sich, das dabei ihre Rippen und Taille wund scheuerte. Sie stürzte, und er riss sie wieder hoch.

Schließlich kamen sie zu einer Klappe im Boden, die aussah wie der Eingang zu einem Tornado-Schutzkeller. Er öffnete die Klappe und drehte sich zu ihr um.

„Da hinein."

Sie war sich nicht sicher, wovor sie sich mehr fürchtete – bei ihm zu bleiben oder in dieses dunkle Loch zu steigen. Und was wäre, wenn er ihr hineinfolgen würde?

Als sie sich nicht rührte, riss er am Seil und stieß sie vorwärts. Sie fiel an der Öffnung auf die Knie und sah hinein. Es gab keine Treppe und das Ganze sah aus wie eine tiefe, dunkle Grube, viel zu tief für einen Schutzraum.

Sie wandte sich zu ihm um und schaute ihn flehend an.

Da trat er sie und stieß sie damit von den Knien. Dann beugte er sich über sie, packte sie am T-Shirt, hob sie hoch und zerrte sie vorwärts.

Sie wehrte sich, als er sie zum Loch schaffte, versuchte ihn davon abzuhalten, sie dort hineinzustoßen. Doch ihre Hände waren noch gefesselt und ihre Füße allein reichten nicht aus.

Schließlich verlor sie den Kampf und fiel in das Loch. Mit einem gurgelnden Schrei stürzte sie im freien Fall in die Dunkelheit ...

Das Seil stoppte den Fall, bevor sie den Grund der Grube erreichte, brachte sie ruckartig zum Anhalten, bevor sie am Boden zerschmettert wurde. Von dem plötzlichen Ruck knackten ihre Rippen. Sie hing für einen Moment da, der Schreck durchfuhr ihre Glieder wie ein Blitz.

„Ich werde dich jetzt noch nicht umbringen." Seine Stimme drang von der Öffnung einige Meter über ihr zu ihr herunter. „Du könntest mir vorher noch für etwas nützlich sein." Er lachte lang und hart und ließ das Seil los. Sie fiel die restliche Strecke und landete direkt auf dem Gesicht, ihre Hände waren immer noch gefesselt.

Sein Lachen klang grausam und durchdringend über ihr. „Du wolltest doch deine Schwester finden, nicht wahr? Nun gut, da ist sie."

Sadie rappelte sich auf die Knie auf. Das Licht, das durch die Öffnung hereinfiel, erhellte die Dunkelheit ein wenig. Sie drehte sich um und suchte das Erdloch, in das er sie geworfen hatte, mit ihren Augen ab.

Und dann sah sie sie.

Ein Mädchen, gefesselt an den Händen genau wie Sadie, kauerte mit vor panischer Angst weit aufgerissenen Augen in einer Ecke.

Kapitel 39

Das Mädchen schrie, und Sadies Entführer lachte heftiger und ließ dann die Klappe zufallen. Der Sonnenschein drang nur noch durch die Ritzen herein und tauchte das Loch in dämmeriges Licht.

Das Mädchen schrie weiter, grub sich mit ihren Absätzen in den Boden und versuchte, sich so weit wie möglich an die Wand aus Erde zu drücken, um von Sadie wegzukommen. Ihr Gesicht war zerkratzt und voller Blutergüsse, und ihre Wangen waren von Krusten bedeckt, als wäre Klebeband heruntergerissen worden.

Amelia! Sie musste es sein. Sie hatte blonde Haare und einen zierlichen Körperbau wie sie selbst.

Sie lebte noch!

Nach einigen Augenblicken verstummten die Schreie und wurden von einem verängstigten Wimmern abgelöst. Amelia ballte ihre gefesselten Hände unter ihrem Kinn zu Fäusten. Sadie grunzte durch das Klebeband, krabbelte näher heran, und versuchte ihr deutlich zu machen, dass sie keine Bedrohung war.

Plötzlich schrie das Mädchen: „Wer bist du?"

Sadie brummte durch das Klebeband und versuchte, es mit ihren gefesselten Händen abzureißen. Aber es war um ihren Kopf gewickelt und sie konnte das Ende nicht finden.

Sie kroch weiter über den Boden auf Amelia zu, worauf diese ihre Knie an die Brust zog und versuchte, noch weiter zurückzuweichen. „Lass mich in Ruhe! Geh weg!" Sie war rasend vor Angst, und Sadie wusste nicht, wie sie sie beruhigen sollte.

Sadie stockte, die Haare hingen ihr in die Augen und klebten an ihrem nassen Gesicht. Das Mädchen war blass und geschwächt, kurz vor dem Zusammenbruch, und Sadie fragte sich, ob sie in der ganzen Zeit, seit sie hier war, überhaupt etwas zu essen bekommen hatte. Hatte er sie hiergelassen, damit sie verhungerte?

Sadie schüttelte den Kopf. Wenn Amelia doch nur verstehen würde, dass sie genauso hilflos war wie sie, dass sie sie nicht verletzen würde. Sadie hob die gefesselten Hände hoch und bat Amelia mit den Augen um Hilfe.

Endlich schien Amelia sich zu beruhigen, sie saß einfach nur noch da und starrte sie an. Eine Ader trat an ihrer Stirn hervor. Sie schluchzte, dabei lief Schleim aus ihrer Nase, und die Tränen hinterließen Streifen in ihrem dreckigen Gesicht. Sie hatte sich ganz offensichtlich gewehrt, bevor sie in dieses Loch geworfen worden war ... oder danach. Sie war geschlagen und mürbegemacht worden.

Sadie wollte ihr helfen, aber sie konnte ja noch nicht einmal sich selbst helfen. Sie bewegte sich zentimeterweise vorwärts, ganz vorsichtig, um Amelia nicht wieder zu erschrecken. Sie streckte die gefesselten Hände aus und berührte das Klebeband, das um Amelias Handgelenke gewickelt war. Amelia schien sie zu verstehen und hielt ihr die Hände hin. „Ja ... mach es ab."

Ihre Hände zitterten noch stärker als Sadies. Sadie grub ihre Fingernägel unter das Ende des Klebebands und begann es abzuziehen. Weil sie schon so lange gefesselt war, ließ es sich schlecht ablösen, doch nach und nach schaffte sie es, das Band von Amelias Handgelenken abzureißen.

Als ihre Hände frei waren, rieb Amelia ihre wundgescheuerten Handgelenke. „Danke", flüsterte sie. Sie sah Sadie an, schätzte sie mit ihren Blicken ab. „Ich ... ich mach deins auch ab." Sie griff nach dem Klebeband auf Sadies Mund und fing an, es abzulösen.

Trotz ihrer Schwachheit und der zitternden Hände war sie vorsichtig, als sie es von Sadies Haut abzog. Als Sadies Mund wieder frei war, begann sie zu weinen. „Du bist Amelia, nicht wahr?"

Amelia starrte sie an. „Woher kennst du mich?"

„Alle suchen dich."

„Dann wissen sie also, dass ich verschwunden bin?" Ihr Mund zitterte.

„Deine Eltern sind in Cape Refuge. Sie sind verzweifelt."

Ihr Gesicht verzog und rötete sich, die Ader an ihrer Stirn schwoll noch stärker an. Mit matter Stimme sagte sie: „Warum habe ich ihnen das angetan? Sie haben es nicht verdient. Ich hätte nie hierher kommen sollen. Meine Freundin ... sie wurde mit mir entführt, aber sie haben sie erschossen. Hat man sie schon gefunden?"

Sadie wusste nicht, ob Amelia die Wahrheit ertragen konnte. Sie überlegte zu lügen, zu sagen, dass sie nichts über sie wisse, aber die Worte blieben ihr in der Kehle stecken.

Ihr Zögern war Antwort genug. „Man hat sie gefunden, stimmt's?"

Sadie schluckte heftig und nickte. „Man hat ihre Leiche vor ein paar Tagen entdeckt."

Amelia ließ sich gegen die Wand fallen. „Oh nein. Ich hatte gehofft, ich hätte mich geirrt. Dass sie in Wirklichkeit gar nicht tot wäre. Dass sie irgendwie entkommen wäre."

Sadie saß still da und beobachtete, wie ihre Schwester weinte. Sie wünschte, sie hätte eine Idee, wie sie ihr helfen könnte, aber sie steckten beide so tief in Schwierigkeiten, dass sie keinen Ausweg sah. Amelia weinte und Sadie wartete schweigend ab.

Schließlich wischte Amelia ihr Gesicht an ihrem Shirt ab und setzte einen entschlossenen Blick auf. Sie griff nach Sadies Händen und begann, ihre Fesseln zu lösen. „Wie kommt es, dass du auch hier gelandet bist?"

Jetzt, nachdem der Dreck von ihrem Gesicht gewischt war, konnte Sadie die zarten Gesichtszüge ihrer Schwester erkennen. Sie hatte die Augen ihrer Mutter geerbt, genau wie Sadie selbst auch, und ihre Nase war schön und zierlich, ihre Lippen voll und genau wie ihre eigenen geformt.

„Ich habe dich gesucht und bin der Wahrheit zu nahegekommen. Ich glaube, er musste mich loswerden."

Endlich hatte Amelia es geschafft, Sadies Hände freizubekommen. „Du hast mich gesucht? Warum?"

Sadie starrte sie einen Moment lang an und überlegte, ob sie ihr zu viel auf einmal zumutete. Doch dann sagte sie: „Weil ich deine Schwester bin."

Amelias Augenbrauen zogen sich zusammen, dann lehnte sie sich zurück und starrte Sadie an.

„Ich bin Sadie Caruso."

Amelia zog die Luft so scharf ein, dass Sadie dachte, sie würde ersticken. „Caruso? Sheilas Tochter?"

Sadie nickte.

„Meine leibliche Mutter? Sie weiß über mich Bescheid?"

„Als sie deine Freundin gefunden haben ... kam die Polizei zu meiner Mutter und hat ihr erzählt, dass ihr hierhergekommen wart, um sie zu suchen. Ich wusste nicht, dass ich eine Schwester habe. Ich bin ein Jahr jünger als du."

Amelia sah wieder desorientiert aus. Sie starrte sie an und versuchte offenbar, das alles zu verarbeiten.

„Ich kann das nicht glauben. Als sie mir gesagt haben, meine leibliche Mutter habe zwei Kinder, habe ich Zehn- oder Zwölfjährige erwartet. Nicht jemanden, der praktisch genauso alt ist wie ich."

„Wir haben einen kleinen Bruder, Caleb. Er ist erst zweieinhalb."

Ein Ausdruck von Ehrfurcht huschte über Amelias Gesicht. „Caleb ..."

Sadie stand auf und untersuchte ihre Verletzungen. Sie hatte ihre Rippen krachen gehört, als sie hier heruntergefallen war, und sie verspürte einen stechenden Schmerz. Ihre Knie waren blutig und ihre Schulter tat weh. Das Seil hing immer noch um ihre

Taille. Als sie versuchte, den Knoten zu lösen, spürte sie plötzlich Tatendrang in sich aufkommen. „Wir müssen zusehen, dass wir hier rauskommen."

„Das ist unmöglich. Ich suche schon seit Tagen nach einem Ausweg, aber mir ist nichts eingefallen."

„Ich verstehe nicht, warum er uns hier gefangen hält", sagte Sadie.

„Er wartet noch auf irgendetwas. Er hat gesagt, dass er fest vorhat, mich umzubringen, wenn der richtige Zeitpunkt gekommen ist."

„Welcher Zeitpunkt?"

„Ich habe keine Ahnung. Aber hin und wieder kommt er hier runter und ..." Sie verstummte, aber Sadie wusste, was sie hatte sagen wollen.

„Hat er dich verletzt?"

Amelia war nicht in der Lage, darauf eine direkte Antwort zu geben. „Er ist ein Monster."

Sadie sah zur Klappe hinauf. „Wenn er das nächste Mal kommt, werden wir ihn überwältigen. Er kann sich nicht gleichzeitig um uns beide kümmern."

„Was ist, wenn er seinen Freund mitbringt?"

Sadie sah sie an. „Welchen Freund?"

Sie wirkte zu geschwächt, um antworten zu können. „Der andere Typ, der bei ihm war, als er Jamie und mich entführt hat." Sie lehnte den Hinterkopf gegen die Wand. „Wir haben gehört, wie sie sich draußen vor unserem Motelzimmer über ein Mädchen unterhalten haben, das einer der beiden getötet hat. Der andere war stinksauer auf ihn und hat ihm vorgeworfen, ihn in alle möglichen Schwierigkeiten gebracht zu haben. Und dass er ein furchtbares Chaos angerichtet hätte. Er hat ihn aufgefordert, die Stadt zu verlassen und nie mehr zurückzukommen."

„Dann haben sie vermutlich über Emily Lawrence gesprochen!

Sie wurde in einem Boot gefunden, und die Polizei hat gesagt, dass sie schon tot war, bevor der Mörder sie hineingelegt hat."

„Wir haben ihre Unterhaltung belauscht, und dann habe ich plötzlich ein Glas vom Tisch gestoßen und zerbrochen. Dadurch haben sie gemerkt, dass wir da drin waren und sie gehört haben."

„Oh nein!"

„Leider doch. Wir haben gehört, wie sie in ihr Zimmer zurückgegangen sind, also haben wir eine Weile gewartet und schließlich beschlossen abzureisen. Doch dann hat jemand an die Tür geklopft. Jamie hat die Tür geöffnet, und sie standen davor. Sie hatten eine Waffe, zwangen uns, mitzukommen und in ihr Auto zu steigen, und brachten uns hierher. Jamie hat sich mit aller Kraft gewehrt und versucht wegzulaufen, aber sie haben auf sie geschossen. Dann haben sie mich hier hereingeworfen."

„Wer war der andere Kerl? War es ein exzentrischer Mann mittleren Alters?"

„Nein. Er war etwa in meinem Alter. Aber ich habe nie seinen Namen gehört. Er sah ordentlicher aus als Nate. Hellbraune Haare, knapp 1,80 Meter groß."

Diese Beschreibung passte auf Dutzende junger Männer. „Also gut, wir müssen einen Weg hier heraus finden, bevor sie zurückkommen." Sie schaute Amelia prüfend an. „Geht es dir gut? Du siehst wirklich erschöpft aus."

„Ich habe seit vier Tagen nichts gegessen. Und ich hätte auch nichts zu trinken gehabt, wenn es nicht ein paar Mal geregnet hätte." Sie schlang die Arme um ihren Körper. „Wir werden hier drin sterben, darüber bist du dir doch im Klaren."

„Nein, das werden wir nicht."

„Doch. Sie werden uns niemals gehen lassen. Wir könnten sie sonst identifizieren. Sie müssen uns umbringen."

„Es mag sein, dass sie das so sehen." Endlich schaffte Sadie es, das Seil von ihrer Taille zu lösen. Dabei zuckte sie vor Schmerzen in den Rippen zusammen. „Aber sie kennen mich nicht. Ich habe eine Menge Erfahrung darin, ums Überleben zu kämpfen. Vielleicht haben sie diesmal einen ebenbürtigen Gegner gefunden."

Kapitel 40

Meine leibliche Mutter hat einen ganz besonderen Platz in meinen Gedanken, sie ist ein Kanal im Meer meiner Existenz und hat mich dahin gebracht, wo ich heute bin. Manchmal denke ich über sie nach. War sie ein unverheirateter Teenager, als sie mich zur Adoption freigegeben hat? Hat sie diese Entscheidung bereut? Hat sie mich nach meiner Geburt in den Armen gehalten? Hat sie danach tagelang – oder gar monatelang – geweint? Wie hat das ihr Leben verändert?

Ich bin mir darüber im Klaren, dass es für sie möglicherweise auch gar nicht so wichtig war. Vielleicht hat es sie überhaupt nicht belastet. Vielleicht hat sie schon jahrelang nicht mehr an mich gedacht.

Ich kann nicht erklären, warum es mir so viel bedeutet, aber es ist mir einfach wichtig, das erste Kapitel meiner Lebensgeschichte zu kennen. Ich muss wissen, wo ich herkomme, damit ich verstehen kann, wer ich jetzt bin, und vielleicht sogar, warum ich hier bin.

Sheila ließ den Papierstapel in ihrer Hand sinken und starrte auf den Blog-Eintrag. Sie hatte heute so viel geweint wie noch nie – sogar mehr als an dem Tag, an dem sie ins Gefängnis gekommen war und ihre Kinder in der Hand eines gewalttätigen, selbstsüchtigen Mannes hatte zurücklassen müssen.

Aber die Tränen waren nutzlos. Sie konnten ihrer Tochter nicht helfen.

Sie hörte Morgan die Treppe heraufkommen. Als sie in die Tür trat und dort stehen blieb, rieb sie ihren Bauch. Sie sah müde aus. „Sheila, hat Sadie dir etwas davon gesagt, dass sie nicht zum Abendessen zu Hause sein würde?“

„Nein. Zumindest kann ich mich nicht daran erinnern. Es kann aber sein, dass sie was gesagt hat und ich es nicht mitbekommen habe. Ich war ein wenig abwesend.“

Morgan hatte diesen Gesichtsausdruck, den sie immer hatte, wenn sie sich Sorgen machte, das aber nicht zeigen wollte. „Ich weiß nicht, ob wir auf sie warten oder einfach anfangen sollen zu essen.“

„Ich rufe sie an und höre mal nach.“ Sie nahm das Telefon von ihrem Nachttisch und wählte Sadies Handynummer. Sie ging nicht dran. „Vielleicht ist der Akku leer. Sie vergisst ständig, ihr Handy aufzuladen. Oder sie ist irgendwo, wo es laut ist und hört das Klingeln nicht.“

Morgan sah besorgt aus, als sie ins Zimmer trat und sich aufs Bett setzte. „Versuch es im Redaktionsbüro. Frag Blair, ob sie weiß, wo sie ist.“

Sheila wählte die Nummer, und Blair meldete sich sofort. „*Cape Refuge Journal.*“

„Hallo Blair, hier ist Sheila. Ist Sadie zufälligerweise bei dir im Büro?“

„Nein, ich hatte gedacht, ich würde sie heute am späten Nachmittag noch mal sehen, aber sie ist nicht hier aufgetaucht.“

Sheila zog die Augenbrauen zusammen und sah zu Morgan auf. „Immer noch nicht? Als sie vorhin gegangen ist, hat sie gesagt, sie ginge ins Büro.“

„Nein. Sie ist wirklich nicht hier gewesen.“

Sheilas Brustkorb verengte sich plötzlich vor Angst. „Nun ja, falls du sie siehst, könntest du ihr bitte sagen, dass ich sie suche? Und dass sie heimkommen oder anrufen soll? Sie geht nicht an ihr Handy.“

„Ja, sicher.“

Sheila legte auf und sah Morgan bestürzt an. „Wo könnte sie sein?“

Morgan sah ihr fest in die Augen. „Vielleicht ist sie einfach nur einer Story für die Zeitung auf der Spur."

„Ja, genau das befürchte ich."

Als die nächsten Stunden vergingen, ohne dass sie etwas von Sadie hörten, wuchs Sheilas Unruhe. Jonathan ging auf der vorderen Veranda auf und ab und hielt Ausschau nach ihr, während Morgan jeden anrief, der sie eventuell gesehen haben könnte. Sheila saß auf der hinteren Veranda und flehte Gott an, Sadie bald nach Hause kommen zu lassen. Aber irgendetwas in ihrem Herzen sagte ihr, dass Sadie ihren Anruf nicht einfach so ignoriert hatte. Sie war sich sicher, dass Sadie in Schwierigkeiten steckte.

Um zehn Uhr hatte Sheila genug. „Ich gehe sie suchen. Irgendetwas muss passiert sein. Sadie würde so etwas nicht machen."

Jonathan stimmte ihr zu. „Nimm das Auto und mein Handy. Wenn wir etwas von ihr hören, melden wir uns bei dir."

Als ihre Suche auf der Insel nichts Neues brachte, fiel Sheila Scott Crown ein. Vielleicht hatte Sadie ihn getroffen, und er war mit ihr ausgegangen. Es war nicht ihre Art, einfach zu einem Date zu gehen, ohne jemandem Bescheid zu sagen, aber wer wusste schon, wonach ihr der Sinn gestanden hatte, bei all dem, was heute passiert war? So weit hergeholt es auch erschien, sie wollte es einfach gerne glauben.

Sie fuhr zur Polizeistation und eilte hinein. Obwohl es schon spät war, war Joe noch da. Er schien erfreut zu sein, sie zu sehen.

„Joe, ich brauche deine Hilfe. Wir suchen Sadie – war sie vielleicht hier, um Scott zu treffen oder so etwas Ähnliches?"

„Ich habe sie nicht gesehen. Scott ist im Dienst, aber er fährt gerade Streife." Er stand auf und rief der Kollegin am Funkgerät quer durch den Raum zu: „Hey, Myrtle. Funk mal Scott an und frag ihn, ob er Sadie Caruso gesehen hat."

Sheila blieb stehen und beobachtete Myrtle, wie sie Scott anfunkte. Endlich drehte die Frau sich wieder zu ihr um. „Er sagt, er habe sie seit heute Morgen nicht mehr gesehen, Joe. Sie habe ihm auch nicht gesagt, wo sie hinwolle."

Sheila sank in sich zusammen, Tränen brannten in ihren Augen. „*Wo* kann sie nur sein?"

Joe setzte sich wieder auf seinen Stuhl. „Du bist wirklich besorgt, nicht wahr?"

„Ja!" Sie fuhr sich mit der Hand durchs Haar und beugte sich über seinen Schreibtisch. „Eine meiner Töchter ist bereits verschwunden. Was ist, wenn Sadie auch etwas zugestoßen ist? Was, wenn sie entführt wurde ...?" Ihre Stimme brach mit einem unterdrückten Schluchzen ab.

Joe kam um seinen Schreibtisch herum und nahm sie in den Arm, und sie lehnte sich an ihn und weinte in sein Hemd.

Er strich ihr über den Rücken, während er sie festhielt. „Sadie geht es gut, Liebes. Ich wette, sie hat ein paar Freunde getroffen und einfach nur vergessen anzurufen."

Sie atmete zitternd ein und sah zu ihm auf. „Kannst du sie nicht suchen lassen, Joe? Kannst du nicht die Streifenwagen anfunken, dass sie nach ihr suchen sollen?"

„Klar, das kann ich machen." Er ließ sie los, reichte ihr eine Schachtel Kleenex und eilte zu Myrtle hinüber.

Sheila putzte sich die Nase und versuchte, sich zu beruhigen. Aber die Angst umgab sie wie ein Nebel, durch den sie das Licht, das vielleicht direkt dahinter leuchtete, nicht sehen konnte. *Sadie, wo bist du?*

Als Joe die Streifenwagen angefunkt hatte, kam er zu ihr zurück. „Ich bin mir sicher, dass es ihr gut geht, Sheila. Vielleicht hat sie tatsächlich nur ein paar Freunde getroffen. Sie wird bald auf die Uhr sehen und merken, wie spät es schon ist."

Sie wischte ihre tränennassen Hände an ihrer Jeans ab. „Meinst du wirklich?"

„Ganz sicher. Sadie ist zwar vernünftig, aber sie ist immer noch ein Kind. Und du weißt, wie Kinder manchmal sein können. Vielleicht ist sie ja schon zu Hause."

Sheila zog Jonathans Handy aus ihrer Hosentasche und überprüfte, ob sie einen Anruf verpasst hatte. „Nein, Jonathan hat mir versprochen, mich anzurufen, sobald sie nach Hause kommt. Die Sache ist die, dass Amelias Verschwinden sie sehr beschäftigt hat. Was auch immer sie tut, hat mit ihr zu tun, das garantiere ich dir. Was ist, wenn sie sie gefunden hat und dabei selbst in Schwierigkeiten geraten ist?"

„Da wir Amelia bisher nicht gefunden haben, bezweifle ich, dass Sadie es geschafft hat. Nein, ich bin mir sicher, es geht ihr gut. Geh nach Hause und entspann dich. Einer unserer Jungs wird sie bald finden. Ich veranlasse dann, dass er sie sofort nach Hause bringt."

Mit einem Gefühl der Hilflosigkeit fuhr Sheila zurück nach Hause. Jonathan und Morgan hatten ebenfalls nichts von Sadie gehört.

Ein paar Minuten nachdem Sheila zurückgekommen war, fuhr Cade in die Einfahrt. Er machte ein besorgtes Gesicht.

„Sheila, Joe hat mir erzählt, dass Sadie verschwunden ist", sagte er, kaum dass er aus dem Auto gestiegen war.

Joe war also besorgter gewesen, als er gezeigt hatte. „Ja. Habt ihr sie gefunden?"

Cade schüttelte den Kopf. „Nein, noch nicht. Aber ich dachte, ich sollte dir erzählen, dass ich heute mal mit Sadie telefoniert habe."

„Wirklich?"

„Ja. Sie war im Flagstaff und hat dort herumgeschnüffelt."

Sheila rang nach Luft. „Nein! So etwas Verrücktes würde sie doch nicht tun!" Sie trat einen Schritt auf ihn zu. „Cade, sag mir bitte, dass du mich auf den Arm nimmst."

„Das tue ich nicht, Sheila. Sie war dort. Ich habe ihr gesagt, sie solle verschwinden und dass wir die Sache unter Kontrolle hätten. Bevor sie aufgelegt hat, sagte sie, sie wäre schon einen Block entfernt. Ich habe vorsichtshalber trotzdem einen Streifenwagen vorbeigeschickt, um ganz sicherzugehen. Sie haben sie nicht gesehen, deshalb sind wir davon ausgegangen, dass sie tatsächlich bereits weg war."

„Ach du meine Güte, warum hat mir das denn niemand früher gesagt?" Völlig außer sich rannte Sheila ins Haus. „Ich brauche die Autoschlüssel. Ich muss dahin."

„Ins Flagstaff?" Morgan versuchte, sie aufzuhalten. „Sheila, du kannst nicht dahin fahren!"

„Warum nicht? *Irgendjemand* muss es tun! Meine Tochter ist verschwunden!"

„Lass die Polizei das machen!", schrie Morgan. „Bitte, Sheila ..."

„Die Polizei macht aber *nichts*! Sie wussten, dass sie da war, und haben ihr einfach so geglaubt!" Sie drehte sich zu Cade um. „Du hättest doch wissen müssen, dass sie da nicht verschwindet, bevor sie nicht gefunden hat, was sie sucht! Du hättest es wissen müssen!"

Cade packte Sheila an den Schultern und versuchte, sie zu beruhigen. „Sheila, du musst mir vertrauen. Ich fahre jetzt zurück zur Polizeistation und gebe eine Fahndung heraus, die auch die Polizeistationen in Tybee und Savannah sowie die Büros der Sheriffs in der Umgebung erhalten werden."

„Marcus Gibson läuft frei herum", weinte Sheila. „Was ist, wenn er gemerkt hat, dass Sadie ihm auf der Spur ist, und er sie sich geschnappt hat?"

Cade machte den Eindruck, als habe er diese Möglichkeit bereits bedacht. „Er steht unter Beobachtung, Sheila. Er kann so etwas nicht getan haben, ohne dass er dabei gesehen worden wäre."

„Du kennst ihn nicht", sagte sie. „Er ist aalglatt. Wenn irgendjemand der Überwachung entkommen kann, dann er!"

„Nun ja, sollte er es geschafft haben, dann werden wir das noch heute herausfinden. Ich gebe dir mein Wort darauf."

Kapitel 41

Während Cade das Hanover House verließ, rief er Agent Yeager im lokalen GBI-Büro an und teilte ihm mit, dass Sadie Caruso verschwunden war.

„Sie hat ihr Handy dabei“, sagte Cade. „Bitte versuchen Sie, es zu orten.“

Schon nach wenigen Minuten rief Yeager zurück und gab ihm die genauen Koordinaten des Handys durch. Es befand sich in einer zwielichtigen Gegend von Savannah, kein sicherer Ort für ein junges Mädchen. „Ich habe ein paar Männer dort hingeschickt. Bitte warten Sie, bis ich mich wieder melde.“

Es war beinahe Mitternacht. Was könnte Sadie in diesem Teil der Stadt wollen? Oder war sie gegen ihren Willen dahin gebracht worden? Er wendete seinen Wagen und fuhr in Richtung Savannah. Falls sie sie fänden, wollte er sie selbst nach Hause bringen.

Auf halber Strecke klingelte sein Handy.

„Schlechte Nachrichten, Cade.“

Cades Herz sank. Er war sich nicht sicher, ob er sie hören wollte. „Was ist passiert, Yeager?“

„Sie haben Sadies Tasche mit ihrem Handy darin gefunden, aber es lag auf dem Rücksitz eines alten Volvos vor einer Bar, dem Rover's. Das Auto war verlassen, und es gibt keinen Hinweis auf den Fahrer. Wir haben das Kennzeichen überprüft und festgestellt, dass das Auto letzten Monat als gestohlen gemeldet wurde.“

„Werden die Leute in der Bar befragt?“

„Gerade in diesem Augenblick. Aber es ist ziemlich viel los dort und entsprechend viele Leute müssen befragt werden. Und sie nehmen auch Fingerabdrücke. Inzwischen sieht es so aus, als hätten wir ein weiteres vermisstes Mädchen. Vielleicht ist Sadie bei ihrer Schwester."

Cade schlug mit der Hand aufs Lenkrad. Warum war er nicht selbst zum Flagstaff gefahren, als sie ihn heute angerufen hatte? Sheila hatte recht. Er hätte wissen müssen, dass Sadie dickköpfig genug war, dazubleiben, bis sie herausgefunden hatte, was sie wissen wollte.

Was hatte sie ihm erzählt? Er ging das Gespräch mit ihr im Geist noch einmal durch. Sie hatte herausgefunden, dass Gibson gesehen worden war, wie er in der Nähe des Flagstaff herumlungerte.

Er knirschte mit den Zähnen, dass sein Kiefer knackte, während er zum Haus des Bezirksstaatsanwalts fuhr. Er würde ihn wecken und davon überzeugen, ihm einen weiteren Durchsuchungsbeschluss für Gibsons Haus auszustellen. Und der Bezirksstaatsanwalt erfüllte seine Bitte tatsächlich ohne lange Diskussion.

Dann machte Cade sich auf den Weg zu dem GBI-Agenten, der Gibson beobachtete. Sein unbeleuchtetes Auto stand auf der Straße vor Gibsons Haus, die Fensterscheibe war heruntergelassen. Er war bereits informiert worden, dass Cade kommen würde, und gab ihm einen kurzen Überblick über Gibsons Aktivitäten an diesem Tag. Der Mann hatte sein Haus seit gestern überhaupt nicht verlassen. Er hatte kaum einmal den Kopf zur Haustür herausgestreckt, und der „Rettungsschwimmer", der am Strand postiert worden war, berichtete, dass er auch nicht zur Hintertür herausgekommen war.

Cade wusste, dass er sich auf diese Aussagen nicht verlassen konnte. Gibson war raffiniert und seine Fantasie kam ihm sicher zugute, wenn es darum ging, sich der Überwachung durch die Beamten zu entziehen. Es war durchaus vorstellbar, dass er aus dem Haus entkommen war, ohne dass die Beobachter es bemerkt hatten.

Mit dem Durchsuchungsbeschluss bewaffnet marschierte Cade

auf Gibsons Haustür zu. Scott Crown, Alex Johnson und Joe McCormick verteilten sich um das Haus, während der GBI-Agent mit ihm ging.

Cade klopfte an die Haustür. „Aufmachen, Gibson! Polizei!"

Er hörte Schritte im Haus, der Riegel wurde zurückgeschoben. Die Verandabeleuchtung flammte auf und Gibson streckte verschlafen blinzelnd seinen Kopf heraus. „Meine Herren, Sie hätten die Klingel benutzen können. Das ist zugegebenermaßen weniger dramatisch, aber genauso wirkungsvoll."

Seine Selbstgefälligkeit rief in Cade den Wunsch hervor, ihn zusammenzustauchen. „Wir haben einen Durchsuchungsbeschluss für Ihr Haus, Gibson."

„Was suchen Sie denn?"

„Sadie Caruso, ein weiteres Mädchen im Teenageralter, das auf einmal verschwunden ist."

„Und ich soll wissen, wo sie steckt? Verraten Sie mir doch mal, meine Herren, wie ich ein Mädchen entführt haben soll, wenn die Polizei Tag und Nacht mein Haus bewacht?"

Cade ging hinein und sah sich um. Es herrschte immer noch ein einziges Chaos. Joe eilte durchs Haus und suchte nach irgendwelchen Hinweisen auf Sadie.

„Sie werden hier nichts finden." Gibson beobachtete sie, wie sie von einem Zimmer zum nächsten gingen. „Ich habe das Haus nicht verlassen. Ich habe in den letzten vierundzwanzig Stunden fünfzig Seiten von Hand geschrieben. Hier sind sie." Er fuchtelte mit einem vollgekritzelten gelben Notizblock herum. „Sie können es gerne lesen. Und Sie haben sicher auch meine Telefone abgehört. Also wissen Sie, dass ich schon einen Tag lang keinen einzigen Anruf mehr getätigt habe. Hier will mir zweifellos jemand die Schuld in die Schuhe schieben. Chief Cade, das müssen Sie doch merken, gerade jetzt, wo Ihnen das selbst auch passiert ist."

Cade fragte sich, woher er das wusste und drehte sich zu ihm um. „Woher wissen Sie, dass mir jemand etwas anhängen will?“

„Ich habe gehört, wie in Ihrer Polizeistation darüber gesprochen wurde. Bei diesen dünnen Wänden ist es keine Kunst, etwas zu erlauschen.“ Gibson schüttelte den Kopf. „Ich sage Ihnen, wir sind beide hereingelegt worden. Ich glaube, ich habe sogar einen Beweis dafür – etwas, dass Ihnen helfen könnte, den wirklichen Mörder zu finden, wenn Sie mir nur zuhören. Aber ich brauche meinen Computer, um Ihnen das zu zeigen.“

Cade warf ihm einen ungläubigen Blick zu. „Ich kann Ihnen Ihren Computer nicht zurückgeben. Er wurde als Beweismaterial beschlagnahmt.“

„Ja, natürlich. Er wurde beschlagnahmt, weil sie behaupten, ich habe den letzten Mord in meinem aktuellen Manuskript beschrieben. Allerdings bleibe ich dabei, dass ich diese Szene nicht geschrieben habe. Entweder ist jemand hier eingedrungen und hat meinen Entwurf geändert oder mein Computer wurde gehackt und sie haben es auf diese Weise gemacht. Und falls es Letzteres war, glaube ich, dass ich das beweisen kann.“

„Wir werden nicht zulassen, dass sie die Beweise fälschen, Gibson, das können Sie getrost vergessen.“

Gibsons Gesichtsausdruck verriet seine wachsende Erregung. „Chief Cade, in meinem Textverarbeitungsprogramm gibt es eine Funktion namens „Änderungsverfolgung“. Autoren und Lektoren benutzen das ständig, damit wir die Änderungen, die die Lektoren an unseren Werken vorgenommen haben, nachvollziehen können. Wenn der Lektor mir seine Überarbeitung schickt, kann ich sehen, was er geändert hat. Ich hatte diese Funktion eingeschaltet, deshalb könnte die Datei einen Hinweis darauf enthalten, wer etwas an meinem Manuskript geändert hat.“

„Wie kann man das erkennen?“

„Wenn die Funktion eingeschaltet ist, erscheint das von mir

Geschriebene in blauer Farbe. Die Änderungen meines Lektors sind rot. Ich kann jede einzelne Änderung, die an einem Dokument vorgenommen wurde, nachvollziehen. Und falls ich mir unsicher bin, welcher Lektor was geändert hat, klicke ich auf die Änderung und dann werden die entsprechenden Initialen angezeigt."

Cade lachte. „Ich bezweifle doch ernsthaft, dass ein Hacker, so es ihn überhaupt gibt, sein Werk auch noch mit seinen Initialen kennzeichnen würde."

„Er hat vielleicht nicht bemerkt, dass er es getan hat. Wenn man einen neuen Computer bekommt, legt man beim Einrichten als Erstes ein persönliches Profil an. Eine der Informationen, die man eingibt, sind die Initialen. Und der Computer greift bei der Änderungsverfolgung auf diese Profildaten zurück. Ich muss meinem Computer nicht sagen, dass ich es bin, er setzt das einfach voraus, weil es mein Computer ist."

„Wenn wir also mit viel Fantasie mal davon ausgehen, dass Sie die Wahrheit sagen und jemand anderes den Text in Ihr Manuskript eingefügt hat, wie können Sie dann wissen, dass er nicht bei Ihnen eingebrochen ist und Ihren Computer benutzt hat?"

„Das ist auch möglich. Und wenn es so war, sieht es so aus, als sei es meine Arbeit, weil meine Initialen da stehen. Dann wird es schwierig, das zu beweisen, mal davon abgesehen, dass es so offensichtlich nicht mein Stil ist. Die Grammatik war furchtbar, die Zeichensetzung grauenvoll ... so etwas Armseliges hätte ich niemals produziert."

„Sie haben selbst ausgesagt, Ihre Erstentwürfe seien so schrecklich, dass sie verbrannt werden müssen."

„Das stimmt auch, aber sie sind nicht *so* miserabel! Selbst meine *grauenvollsten* Versuche sind besser als das." Er schob den Notizblock zu Cade rüber. „Lesen Sie das. Ich würde es noch nicht druckreif nennen, aber zum Donnerwetter, es ist um Längen besser als das andere durchschnittliche Gesülze. Derjenige, der diese

Szene eingefügt hat, konnte noch nicht einmal einen einfachen Satz bilden. Ich bin Universitätsprofessor für Englisch, Herrschaft noch mal!“

Cade musste zugeben, dass das Sinn ergab. Er konnte sich nicht vorstellen, wie es möglich wäre, dass ein Professor von seinem Niveau etwas so Amateurhaftes schreiben würde.

„Wissen Sie, mit dem drahtlosen Netzwerk ist es ganz einfach, meinen Computer zu hacken. Alles, was man tun muss, ist, mit seinem eigenen WLAN-fähigen Computer vor meinem Haus zu parken, dann kann man sich Zugriff auf meinen Server verschaffen. Ich habe meinen Computer für den Datentausch konfiguriert, deshalb ist es möglich, meine Daten anzuzapfen und zu ändern. Meine Kollegen warnen mich schon seit Jahren davor, doch ich habe noch keine Firewall installiert, nie irgendwelche Schutzmaßnahmen ergriffen. Ich dachte, da ich so abgeschieden lebe, würde mir so etwas nicht passieren. Aber offensichtlich ist das ein gemeines Spiel, und der wahre Mörder will mich zu Fall bringen. Und wahrscheinlich will er Sie ebenso hereinlegen, Chief Cade.“

Cade dachte an den Schuh auf der Ladefläche seines Pick-ups. Da draußen gab es ganz offensichtlich jemand, der die Polizei irreführen wollte. Aber wie konnte er sicher sein, dass es nicht Gibson selbst war? Die Beweislage war eindeutig.

Gibsons Gesichtsausdruck wirkte diesmal so wenig zerstreut und dafür so angestrengt wie noch nie. „Ich bitte doch nur darum, dass Sie die vorliegenden Beweise noch mal überprüfen. Das Georgia Bureau of Investigation muss doch einen Computer-Spezialisten haben, jemanden, der sich damit auskennt. Es könnte eine Möglichkeit sein, den Mörder zu identifizieren.“

Joe kam zurück und schüttelte den Kopf. Cade und der GBI-Agent traten mit ihm ein paar Schritte zur Seite. „Nichts“, sagte Joe.

Cade hatte es geahnt. Er sah den Agenten an. „Haben Sie die Telefonanrufe überprüft?“

„Selbstverständlich. Er hat die Wahrheit gesagt. Keine Anrufe in den letzten vierundzwanzig Stunden, und meine Männer sind sich sicher, dass er das Haus nicht verlassen hat."

„Der Bezirksstaatsanwalt wird keine weiteren Maßnahmen genehmigen. Da Gibson ein bestätigtes Alibi hat, haben wir keinen hinreichenden Verdacht."

McCormick sah Cade an. „Vielleicht sind wir auf dem Holzweg."

„Aber er hat im Wald übernachtet. Er hat die Szene geschrieben ..." Cade warf einen Blick zu Gibson hinüber. Der Autor schwitzte heftig und seine graue Einstein-Frisur sah aus, als käme er direkt aus einem Windkanal. Vielleicht, aber nur vielleicht, sagte der Mann die Wahrheit.

„Also gut, lasst uns seine Computer-Geschichte überprüfen und schauen, ob wir dabei etwas herausfinden."

McCormick nickte.

Cade atmete tief ein und ging wieder zu Gibson hinüber. „Wir werden Sie weiter beobachten, Sie können keinen Schritt tun, ohne dass wir das mitbekommen. Verstanden?"

„Ich wurde hereingelegt, Chief Cade, genau wie Sie, als Sie die Leiche in der Grotte gefunden haben."

„Warum sollte jemand gerade uns beide hereinlegen? Das ergibt doch überhaupt keinen Sinn. Es ist viel wahrscheinlicher, dass einer von uns beiden der Schuldige ist und versucht, es auf den anderen zu schieben."

„Aber ich glaube nicht, dass Sie der Schuldige sind, Chief Cade."

Cade musste beinahe lachen. „Ich habe auch nicht davon gesprochen, dass ich derjenige von uns beiden sei, Gibson. Aber vielen Dank, dass Sie mir ihr Vertrauen aussprechen."

„Vielleicht hat der Täter ja einen Gott-Komplex und will einfach nur Macht über zwei mächtige Männer haben." Gibson sah alles andere als mächtig aus, wie er mit seiner wirren Frisur so dasaß. „Oder vielleicht wollte er sich nach allen Seiten absichern. Vielleicht wollte er dafür sorgen, dass auf jeden Fall einem von uns beiden die Schuld zugeschoben wird, falls es bei dem anderen nicht klappte. Oder vielleicht ist das alles auch nur Bestandteil eines makabren Spiels."

Cade verließ Gibsons Haus und fuhr zum GBI-Büro. Er würde sie dazu bringen, die Datei auf dem Computer genau zu untersuchen und herauszufinden, ob irgendetwas von dem, was Gibson ihm erzählt hatte, stimmte. So exzentrisch der Mann auch zu sein schien, seine Ausführungen hatten logisch geklungen.

Doch wenn Gibson Sadie nicht hatte, wer hatte sie dann?

Kapitel 42

Irgendwann kam es Sheila in den Sinn, in Sadies Zimmer nachzuschauen. Wenn sie nur intensiv genug suchen würde, fände sie vielleicht einen Hinweis. Vielleicht würde irgendetwas, das Sadie auf ein Stück Papier gekritzelt hatte, ihr zeigen, dass sie keine Dummheit begangen hatte.

Sie betrat das Zimmer ihrer Tochter. Es war so sauber, wie man es von Sadie gewohnt war. Das war ihre Art, eine gewisse Ordnung in ihrem Leben aufrechtzuerhalten, wenn ihre Familie in Aufruhr war und alles andere außer Kontrolle geriet.

Doch auf dem gemachten Bett sah Sheila weitere Seiten von Amelias Tagebuch liegen. Sheila hatte den Teil, den sie sich genommen hatte, fertig gelesen, aber nicht mehr daran gedacht, dass Sadie noch mehr hatte. Sie nahm die Blätter und begann zu lesen.

> In der Zwischenzeit sitzen wir in diesem Zimmer fest. Ich versuche die ganze Zeit, Jamie dazu zu bewegen, rauszugehen, doch sie hört fasziniert der Unterhaltung draußen zu. Wir haben unsere Vorhänge zugezogen, aber die Fenster sind offen, und sie ist ganz vertieft in die Unterhaltung draußen vor unserem Fenster. Zwei Typen stauchen sich gegenseitig in barschem Flüsterton zusammen, sie glauben vermutlich, dass niemand sie hört. Einer von ihnen wohnt im Zimmer nebenan. Warum sie ihren Streit nicht dort austragen, ist mir schleierhaft. Sie wissen ganz offensichtlich nicht, dass wir sie verstehen können. Ich glaube, ich werde auch mal zuhören und versuchen herauszufinden, worum es geht. Das ist jedenfalls besser als jedes andere Unterhaltungsprogramm, das wir hier haben.

Sie ließ die Seiten fallen, als hätte sie sich daran verbrannt. *„Morgan!“*

Morgan kam die Treppe heraufgerannt, Jonathan direkt hinter ihr. „Was ist los?“

Sheila schob ihnen die Seiten zu, und Morgan las sie. „Oh, kein Wunder, dass sie da hingegangen ist.“

„Ich mache mich sofort auch auf den Weg dorthin!“ Sheila drängte sich an ihr vorbei und eilte zur Treppe.

„Nein, Sheila, das solltest du nicht machen. Bitte!“

Sheila entwand sich Morgans Griff. „Es ist meine Schuld. Es ist alles meine Schuld! Ich muss da hin!“

„Wieso ist es deine Schuld?“, hakte Morgan nach.

„Ohne mein falsches Verhalten in der Vergangenheit wäre Amelia nicht hergekommen, um mich zu suchen, und auch nicht entführt worden. Dann hätte Sadie nicht losziehen müssen, um *sie* zu suchen.“

Jonathan versuchte, sie aufzuhalten. „Sheila, bitte beruhige dich und hör mir zu. Wenn du zum Flagstaff gehst, kann auch dir etwas zustoßen, und dann bist du weder Sadie noch Amelia eine Hilfe.“

„Ich hätte schon viel eher da hingehen sollen. Ich hätte diejenige sein sollen, die das Tagebuch findet. Und ich hätte diejenige sein sollen, die in dieses Motelzimmer geht und Fragen stellt. Warum mussten das meine Kinder tun?“

„Weil es einfach so war.“

Sie schob sich an ihm vorbei und ging die Treppe hinunter. „Nun gut, es ist noch nicht zu spät. Ich mache mich jetzt auf den Weg zu diesem Motel und ich werde meine Töchter finden.“

Morgan folgte ihr. „Sheila, bitte geh nicht!“

„Ich *muss*. Ich werde nicht hier rumsitzen und in Selbstmitleid baden. Ich werde etwas unternehmen. Ich werde meine Töchter finden. Und wenn sie noch leben, werde ich sie zurückbringen.“

Morgan folgte ihr hinunter in die Küche, wo die Autoschlüssel hingen. „Sheila, ich möchte, dass du hierbleibst."

„Ich brauche das Auto, Jonathan. Bitte, ich brauche deine Erlaubnis."

„Nein, dafür bekommst du meine Erlaubnis nicht! Du darfst nicht fahren. Das lasse ich nicht zu."

„Dann nehme ich das Auto eben gegen deinen Willen. *Das Leben meiner Kinder steht auf dem Spiel.* Versteht ihr das denn nicht?" Sie rannte zur Tür hinaus, und Morgan folgte ihr auf die Veranda.

„Sheila, dann lass uns wenigstens zusammen hinfahren! Bitte ..."

Als Sheila das Auto erreichte, hörte sie einen erstickten Aufschrei und drehte sich um.

Morgan stand vornübergebeugt und hielt sich den Bauch vor Schmerzen.

Jonathan sprang von der Veranda herab und lief zu ihr hin. „Liebling, ist alles in Ordnung mit dir?"

Morgan antwortete nicht, sondern stöhnte nur, weil die Wehe noch andauerte.

Sheila stand wie erstarrt da. In diesem Zustand konnte sie Morgan nicht zurücklassen.

Als die Wehe abebbte, entspannte Morgan sich. Doch plötzlich rann Wasser an ihrem Bein hinunter. „Oh nein! Die Fruchtblase ist geplatzt!"

„Das Kind kommt!", schrie Jonathan. „Ich muss sie ins Krankenhaus bringen!"

Sheila starrte ihn nur an. Sie wusste, dass er recht hatte.

„Du musst hierbleiben", sagte Jonathan. „Caleb schläft oben. Felicia schläft ebenfalls, und sie kann auch nicht so gut mit Caleb umgehen. Überlass der Polizei die Suche nach Sadie."

Sheila sagte kein Wort, als Jonathan ihr den Autoschlüssel abnahm und Morgan zum Auto brachte.

„Bete für uns!", rief er. „Das Baby ist einen Monat zu früh dran. Es ist viel zu früh."

Sie wollte zurückschreien, dass sie keine Zeit hatte, sich Sorgen um Morgan oder ihr Baby zu machen, dass sich ihre eigenen Kinder in viel größerer Gefahr befanden. Aber sie stand nur weinend da.

„Ich meine es ernst, Sheila", rief Jonathan ihr vom Auto aus zu. „Bleib hier!"

Sheila ging zurück zur Veranda und sah ihnen nach, wie sie davonfuhren. Als sie weg waren, ging sie wieder in die Küche und griff nach dem nächsten Schlüsselbund. Aber sie konnte Caleb nicht allein lassen.

Sie konnte sich auch nicht darauf verlassen, dass Felicia aufwachen würde, wenn Caleb sie bräuchte. Deshalb rief sie Karen an, eine ehemalige Bewohnerin des Hanover Houses, die vor einiger Zeit einen der Bewohner geheiratet hatte und dann ausgezogen war.

Gus, Karens Mann, meldete sich am Telefon. „Hallo?"

„Gus, hier ist Sheila Caruso. Entschuldige bitte, dass ich so spät anrufe, aber es ist ein Notfall. Kann ich Karen sprechen?"

„Klar, Mann. Was ist los?"

„Morgan ist unterwegs ins Krankenhaus. Sie hat Wehen."

„Jetzt schon?"

„Leider ja. Und Sadie ist verschwunden. Ich muss sie dringend suchen."

„Was?"

„Kann ich bitte mit Karen sprechen?"

Kurz darauf meldete sich Karen mit vom Schlaf kratziger Stimme. „Hallo?"

„Karen, kannst du herkommen und für mich babysitten? Es ist ein Notfall."

Sie hörte durchs Telefon, dass Gus etwas mit leiser Stimme

murmelte, und wusste, dass er ihr von Morgan erzählte. „Natürlich, Sheila. Ich bin in ein paar Minuten bei dir."

Sheila ging auf der vorderen Veranda auf und ab, als Karen in Gus' zehn Jahre altem Toyota vorfuhr. Karen stieg aus, rannte auf Sheila zu und umarmte sie. „Ist bei Morgan alles in Ordnung?"

„Ich weiß es nicht, ich habe noch nichts gehört."

„Und was ist mit Sadie?"

„Sadie steckt in großen Schwierigkeiten." Sheila begann wieder zu weinen. „Oh, Karen, ich muss los. Bitte bete, dass ich sie finde."

„Das werde ich. Ruf mich an, sobald du etwas herausgefunden hast."

Sheila ging hinaus zu Jonathans Pick-up, doch dann fiel ihr ein, dass sie unbewaffnet war, aber vielleicht eine Pistole gebrauchen könnte. Morgan und Jonathan hatten eine, die sie in ihrem Schlafzimmer aufbewahrten. Sie rannte zurück und die Veranda hinauf. „Ich habe etwas vergessen. Ich bin gleich wieder da."

Karen nickte und ging ins Haus, schaltete das Küchenlicht an und begann, Kaffee zu kochen.

Sheila lief die Treppe hinauf und betrat auf Zehenspitzen Morgans und Jonathans Schlafzimmer. Wo würde sie eine Pistole aufbewahren, wenn sie eine hätte? Wahrscheinlich direkt neben dem Bett, auf Jonathans Seite. Sie sah seine Pantoffeln auf der rechten Seite des Betts stehen, also ging sie zu seinem Nachttisch und zog die Schublade auf. Die Pistole war darin, so wie sie gehofft hatte. Sie nahm sie mit zitternden Händen heraus und prüfte, ob sie geladen war. Doch das war sie nicht.

Mit der Waffe in der Hand durchsuchte sie die Schubladen nach Munition. Es war ja klar, dass er die Pistole nicht geladen aufbewahrte. Schließlich wohnten Ex-Häftlinge in seinem Haus, ehemalige Drogenabhängige ... Er war nicht so dumm, eine geladene Pistole herumliegen zu lassen, wo sie jeder finden konnte.

Aber die Munition musste doch irgendwo sein. Sie durchforstete alle Schubladen, fand aber nichts, dann probierte sie es mit dem Wandschrank. In den Fächern lag nichts, was so aussah, als könne sich Munition darin befinden, also eilte sie in das private Badezimmer der beiden. In der untersten Schublade des Waschtischs fand sie Jonathans Kulturbeutel und öffnete den Reißverschluss.

Da war die Munition, in einem Kästchen ganz unten im Kulturbeutel, direkt neben einer neuen Tube Zahnpasta. Ihre Hände zitterten, als sie die Pistole lud. Sie überprüfte die Sicherung sorgfältig, dann steckte sie sie in den Hosenbund ihrer Jeans, zog ihr Shirt darüber und rannte wieder nach draußen.

Sie würde alles tun, was nötig war, um ihre Töchter zurückzubekommen.

Und es war ihr völlig egal, welche Konsequenzen das haben könnte.

Kapitel 43

Die Blaulichter von einem halben Dutzend Polizeiautos erhellten das Flagstaff Motel, als Sheila in Jonathans Pick-up auf den Parkplatz fuhr. Die Bewohner lehnten scharenweise über dem Geländer des Obergeschosses und beobachteten das Geschehen, wie die Polizisten im Nachbarzimmer von Amelia und Jamie ein- und ausgingen. Sie entdeckte Joe, der bei geöffneter Fahrertür in seinem Wagen saß und ins Funkgerät sprach. Sie ging zu ihm hinüber und beugte sich in die geöffnete Tür hinein.

„Joe, was habt ihr herausgefunden?"

Er hob die Hand, beendete seinen Funkspruch und drehte sich dann zu Sheila um. „Wir haben Sadie bisher nicht gefunden, aber wir versuchen gerade, so viele Informationen wie möglich über diesen Typen, diesen Nate, zu sammeln."

„Nate?"

„Ja, er hat in dem Zimmer neben Jamie und Amelia gewohnt."

„Dann ist Sadie hierher gekommen, um *ihn* zu finden." Sie blickte prüfend zu dem Zimmer hinauf. „Ist er da?"

„Nein. Niemand weiß, wo er steckt."

„Und was ist mit Gibson?"

„Wir glauben nicht, dass er etwas damit zu tun hat, Sheila. Er steht unter strenger Beobachtung." Als jemand aus dem besagten Zimmer Joes Namen rief, stieg er aus. „Ich bin gleich wieder da. Sieht so aus, als würde ich gebraucht."

Sie nickte, blieb neben seinem Auto stehen und schaute ihm nach, wie er die Treppe hinauflief und in Nates Zimmer verschwand. Hatten sie einen Hinweis darauf gefunden, dass Sadie hier gewesen war, dass es eine Rangelei gegeben hatte, dass ihre Tochter gegen ihren Willen weggebracht worden war? Wussten sie, was für ein Auto Nate fuhr und wo er lebte, wenn er sich nicht in dem Motel aufhielt?

Auf einmal fiel ihr ein Notizblock auf, der auf Joes Sitz lag. Es war der Block, den er immer in der Hemdtasche bei sich trug. Während er am Funkgerät mit der Zentrale gesprochen hatte, hatte er etwas darauf gekritzelt, und ihn dann dort liegen gelassen.

Sie sah sich nach allen Seiten um, hoffte, dass sie nicht beobachtet wurde, und glitt in den Wagen. Sie riss die Seite von dem Block ab, steckte sie in ihre Hosentasche und schlüpfte wieder hinaus. Niemand hatte etwas bemerkt.

Sie eilte zurück zu Jonathans Pick-up, stieg ein und las, was auf dem Zettel stand. Es war eine Adresse. Sie startete den Wagen und fuhr los in Richtung Hinesville, um die angegebene Adresse zu suchen. Falls dieser Nate dort wohnte, war es möglich, dass ihre beiden Töchter auch dort waren.

Sie betete, dass sie noch lebten.

Kapitel 44

Nachdem Blair den Anruf bekommen hatte, dass ihre Schwester Wehen hatte, raste sie sofort zum Krankenhaus. Als sie dort ankam, konnte sie keine Parklücke finden. „Du meine Güte, es ist mitten in der Nacht! Was ist denn hier los, haben die eine Tagung oder was?"

Sie parkte in der zweiten Reihe, rannte hinein und stürzte auf den Informationsschalter zu. „Meine Schwester ist eben hier angekommen. Sie hat Wehen. Morgan Cleary."

Die ältere Frau am Schalter gab gemächlich Morgans Namen in ihren Computer ein. „Ja, da habe ich sie. Zimmer 403. Die Aufzüge sind in diese Richtung, Liebes."

Blair sauste in Richtung Aufzüge und rannte dabei beinahe eine Krankenschwester und einen Mann im Rollstuhl um.

Da der Aufzug nicht kam, stürmte sie zum Notausgang und eilte die Treppen hinauf. Als sie im vierten Stock ankam, war sie nass geschwitzt.

Sie sah Zimmer 426, lief den Gang entlang und zählte im Gehen die Zimmernummern herunter. Endlich erreichte sie das Zimmer ihrer Schwester.

Sie platzte hinein. Morgan lag schweißgebadet im Bett und umklammerte Jonathans Hand, während sie eine Wehe durchlitt.

Ein Arzt und eine Krankenschwester standen am Fußende des Bettes. Sie drehten sich um, als Blair hereinstürmte. „Ich bin ihre Schwester. Geht es ihr gut?"

Jonathan sah zu Blair auf, flüsterte Morgan dabei aber ununterbrochen zu: „Atmen, Liebling ... los, Schatz, eins, zwei, drei ..."

„Es ist alles in Ordnung", sagte der Arzt mit gedämpfter Stimme. „Wir bringen sie gleich in den Kreißsaal. Der Muttermund ist vollständig geöffnet, es kann also losgehen."

Die Wehe ebbte ab und Blair konnte sehen, wie Morgan sich entspannte.

„Blair, ich bin so froh, dass du da bist ..."

Sie trat an Morgans Seite und nahm ihre Hand. Die Krankenschwester entriegelte das Bett, damit sie es wegschieben konnten. „Das Baby darf doch jetzt noch nicht kommen, es ist noch viel zu früh! Kann man es nicht irgendwie aufhalten?"

„Nein", antwortete Morgan. „Es ist schon zu weit. Das Baby kommt gleich."

Blair warf Jonathan einen gequälten Blick zu. „Es ist in Ordnung", sagte er, aber sie sah die Angst in seinen Augen. „Es kommt oft vor, dass Babys zu früh geboren werden."

„Das stimmt." Der Arzt lächelte, während sie das Bett wegschoben. „Wir haben hier hervorragendes Fachpersonal für Frühgeburten. Und der Herzschlag des Babys ist kräftig."

Blair wartete, während Morgan in den Flur geschoben wurde, dann lief sie hinterher, bis sie sie eingeholt hatte, und schritt neben dem Bett her.

„Kommen Sie mit?", fragte die Krankenschwester. „Wenn ja, müssen Sie sterile Kleidung anziehen."

Blair sah zu Morgan hinab. „Möchtest du, dass ich mitkomme?"

Morgan schüttelte den Kopf. „Bleib hier. Ich möchte, dass du zu Hause anrufst und nachfragst, ob Sheila noch da ist."

„Warum?"

„Weil ich mir Sorgen um sie mache. Sie wollte zum Flagstaff fahren, um Sadie zu suchen. Sadie ist verschwunden, Blair. Wir können sie nirgendwo finden, aber wenn Sheila zu diesem Motel gefahren ist, wer weiß, was ihr dann passiert."

Blair sah über Morgan hinweg zu Jonathan hinüber. „Hat Morgan deshalb Wehen bekommen? Wegen der Aufregung um Sadie?"

„Zweifellos“, sagte er.

Eine weitere Wehe überfiel Morgan. Sie zog die Beine an und stöhnte. Blair legte die Hand auf ihre Schulter und wünschte, sie könnte ihr irgendwie helfen. Doch Jonathan tat das bereits, indem er an ihrer Seite den Gang entlangeilte und mit beruhigender Stimme auf sie einredete, um ihr durch die Schmerzen zu helfen.

Als sie die Doppeltür zum Kreißsaal erreichten, blieb Blair zurück. „Pass gut auf sie auf, Jonathan.“

„Mache ich, Blair. Bete für sie, okay? Bete ununterbrochen.“

Sie sah ihrer Schwester nach, wie sie durch die Türen verschwand. Als sie sich hinter ihr schlossen, kam es ihr vor, als sei die ganze Welt wieder einmal außer Kontrolle geraten.

Ihre Schwester hatte Wehen, Sadie war verschwunden, Amelia wahrscheinlich tot, Cade wurde verdächtigt, darin verwickelt zu sein, und jetzt noch ... Sheila. Blair zog ihr Handy hervor und rief im Hanover House an. Es meldete sich jemand, dessen Stimme sie nicht erkannte.

„Wer ist denn da?“

„Hier ist Karen. Bist du das, Blair?“

„Ja, aber was machst du da?“

„Ich passe auf Caleb auf. Sheila hat mich angerufen ...“

„Oh nein. Wo ist sie hingefahren?“

„Sie sagte, sie wolle Sadie suchen.“

Genau wie Morgan befürchtet hatte. Blair lehnte sich mit der Stirn gegen die Wand. *Was jetzt?*

„Wie geht es Morgan?“

Blair versuchte, sich wieder auf das Gespräch zu konzentrieren. „Sie ist gerade in den Kreißsaal gebracht worden. Bitte bete für sie. Das Baby ist zu früh dran.“

„Ruf mich an, wenn das Kind da ist, okay, Blair?“

„Mach ich. Und tu mir bitte einen Gefallen. Wenn du etwas

von Sheila oder von Sadie hörst, ruf mich unter dieser Nummer an."

„Sheila war echt verzweifelt wegen Sadie", sagte Karen. „Ich würde es ihr zutrauen, dass sie sich in Gefahr begibt. Ich rufe dich an, wenn ich von ihr höre."

Blair legte auf und wählte Cades Handynummer. Sie wusste, dass er heute Nacht noch nicht im Bett gewesen war.

„Chief Cade."

„Cade, ich bin's".

„Hallo Schatz. Wie geht es Morgan?"

„Sie steht kurz vor der Entbindung. Hör mal, Morgan macht sich Sorgen um Sheila. Sie hat das Hanover House verlassen und ist zum Flagstaff gefahren. Sie war panisch und versucht verzweifelt, Sadie zu finden. Ich habe Angst, dass sie auch noch in Schwierigkeiten gerät."

„Ich bin gerade im Flagstaff. Sheila war vorhin für ein paar Minuten hier, aber sie ist wieder gefahren."

„Gefahren? Wohin?"

„Ich weiß es nicht. Das hat sie nicht gesagt. Ich bin davon ausgegangen, dass sie wieder nach Hause gefahren ist, nachdem sie gesehen hat, dass wir hier alles unter Kontrolle haben."

„Sie ist aber nicht nach Hause gefahren."

Er seufzte, was Blair ihm nicht verübeln konnte. Das Letzte, was er gebrauchen konnte, war eine weitere vermisste Person. „Ich habe keine Ahnung, aber ich versuche herauszufinden, wo sie ist. Wenn ich etwas weiß, melde ich mich bei dir."

Blair legte auf und steckte das Telefon wieder in die Hosentasche, dann stand sie einfach nur da und starrte die Türen an. Schließlich begann sie zu weinen. Sie hätte Morgan überreden sollen, dass sie doch mit in den Kreißsaal kommen durfte. Was hätte ihre Mutter in dieser Situation wohl getan?

Wenn ihre Eltern doch nur hier wären, sie beruhigen und mit ihr beten würden. Sie würden Worte des Trostes und des Vertrauens auf Gott finden. Ihre Mutter sollte in einem solchen Moment eigentlich hier sein. Sie sollte eigentlich die Nachricht über die Geburt ihres Enkelkindes feiern und für einen sicheren Start auf dieser Welt beten.

Blair ging in den Wartebereich und setzte sich. Sie versuchte, auf Gott zu vertrauen. Er hatte es in der Hand, dass ihre Schwester ein gesundes, wunderschönes Baby bekam. Aber Er hatte auch zugelassen, dass Morgan bereits ein Baby verloren hatte.

Bitte, Gott, lass diesen Tag einen Tag der Freude und nicht einen Tag der Trauer werden.

Die schicksalhaften Worte „Nicht mein Wille, sondern der Deine geschehe" lagen ihr auf der Zunge. Aber sie war einfach nicht in der Lage, sie auszusprechen.

Kapitel 45

Die Morgendämmerung brach bereits an, als Sheila die Adresse in Hinesville, fünfundzwanzig Meilen südwestlich von Cape Refuge, gefunden hatte. Sie lag an einer Landstraße, bei der man nicht ausmachen konnte, welcher der abzweigenden Feldwege zum Ziel führte. Sheila hatte deshalb einen Postboten, der sein Auto im Hof der Poststelle belud, abgepasst und gerade lange genug mit ihm geflirtet, um die benötigte Information zu bekommen.

Sie fuhr ein paar Mal die Straße rauf und runter, um sich zu orientieren. Dabei wurde ihr bewusst, dass, wer auch immer dort wohnte, auf ihre Anwesenheit aufmerksam würde, sobald sie in den Feldweg einböge. Deshalb parkte sie den Wagen eine halbe Meile entfernt am Straßenrand und ging den Rest des Wegs zu Fuß.

Sie hielt sich in der Deckung der Bäume und folgte dem Feldweg in Richtung Wohnhaus. Das Grundstück war etwa fünf Morgen groß, vorne stand ein kleines, heruntergekommenes Haus, weiter hinten eine baufällige Scheune. Auf dem größten Teil des Geländes standen mächtige Bäume, zwischen denen Sheila hindurchspähte und die Gebäude angestrengt beobachtete.

Waren Sadie oder Amelia irgendwo da drin?

Das einzige Fahrzeug auf dem ganzen Grundstück war ein alter, verrosteter Pick-up, der mit Gras zugewuchert war. Es sah so aus, als sei er seit Monaten, vielleicht schon seit Jahren, nicht mehr gefahren worden.

Sie überlegte, mit welcher List sie am besten ins Haus kommen und sich umschauen könnte, aber es war zu gefährlich. Sie würde Sadie und Amelia keinen Gefallen tun, wenn sie sich freiwillig in die Hände des Mörders begeben würde. Doch als sie den Rand der Bäume erreichte, stellte sie fest, dass vielleicht gar keine List nötig sein würde. Ein alter Mann, der dem Aussehen nach auf die hundert zuging, saß in einem Schaukelstuhl auf der Veranda und starrte ins Leere.

Er sah aus, als könnte ein starker Wind seine Knochen zermalmen. Das war ganz sicher nicht der Mörder! Aber vielleicht wusste er etwas. Vielleicht sollte sie sich einfach verstecken, bis er ins Haus hineinging, und dann durchs Fenster spähen und das Grundstück absuchen ...

Aber was, wenn sie am falschen Ort war und ihre Zeit verschwendete, während die Uhr für ihre Kinder ablief?

Es gab nur eine Möglichkeit, das herauszufinden. Sie musste ihn ansprechen. Aber was sollte sie sagen? Und was wäre, wenn Nate drinnen war und sie durchs Fenster beobachtete? Was, wenn er die Familienähnlichkeit zwischen ihr und Sadie und Amelia bemerkte?

Doch sie musste die Gelegenheit nutzen. Sie überlegte, welche Geschichte sie als Erklärung für ihre Anwesenheit erzählen sollte. *Ich habe eine Panne und wollte fragen, ob ich ihr Telefon mal benutzen darf.* Ja, das könnte gehen. Wenn der alte Mann allein hier wäre, würde er ihr vielleicht glauben.

Langsam trat sie aus dem Wald heraus.

Der alte Mann erblickte sie, hörte auf zu schaukeln und stand auf.

Sheilas Herz hämmerte so heftig, dass sie dachte, es würde ihren Brustkorb sprengen. Gleichzeitig fror sie. „Hallo“, sagte sie mit schwacher Stimme.

Der alte Mann lachte beglückt. „Komm hier herauf, junge Dame! Ich habe schon auf dich gewartet! Du bist noch schöner als deine Mama! Komm her und nimm deinen alten Papa in den Arm!“

Sie stand einen Moment still da und ließ seine Worte sacken.

Dachte er, sie sei seine Tochter? Würde er den Irrtum bemerken, wenn sie näherkäme?

Schließlich zwang sie sich dazu, sich zu bewegen und ging ein paar Schritte auf ihn zu. „Wie geht es dir?“

Seine Augen glänzten, als er ihr mit weit ausgestreckten Armen entgegentaumelte. „Oh, Ruby, du bist wirklich eine Augenweide!“ Er schlang seine Arme um sie und hielt sie lachend fest.

Er war schwach und zittrig, und er schien fest davon überzeugt zu sein, dass sie seine Tochter war. Sie ließ zu, dass er sie hielt, und überlegte, dass es nicht schaden könne, ihn ebenfalls zu umarmen. Jemanden im Arm zu halten, der nur stocksteif dastand, war deprimierend, und er machte nicht den Eindruck, als hätte er das verdient. Also schloss sie ihn ebenfalls in die Arme.

Seine Schultern bebten vor Weinen, dann trat er zurück und sah ihr ins Gesicht. Jetzt würde er bemerken, dass sie nicht seine Tochter war.

„Ich habe ein paar Eier da, Ruby.“ Seine Reibeisenstimme klang vor Freude beschwingt. Er ließ sie los und klatschte in die Hände. „Komm rein, Liebling.“ Er öffnete die Tür und trat in das dunkle Haus. „Mama! Du errätst nicht, wer uns besuchen kommt!“

Sheilas Herz raste, als sie ihm in das dunkle Haus hinein folgte. Sie sah sich um und suchte nach Hinweisen auf einen wahnsinnigen Mörder. Stattdessen erblickte sie ein kleines Wohnzimmer mit abgenutzten Möbeln und jeder Menge Staub, der im Sonnenlicht, das durch die Fenster hereinschien, tanzte. Die Luft war mit dem Geruch von Schimmel und Urin erfüllt. Sie schaltete das Licht ein. Eine der vier Glühbirnen der Deckenleuchte funktionierte – die anderen waren wohl alle durchgebrannt.

In der Küche stapelte sich überall altes, dreckverkrustetes Geschirr, doch mitten in dem Chaos stand eine Vase mit frischen Schnittblumen. Sie spähte in den dunklen Hausflur und erwartete, dass seine Frau geschäftig herbeieilen und sich die Kehle aus dem

Hals schreien würde, wenn sie die Fremde in ihrem Haus entdeckte.

Aber es kam niemand.

Er ging ihr voraus in die dreckige Küche und öffnete den Kühlschrank, der jedoch nur wenig enthielt. „Haben die Eier wohl schon gegessen. Muss mal eine Einkaufsliste für Nate machen. Mama braucht auch wieder Milch."

Sie hielt den Atem an. „Ist ... ist Nate hier?"

Als er keine Antwort gab, begriff sie, dass er nahezu taub war. Sie wollte aber auch nicht lauter reden, da sie Angst hatte, dass Nate irgendwo im Haus schlief.

Der alte Mann machte sich am Geschirr zu schaffen und summte dabei ein Lied. Er ließ etwas fallen, es zersprang auf dem Boden. Verunsichert sah er sich um und suchte offensichtlich nach einem Besen.

Sheila zog sich ein wenig zurück und schaute in den Flur. Wenn sie dort hinausginge und in jedes Zimmer hineinschaute, würde ihn das sicher nicht weiter verwundern. Würde seine Tochter nicht genau das tun?

„Weiß einfach nicht, wo ich diesen Besen hingetan habe. Wenn mein Kopf nicht angewachsen wäre, würde ich den auch noch verlieren."

Während er vor sich hin brummelte, ging sie den Flur entlang. Es gab nur zwei Schlafzimmer und ein Badezimmer – sie schaute in das erste. Das Bett war nicht gemacht, die Laken waren dreckig, und Berge von Gerümpel, die sich in einem ganzen Leben angesammelt hatten, türmten sich auf. Sie ging zum nächsten Zimmer. Ein Doppelbett war an die Wand geschoben worden. Männerkleidung lag auf einem Stuhl und überall auf dem Boden verstreut, und etliche Paar dreckiger Sneaker lagen auf einem kleinen, runden Teppich. Ein geöffnetes Buch lag auf dem Bett. Sie schloss es und sah sich das Cover an.

Kaltblütig.

Das Blut wich ihr aus dem Gesicht. Sie hatte dieses Buch im Gefängnis gelesen. Es war voll von plastischen Beschreibungen eines entsetzlichen Massenmords, verübt von einem durchgeknallten, soziopathischen Mörder. Sie befürchtete, ohnmächtig zu werden, und tastete nach der Kommode, um sich festzuhalten. *Denk nach. Vielleicht war Sadie hier.*

Sie zwang sich, weiterzumachen und eine Schublade nach der anderen herauszuziehen. Doch es gab nichts, das Nate belasten könnte. Nur das Buch.

Und sonst war auch niemand hier. Keine Mama ... kein Nate.

Sie ging wieder zurück zu dem alten Mann, der sich gerade bückte, um die Scherben des Tellers aufzuheben. „Lass mich mal! Ich mache das."

„Du bist ein gutes Mädchen."

Sie sammelte die verkrusteten Scherben auf und dachte dabei, dass es bei dem klebrigen Dreckfilm auf dem Boden nicht viel ausmachte. Aber es schien ihm wichtig zu sein. Schließlich richtete sie sich wieder auf und sah sich nach dem Mülleimer um. Er quoll bereits über, sodass sie die Einzelteile daneben an der Wand ablegte. „Wo ist Nate?"

„In der Schule, glaube ich."

In der Schule? Wie alt war er denn?

„Ist er kürzlich hier gewesen? In den letzten paar Tagen meine ich. Hat er jemanden mitgebracht?"

„Er ist so groß geworden. Der Schulbus lässt ihn manchmal hier raus, dann kommt er und besucht seinen alten Großvater. Komm her, ich mache dir ein paar Eier."

Er ging wieder zum Kühlschrank, genau wie vorhin schon einmal, öffnete ihn und starrte gedankenverloren hinein. Sie ging zu ihm und sah in sein altes, runzeliges Gesicht. Sein Mund stand offen und seine Augen waren ausdruckslos. Er hatte ganz offensichtlich vergessen, was er tun wollte.

„Sir?“

Er sah sie verwirrt an, dieses Mal ohne ein Zeichen des Erkennens, ohne Freude, ohne überhaupt irgendein Anzeichen dafür, dass er etwas wahrnahm.

Das erinnerte sie an eine ihrer Zellengenossinnen im Gefängnis – Liza, bei der dann später Alzheimer festgestellt worden war. Sie hatte zwar auch lichte Momente, aber die Verwirrung überwog. Sie erinnerte sich an ihre Kindheit, aber nicht an aktuelle Dinge, und jedes Mal, wenn sie Sheila oder eine andere Insassin traf, redete sie sie mit einem anderen Namen an.

Vielleicht hatte dieser Mann auch Alzheimer. Sheila nahm seinen Arm und schloss den Kühlschrank, dann führte sie ihn zu einem Stuhl hinüber. Er setzte sich, und dieser leere Blick ließ seine Augen noch trüber und sein Gesicht noch blasser erscheinen.

Sie nutzte die Gelegenheit, sich im Raum umzusehen. Das Bild eines Jungen von etwa zehn Jahren stand auf dem Tisch. Sie nahm es mit zu dem alten Mann und hockte sich vor ihn.

„Sir.“ Vielleicht konnte sie ihn wieder in seine Fantasiewelt zurückversetzen, aus der er aufgetaucht war. „Sir, wer ist das hier?“

Er starrte einen langen Moment auf das Bild, dann flüsterte er: „Mein Junge. Der beste Enkelsohn, den es gibt. Nate.“

Nate. Sie studierte sein junges Gesicht, versuchte sich vorzustellen, wie er heutzutage aussah.

Dann entdeckte sie ein weiteres Foto von ihm, auf dem er schon älter war. Er sah dreckig und schmierig aus und hatte eine Zigarette im Mundwinkel hängen.

Sie stand auf, ihre Augen fest auf das Gesicht des Mannes gerichtet, der, wie sie überzeugt war, ihre Töchter entführt hatte. Er war auf dem Bild ungefähr zwanzig, unrasiert und mit strähnigem Haar. Seine Augen hatten diesen verkaterten, verschlossenen, gefährlichen Blick – Augen wie die von Jack Dent, Calebs Vater. Es war ein tödlicher Blick, ein Blick, der erkennen ließ, dass er viel zu verbergen hatte, ein Blick, der jeden warnte, ihm in die Quere zu kommen.

„Ist das auch Nate?“

Er lächelte. „Er ist ein guter Junge.“

Sie stellte das Foto zurück und ging wieder vor dem alten Mann in die Hocke. „Bitte hören Sie mir zu.“ Seine Augen fixierten sie und sie glaubte für einen Moment, dass er ihr tatsächlich zuhörte. „Hat Nate jemanden mit hierher gebracht? Ein hübsches blondes Mädchen?“

Dieser abwesende Blick brachte sie beinahe um den Verstand. „Nate ist ein guter Junge.“

„Hören Sie mir zu! Sie müssen nachdenken. Es geht um zwei blonde Mädchen, und ich glaube, dass er sie hierher gebracht hat! Wo sind sie?“

Da er nicht antwortete, umfasste sie sein Gesicht mit ihren zitternden Händen. „Wo sind sie? Bitte antworten Sie mir!“

Er öffnete seinen Mund, und sie wartete atemlos, was er sagen würde.

„Ich brate ein paar Eier“, murmelte er.

Weinend stand sie auf und schaute auf ihn hinunter. Wie kam er hier alleine nur zurecht, so verwirrt, wie er war? Er brauchte eine Rundumbetreuung, jemand, der ihm Gesellschaft leistete. Jemand, der auf ihn aufpasste.

Nate könnte jeden hierher gebracht haben, egal, ob er um sich getreten und geschrien hätte, ob er blutete oder vielleicht sogar tot war – der alte Mann würde sich nicht daran erinnern.

Sie hörte ein Auto den Weg zum Haus entlangfahren, hörte, wie der Schotter unter den Rädern knirschte. Sie lief zum Fenster und schaute hinaus. Das Auto hielt an und sie sah den Mann mit den fettigen Haaren darin sitzen. *Nate!* Sie war sich ganz sicher, dass er es war.

Sie musste hier raus, bevor er ins Haus kam. Also schlüpfte

sie zur Hintertür hinaus und versteckte sich, bis sie hörte, dass er aus dem Auto ausgestiegen und ins Haus hineingegangen war. Selbst wenn sein Großvater sich erinnerte, dass sie dagewesen war, würde Nate ihm nicht glauben. So ausgeprägt, wie die Demenz des alten Mannes war, musste sich sein Enkel bestimmt ständig irgendwelchen Unsinn von ihm anhören.

Sie rannte über den Hof zur Scheune hinüber. So leise wie möglich öffnete sie die knarrende Tür und schlüpfte hinein. Das einzige Licht hier drinnen war das Tageslicht, das durch ein einzelnes Fenster hereinfiel. Also ging sie zu der Schnur, die neben einer Glühlampe herabhing, und schaltete das Licht ein.

Das Heu roch verfault. Sie ging von Stall zu Stall und suchte nach ihren Töchtern, fand aber keine Spur von ihnen. Sie ließ ihren Blick über all die landwirtschaftlichen Geräte gleiten, die verrostet und mit Spinnweben bedeckt an der Wand lehnten. Nein, es sah nicht so aus, als wäre in letzter Zeit jemand hier gewesen.

Sie verließ das Gebäude durch den Hintereingang und ging in den dahinterliegenden dichten Wald. Ein Trampelpfad führte durch das Gebüsch. Sie konnte Fußspuren ausmachen, kleine und große. Waren es die von Sadie? Oder von Amelia? Sheilas Herz klopfte laut, als sie den Spuren folgte. Sie war sich sicher, dass sie kurz davorstand, die Mädchen zu finden. Sie könnten beide tot hier draußen liegen, begraben in einem flachen Grab, sodass sie über ihre Leichen stolpern würde. Wenn es so war, wollte sie mit ihnen begraben werden.

Aber vielleicht lebten sie auch noch und warteten darauf, endlich gefunden zu werden. Vielleicht war es noch nicht zu spät.

Plötzlich entdeckte sie etwas. Eine Falltür im Boden, die aussah, als gehöre sie zu einem Tornado-Schutzraum, daneben eine Strickleiter, die aus dem Loch herausgezogen worden war und zusammengeknüllt auf der Erde lag.

Sie eilte zu der Klappe und mühte sich ab, sie zu öffnen, aber sie war schwer. Sie zog mit aller Kraft daran und schaffte es schließlich. Zitternd vor Erwartung sah sie in die dunkle Grube hinunter.

„Sadie?“ Ihre Stimme klang erstickt, aber viel zu laut. „Sadie, bist du da drin?“

„Mom?“

Das war Sadies Stimme. Sie lebte noch! Sheila brach vor Erleichterung beinahe zusammen. Sie schloss die Augen und flüsterte: „Danke, Gott.“ Dann riss sie sich zusammen, beugte sich über das Loch und versuchte, unten etwas zu erkennen. „Liebling, du lebst! Geht es dir gut?“

„Ja, Mom. Beeil dich, lass die Leiter herunter!“

Sheila griff nach der Leiter und erstarrte, als sie eine Bewegung hinter sich wahrnahm. Sie wollte sich gerade herumdrehen, da dröhnte bereits ein Schmerz durch ihren Schädel ...

Und dann fiel sie vornüber.

Kapitel 46

Sadie und Amelia schrien auf, als ihre Mutter durch die Öffnung herabstürzte und hart auf dem Lehmboden aufschlug.

Sadie krabbelte zu Sheila hinüber, die mit dem Gesicht nach unten in ihrem eigenen Blut lag. „Mom! Mom, wach auf, bitte wach auf, bitte!"

Als Sheila sich nicht rührte, drehte Sadie sie vorsichtig um. Ihr Kopf fiel zurück, ihr Gesicht war zerkratzt und blutete von dem Aufprall. Sadie blickte zur geöffneten Tür hinauf und sah Nates Silhouette. „Sie stirbt! Sie braucht einen Notarzt!"

Er lachte nur.

„Bitte! Bitte komm her und nimm sie mit, bring sie ins Krankenhaus. Du kannst uns ja hierlassen. Aber hilf ihr bitte!" Als er keine Antwort gab, schrie sie eine Oktave höher: „Du *Monster*! Du hilfst ihr gefälligst! Komm sofort her und hilf ihr!" Er lachte weiter, und ihre Schreie wurden zu Schluchzern. Sie schloss die Augen und weinte. „Bitte, ich flehe dich an. Sie hat dir doch nichts getan."

Er lachte einfach immer weiter – ein erbarmungsloses, sprödes Lachen, das ihr durch Mark und Bein ging. Er ließ die Tür über ihnen zufallen, und Sadie wusste, dass er ihre Mutter in diesem Rattenloch sterben lassen würde und es nichts gab, was Amelia und sie dagegen tun konnten.

Sie fühlte Amelias Hände auf ihren Schultern, hörte ihr eigenes verzweifeltes Weinen. Sie versuchte, sich zusammenzunehmen. „Wir müssen ihr helfen. Wir müssen sie irgendwie retten."

„Sie atmet." Amelia griff mit tränenverschmiertem, aber hoffnungsvollem Gesicht nach Sheilas Handgelenk. „Ich kann ihren Puls fühlen, Sadie!"

Sadie versuchte festzustellen, ob das Blut, das ihrer Mutter aus Nase und Mund lief, von inneren Verletzungen oder von dem Aufprall ihres Gesichts auf den Boden stammte. Sie blutete auch am Hinterkopf, was offensichtlich von dem Schlag herrührte. Wie konnte man einen Sturz aufs Gesicht aus fünf Metern Höhe überleben?

Amelias Hände waren von dem Versuch, die Blutung am Hinterkopf ihrer Mutter zu stillen, blutverschmiert. „Sieht so aus, als wäre ihr Arm gebrochen."

Sadie richtete ihre Aufmerksamkeit auf Sheilas Arm. Er war unterhalb des Ellenbogens seltsam verdreht und unter der Haut konnte man das Ende des Knochens erkennen. Ihr Bein war ebenfalls unnatürlich angewinkelt. War es auch gebrochen?

Sadie wandte sich wieder dem Gesicht ihrer Mutter zu und nahm es in beide Hände. „Mom! Bitte wach auf, Mom. Bitte sag mir, dass es dir gut geht."

Aber sie reagierte nicht. Die Augen ihrer Mutter waren geschlossen, ihr blutiger Mund stand offen.

„Wie hat sie uns nur gefunden?", fragte Amelia. „Woher wusste sie, wo wir sind?"

Sadie sah sie an, Hoffnung keimte in ihr auf. „Vielleicht ist sie nicht allein gekommen."

„Und wo sind die anderen dann?"

Sie sah wieder zur Falltür hoch und betete um Hilfe. Aber sie befürchtete, dass keine kommen würde.

Sie berührte ihre Mutter am unverletzten Arm und streichelte ihn weinend. Dabei stieß sie gegen etwas Hartes in Sheilas Hosenbund und griff danach, um zu sehen, was es war. Vorsichtig zog sie eine Pistole heraus.

Sadie hielt den Atem an. „Das ist ein Wunder!"

„Ist sie geladen?"

Sadie überprüfte die Waffe. „Ja. Woher hat sie sie?"

„Das ist doch egal, Hauptsache, wir haben sie hier. Er wusste nicht, dass sie sie dabeihatte, sonst hätte er sie nicht mitsamt der Waffe hier reingeworfen. Nun können wir sie nutzen."

Sadie nickte. Sie konnte es beinahe bildlich vor sich sehen, wie Nate die Klappe öffnete und die Strickleiter herunterließ. Wenn er nichts ahnend herunterkletterte, um sie zu quälen, würde sie im Dunkeln die Waffe auf ihn richten. Er würde es nicht bemerken, weil seine Augen sich erst an die Dunkelheit gewöhnen mussten, und in die Falle tappen.

Sie wischte sich mit dem Ärmel ihres Shirts über das Gesicht. „Ich werde es machen."

„Das musst du nicht", sagte Amelia. „Ich habe keine Angst davor."

Sadie atmete mit einem zittrigen Schluchzer ein und sah auf ihre Mutter hinab. „Nein, ich muss es machen. Er ist so begeistert von dem Geräusch aufschlagender Körper, da will ich diejenige sein, die dafür sorgt, dass er im Jenseits aufschlägt."

Kapitel 47

Als Joe zu seinem Wagen auf dem Parkplatz des Flagstaff zurückkehrte, war ihm sofort klar, dass Sheila das Blatt mit der Adresse von seinem Notizblock mitgenommen hatte. Ihm stockte das Herz. Cade kam ihm entgegen, als er wieder aus dem Auto stieg. „Ich weiß, wo sie ist."

„Sheila? Wo denn?"

„Sie hat die Adresse von Nate aus meinem Wagen mitgenommen. Ich wette mit dir, dass sie auf dem Weg nach Hinesville ist, wenn sie nicht sogar schon längst da ist."

Cade schloss die Augen. „Sie würde doch nicht einfach ohne uns da hinrasen. Sie ist doch nicht verrückt."

„Sie ist verzweifelt. Wer weiß, was sie da tut. Ich weiß noch nicht mal, wie lange sie schon weg ist."

Cade sah wieder hoch zum Obergeschoss, wo das Zimmer immer noch durchsucht wurde. Die GBI-Agenten waren hergekommen und hatten von seinen Leuten übernommen. Ihre Männer waren ausgeschwärmt und befragten die anderen Bewohner, ein Zimmer nach dem anderen.

Cade suchte Yeager auf und informierte ihn über das, was vorgefallen war. „Ich mache mich auf den Weg nach Hinesville."

„Okay, ich schicke ebenfalls ein paar meiner Männer dahin", antwortete Yeager.

McCormick saß schon in seinem Wagen und war bereit, den überfüllten Parkplatz zu verlassen. Cade öffnete die Beifahrertür und stieg ein. „Yeager schickt ebenfalls ein paar Leute."

„Wir können nicht auf sie warten. Sheila steckt in Schwierigkeiten. Wir müssen uns beeilen."

„Hey, ich bin bereit, Kumpel. Los geht's. Vielleicht können wir noch verhindern, dass sie irgendwelche Dummheiten macht."

Kapitel 48

Cades unverwechselbarer Klingelton schreckte Blair aus ihrem Gebet auf. Sie ging an ihr Handy. „Hallo?“

„Blair, ich bin’s.“ Er war außer Atem, und sie konnte Sirenen im Hintergrund hören. „Wir glauben jetzt zu wissen, wo Sheila ist. Sie hat einen Zettel mit der Adresse unseres Tatverdächtigen in Hinesville aus McCormicks Auto mitgenommen.“

„Ein Tatverdächtiger? Ihr denkt, sie ist zu ihm gefahren?“

„Wir sind nun ebenfalls dahin unterwegs.“

„Cade, wer ist es?“

„Ein Mann namens Nate Morris. Er und ein Kumpel von ihm haben im Flagstaff im Zimmer neben Jamie und Amelia gewohnt. Wir haben Grund zu der Annahme, dass Sadie das herausgefunden und ihn damit konfrontiert hat. Jedenfalls wurde sie hier zum letzten Mal gesehen.“

Sie stand auf und wünschte sich, sie könnte nach draußen laufen und ihnen hinterherfahren, aber sie konnte das Krankenhaus nicht verlassen. „Bitte sei vorsichtig.“

Er antwortete nicht darauf. „Hat Morgan das Baby schon bekommen?“

„Noch nicht.“

„Miss Owens?“

Blair wirbelte herum und sah eine Krankenschwester mit Mundschutz vor der Doppel-Schwingtür stehen. „Die Krankenschwester ist gerade gekommen, Cade. Ich muss Schluss machen.“

„Ich liebe dich.“

„Ich liebe dich auch.“

Sie legte auf und eilte zu der Krankenschwester hinüber. „Ist das Baby schon da?“

Die Schwester grinste. „Aber sicher! Warum gehen Sie nicht hinein und lassen sich von Ihrer Schwester erzählen, ob Sie eine Nichte oder einen Neffen haben? Sie ist in Kreißsaal B."

Das Grinsen war ein gutes Zeichen, überlegte Blair, als sie durch die Tür ging. Die Krankenschwester hätte ganz sicher nicht gegrinst, wenn etwas schiefgelaufen wäre.

Sie erreichte Kreißsaal B und als sie eintrat, stand Jonathan über Morgan gebeugt. „Morgan!" Blair brachte den Namen ihrer Schwester kaum heraus.

Jonathan richtete sich auf, und Morgan streckte die Arme nach ihr aus. Ein Lächeln lag auf ihrem Gesicht, doch ihre Wangen waren noch tränennass und schweißbedeckt.

„Ist es ...?"

„Es ist ein Junge! Oh, Blair, es ist ein wunderschöner, gesunder kleiner Junge."

„Ganz gesund? Bist du dir sicher?"

„Er kam Zeter und Mordio schreiend zur Welt", erklärte Jonathan grinsend. „Der Arzt sagte, seinen Lungen nach zu urteilen, sei er gesund. Sie untersuchen ihn gerade noch, um ganz sicher zu gehen."

Blair begann zu weinen und beugte sich zu ihrer Schwester hinunter, um sie zu umarmen. „Oh Morgan, ich hatte solche Angst."

„Ich auch."

„Er ist ein bisschen zu klein", sagte Jonathan, „nur fünf Pfund schwer, aber sie meinen, es sei alles in Ordnung."

Blair klatschte die Hände zusammen, legte die Fingerspitzen an den Mund und sah ihre Schwester an. „Und wie geht es dir?"

Morgan lachte. „Mir ging es noch nie besser."

Jonathan strich seiner Frau die Haare aus dem Gesicht. „Sie war echt eine Kämpferin. Als hätte sie das alles schon einmal gemacht."

„Und? Hast du inzwischen mit Sheila gesprochen?", fragte Morgan.

Blair schaute Jonathan an, unsicher, was sie sagen sollte. Sollte sie ihrer Schwester den Moment ihres größten Glücks verderben? Nein, das konnte sie nicht. Morgan brauchte nicht zu wissen, dass Sheila verschwunden war.

„Ich habe beinahe mit jedem gesprochen." Sie zwang sich zu lachen. „Alle haben für dich gebetet, Morgan. Und sie sind alle ganz gespannt auf die Neuigkeiten."

„Was ist mit Sadie? Wurde sie schon gefunden?"

Wieder fühlte sie sich ertappt und schaute hilflos zu Jonathan hinüber. Sie überlegte zu lügen, aber damit würde sie nicht durchkommen. Sie setzte gerade zu einer Antwort an, als sie ein Baby weinen hörte.

Sie drehte sich um und sah die Krankenschwester ihren winzig kleinen Neffen hereinbringen. Beim Anblick des weinenden Säuglings legte sie die Hand auf ihren Mund. „Oh, er ist so wunderschön!"

Morgan setzte sich auf und nahm ihn der Schwester ab. „Wie geht es ihm?"

„Es geht ihm bestens. Die Lungen sind vollständig entwickelt. Von seinem geringen Geburtsgewicht mal abgesehen, merkt man gar nicht, dass er ein Frühchen ist. Der Arzt fragt sich schon, ob der errechnete Geburtstermin vielleicht falsch war."

Morgan küsste ihren Sohn auf die kleine Wange. „Ist gut, kleiner Wayne. Mama ist ja da."

Blair atmete tief ein. „Wayne. Ihr habt ihn nach Papa genannt." Sie sah mit Tränen in den Augen auf das winzige, in Morgans Arm geschmiegte Bündel hinab.

Das Baby schrie weiter. Morgan legte ihn vorsichtig an ihre Schulter, küsste seine Wange und rieb ihm über den Rücken. Als seine Mutter sanft und beruhigend mit ihm sprach, ebbte sein Weinen ab und verstummte schließlich ganz.

Morgan nahm ihn wieder von der Schulter herunter und wiegte

ihn in ihrem Arm. Er schaute mit klaren, großen Augen zu ihr auf. „Du schaust so, als wüsstest du schon alles", flüsterte Morgan. „Als wärest du weiser als ich. Du bist direkt von Gott zu uns gekommen. Was weißt du, kleiner Mann? Was kannst du uns erzählen?"

Blair beobachtete ehrfürchtig, wie ihre Schwester – die sprichwörtlich geborene Mutter – in der Rolle aufging, auf die sie sich ihr ganzes Leben vorbereitet hatte. Die wichtigste Rolle, die sie jemals spielen würde.

„Danke, Gott", betete Morgan unter Tränen. „Wir danken Dir so sehr. Wir haben ein solch kostbares Geschenk nicht verdient. Lass uns dieses Geschenk wertschätzen. Und bitte lass uns dieser Aufgabe gewachsen sein."

Jonathan beugte sich vor und küsste Morgan auf den Kopf, dann berührte er die rundliche Wange seines Sohnes. „Gott wird uns fähig machen. Dieses Kind ist zu wertvoll für Ihn, um es dem Zufall zu überlassen. Er hat einen Plan für unseren Jungen, und Er wird uns zeigen, wie der aussieht."

Ihre Gefühle überwältigten Blair so sehr, dass sie kaum stehen konnte. Würde sie ein eigenes Kind mehr lieben als dieses? Könnte sie das?

Sie beobachtete die junge Familie, die sich der Herrlichkeit der Frische dieses Geschenks erfreute, und einen Augenblick lang meinte sie, ihre Eltern hinter ihnen stehen zu sehen, wie sie sich mit stolzem Großelternlächeln im Gesicht und Freudentränen in den Augen über das kleine Bündel beugten.

Ihr Herz schmerzte vor Sehnsucht danach, die Hände nach ihnen auszustrecken und sich in ihre Arme zu werfen, ihre Gesichter noch einmal zu berühren, den Geruch ihrer Gegenwart tief einzuatmen – ein Atemzug, der sie durch das nächste Jahr tragen würde. Nur ein einziger Atemzug, dachte sie. Nur eine einzige Berührung.

Aber dann wurde ihr bewusst, dass ihre Augen sie nicht wirklich gesehen hatten. Ihr Herz hatte lediglich ihre Nähe gefühlt. Sie presste die Lippen aufeinander und Tränen liefen ihr über das Gesicht.

„Schau ihn dir an, Mama", flüsterte Morgan. „Siehst du, wie wunderschön er ist, Papa?" Sie unterdrückte ein Schluchzen und schaute zu Blair auf. Sie sahen einander einen Moment lang fest in die Augen ...

Und Blair verstand sie ganz genau.

Ihre Eltern waren hier, irgendwo, irgendwie ... Vielleicht hatte nur die Vergangenheit, all die Jahre, in denen sie über ihre Töchter gewacht hatten, Morgan und Blair gleichzeitig an sie denken lassen. Vielleicht war es die Sehnsucht nach ihnen. Vielleicht war es nur ihre Wunschvorstellung.

Oder vielleicht waren sie wirklich hier, beobachteten das Ereignis und fieberten mit ihnen mit. Vielleicht gewährte Gott ihnen solche kurzen Einblicke in das Leben ihrer Töchter, die sie jubeln ließen, und zeigte ihnen so, dass Er alles gut gemacht hatte.

„Möchtest du ihn halten, Blair?", fragte Jonathan leise.

Sie nickte und hoffte, dass sie das Baby nicht mit ihren Tränen nass machte. Sie sah staunend zu, wie Jonathan ihn vorsichtig aus Morgans Armen nahm und in ihre legte. Sie hielt ihn im angewinkelten Arm, und er öffnete die Augen und blinzelte sie an. „Hallo, kleines Kerlchen." Die Worte drohten ihr in der Kehle stecken zu bleiben. „Weißt du, dass du einen großen Namen bekommen hast, dem du Ehre machen musst? Ich hoffe, du bist dazu bereit."

Er streckte sich, deutete so an, dass er bereit war, dann strampelte er, streckte die Fäustchen in die Luft und begann zu quengeln. Unsicher, was sie tun sollte, gab sie ihn seinem Vater zurück. Jonathan setzte sich mit ihm hin und sprach leise mit ihm, bis er sich wieder beruhigt hatte.

„Jetzt musst du noch ein Mädchen bekommen", flüsterte Blair, „damit du es nach Mama benennen kannst."

„Oder *du.*“ Morgan lächelte.

Blair schaute sie an, und zum ersten Mal wurde ihr bewusst, dass sie wirklich die Nächste sein *könnte*, die ein Baby bekäme. Sie sah auf den Diamanten an ihrem Finger. Es war Realität. Sie würde Cade heiraten und seine Kinder bekommen.

Es sei denn, heute Nacht passierte noch etwas Schreckliches ...

Als Morgan begann, ihren Sohn zu stillen, zog Jonathan Blair hinaus in den Flur. „Willst du mir jetzt erzählen, was mit Sadie los ist?“

Blair versuchte, eine Antwort zu finden, die sein Glück nicht trüben würde, aber er kam ihr zuvor.

„Sie ist immer noch verschwunden, stimmt's?“

Blair schluckte. „Ja, aber Cade sagt, dass sie jetzt ziemlich sicher wissen, wo sie ist. Sie sind auf dem Weg dorthin.“

„Und was ist mit Sheila?“

Blair stöhnte. „Tut mir leid, Jonathan, aber niemand weiß genau, wo sie steckt.“

Er blickte an ihr vorbei, starrte ausdruckslos in die Luft. Dann riss er sich zusammen. „Kein Wort zu Morgan. Versuche weiterhin, das Thema zu vermeiden.“

„Mache ich. Aber hoffentlich wird bald alles vorbei sein.“

Kapitel 49

„Mom! Mom, mach die Augen auf.“

Sheila trieb durch einen langen schwarzen Tunnel und versuchte, sich irgendwo festzuhalten, nach etwas zu greifen, das ihr Halt geben würde. Doch sie trieb immer weiter, war nicht imstande anzuhalten. Die Finsternis wurde schwärzer, tiefer, bis sie in sie eindrang und mit tödlicher Schärfe in ihr Fleisch schnitt, ihre Knochen zerbrach und ihren Schädel zerschmetterte.

Ihr Kopf explodierte und elektrische Schocks durchzuckten ihren Arm und ihr Bein. *Hilf mir*. Die Bitte dröhnte vage und ohne Ziel durch ihren Kopf. *Hilf mir*.

„Mom! Bitte, Mom. Wach auf.“

Sadie. Es *war* ihre Stimme. Aber das konnte doch gar nicht sein. Sadie war doch verschwunden, man hatte sie irgendwohin gebracht und ihr etwas zuleide getan, und sie konnte einfach nicht zu ihr gelangen.

Wieder durchzuckten sie Stromschläge und sie hörte sich selbst stöhnen.

„Sie wacht auf. Mom!“

Gedämpftes Licht drang durch ihre Lider und sie begann zu blinzeln. Sie befand sich nicht in einem schwarzen Tunnel, sondern in einem schwarzen Loch.

Endlich schaffte sie es, die Augen ganz zu öffnen, und versuchte, etwas um sich herum zu erkennen.

„Mom! Oh, Gott sei Dank! Mom, kannst du mich hören?“

„Sadie?“ Sie hörte das Wort zwar aus ihrer Kehle dringen, konnte es aber nicht glauben.

„Ja, ich bin es, Mom. Er hat dich niedergeschlagen, und dann bist du hier hereingefallen.“

Sie versuchte, sich zu konzentrieren und Ordnung in ihre wirren Gedanken zu bringen. Sadie war hier. Sie lebte.

„Mom. Amelia ist auch hier. Sieh sie dir an, Mom. Sie ist direkt neben mir."

Amelia. Mein Baby. Allen Schmerzen zum Trotz zwang sie ihren Verstand, zu funktionieren. Sie richtete ihren Blick mühsam auf die Gesichter über ihr und erkannte Sadie. Sie war unversehrt und beugte sich weinend über sie. Und dann sah sie ein zweites Mädchen.

Amelia!

Ihre Tochter war so schön, wie sie sie sich immer vorgestellt hatte, zierlich und fein, obwohl ihr Gesicht von Dreck, Schweiß und Tränen bedeckt war.

„Amelia. Oh, mein Baby." Sie versuchte, die Arme zu heben und sie zu umarmen, doch dabei schoss ein unerträglicher Schmerz durch den einen Arm.

„Bleib liegen, Mom", sagte Sadie. „Du hast dir einen Arm und ein Bein gebrochen. Außerdem hast du eine schlimme Wunde am Kopf. Aber bald wird Hilfe kommen, das weiß ich sicher."

Jetzt erinnerte sie sich wieder. Joes Notizblock. Der alte Mann. Dieser schmierige Nate, der ins Haus gekommen war.

„Niemand weiß, dass ich hier bin. Niemand."

Sadie und Amelia sahen sich an, hilflos, niedergeschlagen. „Es tut mir leid", flüsterte sie. „Ich wollte euch retten."

„Das hast du, Mom." Sadie hielt einen Gegenstand hoch. „Du hast das hier mitgebracht."

Die Pistole! „Ja. Sie ist geladen. Dafür habe ich gesorgt."

Wieder sah sie Amelia an, hob ihren unverletzten Arm und berührte ihr Gesicht. „Oh, mein Baby, du bist so hübsch. Sieh dich nur an, mein wunderschönes Kind."

Amelia streichelte ihre Hand. „Ich habe mir all die Jahre gewünscht, dich zu finden. Aber nicht auf diese Weise. Es tut mir so leid."

„Nein, nein. Es braucht dir nicht leidzutun", erwiderte Sheila. „Du hast alles richtig gemacht. Es ist einfach nur schiefgelaufen."

„Meine Eltern ... wissen sie, dass ich verschwunden bin?"

„Ja, Liebling. Sie sind auf Tybee Island, krank vor Sorge um dich."

Amelias Augen füllten sich mit Tränen und sie sank in sich zusammen. „Mein Gott, bitte lass mich sie wiedersehen."

„Mom, wie fühlst du dich?", erkundigte sich Sadie. „Hast du Schmerzen?"

„Nur ein bisschen", log sie, „aber es wird alles gut werden, Mädels. Wir werden das gemeinsam durchstehen. Eure Mutter ist jetzt hier. Ich bin zwar nicht gerade in der besten Verfassung, aber das wird schon wieder. Gott ist bei uns, und ich weiß, dass Er auf uns aufpassen wird. Seht doch nur, was Er schon getan hat. Ihr lebt beide noch, und Er hat mir geholfen, euch zu finden. Jetzt hilft Er bestimmt auch noch jemand anderem, uns zu finden."

KAPITEL 50

Aus der Tiefe ihres Gefängnisses hörte Sadie das Geräusch von Schritten über ihnen. Die Falltür wurde geöffnet.

Sie wich zurück an die Wand aus Erde und hob die Pistole über ihren Kopf.

„Warte noch“, wisperte Amelia. „Er muss erst die Leiter runterwerfen, sonst kommen wir nie hier raus.“

Zitternd hielt Sadie die Pistole auf das Loch gerichtet.

„Ist sie schon tot?“, erklang Nates singende Stimme über ihnen, dann stieß er ein grauenerregendes Lachen aus.

Sadie wusste, dass sie ihn ködern musste. „Ich glaube, sie lebt noch. Du musst ihr helfen. Bitte. Wir tun auch alles, was du sagst.“

„Als ob ihr eine Wahl hättet.“ Er lachte wieder. Die Strickleiter fiel herunter und schwang über ihren Köpfen hin und her.

Sie beobachtete, wie er auf die Leiter stieg.

„Noch nicht“, flüsterte Amelia.

Sadie zitterte so stark, dass sie befürchtete, gleich die Waffe fallen zu lassen. Schweiß rann von ihren Schläfen. Langsam, leise, entsicherte sie die Pistole und legte den Finger an den Abzug.

Nate kletterte eine Sprosse hinunter, dann eine zweite, dritte.

„Warte“, flüsterte Amelia wieder.

Der Schweiß lief Sadie über die Stirn und tropfte ihr in die Augen, der Herzschlag drohte ihren Brustkorb zu zersprengen. Auf der vierten Sprosse der schwingenden Leiter hielt er inne und drehte sich um, um zu ihr hinunterzuschauen.

„*Jetzt*, Liebling!“, schrie Sheila.

Sadie krümmte den Finger um den Abzug, der Schuss löste sich mit einem ohrenbetäubenden Knall.

Die Kugel verfehlte ihn, und er kletterte die Leiter hastig wieder hinauf. Verzweifelt schoss Sadie noch einmal und traf sein Bein. Er fluchte und versuchte weiterzuklettern.

„Lass ihn nicht entkommen!" Amelia riss Sadie die Waffe aus der Hand und schoss sofort ein-, zwei-, dreimal. Jede Kugel traf, in seine Hüfte, seinen Bauch, seine Brust ...

Plötzlich ließ er die Leiter los und fiel, stürzte auf sie zu ... und schlug dumpf auf dem Boden auf.

Sadie stand nur zitternd da, starrte auf ihn hinab. Blut quoll aus seinen Wunden und sickerte in den Erdboden. Er war tot. Er musste tot sein.

„Durchsuch ihn nach Waffen, Liebling", sagte Sheila. „Und sieh nach, ob er wirklich tot ist."

Sadie wollte sich bewegen, war aber wie gelähmt, wie festgefroren. Amelia hielt die Waffe immer noch auf ihn gerichtet, jeder Muskel ihres Körpers war angespannt, bereit abzudrücken, falls er die kleinste Bewegung machte.

Endlich schluckte Sadie und legte ihre Hand auf Amelias Hände, sodass sie die Waffe herunternahm. Sie trat näher, berührte seine Rippen mit ihrem Fuß und stupste ihn leicht an.

Nichts.

Langsam beugte sie sich zu ihm hinab. Sie musste seinen Puls fühlen ... sichergehen, dass er nicht mehr lebte ... aber sein Hals war voller Blut. Er war auf seine Arme gefallen und lag auf ihnen. Also zog sie vorsichtig einen Arm unter seinem Körper hervor und tastete mit ihren Fingern nach seinem Handgelenk ...

Seine Hand schoss vor und griff nach ihr.

Sadie schrie, und er umklammerte ihr Handgelenk und richtete sich vom Boden auf, ein Schnappmesser gezückt in seiner anderen Hand. Er zog sie an sich und drückte die Klinge gegen ihren Hals.

Sie kämpfte und rang mit ihm. Dabei sah sie, wie Amelia die Waffe wieder hochriss, bereit, erneut zu feuern. Doch das war unmöglich. Sie würde nicht nur ihn, sondern auch *sie* treffen. Sie würde sie beide töten.

„Lass die Waffe fallen!“, brüllte Nate mit zusammengebissenen Zähnen. Er wurde schwächer und atmete schwer, hielt die Klinge aber immer noch fest an ihren Hals gepresst. „Nimm die Waffe runter, sonst ist sie tot!“

„Lass die Waffe fallen Amelia!“, schrie Sheila. „Tu, was er sagt, Liebling.“

Sadie fühlte, wie sich das Messer in ihre Haut drückte. Er *wollte* sie töten, und sie wusste, dass er das tun würde. Es gab keinen Ausweg.

Amelia senkte die Waffe und begann zu schluchzen, ihre Lippen kräuselten sich vor Schmerz und Angst.

Doch der Druck der Klinge an Sadies Hals ließ nicht nach. Er würde sie auf jeden Fall töten. Sie fühlte, wie sein Blut in ihre Kleidung sickerte, roch den widerlichen Gestank seines Atems und Schweißes, nahm den Geruch von verbranntem Schießpulver in der Luft wahr.

Bitte, Gott.

„Ich sagte, lass die Waffe fallen“, stieß er hervor.

„Nicht, bevor du das Messer von ihrem Hals wegnimmst“, erwiderte Amelia.

„Lass die Waffe fallen oder sie stirbt!“

Sadie kniff die Augen zusammen und wartete darauf zu hören, wie die Waffe auf dem Boden aufschlug.

„Tu, was er sagt, Liebling, bitte!“, weinte Sheila.

Ein Schuss krachte und Sadie spürte den Luftzug der Kugel, die an ihrem Gesicht vorbeizischte. Sie fühlte die Erschütterung, als sie ihr Ziel traf und Nate umwarf. Schreiend fiel sie mit ihm hin und rollte sich von ihm weg.

Die Kugel hatte ihn genau zwischen die Augen getroffen.

Sie blickte zu Amelia auf, sah, wie sie bebte, die Waffe immer noch in der Hand. „Ich wusste, dass ich das schaffen kann“, sagte sie. „Ich wusste es.“

Kapitel 51

Als Cade die Schüsse hörte, ließ er den alten Mann, der die Tür geöffnet hatte, einfach stehen und lief um das Haus herum in die Richtung, aus der die Geräusche gekommen waren. Die GBI-Agenten fuhren gerade mit heulenden Sirenen auf das Grundstück, aber er hatte keine Zeit, auf sie zu warten.

McCormick rannte neben ihm her in das Wäldchen hinein und den Trampelpfad entlang ...

Und dann hörten sie Schreie, gedämpft und aus der Ferne.

„Da!“ McCormick entdeckte die Falltür im gleichen Augenblick wie Cade, ein offenes Loch, das in eine dunkle Grube hinabführte. Und er hörte das verzweifelte Wimmern eines Mädchens.

Mit gezogener Waffe schaute er in das Loch hinein und erblickte Sadie, die versuchte, sich an der Strickleiter hochzuziehen.

„Sie sind es!“, schrie er. „Hier drüben!“

Sadie schaute nach oben. „Cade! Bist du das? Hilf mir! Bitte hilf mir!“

Er griff nach ihrer Hand und zog sie das letzte Stück hoch. Sie kam aus dem Loch heraus, geschwächt und schmutzig, Tränen und Schweiß hatten Streifen auf ihrem dreckigen Gesicht hinterlassen. „Wer ist sonst noch da unten?“

„Amelia und Mom ... und Nate. Ich glaube, wir haben ihn getötet. Beeil dich. Du musst überprüfen, ob er wirklich tot ist. Er hatte ein Messer ...“

„Ich brauche eine Taschenlampe“, brüllte Cade, und irgendjemand schob ihm eine herüber. Er leuchtete in das Loch hinunter. Amelia hockte an der Wand, eine Pistole zu ihren Füßen, und Sheila lag flach auf dem Boden. Sie sah aus, als habe sie einen Frontalzusammenstoß mit einem Bus gehabt.

Selbst von hier oben konnte er die Wunde in Nates Stirn sehen, und die Blutlache, in der er lag.

„Ich steige hinunter." McCormick kletterte auf die Leiter. Sie schaukelte unter seinem Gewicht.

„Sheila, ich bin es, Joe. Wie geht es dir?"

„Mir ging's schon mal besser, Joe", antwortete sie schwach. „Ich freue mich aber trotzdem, dich zu sehen."

„Amelia?", fragte er dann. „Ist alles in Ordnung mit dir?"

Cade sah, wie sie mit dem Kopf nickte. Sie war ganz offensichtlich traumatisiert, sah blass und mitgenommen aus.

„Er hat Mom hinuntergestoßen", sagte Sadie. „Sie hat einige Knochen gebrochen, wahrscheinlich sogar im Gesicht. Wie wollt ihr sie da herausbekommen?"

„Die Sanitäter schaffen das schon. Was ist mit Amelia? Ist sie verletzt?"

„Sie hat seit Tagen nichts gegessen und getrunken. Sie ist zwar sehr schwach, könnte es aber schaffen, selbst herauszuklettern."

Weil Sadie fröstelte, legte er den Arm um sie, um sie zu wärmen. „Und wie geht es dir? Hat er dich verletzt?"

„Ich vermute, dass ein paar Rippen gebrochen sind, und ich habe mir den Knöchel verstaucht. Aber ich lebe noch." Bei diesen Worten brach sie in Tränen aus. „Gott sei Dank, dass wir alle noch leben."

Er hielt sie im Arm und drückte ihren Kopf an seine Brust, während sie weinte. „Ist ja gut. Jetzt wird alles gut."

„Ich kann seinen Puls fühlen!", rief einer der Sanitäter nach oben. „Er lebt noch! Helft uns, ihn herauszuziehen!"

Sadie hielt den Atem an und versteifte sich. Cade konnte spüren, wie die Angst nach ihr griff. „Es ist alles in Ordnung. Er ist bewusstlos. Er kann dir nichts mehr tun."

Er beobachtete, wie sie Nate auf einer Trage festschnallten und wie er dann, als von oben gezogen wurde, aus dem Loch herausgeholt wurde.

Sadie krallte sich an Cade fest, als Nate an ihr vorbeigetragen wurde. Die Haare hingen ihm in das blutige Gesicht. Es sah grau aus, tot.

Sie drehte den Kopf weg.

Dann kletterten die Sanitäter wieder hinunter und holten Sheila und Amelia vorsichtig herauf. Cade begleitete Sadie zum Rettungswagen, und sie stieg zu ihrer Mutter und Schwester hinein.

„Welches Krankenhaus?“, fragte der Fahrer.

„Candler“, antwortete Cade. „Das ist das Krankenhaus, in dem Morgan gerade ihr Baby bekommt.“

Sadie schnappte nach Luft. „Jetzt schon?“

Er nickte. „Jetzt schon. Wir treffen uns dort.“ Er schloss die Türen, während Sadie sich mit besorgtem Gesicht ihrer Mutter zuwandte.

„Sie hat Wehen bekommen, weil sie sich solche Sorgen um dich gemacht hat, Liebling. Dann ist die Fruchtblase geplatzt und so weiter.“

„Oh, nein.“ Sie setzte sich hin und betete, dass Gott ihnen heute noch ein weiteres Wunder schenken möge.

Kapitel 52

Sadie wünschte, sie könnte sich über die wiedergewonnene Freiheit freuen, doch ein starkes Gefühl der Beklommenheit hatte sie ergriffen. Nate lag nur ein paar Betten von ihrer Mutter entfernt auf der Intensivstation, zwar im Koma, aber er lebte noch. Die Ärzte sagten, dass er die Nacht wahrscheinlich nicht überleben würde, aber sie glaubte noch nicht so recht daran. Außerdem war der zweite Mann, der bei der Entführung von Amelia und Jamie geholfen hatte, bisher nicht identifiziert und immer noch irgendwo da draußen. Er könnte jederzeit auftauchen und das, was Nate vermasselt hatte, zu Ende bringen. Oder Amelia zum Schweigen bringen.

Als Blair mit Cade in das Behandlungszimmer trat, versuchte Sadie, ihre Angst herunterzuschlucken.

Blair nahm sie in den Arm und hielt sie lange Zeit fest, als habe sie sie für tot gehalten, um nun zu erfahren, dass sie wieder auferstanden sei. „Oh, Liebes, geht es dir gut?“

„Ja, ich bin okay. Meine Lungen sind von den gebrochenen Rippen nicht verletzt worden, da habe ich echt Glück gehabt. Und der Knöchel ist verstaucht, aber das ist keine große Sache.“

„Wie wirst du behandelt?“

„Sie haben mir Schmerzmittel angeboten, aber ich möchte sie nicht.“ Sie hatte sie sehr zum Unmut des Arztes abgelehnt. Er hatte ihr versichert, dass ein paar Tabletten völlig in Ordnung wären, aber sie wollte lieber die Schmerzen aushalten, als Angst vor einer Abhängigkeit zu haben.

„Haben sie dir Krücken gegeben?“

„Ich habe sie ausprobiert, aber die Rippen schmerzen zu sehr.“ Sie deutete auf den Gips an ihrem Fuß. „Ich habe einen Gehgips bekommen, aber sie haben gesagt, ich soll die nächsten paar Tage einen Rollstuhl benutzen."

Cade trat hinter Blair hervor und sah ihr fest ins Gesicht. „Jetzt mal genug mit den körperlichen Sachen, Kleine. Wie geht es *dir*?"

Sadie kämpfte gegen die Tränen an. „Ich habe immer noch Angst, Cade. Kannst du nicht für Mom und Amelia eine Wache abstellen, die sie beschützt, solange sie hier sind? Dieser andere Kerl, wer auch immer er ist, läuft noch frei herum."

„Das ist schon veranlasst."

„Aber Nate ist bei Mom auf der Intensivstation, nur ein paar Betten von ihr entfernt. Was ist, wenn er aufwacht?"

„Sadie, Nate kämpft um sein Leben. Selbst wenn er aufwacht, ist es fraglich, ob er sich überhaupt bewegen kann. Sein Gehirn ist irreparabel geschädigt."

Wieder umarmte Blair sie, hielt sie, wie ihre Mutter es tun würde, wenn sie dazu in der Lage wäre, oder wie Morgan, wenn sie hier wäre.

„Wie geht es Morgan?"

Blair lächelte. „Warum setzt du dich nicht in den Rollstuhl, dann fahre ich dich zu ihr und du kannst sie selbst fragen."

Sie brauchte dringend die Bestätigung, dass es ihrer Ziehmutter gut ging. Also setzte sie sich in den Rollstuhl und ließ sich von Blair den Flur entlangschieben.

Als sie ein Stockwerk höher vor Morgans Zimmer ankamen, trat Blair erst einmal allein ein. „Morgan, Jonathan, ich habe eine Überraschung für euch."

„Was ist es?"

Blair ging wieder hinaus und schob Sadie ins Zimmer.

„Sadie!" Morgan streckte die Hand nach ihr aus, und Sadie rollte an ihr Bett – da sah sie erst, was Morgan in ihren Armen hielt. Ein kleines Bündel, in eine blaue Decke gewickelt ...

„Ist es ...?"

„Es ist ein Junge!“, rief Morgan. „Oh, Sadie, es ist ein wunderschöner, gesunder kleiner Junge.“

„Er ist wirklich gesund?“, fragte sie. „Bist du sicher?“

Jonathan schmunzelte. „Genau das hat Blair auch gefragt. Ja, wir sind uns sicher. Es war eine Nacht voller Wunder.“

„Oh, Morgan ...“ Sadie begann wieder zu weinen. „Er ist so wundervoll.“

„Hier. Er möchte gerne von seiner Tante Sadie gehalten werden.“

Sadie nahm das winzige Menschlein, sie fühlte, wie sein kleiner Körper sich vertrauensvoll in ihre Arme schmiegte. Er schlief tief, völlig entspannt, und ahnte nichts von den Gefahren, die in dieser Welt, in die er gerade hineingeboren worden war, lauerten. Aber er hatte großartige Beschützer. Genau wie sie.

Beschützer, die von einem souveränen, liebenden Gott geschickt worden waren, der gerade dann Wunder geschehen ließ, wenn man sie am dringendsten brauchte.

Kapitel 53

Sadie blieb über Nacht im Krankenhaus und schlief, ebenso wie Blair, im Wartezimmer der Intensivstation. Sie wollte so nahe wie möglich bei ihrer Mutter sein. Irgendwann begann der Morgen unerbittlich zu dämmern und erhellte den Raum trotz der Vorhänge. Sadie gab schließlich nach und stand auf. Dabei ließ sie der Schmerz in ihrer Seite zusammenzucken. Ab sieben Uhr durfte sie auf die Intensivstation kommen. Im Vorbeirollen warf sie einen verstohlenen Blick auf Nate. Er sah aus wie eine Leiche, wie er da in dem Krankenhausbett lag, ein Gewirr aus Drähten und Schläuchen über ihm. Eine Frau mit langen, krausen grauen Haaren beugte sich über ihn und weinte.

War das seine Mutter? Der Gedanke rumorte in Sadies Magen. Sie wollte hineinlaufen und der Frau sagen, dass sie nicht um ihn weinen sollte, dass er ein böses Monster war und die Hölle verdient hatte.

Die Frau drehte sich um und ihre Blicke trafen sich. Sadie sah die Verzweiflung, die Gebrochenheit, den Kummer ... das pure Menschsein einer anderen Seele, die von einem Verlust zerrissen wurde.

Und dann traf sie der Gedanke: Auch Nate war ein Mensch. Er hatte eine Mutter, die ihn liebte, und einen Großvater, der in ihn vernarrt war. Hatten die Drogen ihn zu einem Mörder gemacht? Hatte seine Vergangenheit in irgendeiner Weise sein Potenzial verdorben?

Sie schloss die Augen, unterdrückte den Drang zu weinen und sprach ein stilles Gebet für ihren Feind und für seine trauernde Mutter.

Sie wandte sich ab und fuhr in ihrem Rollstuhl zu ihrer Mutter.

Sheila sah schlechter aus als am Abend vorher. Ihr Gesicht war auf die zweifache Größe angeschwollen, und die Blutergüsse zeigten alle Farben von Schwarz über Blau über Braun bis hin zu Gelb. Ein Arm und ein Bein waren eingegipst und ihr Kopf war an einigen Stellen, an denen sie genäht worden war, rasiert. Wenn sie aufwachen und sich selbst sehen würde, wäre sie entsetzt.

Doch für Sadie sah sie aus wie eine Heldin.

Als die Besuchszeit vorbei war, schob Blair Sadie zum Frühstücken in die Cafeteria. Auf dem Weg zurück nach oben hielten sie bei Amelias Zimmer an. Die Polizei von Savannah hatte eine Wache draußen vor der Tür postiert, so wie Cade es versprochen hatte.

Da Sadie auf Amelias Besucherliste stand, ließ die Wache sie hinein, aber Blair musste draußen warten. Sadie rollte sich selbst ins Zimmer. Amelia war wach und es befanden sich bereits einige Leute bei ihr.

Sie sah wesentlich besser aus als das letzte Mal, als Sadie sie gesehen hatte. Amelia war geduscht, hatte gegessen, und durch die Infusion in ihrem Arm war der Flüssigkeitsverlust ausgeglichen worden.

„Wie fühlst du dich?“, fragte Sadie.

„Großartig. Und ich bin froh, dass ich noch lebe.“ Sie beugte sich vor und umarmte Sadie. „Ich darf heute schon nach Hause. Und du?“

„Mir geht es auch gut. Ich darf nur diesen Fuß eine Weile nicht belasten.“

Amelia schlüpfte aus dem Bett, ihr langes Nachthemd über den nackten Füßen schliff über den Fußboden. „Hört mal alle her, ich möchte euch meine Halbschwester Sadie vorstellen. Sadie, meine Mutter und meinen Vater kennst du ja schon. Das ist meine Tante Millie, mein Onkel Herbert, mein Cousin Jimmy und unsere Nachbarn Larry und Myra.“

Amelia hatte eine ganze Familie, eine Gemeinschaft, die gar nichts mit Sadies Leben zu tun hatte. Menschen, die sie liebten. Und trotzdem, in all dem Durcheinander, fühlte sie eine Verbindung zu ihr, die selbst sie nicht richtig verstehen konnte. Sie waren Schwestern, in jeder Bedeutung des Wortes.

„Amelia, Sadie ist nicht deine Halbschwester", antwortete ihre Mutter. „Sie ist deine richtige Schwester."

Amelia runzelte die Stirn. „Wie meinst du das?"

Sadie lächelte sie an. „Wir haben dieselbe Mutter *und* denselben Vater."

Amelias Lächeln verschwand, sie schaute von Sadie zu ihren Eltern. „Wirklich? Seid ihr sicher?"

„Sheila wird es wohl am besten wissen", entgegnete ihr Vater.

Amelia drehte sich wieder zu Sadie um und sah sie mit ganz anderen Augen an. „Na, wer hätte das gedacht? Eine richtige Schwester."

Die beiden Mädchen umarmten sich wieder, und Sadie wusste, dass, egal was in ihrer beider Leben oder Familien geschehen würde, sie etwas ganz Besonderes aneinander hatten, was ihnen niemand nehmen könnte.

Als sie sich aus der Umarmung lösten, nahm Lana Sadies Hände und lächelte sie unter Tränen an. „Wir verdanken dir so viel, Sadie. Wenn du nicht gewesen wärst, nach Amelia gesucht und all die Zusammenhänge herausgefunden hättest, wäre sie jetzt vielleicht immer noch dort."

„Mom ist die wahre Heldin."

„Ja, das ist sie. Sie ist jetzt sogar auf zweifache Weise unsere Heldin."

Sadie hoffte, dass sie ihrer Mutter das auch noch einmal sagen würden. Sie hatte es nötig, so etwas zu hören. „Aber du warst auch eine Heldin, Amelia. Du warst diejenige, die ihn niedergeschossen hat."

„Darüber wollte ich ohnehin noch mal mit dir sprechen, Sadie. Wie das war, als ich auf ihn geschossen habe. Ich möchte nicht, dass du glaubst, ich wäre das Risiko eingegangen, dich zu treffen. Für die meisten Leute wäre das sicher zu dicht gewesen. Aber im Reserve Officer Training Corps war ich die beste Präzisionsschützin meiner Klasse. Ich wusste genau, dass ich ihn treffen würde, ohne dich zu verletzen."

Sie war froh, das zu wissen. „Ich vermute, das ist ein weiteres Beispiel dafür, wie Gott dich auf etwas vorbereitet hat, das du irgendwann einmal tun musstest."

„Das hat er ganz sicher getan", sagte Bob.

„Hast du Angst, wieder nach Hause zu gehen?", fragte Sadie Amelia.

„Ein wenig." Amelia schaute ihre Eltern an, und ihr Vater nahm ihre Hand. „Das GBI hat eine sichere Wohnung organisiert, in der wir eine Weile bleiben können. Ich vermute, es ist deshalb so wichtig für sie, mich zu beschützen, weil ich die einzige Zeugin bin, die den anderen Kerl gesehen hat."

„Es wird wie ein Urlaub sein", sagte Lana. „Nur so lange, bis sie ihn geschnappt haben."

„Ich wollte zu Jamies Beerdigung gehen" – Tränen erstickten Amelias Worte –, „aber sie erlauben es mir nicht."

Darüber war Sadie froh. „Das sollten sie auch nicht", flüsterte sie. „Amelia, er könnte dir gerade dort auflauern. Ich finde es eine gute Idee, dass du für eine Weile untertauchst. Sie werden ihn bald finden. Vielleicht haben sie inzwischen schon herausgefunden, wer alles zu Nates Freunden gehört. Es ist keine große Kunst, den Kreis der Verdächtigen auf jemanden zu reduzieren, der ihm nahesteht."

„Das hoffe ich."

Sadie verabschiedete sich vorläufig von Amelia und nahm ihr das Versprechen ab, im Sommer wiederzukommen und sie zu besuchen, damit sie sich unter günstigeren Umständen besser kennenlernen könnten. Dann verließ sie das Zimmer und wurde von Blair zu den Aufzügen geschoben.

„Sadie!"

Sie drehte sich um und sah Matt Frazier durch den Gang hinter ihr herkommen. „Hey, Matt."

Mit den Händen in den Hosentaschen kam er näher und sah mit sanften Augen auf sie hinab. „Dir geht es offenbar gut. Da bin ich aber froh." Er beugte sich vor und umarmte sie.

Es war das erste Mal, dass er seine Arme um sie legte, und sie genoss das Gefühl.

„Ich hatte solche Angst um dich", sage er und hielt sie immer noch fest. „Ich habe gebetet und gebetet ..."

„Danke! Es hat geholfen."

Er folgte ihnen ins Wartezimmer der Intensivstation. Blair ließ sie allein, um nach Morgan und dem Baby zu sehen. Sadie erzählte Matt alles, was passiert war, und wie sie durch das Auftauchen ihrer Mutter gerettet worden waren.

Er hörte ihr mit feuchten Augen zu, und ihr wurde bewusst, wie viel sie ihm bedeutete. „Und wie geht es diesem Nate?"

„Er liegt im Koma und ringt mit dem Tod. Sie waren sich nicht einmal sicher, ob er überhaupt die Nacht überlebt. Aber das hat er."

Er seufzte. „Nun ja, ich hoffe, dass sie den anderen Typen auch bald schnappen. Ich nehme an, bis dahin ist niemand hundertprozentig in Sicherheit."

Als er sich verabschiedete, rollte Sadie mit ihm in den Flur. Er zögerte einen Moment, als wollte er noch etwas sagen, fände aber nicht die richtigen Worte. „Ich habe mir überlegt, dass ... vielleicht, wenn das alles hier vorbei ist ... vielleicht können wir dann mal zusammen ins Kino gehen oder so, wenn du das immer noch willst."

Sie lächelte. „Das würde mir gefallen."

„Und ich würde mich freuen, deine Schwester kennenzulernen, und zu sehen, ob sie genau so hübsch ist wie du."

Wärme durchströmte sie. Er hatte ihr noch nie gesagt, dass er sie hübsch fand. „Sie wird heute aus dem Krankenhaus entlassen. Aber ich habe vor, im Sommer viel Zeit mit ihr zu verbringen. Dann kannst du sie kennenlernen."

„Ich freue mich darauf." Er nahm ihre Hand und schaute darauf hinab, dann beugte er sich vor und küsste sie auf die Lippen.

Das hatte sie nicht erwartet. Sie fühlte, wie ihr das Blut in die Wangen stieg, eine warme Röte der Überraschung.

„Bis bald", flüsterte er ihr ins Ohr, dann ging er zurück zu den Aufzügen.

Sadie saß einfach nur da und sah ihm nach. Es kam ihr so vor, als hätte Gott ihr gerade einen weiteren Neuanfang geschenkt.

KAPITEL 54

„Ich habe ihm immer gesagt, dass es kein gutes Ende mit ihm nehmen würde." Cade und Joe standen im Haus von Nates Vater und hörten sich dessen ärgerliches Geschimpfe über seinen Sohn an. Die Nachricht, dass sein Sohn sterbend im Krankenhaus lag, hatte ihn nicht im Geringsten aus der Fassung gebracht. Stattdessen ließ er eine Schimpftirade darüber los, dass er das alles hatte kommen sehen. Er roch nach Alkohol und Zigarettenqualm, sein Haus war verdreckt und überall lagen Stapel von alten Zeitungen und Zeitschriften herum. Drei stinkende Bulldoggen schnüffelten an Cades und Joes Beinen, ihre Pfoten rutschten über den staubigen Hartholzboden. Zwei dicke Katzen lagen oben auf Zeitungs- und Zeitschriftenstapeln, die auf der Couch und einem Stuhl aufgetürmt waren.

„Schon als kleiner Junge ist er ständig in Schwierigkeiten geraten. Ich konnte ihn nicht bändigen. Er wurde immer wilder, dieser Junge."

„Wie lange ist es her, dass er hier bei ihnen gelebt hat?", fragte McCormick ihn.

„Schon Jahre. Er hat die Schule in der neunten Klasse geschmissen und ist bei irgendwelchen Freunden von ihm eingezogen, die mit Drogen dealten."

„Können Sie uns ihre Namen geben?"

„Ich kenne die Namen nicht. Glauben Sie etwa, er hätte sie zum Abendessen mit nach Hause gebracht? Er hat sich seitdem hier nicht mehr oft blicken lassen. Und es war ein Glück, dass wir ihn losgeworden sind."

„Wo ist seine Mutter?"

„Sie ist bei ihm im Krankenhaus. Sie sieht das anders als ich. Sie hat immer geglaubt, dass es noch Hoffnung für ihn gibt. Schätze, sie wurde nun eines Besseren belehrt."

Als Cade und McCormick nach Cape Refuge zurückfuhren, schüttelte Joe den Kopf. „Na ja, man muss kein Genie sein, um zu verstehen, warum Nate so geworden ist."

„Nein, das muss man wirklich nicht." Er überlegte, wohin sie als Nächstes fahren sollten. Obwohl die Staatspolizei den Fall bearbeitete und versuchte, Nates Komplizen zu finden, hatte Cade beschlossen, dass er es ihnen nicht einfach allein überlassen würde. Wenn er irgendetwas tun konnte, um zu helfen, würde er das tun.

„Warum fahren wir nicht zum Flagstaff und sprechen mit dieser Tina, die Sadie dort getroffen hat? Sie hat Amelia und Jamie beobachtet, wie sie mit den Männern ins Auto gestiegen sind. Vielleicht hat sie mehr gesehen, als sie zugibt."

„Gute Idee. Vielleicht fühlt sie sich jetzt, nachdem Nate keine Gefahr mehr ist, sicherer und packt endlich aus."

Obwohl es bereits elf Uhr morgens war, mussten sie Tina wecken. Als sie an die Tür kam, sah sie aus, als wäre sie gerade kollabiert, nachdem sie drei Tage lang high gewesen war. „Was wollen Sie?" Sie blinzelte ins Licht.

„Wir möchten mit dir über Nate Morris reden."

„Was ist mit ihm?"

„Können wir reinkommen?"

„Da schlafen noch Leute." Sie trat zurück, sodass sie hineinschauen konnten. Ein weiteres Mädchen und ein Mann lagen schlafend im Bett.

„Wie wäre es, wenn du dich anziehst und draußen mit uns redest?", fragte er.

Sie seufzte und fuhr sich mit der Hand durchs Haar. „In Ordnung, ich bin in einer Minute da."

Sie warteten direkt vor der Tür, und endlich kam Tina heraus. Sie hatte Shorts angezogen, trug dazu aber immer noch das lange, ausgeleierte Shirt, in dem sie offensichtlich geschlafen hatte. Ihre Haare waren zerzaust und ungekämmt, aber immerhin hatte sie das verschmierte Make-up um ihre Augen abgewaschen.

Sie nahm einen langen Zug von ihrer Zigarette und sah sie an. „Also, was wollen Sie wissen?"

„Wir wollen mit dir über das sprechen, was du an dem Abend, an dem Amelia Roarke und Jamie Maddox entführt wurden, gesehen hast."

„Ich habe Ihnen doch schon erzählt, was ich gesehen habe."

„Das stimmt, das hast du. Aber wir haben gedacht, dass dir jetzt, nachdem Nate nicht mehr frei rumläuft, vielleicht noch mehr eingefallen ist. Zum Beispiel, wer der zweite Mann war."

Sie beugte sich über das Geländer und sah auf den Parkplatz hinunter. Ihre Hände zitterten, und Cade wusste, dass sie einen Schuss brauchte. „Ich habe Sie nicht angelogen."

„Wir glauben auch nicht, dass du gelogen hast." McCormick lehnte sich neben ihr gegen das Geländer. „Wir haben nur gedacht, dass du uns möglicherweise nicht alles erzählt hast."

„Nate wird nicht mehr zurückkommen, weißt du", sagte Cade. „Sollte er überleben, was ziemlich unwahrscheinlich ist, geht er ins Gefängnis."

Tina befeuchtete ihre Lippen und blinzelte in den leichten Wind. „Ich habe diesen Mädchen gesagt, sie sollen nicht hierbleiben. Ich habe sie gewarnt, dass es hier gefährlich ist."

„Da hattest du recht."

„Den anderen Typen kannte ich nicht. Er war ordentlicher. Sah nicht so aus, als ob er zu Nate gehörte."

„Also wusstest du, dass es Nate war?"

Sie straffte sich und blickte von Cade zu Joe. „Ich wusste es, aber ich wusste auch, dass er mir, ohne zu zögern, ein Messer an den Hals gehalten hätte, wenn ich es erzählt hätte."

„Du hättest uns helfen können, sie schneller zu finden." Joes

Tonfall war streng. „Behinderung von Ermittlungen ist eine Straftat."

„Also wollen Sie mich dafür vor Gericht bringen? Dann stellen Sie sich hinten an."

Ihr zu drohen, brachte sie nicht weiter. Cade stützte sich auf das Geländer. „Tina, wir sind nicht hier, um dich zur Rechenschaft zu ziehen. Wir wollen nur den anderen Mörder finden. Was kannst du uns über ihn erzählen?"

„Es war dunkel und ich habe ihn nur von hinten gesehen. Aber ich bin mir ziemlich sicher, dass er kurze braune Haare hatte. Er trug Jeans und eine Art Poloshirt. Es war grün, glaube ich."

„Wie groß war er?"

„Größer als Nate. Vielleicht etwas mehr als 1,80 Meter."

„Hast du ihn sprechen gehört?"

„Nein, dafür waren sie zu weit weg."

„Wie alt würdest du ihn schätzen?"

„Jung. Neunzehn, zwanzig vielleicht. Ich kann Ihnen mit Sicherheit sagen, dass es nicht dieser verrückte Autor war. Der ist unverwechselbar."

Sie war keine große Hilfe. Die Beschreibung, die sie ihnen gegeben hatte, stimmte zwar mit der von Amelia überein, war aber genauso vage. Amelia hatte zwar versucht, ihnen eine Beschreibung zu geben, aus der sie ein Phantombild erstellen konnten, doch er hatte eine Sonnenbrille getragen, sodass sie seine Augen nicht gesehen hatte. Das machte die Sache noch schwieriger.

„Hören Sie, ich würde Ihnen wirklich gerne helfen", sagte Tina, und Cade hatte den Eindruck, dass sie es ehrlich meinte. „Das eine Mädchen, diese Amelia, war sehr nett zu mir. Das passiert mir nicht so oft. Und die andere, ihre Schwester ..."

„Sadie."

„Ja, genau die. Die war auch nett. Hat mir ihre Telefonnummer gegeben und gesagt, ich könnte kommen und bei ihr wohnen oder so was in der Art – können Sie sich so etwas vorstellen?“

„Ja, das kann ich mir vorstellen“, antwortete Cade. „Sie wohnt im Hanover House. Dort nehmen sie Leute auf, die ihr Leben wieder in den Griff bekommen wollen. Wenn du jemals ein besseres Leben führen möchtest, solltest du diese Nummer anrufen.“

Die Feuchtigkeit in Tinas Augen sprach Bände. „Vielleicht werde ich das eines Tages tun.“

Kapitel 55

Cade war gerade erst wieder in der Polizeistation angekommen, als Yeager anrief.

„Ich wollte Sie darüber informieren, dass wir die Datei auf Gibsons Computer überprüft haben. Die mit der Szene, die den Mord beschreibt."

„Und? Hat sich seine Theorie bestätigt?"

„Allerdings. Er hatte absolut recht. Unsere Analytiker sind der Überzeugung, dass die Szene tatsächlich nachträglich von jemand anderem eingefügt wurde. Und die Initialen auf dem Computer des Hackers waren *SC*."

In Gedanken versuchte Cade sofort, die Initialen zuzuordnen. Er notierte sie und fragte: „Sie haben den vollen Namen also nicht herausfinden können?"

„Nein, das konnten wir aber auch nicht erwarten. Außerdem hat unser Spezialist für Cyberkriminalität uns darauf hingewiesen, dass der Täter einen fremden Computer benutzt haben könnte. Oder, falls ihm bewusst war, dass die Änderungsverfolgung aktiviert war, und er sich auskannte, könnte er die Initialen sogar gefälscht haben. Das ist jedoch sehr unwahrscheinlich."

„Warum?"

„Er hat mir versichert, dass nur wenige Leute wissen, was es mit der Änderungsverfolgung auf sich hat. Es scheint so, als habe der Hacker es nicht gewusst. Andernfalls hätte er die Szene vermutlich in eine andere Datei auf dem Computer eingefügt. Denn es gab noch andere Versionen des Dokuments, bei denen die Änderungsverfolgung nicht eingeschaltet war, und er somit auch keine Spuren hinterlassen hätte. Es sieht so aus, als habe er einfach die Datei genommen, an der Gibson zuletzt gearbeitet hat."

Cade dachte an den Schuh und das Blut in seinem Auto ... Der Mörder war gerissen, er war gut darin, anderen etwas anzuhängen. Wenn Gibson es nicht war, dann war ihm ebenfalls etwas untergeschoben worden. Was, wenn der Mörder mit ihnen allen spielte? „Was ist, wenn er sich so gut mit Computern auskennt, dass er die Änderungsverfolgung benutzt hat, um uns erneut hereinzulegen?"

„Das ist vermutlich nicht auszuschließen. Er ist schließlich nicht dumm."

Cade fuhr mit seinem Stift die Initialen nach. „Es erscheint mir fast zu offensichtlich, um zu glauben, er habe es zugelassen, dass seine Initialen in Gibsons Programm auftauchen. Das kann ich mir einfach nicht vorstellen."

„Cade, Sie sind lange genug im Polizeidienst, um zu wissen, dass Mörder oft unüberlegt Hinweise hinterlassen. Dazu genügt ein einziger Fehler. Wenn er in Eile war, könnte er das mit den Initialen übersehen haben."

Cade starrte an die Wand. Sein Bauchgefühl sagte ihm, dass irgendetwas nicht stimmte, aber er konnte nicht ausmachen, was es war. „Sind Sie sicher, dass es nicht Gibson ist, der uns in eine aussichtslose Suche schickt? Es war seine Waffe, sein Roman, und er hatte kein Alibi für das erste Mädchen. Vielleicht hat er einen Komplizen, der das alles getan hat. Vielleicht hat Gibson es von zu Hause aus inszeniert, während er observiert wurde."

„Aber das Mädchen im Flagstaff hat zwei junge Männer gesehen. Und sie war sich sicher, dass es nicht Gibson war."

Cade seufzte. „Ja, da haben Sie recht."

„Ich hege die Hoffnung, dass es dieses Mal ein echter Hinweis ist, Cade. Tun Sie mir den Gefallen und lassen es sich in Ruhe durch den Kopf gehen. Und wenn Ihnen dann irgendwelche passenden Namen einfallen, lassen Sie es mich unverzüglich wissen."

„Alles klar."

„Übrigens, Sie werden sich freuen zu hören, dass wir Sie als

Verdächtigen ausgeschlossen haben, nachdem wir Amelia befragt haben."

Cade lachte auf. „Ja, das sind wirklich gute Neuigkeiten."

„Entschuldigung, dass wir das überhaupt für möglich gehalten haben, Mann."

„Das ist schon in Ordnung. Die Indizien sprachen ja schließlich gegen mich."

Nachdem Cade aufgelegt hatte, starrte er auf die Initialen. *SC.* Es musste jemand sein, der ihn kannte, der wusste, dass er geplant hatte, Blair einen Heiratsantrag zu machen, und der auch wusste, wo er es tun wollte. Jemand, der einen Groll gegen ihn hegte, der noch eine offene Rechnung mit ihm hatte.

In Gedanken ging er einige Namen durch ...

„Hey, Chief."

Er blickte auf und sah Scott in der Türöffnung stehen. Sein Herzschlag setzte für einen Moment aus.

Scott Crown.

„Ich habe hier die Liste, die Sie haben wollten. Mit den Leuten, die in den letzten drei Wochen im Flagstaff gewohnt haben." Er warf sie auf Cades Schreibtisch. Cade nahm sie und suchte nach den Initialen *SC.* Es gab sie nur einmal – Sarah Colvert.

„Danke". Er sah zu dem jungen Mann, dem Neffen Joe McCormicks, auf. War das möglich? Könnte er ein Mörder sein? Okay, er hatte einen Groll auf Cade, weil er ihn vor seinen Kollegen gerügt hatte. Er kannte Gibsons Romane, konnte gut mit Computern umgehen, hatte das erste Mädchen gefunden ...

Cade schluckte heftig. „Sagen Sie mal, Scott, Sie haben doch Ihre gesamte Schulzeit in Cape Refuge verbracht, stimmt's?"

„Stimmt."

„Nate Morris war in Ihrem Alter. Haben Sie ihn mal kennengelernt, als er noch zur Schule ging?"

Scott zögerte. „Nein, ich glaube nicht. Warum?"

Cade machte sich eine Notiz, die Jahrbücher aus den Jahren vor Nates Schulabgang zu überprüfen. Vielleicht konnte er eine Verbindung finden ...

„Nur so ein Gedanke. Wir versuchen alles, auch die kleinste Kleinigkeit, über diesen Kerl herauszufinden."

Er starrte Scott für einen langen Augenblick an, seine Gedanken rasten. Scott hatte zufällig mitgehört, wie er mit McCormick über seine Pläne wegen des Heiratsantrags gesprochen hatte. Er könnte Jamies Leiche zu der Höhle gebracht und sie dort platziert haben, sodass er sie finden würde. Und er war einer der Letzten, die Sadie gesehen hatten.

„Ich habe mich nach ihm umgehört", sagte Scott. „Wenn mir jemand irgendetwas Erwähnenswertes erzählt, gebe ich Ihnen Bescheid."

„Machen Sie das."

Scott verließ das Zimmer, und Cade starrte auf die Tür. Er rieb sich über das Gesicht und überlegte, wie er weiter vorgehen sollte. Er würde mit McCormick reden müssen, doch das würde nicht einfach werden. Scott war sein Neffe, der Sohn seiner Schwester.

Doch wenn er ein Mörder war ...

Er stand auf und ging zur Tür. McCormick saß an seinem Schreibtisch und überprüfte etwas in der Polizeidatenbank. „Joe, kann ich dich gerade mal sprechen?"

McCormick stand auf und kam in sein Büro. „Nun, Cade. Worum geht's?"

Cade setzte sich wieder und fuhr sich mit der Hand über die Wange. „Mach bitte die Tür zu, Joe."

McCormick schloss die Tür und setzte sich. „Muss wohl etwas Wichtiges sein."

Cade faltete die Hände auf dem Schreibtisch und sah seinem Freund fest in die Augen. „Joe, ich habe gerade mit Yeager gesprochen. Er sagte, dass Gibsons Theorie bezüglich der Computerdatei korrekt war. Die Initialen des Hackers waren *SC*."

„Gut. Das ist doch schon mal etwas für den Anfang. Hast du dir die Liste angesehen, die Scott dir eben gegeben hat?"

„Es war nur eine Person mit diesen Initialen im Flagstaff, und das ist eine Frau."

„Okay. Wir müssen die Namen aller Bekannten von Nate überprüfen. Ich fange gleich damit an."

Er wollte aufstehen, aber Cade hielt ihn zurück. „Joe, bleib bitte noch sitzen."

McCormick setzte sich wieder hin. „Was ist los?"

„Mir ist bereits jemand in den Sinn gekommen. Jemand mit diesen Initialen, der von meinem Heiratsantrag wusste, der Zugang zu meinem Wagen hatte, sich mit Computern auskennt, einen Groll auf mich hat ... und auch noch auf Amelias Beschreibung passt."

Joe runzelte die Stirn. „Wer ist es?"

„Scott."

Joe saß einen Moment nur da und starrte ihn an. „Auf keinen Fall! Cade, da liegst du aber völlig daneben. Du kannst doch nicht ernsthaft glauben ..."

„Er hat Emilys Leiche gefunden, Joe. Er hatte dort gar nichts zu suchen. Und seine Erklärung, warum er dort war, war von Anfang an wenig überzeugend. Vielleicht hat er sie dort abgelegt."

Joes Gesicht rötete sich und er presste die Lippen aufeinander. „Mein Neffe ist kein Mörder, genauso wenig, wie du es bist."

„Wie kannst du dir da so sicher sein?"

„Weil ich ihn *kenne*. Cade, er ist der Sohn meiner Schwester! Ich kenne ihn seit seiner Geburt, und zu so etwas ist er nicht fähig."

„Vielleicht hat er den Mord nicht selbst begangen. Vielleicht hat er die Tat nur verschleiert."

„Nein!“, sagte Joe. „Das ist unmöglich.“

„Dann hilf mir, das zu beweisen.“

Mit zusammengepressten Lippen knurrte Joe: „Das ist es doch gar nicht, was du beweisen willst. Du willst, dass er es war. Du hast ihn vom ersten Tag an nicht gemocht.“

Cade schluckte seinen Ärger hinunter. „Du glaubst, ich wollte ihm eine Mordanklage anhängen, nur weil er bei mir angeeckt ist? Glaubst du ernsthaft, *dazu* wäre *ich* fähig?“

Joe rieb sich heftig über das Gesicht und richtete seinen Blick ärgerlich wieder auf Cade. „Er hat es nicht getan, Cade. Es war jemand anderes.“

„Wir werden es herausfinden. Ich möchte ihn bei einer Gegenüberstellung in der Reihe der Verdächtigen stehen haben und hören, was Amelia sagt. Dann werden wir ja sehen.“

„Gute Idee“, sagte Joe. „Dann wirst du schon sehen.“

Kapitel 56

Cade erreichte Amelia auf dem Handy ihres Vaters und konnte ihn überzeugen, Amelia für die Gegenüberstellung zurückzubringen. Bob sagte ihm zu, den nächsten Flug zu nehmen, sodass Amelia am Nachmittag da sein würde.

Weil es auf Cades Polizeistation keinen Raum mit Einwegspiegel für Gegenüberstellungen gab, nutzte er den von der Polizeistation in Tybee. Er trommelte alle braunhaarigen Beamten unter fünfundzwanzig sowohl von Cape Refuge als auch von Tybee zusammen, die nicht an der Rettungsaktion beteiligt waren. Diese Bedingungen trafen nur auf vier Männer zu. Er ergänzte die Gruppe mit jungen Seemännern, die er im Crickets aufgetrieben hatte.

„Onkel Joe, wofür ist die Gegenüberstellung gut?“, fragte Scott, als sie sich für die Gegenüberstellung bereit machten.

„Ein Überfall, der letzten Monat in Tybee stattgefunden hat.“

Scott senkte die Stimme. „Welchen der Typen verdächtigen sie?“

„Ich weiß es nicht.“

Während die Männer sich in einer Reihe aufstellten, warf Joe Cade einen vernichtenden Blick zu.

Doch Cade konnte sich jetzt keine Gedanken um Joes Gefühle machen. Wenn Scott der Mörder war, wüssten sie es in wenigen Augenblicken. Er ging in das Zimmer, in dem Amelia und ihre Eltern warteten. Joe folgte ihm hinein.

Amelia wirkte klein, wie sie da zwischen ihren Eltern saß und an einem Knopf ihres Shirts herumfingerte.

Cade bemerkte Angst in ihrem verletzlichen Gesichtsausdruck.

„Amelia, unser Verdächtiger befindet sich unter den jungen

Männern in dieser Aufstellung, die du gleich sehen wirst. Wir möchten, dass du ihn benennst. Glaubst du, dass du das hinkriegst?"

„Ich weiß, dass ich das kann. Er hatte zwar eine Sonnenbrille auf, aber ich erkenne ihn wieder, wenn ich ihn sehe. Ich habe sein Gesicht deutlich vor meinem inneren Auge."

„Gut. Dann lasst uns anfangen."

Amelia hielt ihn zurück. „Chief Cade, wird er mich sehen können?"

„Nein. Die Männer schauen in einen Spiegel."

Sie nickte und schluckte heftig. „Dann bin ich bereit."

Cade sprach in das Mikrofon, das sich im Raum befand. „Schickt sie rein."

Die Männer stellten sich auf, und Amelia hielt die Hände ihrer Eltern fest, während sie von einem Mann zum nächsten schaute.

Cade beobachtete sie in atemloser Spannung.

Mit angsterfüllten Augen betrachtete Amelia die Gesichter, aber es gab kein Anzeichen eines Erkennens. Sie schaute zurück zum Ersten und studierte seine Züge genau. Scott war der Dritte in der Reihe, doch ihr Blick huschte über ihn hinweg.

„Erkennst du den Mann, der dich an diesem Abend entführt hat?"

Tränen traten in ihre Augen, und er sah den Kampf in ihrem Gesicht. Hatte sie Angst, ihn zu benennen, oder war sie nur unsicher?

„Ich ... ich glaube, er ist nicht dabei ..."

Cade schielte zu McCormick hinüber und sah die Erleichterung in seinem Gesicht. „Nimm dir ruhig Zeit. Sieh dir jeden genau an."

„Er kam mir dünner und größer vor. Er ist nicht dabei." Sie begann zu weinen. „Ich wünschte mir, dass er dabei wäre. Ich hatte so gehofft, dass ich ihn identifizieren könnte und Sie ihn gleich einsperren würden. Aber ich möchte keinen Fehler machen, denn wenn ich das tue, wird er noch länger frei herumlaufen."

„Das ist okay, Amelia. Aber du sagtest, er habe eine Sonnenbrille getragen."

Er hatte jeden der Männer gebeten, seine eigene Sonnenbrille mitzubringen. Er beugte sich über das Mikrofon. „Meine Herren, bitte setzen Sie Ihre Sonnenbrillen auf."

Sie holten die Sonnenbrillen hervor und setzten sie auf. Cade schaute Amelia an. „Ändert das irgendetwas?"

Sie betrachtete sie erneut, einen nach dem anderen, und schüttelte dann den Kopf. „Es tut mir leid."

„Es muss dir nicht leidtun. Du hast das gut gemacht." Er musste sich geirrt haben. Denn wenn Scott der Mann gewesen wäre, hätte sie ihn erkannt.

Sie ließen die Aufstellung warten, bis Amelia und ihre Eltern die Polizeistation verlassen hatten, und ließen dann alle gehen.

„Ich hoffe, du bist mit dem Ergebnis zufrieden", sagte Joe. „Mein Neffe war es nicht."

„Ich muss dir zustimmen. Ich glaube auch nicht, dass er es war." Aber Cade wusste, dass er Scott als Täter noch nicht vollständig ausschließen konnte. So lange nicht, bis sie jemand anderen hinter Gittern hatten.

„Hey, Cade." Chief Grant steckte seinen Kopf durch die Türöffnung. „Tut mir leid, dass die Gegenüberstellung ein Reinfall war. Aber ich habe Neuigkeiten, die Sie interessieren dürften."

„Ja?"

„Nate Morris ist soeben gestorben."

Kapitel 57

Einen Monat später

Blairs und Cades Hochzeitstag dämmerte so schön herauf, wie man es sich nur wünschen konnte. Sadie saß auf der Fensterbank im Zimmer ihrer Mutter und schaute durchs Fenster auf die Betriebsamkeit, die unten herrschte, hinab. Männer aus der Kirchengemeinde stellten Stuhlreihen auf, die sich von der vorderen Veranda über die ganze Rasenfläche bis auf die Straße erstreckten – Jonathan hatte all seinen Einfluss als Bürgermeister geltend machen müssen, damit sie gesperrt wurde – und weiter über den Sand bis zu dem neuen Pavillon, der extra für diesen Anlass am Strand errichtet worden war.

In ein paar Stunden würde sich die ganze Stadt hier versammeln. Warum empfand sie dabei solch ein Unbehagen?

Seitdem sie aus dem Loch befreit worden war, kämpfte Sadie gegen das Gefühl an, dass jemand Gefährliches sie beobachtete, ihre Schritte notierte und nur darauf wartete, sich ihrer wieder zu bemächtigen. Menschenmengen machten sie nervös, und sie ertappte sich andauernd dabei, wie sie jedes männliche Gesicht, das ihr begegnete, studierte und sich fragte, ob es Nate Morris' Komplize sein könnte.

Ihre Mutter saß mit Caleb auf dem Schoß im Rollstuhl hinter ihr.

„Du musst Mommys lieber Junge sein, okay? Wenn sie dich in dein kleines Polizeiauto setzen, fährst du den Gang entlang, ohne zu weinen."

„Ich großer Junge."

„Genau. Du bist ein ganz großer Junge, und deshalb lachst du schön und winkst allen zu."

„Nicht weinen."

„Nein, nicht weinen."

Sadie lächelte. Blair bestand darauf, Caleb bei der Hochzeit dabei zu haben, aber sie wusste, dass bei ihrem kleinen Bruder alles passieren könnte. Er könnte kalte Füße bekommen und sich weigern mitzumachen, oder er könnte weinen oder die Blumen umwerfen und die ganze Zeremonie stören, während sie ihre Ehegelübde vorlasen.

Aber Blair bestand darauf, dass es das wert war.

„Und jetzt möchte ich, dass du dich in Mommys Bett legst und versuchst, ein kleines Nickerchen zu halten. Ich möchte nicht, dass du auf der Hochzeit quengelig bist."

Caleb glitt von ihrem Schoß herunter und kletterte auf das Bett. Mit einem schalkhaften Kichern begann er, auf der Matratze herumzuhüpfen.

Sadie stand auf und fing ihn. „Du Schlingel. So hält man doch kein Nickerchen! Ich glaube, ich muss dich rüber in dein Zimmer bringen."

„Nein!" Er ließ sich fallen und blieb mit dem Daumen im Mund liegen.

Das würde nicht lange anhalten. Sadie wandte sich wieder ihrer Mutter zu. „Brauchst du Hilfe beim Fertigmachen?"

„Ob ich Hilfe *brauche*? So sehr ich mich auch bemüht habe, ich schaffe es einfach nicht, das Make-up mit nur einer Hand aufzutragen."

Wegen der Gesichtsverletzungen hatte Sheila operiert werden müssen. Die Blutergüsse waren zwar verblasst, aber das Gesicht war auf einer Seite immer noch geschwollen und am Haaransatz verliefen Operationsnarben, die noch nicht ganz verheilt waren. Trotz ihres eingegipsten linken Arms und Beins fand Sadie, dass sie wunderschön aussah. Wie eine Heldin.

„Ich mache das für dich."

Sadie schob Sheilas Rollstuhl an ihren Frisiertisch und setzte sich vor sie. Sie trug Lidschatten auf Sheilas Augenlider auf und konturierte dann mit einem Kajalstift leicht ihre Augen. „Ich wünschte, Amelia könnte hier sein. Sie hätte so einen Spaß daran, Caleb den Gang entlangfahren zu sehen."

„Sie wäre wirklich gerne gekommen."

„Ja, aber sie hat recht. Es ist wahrscheinlich noch nicht sicher."

Sie hörte das Telefon im Flur klingeln und wie unten jemand abnahm. Gleichzeitig kam Blair die Treppe hochgestürmt.

„Ich bin ein Dummkopf! Wie konnte ich nur so etwas Blödes machen?"

Sadie stand auf und schaute in den Flur hinaus. „Was ist los?"

Blair sah aus, als würde sie gleich weinen, während sie in die Türöffnung von Sheilas Zimmer trat. „Ich bin gerade frisiert worden und habe dabei dieses blöde T-Shirt angelassen. Wie soll ich das über den Kopf bekommen, ohne meine Frisur zu ruinieren?"

Sadie zog am Halsausschnitt und hoffte, es würde sich dehnen. Aber das tat es nicht. „Das ist allerdings ein Problem."

„Schneide es einfach auf, Schatz", sagte Sheila. „Sadie, ich habe eine Schere in meiner Kommode."

„Super Idee." Sadie holte die Schere und reichte sie Blair.

„Danke." Sie atmete erleichtert aus. „Du hast mir den Tag gerettet, Sheila." Sie wandte sich zum Gehen, drehte sich dann aber noch einmal um. „Sadie, was hat Matt gesagt, um wie viel Uhr er und seine Mutter die Blumen bringen wollten?"

„Um zwei. Sie müssten bald hier sein."

„Das hoffe ich. Sie sind spät dran, und es wird eine Weile dauern, den Pavillon zu dekorieren."

„Das klappt schon. Entspann dich einfach. Versuche, es zu genießen. Es ist dein Hochzeitstag!"

Morgan kam mit ihrem selig schlafenden Baby im Arm die

Treppe herauf. „Sadie, ein Anruf für dich. Ein Mädchen namens Tina."

Sadie runzelte die Stirn. Die einzige Tina, die sie kannte, war das Mädchen aus dem Motel. Sie griff nach dem Mobilteil. „Hallo?"

„Ja, äh, Sadie? Hier ist Tina. Wir haben uns im Flagstaff kennengelernt."

Sie atmete tief durch. „Tina – wie geht es dir?" Sie verließ das Zimmer ihrer Mutter und ging in ihr eigenes hinüber, damit sie Tina besser verstehen konnte.

„Äh, nicht so gut." Das Mädchen weinte und versuchte, ihre Stimme unter Kontrolle zu bekommen.

„Was ist passiert?"

„Ich muss einfach ... weg von hier. Ich habe versucht, mit den Drogen aufzuhören, und es auch zwei Wochen lang geschafft. Aber es wird echt schwierig. Da ist mir eingefallen, dass du gesagt hast, ich könnte zu euch kommen. Dass ich bei euch vielleicht Hilfe bekommen kann."

„Ja, das kannst du. Du musst herkommen und mit Morgan und Jonathan Cleary sprechen. Sie leiten das Haus und das Programm."

„Ich habe kein Geld. Ich habe noch nicht einmal Arbeit. Ich kann nichts bezahlen."

„Du brauchst kein Geld. Bitte komm einfach. Weißt du, wo das Hanover House ist?"

„Ja, weiß ich. Es ist das wunderschöne Haus an der Meerenge. Ich könnte sofort losgehen ..."

Sadie schaute aus dem Fenster und sah, dass Matts Floristenlieferwagen gerade vor dem Haus hielt. Sie setzte dazu an, Tina zu sagen, dass gerade kein günstiger Zeitpunkt wäre, stockte dann aber. Wenn sie sie jetzt abwimmelte, könnte sie ihre Meinung ändern oder jemand anderes könnte sie zwingen, dort zu bleiben. Selbst eine Verzögerung von wenigen Stunden könnte ausreichen, sie wieder an die Drogen zu verlieren. „Ja, komm sofort ... Wenn du hier ankommst, wirst du feststellen, dass im Garten ziemlich viel los ist. Hier findet heute eine Hochzeit statt, aber sie beginnt erst um vier. Wenn dich jemand aufhält, sag ihm, dass du zu mir willst."

Das Mädchen schniefte. „Bist du sicher, dass ich sofort kommen kann? Vielleicht sollte ich noch etwas warten."

„Nein, warte nicht. Komm sofort, okay? Ich werde Ausschau nach dir halten."

Es gab eine lange Pause. „Okay, ich komme."

Kapitel 58

Blair stand im Schlafzimmer ihrer Eltern, und als sie zum Fenster hinausschaute, wurde ihr beinahe schwindelig. Bis jetzt war das Wetter herrlich. Kein Künstlerpinsel hätte so einen azurblauen Himmel malen können, der Ozean war ruhig, rollte sanft gegen die Küste und gab so flüsternd seine Zustimmung zu dem, was in Kürze hier stattfinden sollte.

Sie hoffte, dass Jonathans Entscheidung, die Straße zu sperren und so viele Stühle quer darüber hinweg bis zum Strand aufzustellen, richtig war. Denn wenn sie nicht alle besetzt würden, wäre das äußerst peinlich. Aber sie hatte das Gefühl, dass sie tatsächlich alle besetzt sein würden. Jedermann wollte sehen, wie der beliebteste Junggeselle der Stadt den Bund fürs Leben schloss, und sie würden versuchen, sie alle unterzubringen.

Blair schüttelte ihren Schleier wieder auf und legte ihn zurück aufs Bett. Sie war soeben frisiert und geschminkt worden. Und nun stand sie in ihrem Hochzeitskleid da und traute sich nicht, sich hinzusetzen, aus Angst, es zu zerknittern. Vielleicht hatte sie es zu früh angezogen.

Morgan saß auf der anderen Seite des Zimmers in einem Schaukelstuhl, stillte den kleinen Wayne und lächelte zu ihr hinauf. „Du siehst großartig aus."

Blair schaute in den Spiegel. „Diese Visagistin war gut. Sie hat die Narben beinahe vollständig abgedeckt." Beinahe. Das musste reichen. Der Schleier würde auf dem Weg zum Altar den Rest verdecken, doch nachdem er zurückgeschlagen war, konnte sie sie nicht mehr verstecken.

Aber das war nicht schlimm. Cade fand sie auf jeden Fall schön. Also war sie es auch.

Was würden ihre Mutter und ihr Vater darüber denken, dass

sie Cade heiratete? Beobachteten sie sie vom Himmel aus, strömten Freudentränen ihre Wangen hinab? Wenn sie nicht zusahen, so hoffte sie doch, dass sie es wenigstens wussten.

„Ich vermisse Mama und Papa", flüsterte sie. „Es ist nicht dasselbe ohne Mama, die viel Wirbel um mich gemacht und mir irgendwelche Geschichten von ihrem Hochzeitstag erzählt hätte. Und ohne Papa, der mich auf die Wange geküsst und mich zum Weinen gebracht hätte, bevor ich überhaupt vor den Traualtar trete. Sie sollten jetzt eigentlich hier sein, Morgan."

Die Augen ihrer Schwester füllten sich mit Tränen. Sie sah auf das kostbare kleine Baby hinab, das nun in ihren Armen schlief. „Sie hätten auch seinetwegen hier sein sollen. Aber wir haben es trotzdem durchgestanden, stimmt's?"

Blair nahm eins der Kissen vom Bett und hielt es an ihr Gesicht. Es hatte immer nach salziger Luft und einer Meeresbrise gerochen, nach dem Aftershave ihres Vaters, dem Shampoo ihrer Mutter. Aber jetzt konnte sie den Duft nicht mehr riechen. Er war längst verflogen. Die Erinnerungen, die dieser Raum hervorrief, waren eher in ihrem Herzen eingebrannt als in den Dingen, die ihre Eltern hinterlassen hatten. „Ich glaube, es ist an der Zeit, das Zimmer auszuräumen. Es ist doch verrückt, alles so zu lassen."

Morgan ließ ihren Blick über all die Gegenstände, die ihren Eltern gehört hatten, schweifen. Sie ging durchs Zimmer und blieb vor dem Wandschrank ihrer Mutter stehen. Die Schuhe ihrer Mutter standen noch aufgereiht auf dem Regalbrett, das ihr Vater gebaut hatte. Auf der einen Seite des Schranks hingen noch ihre Kleider und Hosenanzüge. In den Regalfächern darüber standen Sachen, die sie über die Jahre gesammelt hatten. Ein Weihnachtsbaum aus Porzellan mit Lite-Bright[7]-Lichtern, die in die Löcher passten. Ein paar Koffer. Zusätz-

---

7 Ein Spielzeug von 1967, eine Leuchtbox mit Löchern, in die man mit bunten Plastikstiften z. B. ein Wort, Bild oder Muster steckt, das dann erleuchtet wird. (Anmerkung der Übersetzer)

liche Kopfkissen. Ein altes Bügeleisen, das nicht mehr funktionierte. Eine Kiste mit Bildern und Papieren.

Blair folgte ihr und schaute sich ebenfalls um. Auf der anderen Seite war der Schrank ihres Vaters, in dem es ähnlich aussah. Seine Schuhe, auf dem Boden aufgereiht, sagten so viel über seine Gewohnheiten aus. Seine Gartenschuhe, an deren Sohlen noch Dreck klebte, seine Deckschuhe zum Bootfahren, seine Sonntagsschuhe zum Predigen, seine Sportschuhe zum Laufen. Solange sie sie unverändert stehen gelassen hatten, hatte es so ausgesehen, als würden sie noch mal wiederkommen und dort weitermachen, wo sie aufgehört hatten.

Aber Blair wusste es besser. „Irgendjemand kann all diese Schuhe und die Kleidung noch gebrauchen. Sie sind in gutem Zustand. Und Mama hatte einen guten Geschmack."

„Ich weiß nicht, ob ich das kann." Morgans Antwort klang angespannt, gepresst. „Es fällt mir so schwer."

„Ich werde dir dabei helfen. Wenn Cade und ich von Maui zurückkommen, können wir es zusammen machen."

Morgan schluckte. „Ich werde darüber nachdenken. Aber nicht heute." Sie blinzelte die Tränen, die in ihren Augen standen, zurück und legte das schlafende Kind in die Mitte des Betts. „Heute heiratest du. Und ich weiß, dass Mama und Papa nicht wollten, dass du an diesem Tag auch nur eine traurige Minute hast. Sie haben seit deiner Geburt für diesen Tag gebetet, und selbst wenn sie die ganze Welt abgesucht hätten, hätten sie keinen besseren Ehemann für dich finden können."

„Es ist zu schön, um wahr zu sein. Mama hätte das nicht geglaubt."

„Doch, das hätte sie. Ich denke, dass sie und Papa in ihren Herzen schon immer Cade für dich ausgesucht hatten. Papa und Cade standen sich so nahe. Erinnerst du dich noch daran, wie er ihn unter seine Fittiche genommen und belehrt hat? Es ist fast so, als hätte er gewusst, dass er ihn zu einem gottesfürchtigen Ehemann machen musste."

Blair blinzelte die Tränen zurück. „Dann sind sie also wirklich ein Teil des Ganzen hier."

„Natürlich sind sie das."

Blair ging zum Fenster und schaute wieder hinaus. Sie sah Sadie, bereits im Brautjungfernkleid, auf das Haus zugehen, ihren Arm um das Mädchen gelegt, das vorhin angerufen hatte. Sie war klein, dünn, und trug abgeschnittene Shorts und High Heels. Die Haare hingen ihr ins Gesicht und sie schaute verängstigt, als sie auf die Veranda zugingen.

„Das Mädchen ist da."

Morgan trat zu ihr und schaute ihr über die Schulter. „Sie ist tatsächlich gekommen."

„Sie ist noch ein Kind. Vermutlich eine Ausreißerin."

„Darum werden wir uns später kümmern. Ich denke, im Moment braucht sie einfach nur einen sicheren Ort abseits der Welt, in der sie bisher gelebt hat."

„Du willst sie also ohne Antrag aufnehmen?"

Morgan schaute sie nur an. „Sadie hat versprochen, ihr zu helfen. Was glaubst du, was Mama getan hätte?"

„Morgan!" Sie hörte Sadies Stimme die Treppe hinaufkommen.

Morgan öffnete die Tür. „Wir sind hier drin, Liebes."

Sadie trat in die Türöffnung. Bei Blairs Anblick legte sie die Hände aufs Gesicht und kicherte. „Oh, Blair! Das verschlägt mir den Atem."

Ihre Reaktion stärkte Blairs Selbstbewusstsein. Sie hoffte, dass Cade genauso empfinden würde.

„Hier ist jemand, den ich euch vorstellen möchte." Sie führte das Mädchen ins Zimmer. „Das ist meine Freundin Tina."

Tina sah aus, als würde sie am liebsten kehrtmachen und wegrennen. „Es tut mir leid. Ich wollte nicht hereinplatzen, während Sie sich fertig machen."

„Das ist schon in Ordnung“, antwortete Blair. „Ich habe noch über eine Stunde Zeit bis zur Hochzeit. Ich versuche nur, die Zeit totzuschlagen, bis der Fotograf auftaucht. Komm ruhig herein.“

Morgan nahm Tinas Hände. „Willkommen im Hanover House. Ich freue mich so, dass du gekommen bist. Ich weiß, was für ein großer Schritt das für dich war.“

Tina brach in Tränen aus, und Morgan zog sie in ihre Arme. „Oh, Liebes, weine doch nicht. Das ist dein Neuanfang. Wir haben im Moment zwar kein Zimmer frei, aber ich bin mir sicher, Sadie wird ihres gerne mit dir teilen, bis wir ein anderes für dich vorbereitet haben.“

Tina sah sie durch ihre Tränen hinweg an. „Wirklich? Sie lassen mich hier wohnen?“

„Hat Sadie dir nicht erzählt, dass wir hier sind, um Menschen wieder auf die Beine zu helfen? Jesus sagte, er sei gekommen, die zu verbinden, die gebrochenen Herzens sind, und den Gefangenen Freiheit auszurufen. Und wir wollen diese Aufgabe einfach fortsetzen. Für Gott bist du ein wertvoller Schatz, und wir werden dir helfen, dass du auch entsprechend strahlst.“

Sadie lachte und legte ihren Arm um Tinas Schultern. „Siehst du? Ich habe dir doch gesagt, dass sie dich aufnehmen werden. Und es wird Spaß machen, sich ein Zimmer zu teilen. Aber Morgan, welches Zimmer willst du für sie fertigmachen? Seitdem du das Kinderzimmer für den kleinen Wayne brauchst, ist hier oben kein Zimmer mehr frei. Willst du ihr Mrs. Herns Zimmer unten geben?“

„Nein, ich bringe sie hier oben unter.“ Morgan schaute Blair an, und Blair konnte den Frieden in ihren Augen erkennen. „Es ist an der Zeit, dass Jonathan und ich in dieses Zimmer hier umziehen. Dann wird unser Zimmer frei.“

Sadies Lächeln verblasste. „Bist du dir sicher?“

„Ja, ich bin mir sicher.“ Morgan schluckte heftig und wandte sich wieder ihrem Baby zu. Sie nahm es auf den Arm, als müsste sie sich an den Neuanfang klammern, der einen solchen Abschied von der Vergangenheit erst möglich machte. „So, Sadie, warum gehst du nicht und schaust mal nach, ob du bei deinen Sachen etwas findest, was Tina bei der Hochzeitsfeier tragen kann?"

Tina schüttelte den Kopf. „Oh, nein, das kann ich nicht. Es ist schon in Ordnung. Ich kann drinnen bleiben ..."

„Auf gar keinen Fall", unterbrach Sadie sie. „Du kommst jetzt mit mir."

Als die beiden Mädchen sie wieder allein ließen, richtete Morgan ihre tränenfeuchten Augen auf Blair.

„Da siehst du es. Mama *ist* immer noch hier. Man kann sie in dir erkennen, Morgan."

Mit ihrem freien Arm umarmte Morgan sie, so, wie ihre Mutter es getan hätte, und die Traurigkeit darüber, dass ihre Eltern fehlten, schien zu verblassen.

Kapitel 59

Eine Stunde später klopfte Melba Jefferson an die Schlafzimmertür und trat ein. Die beste Freundin ihrer Mutter sah aus, als würde sie jeden Moment in Tränen ausbrechen. „Oh, Liebes, du siehst wie eine Prinzessin aus. Ich weiß genau, dass deine Mama und dein Daddy im Himmel jetzt lächeln, dass sie außer sich sind vor Freude darüber, dass alles so gekommen ist, wie es ist. Aber nun ist es an der Zeit, dass die Hochzeitszeremonie beginnt, Liebes. Bist du bereit?“

Blair atmete tief ein. „Ich denke schon.“

Morgan nahm den Schleier auf. „Dann wollen wir dir den mal im Haar feststecken. Dreh dich um.“

Blair wandte sich zum Fenster um und schaute hinunter.

Der Hof war voller Gäste, Hunderte von Freunden nahmen ihre Plätze ein. Das Streichorchester der South University, das Cade engagiert hatte, hatte bereits begonnen zu spielen.

Aufregung machte sich in ihr breit. Es würde tatsächlich geschehen. Heute würde sie Cades Ehefrau werden.

* * *

Cade nahm seinen Platz an dem Altar ein, der extra für diesen Anlass von Horace Jenkins gebaut und aufgestellt worden war, und zupfte an seinem Kragen. Im Smoking war es an diesem warmen Tag unerträglich heiß, aber das war es ihm wert. *Danke, Gott, dass du uns einen solch großartigen Tag geschenkt hast*. Blair hatte das verdient. Die Gäste lächelten ihn an, und er begann, sich befangen zu fühlen. Er schielte zu Joe McCormick, seinem Trauzeugen, hinüber.

„Jetzt wünschst du dir wohl, du könntest einen Stepptanz aufführen, hm?“, murmelte er.

Cade lachte und wandte sich wieder der Menschenmenge zu. Manche Gäste waren noch dabei, sich einen Sitzplatz zu suchen, und die Mitglieder des Stadtrats, die auf eine Wiederwahl aus waren, machten die Runde, schüttelten Hände und politisierten, als fände diese Veranstaltung ihretwegen statt. Sarah Willifords Hut war so riesig, dass sie aussah, als würde sie abheben, sollte ein starker Wind aufkommen. Ihm taten diejenigen leid, die hinter ihr saßen.

Die Musik begann zu spielen, und er beobachtete amüsiert, wie alle zu ihren Plätzen eilten.

Die Polizeibeamten seiner Einheit, in Paradeuniform gekleidet, stellten sich den Gang entlang auf. Das Kinder-Polizeiauto wurde an das Ende des Gangs gebracht, und Sadie setzte Caleb hinein. Ihren kleinen Strauß in der einen Hand nahm sie das blumengeschmückte Seil, das an dem kleinen Auto befestigt war, in die andere und zog es vorsichtig den Gang entlang. Die Menge lachte leise, als der Kleine sich erst widersetzte, dann aber lachte, das Kissen mit den aufgenähten unechten Ringen fest umklammerte und wie ein Mitglied des Königshauses winkte.

Caleb war die Hauptattraktion der Show, dachte Cade. Zumindest so lange, bis die Braut erschiene.

Als sie vorne angekommen waren, hob Sadie Caleb aus dem Auto, nahm ihn an die Hand und stellte sich neben den Pavillon. Im Moment war Caleb noch folgsam, aber falls er anfinge zu stören, würde Melba Jefferson ihn wegbringen.

Sadies Kleid hatte die Farbe des Sonnenscheins, wunderschön vor der Kulisse des Ozeans, und sie hatte Blumen im Haar. Sie strahlte, und man konnte sich nicht vorstellen, dass es erst einen Monat her war, dass sie in einem Loch gefangen gehalten worden war. Cade erinnerte sich daran, wie er sie vor zwei Jahren gefunden hatte, zusammengeschlagen und am Strand schlafend. Sie hatte sich wirklich gemacht.

Danach kam Morgan, langsam schreitend und lächelnd, ebenfalls in einem gelben Kleid. Er hatte schon immer gefunden, dass die Frau seines besten Freundes wunderschön war, aber er musste zugeben, dass sie noch nie entzückender ausgesehen hatte als jetzt, da sie ein Baby hatte. Ihr Gesicht leuchtete vor Zufriedenheit und Freude, ihr Haar trug sie aufgesteckt, mit ein paar vereinzelten Locken, die sich auf ihre Schulter hinabringelten.

Schließlich wechselte die Musik und die Streicher leiteten in den berühmten Hochzeitsmarsch über.

Und dann kam sie. Er sah sie auf der anderen Seite der Straße, wie sie engelsgleich an Jonathans Arm aus dem Hanover House herausschwebte. Sie war wunderschön, strahlender, als er es sich je hätte vorstellen können, und er kämpfte dagegen an, einfach loszulaufen, sie hochzuheben und sie lachend auf seinen Armen zum Altar zu tragen. Aber er wusste, dass der Weg nach vorne wichtig für sie war. Es war der Weg, von dem jedes kleine Mädchen träumte.

Und Junge, Junge, wie sie ihn ging. Die Gäste erhoben sich, und er konnte hören, wie sie alle miteinander nach Luft schnappten, sobald Blair in Sichtweite kam. Tränen stachen ihm in den Augen, als sie den langen Gang hinunterschritt. So lange hatte er auf sie gewartet, und jetzt würde sie seine Frau werden. *Danke, Gott.*

Ihre Blicke trafen sich, als sie näherkam, und er konnte durch den Schleier sehen, dass Tränen in ihren Augen schimmerten. Sie hätte barfuß und in einem Frotteekleid den Gang entlangkommen können, und er hätte sie schön gefunden. Aber er würde für immer diesen Anblick von ihr im Gedächtnis behalten, in wallendem Weiß, mit diesem reinweißen Schleier, der ihre Schultern bedeckte, sie in Licht einrahmte ...

Als Jonathan sie zu ihm führte, nahm er ihre Hand. Jonathan schlug ihren Schleier zurück und küsste sie auf die Wange.

Dann trat er auf den Platz des Predigers und wandte sein Gesicht den Zuschauern zu.

Die Menge lachte leise über seine Doppelrolle.

„Wir sind hier zusammengekommen, um Matthew Cade und Blair Owens im heiligen Bund der Ehe zu vereinen ..."

Kapitel 60

Amelia und ihre Eltern kamen zu spät zur Hochzeit. Sie hatte ihre Meinung in letzter Minute geändert, obwohl Nates Komplize bis jetzt noch nicht gefasst worden war. Sie hatte sich jetzt einen Monat lang versteckt, aber sie sehnte sich danach, an der Hochzeit teilnehmen zu können. So viele der Einwohner von Cape Refuge hatten in der Zeit, als sie vermisst worden war, für sie gebetet, und sie war mit Karten und Briefen, in denen sie ihre Freude darüber ausdrückten, dass es ihr gut ging, überhäuft worden. Sie wollte diese Leute treffen und außerdem ihre Schwester und ihren kleinen Halbbruder in ihrer festlichen Hochzeitskleidung sehen. Es war ihr auf einmal ganz wichtig geworden.

Sie beschloss, dass sie sich bei so vielen Polizeibeamten sicher genug fühlen könnte. Sicherlich würde sich niemand auf der Hochzeit des Polizeichefs an sie heranwagen! Ihre Eltern willigten ein, sie zu begleiten, und so eilten sie alle nach Cape Refuge.

Blair war bereits zum Altar geschritten, als sie ankamen, und so gesellten sie sich zu der Menge der Leute, die ganz hinten stehen mussten. Caleb stand vorne neben Sadie. Er wand sich und versuchte, seine Hand aus ihrem Griff zu befreien. Er sah aus wie eine kleine Puppe und war in einen Mini-Smoking gekleidet, der ulkig unbequem aussah.

Sie beobachtete ihn, wie er an seiner Krawatte zerrte und versuchte, sie loszuwerden. Sadie flüsterte ihm etwas zu, aber ihre Worte schienen auf taube Ohren zu stoßen. Schließlich hielt sie in der Menge der Gäste nach jemandem Ausschau, und eine freundlich aussehende Frau kam nach vorne, hob ihn hoch und brachte ihn schnell weg.

Amelia war froh, dass sie hergekommen war. Sie lächelte bei

dem Bild, das sich ihnen bot, berührt von der Reinheit dieser Zeremonie und dem Beginn, den sie repräsentierte. Der Himmel war so blau und der Ozean so ruhig. Sadie war wunderschön, und die Polizeibeamten, die den Gang säumten, sahen in ihren Paradeuniformen schneidig aus. Blairs Kleid schien vom Titelbild eines Hochzeitsmagazins zu stammen, und Cade wirkte so glücklich wie nie zuvor.

Jonathan kam zu der Frage, die jede Hochzeitszeremonie unterbrach. „Wenn irgendjemand hier einen berechtigten Einwand hat, dass diese beiden nicht vereint werden sollten, so spreche er jetzt oder schweige für immer."

Es folgte ein Moment angespannter Stille, dann brach die Menschenmenge in Gelächter aus.

„Ich schätze, wir können weitermachen", sagte Jonathan mit einem Grinsen. Die Menge begann zu applaudieren.

Amelia hörte bewegt zu, wie die beiden sich das Eheversprechen gaben.

„Ich, Cade, nehme dich, Blair, als meine rechtmäßig angetraute Ehefrau an. Ich will dich lieben und dich ehren von diesem Tage an ..."

Hoffnung keimte in ihr auf. In den letzten Wochen, seit Jamies Tod und ihrer Gefangenschaft, hatte Amelia ein unterschwelliges Gefühl der Hoffnungslosigkeit und der Niedergeschlagenheit verspürt, als wäre ihre Uhr bereits abgelaufen. Zum ersten Mal seit einem Monat schaute sie über den heutigen Tag hinaus in eine Zukunft, in der sie die Braut war, die mit dem Mann, den Gott für sie bestimmt hatte, vor dem Altar stand. Würde dieser Tag kommen oder würde die Zeit in dem Loch, wo sie Nate auf Gnade und Ungnade ausgeliefert gewesen war, verhindern, dass sie jemals wieder einem Mann vertraute? *Nein*, dachte sie. Sie würde nicht zulassen, dass er ihr das wegnehmen würde.

„Ich, Blair, nehme dich, Cade, als meinen rechtmäßig angetrauten Ehemann an. Ich will dich lieben und dich ehren von diesem Tage an ..."

Sie kannte die beiden kaum, aber sie fühlte sich irgendwie als Teil ihres Bundes, als hätte sie allein dadurch, dass sie Zeugin davon war, Anteil an seinem Gelingen.

Jonathan erklärte Cade und Blair offiziell zu Mann und Frau und forderte Cade auf, die Braut zu küssen. Amelia hielt den Atem an, als er Blairs Gesicht in beide Hände nahm und sie so zärtlich küsste, dass ein „Ahhh" durch die Menge ging.

Dann wandten sie sich um und schauten ihre Freunde und Verwandten an.

„Meine Damen und Herren, ich darf Ihnen Mr. und Mrs. Matthew Cade vorstellen."

Die Menge brach in Beifall aus, und Amelia applaudierte ebenfalls, mitgerissen von der Freude, die sie umgab. Sie lachte, als Blair und Cade mit strahlenden Gesichtern den Gang entlang wieder zurückgingen.

Sie wartete, während Morgan und Sadie und dann die uniformierten Polizeibeamten ihnen folgten. Schließlich lud Jonathan alle zu dem Empfang im Garten hinter dem Haus ein.

Als die Leute aufstanden und begannen, aus den Sitzreihen herauszuströmen, hielt Amelia Ausschau nach Sheila. Sie entdeckte sie in ihrem Rollstuhl, ein Mädchen ging neben ihr her. Amelia blinzelte ins Sonnenlicht und versuchte sich zu erinnern, wo sie sie schon einmal gesehen hatte.

Das Mädchen drehte sich um und ihre Blicke trafen sich ... und da wusste sie es.

Es war Tina aus dem Flagstaff Motel.

Ihr Herz zog sich zusammen und ein Gefühl von Furcht bemächtigte sich ihrer.

„Liebling, ist alles in Ordnung mit dir?" Ihr Vater berührte ihren Arm. „Du siehst ein wenig blass aus."

Sie nickte. „Es geht mir gut. Ich habe nur ... gerade das Mädchen aus dem Flagstaff gesehen, von dem ich euch erzählt habe."

Ihre Eltern folgten ihrem Blick zu dem Mädchen, das neben Sheila herging. „Hast du Angst vor ihr?", fragte ihre Mutter.

„Dazu habe ich keinen Grund. Sie war nicht daran beteiligt. Es ist nur so, dass ... nun, sie war an diesem Tag dort."

Amelia beobachtete Sheila, wie sie über die Straße zu dem Empfang im Garten hinter dem Haus rollte. Sheila hatte sie bis jetzt nicht entdeckt, und Amelia dachte, das wäre vielleicht auch besser so, zumindest so lange Tina bei ihr war. Sie glaubte nicht, dass sie in der Lage wäre, mit dem Mädchen zu reden.

„Kommt, wir gehen Sadie suchen."

Ihr Vater nahm ihre feuchtkalte Hand und führte sie durch die Menschenmenge. Sie schaute sich nach Sadie um und wusste, sie würde sich besser fühlen, wenn sie ihre Schwester gefunden hätte.

* * *

Sadie erreichte den Garten und sah zu, wie Cade Blair herumwirbelte. „Sie hat mich tatsächlich *geheiratet*!", rief er den Hochzeitsgästen zu.

Alle lachten, während der Fotograf Bilder schoss.

Scott stellte sich neben Sadie. „Du siehst gut aus, Sadie. Die Braut war hübsch, aber du warst es, von der ich meine Augen nicht lassen konnte."

Sie lächelte. „Du siehst auch nicht schlecht aus." Sie umarmte ihn, doch dabei erblickte sie über seine Schulter hinweg Matt. Er grummelte, zweifellos war er nicht begeistert darüber, sie in Scotts Armen zu sehen. Sie machte sich von Scott los.

„Hey, Matt! Du und deine Familie, ihr habt das großartig gemacht mit den Blumen. Sie sind fantastisch. Ich würde so etwas nicht hinkriegen."

Matt warf Scott einen unfreundlichen Blick zu, dann beugte er sich zu Sadie hinunter, um sie zu umarmen. „Ich bin froh, dass sie euch gefallen."

Sie trat zurück, um ihn anzuschauen. „Du hast dich schön zurechtgemacht. Ich habe dich noch nie im Anzug gesehen."

„Du siehst auch hübsch aus. Aber ich bin mir sicher, dass ich nicht der Erste bin, der dir das sagt."

„Danke schön." Sie fühlte die Spannung zwischen den beiden Männern und wünschte, sie wüsste, wie sie damit umgehen sollte. Sie biss sich auf die Lippen und sah den Leuten entgegen, die um das Haus herumkamen. Als sie Amelia entdeckte, blieb ihr vor Überraschung der Mund offen stehen. „Meine Schwester ist gekommen! Amelia!"

Amelia schaute in Sadies Richtung. Sie hob ihre Hand und winkte ... dann erstarrte sie ...

* * *

Amelia hörte Sadie quer über den Rasen nach ihr rufen, hielt nach ihr Ausschau und entdeckte sie zwischen zwei Männern. Beide wandten sich zu ihr um.

Und dann sah sie ihn.

Den Mann, der an dem Abend, an dem sie entführt worden war, bei Nate gewesen war, derjenige, der sie mit Klebeband gefesselt, sie aus dem Auto gezerrt und zugesehen hatte, wie ihre beste Freundin erschossen worden war ...

Benommenheit überfiel sie, und ein Schrei entrang sich ihrer Kehle.

Kapitel 61

Der entsetzte Schrei übertönte die Menschenmenge. Cade wandte sich von seinen Gratulanten ab und ließ seinen Blick über die Gesichter der Gäste schweifen, um denjenigen zu entdecken, der ihn ausgestoßen hatte. Amelia wich hysterisch hinter die Leute zurück. „Er ist es!“

Blair schaute Cade an. „Der Komplize?“

Cade blickte zu McCormick hinüber und brüllte: „Sperr das Gelände ab! Lass niemanden raus.“

„Jeder bleibt da, wo er ist!“, rief McCormick laut. „Setzen Sie sich bitte an den nächstgelegenen Tisch.“

Aber niemand hörte auf ihn. Alle reckten die Hälse, um mitzubekommen, was Amelia so in Panik versetzt hatte.

* * *

Sadie schaute sich um. Was ging hier vor? Eben hatte Amelia ihr noch lächelnd zugewunken und im nächsten Moment schrie sie auf.

„Er ist es! Du *Monster*! Du hast meine beste Freundin umgebracht!“

Als ihr die Bedeutung der Worte bewusst wurde, trat Sadie auf Amelia zu. „Wer? Amelia, wer ist es?“

„*Er!*“ Aber die Menge verdeckte ihr die Sicht, sodass Sadie nicht erkennen konnte, auf wen sie zeigte.

Amelias Schreie kletterten eine Oktave höher. „Haltet ihn auf! Er entkommt!“ Sie kämpfte sich durch die Menschenmenge.

Sadie drehte sich um und sah Scott davonrennen. Ihr Herzschlag setzte für einen Moment aus. War er es? Von Grauen gepackt beobachtete sie, wie er weglief.

Aber dann sah sie Matt Frazier, der sich kurz vor ihm durch die Menschenansammlung drängte, die das Haus umgab. Scott ... verfolgte *ihn*.

„Matt Frazier!“, schrie Sadie. „Es muss Matt sein!“

Matt sprang in seinen Lieferwagen, der am Rand des Grundstücks parkte, und fuhr los. Eine Staubwolke aufwirbelnd steuerte er auf die Leute zu.

Die Menge teilte sich und Menschen schrien auf, als er hindurchfuhr.

Sadie drehte sich zu Cade um. Er war bereits losgerannt.

Kapitel 62

In dem Moment, als Cade in seinen Polizeiwagen sprang und Matt hinterherfuhr, raffte Blair ihr langes Kleid hoch, riss dem Fotografen die Kamera aus der Hand und lief zu ihrem eigenen Auto.

„Blair, du kannst ihnen nicht hinterherfahren!“, schrie Morgan. „Er könnte eine Waffe haben. Du könntest angeschossen werden!“

„Ich komme schon klar“, rief Blair zurück.

„Aber dein Hochzeitskleid! Du wirst es ruinieren!“

„Nein, das werde ich nicht.“ Sie warf ihren Tüllschleier über die Schulter zurück und stieg ins Auto.

Morgan stellte sich vor den Wagen, um sie aufzuhalten. „Bitte, Blair, steig aus dem Auto aus!“

Als Blair den Motor startete und zurücksetzte, um ihr auszuweichen, drehte Morgan sich zu Jonathan um, der auf sie zugerannt kam. „Jonathan, halte du sie auf!“

„Du müsstest es doch eigentlich besser wissen. Das Einzige, das wir tun können, ist, mit ihr zu fahren.“

Er griff nach der Autotür und riss sie auf. „Warte, Blair. Ich komme mit. Los, komm schon, Morgan.“

Morgan sprang auf den Beifahrersitz, dann fuhren sie los. „Du bist verrückt, weißt du das? Cade wird nichts passieren, er ist ein Profi. Er hat es nicht nötig, dass du ihm hinterherfährst, wenn er einen Kriminellen verfolgt.“

„Irgendjemand muss doch darüber berichten“, erwiderte Blair, während sie fuhr. „Und das kann ich dann gleich selbst machen.“

Kapitel 63

Matt wollte die Kurve zum Ocean Boulevard, zurück Richtung Hanover House nehmen, merkte dann aber, dass er umzingelt war. Polizeiautos umgaben ihn von drei Seiten, und an der vierten war nichts als der Ozean.

Anstatt seinen Lieferwagen anzuhalten und sich zu ergeben, bog er auf den Parkplatz des South Beach Piers ein, fuhr bis ans Ende und weiter auf den Sand. Dann schnellte er aus dem Wagen und rannte den langen Pier hinunter.

Cade sprang aus seinem Auto und lief ebenfalls los. Er hörte hinter sich weitere Schritte, die über die Planken stampften.

Matt zog eine Waffe, schwenkte sie umher und drohte damit, sie zu benutzen, falls ihm jemand zu nahe kommen sollte. Er erreichte das Ende des Piers, drehte sich um und richtete die Waffe mit beiden Händen haltend auf seine Verfolger.

„Keinen Schritt näher!“, schrie er. „Bleibt zurück oder ich bringe euch alle um. Ich habe nichts zu verlieren! Ich werde nicht für zwei Morde in den Knast gehen, die ich nicht einmal begangen habe!“

Cade stand ein paar Meter von ihm entfernt, die eigene Waffe mit ausgestreckten Armen auf den jungen Mann gerichtet. „Wir wissen, dass du nur der Komplize warst, Matt. Wir wissen, dass du nicht den Abzug betätigt hast. Wenn du dich jetzt ergibst, werden die Geschworenen das positiv berücksichtigen.“

„Ich verlasse mich nicht auf die Geschworenen! Sie werden es nicht verstehen!“ Er weinte wie ein verängstigtes Kind. „Ich habe nie vorgehabt, es so weit kommen zu lassen. Ich habe nur versucht, meinem Cousin zu helfen! Er hat Emily getötet. Er hatte Crystal Meth genommen und kam zu ihr an den Imbissstand. Als sie ihn abgewiesen hat, wurde er gewalttätig, wie immer, und zwang sie, mit ihm zu kommen. Nachdem er sie umgebracht hatte, kam er in Panik zu mir und flehte mich an, ihm zu helfen, die Leiche zu beseitigen. Das Boot war die einfachste Lösung, und ich hatte so etwas erst vor Kurzem in einem von Marcus Gibsons Romanen gelesen. Aber ich hätte ihm nicht helfen dürfen!"

„Die Geschworenen werden sich das anhören, Matt. Mach es nur nicht noch schlimmer. Lass die Waffe jetzt fallen."

Matt schüttelte den Kopf. „Und dann habe ich ihn im Flagstaff aufgesucht, um ihn zu überreden, sich in Behandlung zu begeben, weil die Sache aus dem Ruder lief. Wir haben uns gestritten und ich habe ihm gesagt, dass er mich durch seine blöde Abhängigkeit da mit hineingezogen hat. Ich habe ihm gedroht, ihn anzuzeigen. Und dann hat er mich gewarnt, dass ich ebenfalls in den Knast komme, wenn ich ihn auffliegen lassen würde, weil ich ihm geholfen habe. Aber die Mädchen ... sie haben alles mitbekommen, und wir konnten das Risiko nicht eingehen, dass sie uns anzeigen."

„Also habt ihr sie entführt, um sie zum Schweigen zu bringen?"

„Es ging alles so schnell. Ich bin in Panik geraten, und dann hat Nate gesagt, wir müssten sichergehen, dass sie nichts verraten. Ich habe nicht weit genug gedacht, um zu begreifen, was das bedeutete. Ich wusste nur, dass ich nicht ins Gefängnis gehen wollte. Aber nachdem wir sie ins Auto geschafft und zum Grundstück seines Großvaters gebracht hatten, hat eins der Mädchen versucht wegzulaufen, und er hat sie erschossen. Danach wollte ich nichts mehr damit zu tun haben. Aber ich steckte schon zu tief drin."

„Dann hast du selbst also niemanden ermordet? Wenn das wahr ist, Matt, werden Amelia und Sadie das den Geschworenen bestätigen. Es wird möglicherweise nicht einmal zu einer Mordanklage kommen."

„Lügen Sie mich nicht an! Ich weiß, wie es vor Gericht läuft!

Ihr werdet mich damit nicht ungestraft davonkommen lassen!“ Er hielt seine Waffe weiter auf Cade gerichtet, während er rückwärts auf das Geländer am Ende des Piers zuging. Er zog sich daran hoch und schwang ein Bein hinüber.

Er wollte springen.

Cade hörte hinter sich, wie McCormick in sein Funkgerät sprach und die Küstenwache anforderte.

Und dann hielt Matt sich die Waffe an den Kopf.

„Tu es nicht“, schrie Cade. „Matt, Selbstmord ist keine Lösung. Nimm die Waffe runter.“

„Das kann *Ihnen* doch egal sein. Das spart nur das Geld der Steuerzahler. Und ich bekomme das, was ich verdient habe, und muss keinen Prozess über mich ergehen lassen.“

Auf einmal tat der Junge Cade leid. „Es ist mir aber nicht egal, Matt. Du bist in etwas hineingeraten, das du nicht mehr unter Kontrolle hattest. Du bist kein hoffnungsloser Fall.“

„Wirklich nicht? *Ich* war doch derjenige, der Ihnen die Schuld in die Schuhe schieben wollte! Als Sie an dem Samstag in unserem Blumenladen waren, um die Rosen für den Heiratsantrag zu kaufen, habe ich gehört, wie Sie meinem Vater von Ihren Plänen erzählt haben.“

Cade schob sich näher heran und versuchte, ihn dazu zu bringen, weiterzusprechen. „Also hast du Jamie zum Breaker’s Reef gebracht?“

„Nein! Habe ich nicht. Aber ich habe es Nate vorgeschlagen, und er hat es dann getan. Er dachte, das würde alle durcheinanderbringen, und war ganz begeistert von dem Gedanken, den Polizeichef in die Sache zu verwickeln. Das Einzige, was ich getan habe, war, Gibsons Computer zu hacken, um ihn ebenfalls verdächtig zu machen. Ich dachte mir, je mehr Verdächtige es gäbe, desto unwahrscheinlicher wäre es, dass sie irgendetwas davon bis zu mir zurückverfolgen könnten.“

Während er sprach, richtete Matt den Lauf der Waffe auf seinen Hals. Cade kam zwei Schritte näher.

„Du hast ganze Arbeit geleistet. Wir hätten dich niemals verdächtigt. Die Initialen *SC* haben uns verwirrt."

„Scott Crown." Matt lächelte bitter. „Er hat es verdient. Er hat Sadie nachgestellt, als sie so verletzlich war ..."

Das war es also. Matt war keineswegs das unschuldige Opfer, als das er sich selbst sah. Er hatte die tödliche Situation einfach zu seinem Vorteil ausgenutzt.

„Du hast dir damit keinen Gefallen getan, Matt, aber du kannst es überstehen. Lass die Waffe fallen. Lass einfach die Waffe fallen."

Als Cade noch näherkam, senkte Matt die Waffe ...

... und schleuderte sie dann auf den Boden.

Während Matt einen Kopfsprung ins Wasser machte, schnappte Cade sich die Waffe.

Dann rannte er zum Geländer und schaute darüber hinweg in die Brandung hinab. Matt schwamm raus ins Tiefe ... direkt auf die Boote der Küstenwache zu, die ihm entgegenrasten. Binnen weniger Minuten hatten sie ihn umringt, und Taucher sprangen ihm nach, ergriffen ihn und zogen ihn aus dem Wasser ins Boot hinein, wo er überwältigt wurde.

Cade stieß einen Seufzer der Erleichterung aus. Es war vorbei.

Er wischte sich den Schweiß von der Stirn und drehte sich zu McCormick um, um ihm die Hand zu schütteln. „Gute Arbeit, Jungs", sagte er zu den anderen Beamten.

Trotz der Menge der Polizeibeamten, die auf dem Pier standen, entdeckte er am Eingang des Piers seine Braut in Brautkleid und Schleier, die mit einer großen, klobigen Kamera, die er noch nie gesehen hatte, Fotos schoss. *Sie erledigt ihren Job*, dachte er mit einem Grinsen. Sie hielt die Story für ihre Zeitung fest und war entschlossen, einen Exklusivbericht darüber zu bringen. Ob sie wohl vorhatte, ihre Hochzeitsnacht damit zu verbringen, eine Sonderausgabe herauszubringen?

Oh nein. Nicht, wenn *er* es verhindern konnte.

Er richtete seine Krawatte, strich sein Haar zurück und kämpfte sich durch die Menschenmenge. „Bitte entschuldigt mich, Leute. Mrs. Cade und ich haben einen geschäftlichen Termin."

Und bevor Blair protestieren konnte, hatte er sie schon hochgehoben. Sie lachte, legte einen Arm um seinen Hals und drückte Jonathan die Kamera in die Hand. „Mach ein Foto davon, Jonathan. Das wird ein großartiges Titelbild."

Cade lachte und trug sie zum Polizeiwagen, wo Scott Crown stand. „Fahren Sie uns zurück zu unserer Hochzeitsfeier?"

Crown lachte. „Selbstverständlich, Chief. Ich fühle mich geehrt."

McCormick eilte herbei und öffnete die hintere Tür. Cade setzte Blair ab, stieg ein und zog sie auf seinen Schoß. „Von hier ab übernehmen wir, Cade." McCormicks Grinsen zerriss beinahe sein Gesicht. „Mach dir keine Sorgen."

Scott schaltete die Sirene und das Blaulicht ein und fuhr die etwa eine Meile kurze Strecke den Ocean Boulevard zurück, gefolgt von Blairs Auto mit Jonathan und Morgan, bis zum Hanover House, wo die Gäste warteten.

„Also ..." Blair schaute Cade tief in die Augen. „Erzähl mir jedes einzelne Wort, das Matt gesagt hat. Ich konnte nicht nahe genug herankommen, um etwas zu verstehen."

Cade grinste. „Wenn ich so weit bin, eine Pressekonferenz einzuberufen, bist du die Erste, die das erfährt."

Die Gäste jubelten, als Scott das Auto um die Absperrung herum bis auf den Rasen vor dem Hanover House fuhr.

Cade stieg aus und zog Blair mit sich. „Wir haben alles unter Kontrolle. Der Täter wurde verhaftet und ist in Gewahrsam. Und jetzt habe ich vor, meine Hochzeit zu feiern."

Applaus wogte durch die Menge und das Streichorchester begann wieder zu spielen.

Cade küsste Blair. „Ich liebe Sie, Mrs. Cade."

Ihr freudiges Lächeln wurde immer breiter. „Ich liebe dich auch. Ich glaube, ich habe dich immer geliebt."

„Willst du mit mir tanzen?"

Sie nahm seine Hand und ließ sich von ihm an sich ziehen, und dann begannen sie ihren ersten Tanz als Mann und Frau. Sie vergaßen alles um sich herum. Es gab nur sie beide.

„Was für ein perfekter Tag." Blair seufzte. „Eine Hochzeit und ein aufgeklärtes Verbrechen innerhalb einer Stunde. Dazu noch Fotos von beidem."

„Bleib einfach bei mir, Schatz, und dein Leben wird nie langweilig sein."

Ihr Lachen wurde vom Wind davongetragen und brachte die Hochzeitsgäste zum Lächeln.

Und Cade fühlte die Freude des größten Gastes von allen, der auf die Verbindung herablächelte, die Er selbst bewirkt hatte.

Nachwort

Ich wünschte, ich gehörte zu jenen Leuten, die ihr Leben nach Gottes gutem Plan für sie gelebt haben. Doch mein freier Wille stand mir oft im Weg und hat mir eine Menge Kummer bereitet, der seinen hässlichen Kopf mit beängstigender Beharrlichkeit immer wieder erhebt. Dann lese ich die Worte, die Paulus in Philipper 3,13-14 schrieb: „Eins aber tue ich: Vergessend, was dahinten, und mich ausstreckend nach dem, was vorn ist, jage ich, das Ziel anschauend, hin zu dem Kampfpreis der Berufung Gottes nach oben in Christus Jesus." Und trotzdem ertappe ich mich andauernd dabei, wie ich in den Rückspiegel meines Lebens schaue und Dinge durcharbeite, die ich anders hätte machen sollen, und mich frage, wie unterschiedlich manches gelaufen wäre, wenn ich es tatsächlich anders gemacht hätte.

Ich beurteile die Wege, die ich gegangen bin und die Entscheidungen, die ich getroffen habe, mit dem kritischen Auge eines Anklägers, der fest entschlossen ist, den Fall zu gewinnen. Ich klage mich selbst an, verurteile mich und bestrafe mich – und das alles gleichzeitig. Ich gehe meine Fehler in der Erziehung meiner Kinder mit dem Geschick eines Staatsanwalts durch. Ich war zu nachsichtig, zu streng; habe sie zu sehr verwöhnt, habe ihnen etwas vorenthalten, das sie gebraucht hätten; ich war naiv, ich war argwöhnisch; ich habe ihnen zu viele Freiheiten gelassen, ich habe ihnen nicht genug Freiraum gegeben. Und dann ist da meine Scheidung, und mein Schreiben, und die Menschen, die ich gekränkt oder verletzt habe, oder diejenigen, die ich nicht genug anerkannt oder gewürdigt habe ...

Ich wache nachts auf und gehe diese Dinge in Gedanken durch, frage Gott, wie er mir irgendetwas davon jemals vergeben kann, wenn ich doch im Vergleich zu so vielen guten Menschen, die ich kenne, ein solcher Schuft bin. Wie kann Gott einen Versager wie mich benutzen? Wie kann er nur auf meinen faulen, langsam lernenden Geist bauen?

Meine Freundin Nell hat dieselben Gedanken, spät nachts, wenn sie wach auf ihrer 15 Zentimeter dicken Matratze liegt, die ihr von der Strafvollzugsbehörde zur Verfügung gestellt wurde. Sie ist wegen Drogendelikten seit vierzehn Jahren im Gefängnis, schon seit ihre Kinder klein waren. Sie sind ohne ihre Mutter aufgewachsen. Wenn irgendjemand einen Grund hat, etwas zu bereuen, dann sie.

Sie schaut dreizehn Monate weiter in die Zukunft, auf ihr Entlassungsdatum, und weiß, dass sie nicht in der Lage sein wird, sich sofort in ihre Familie und in ihr Leben einzufinden. Sie kann sich die Jahre, die ihre Drogenabhängigkeit sie gekostet haben, nicht zurückholen. Aber in der Zeit, in der sie inhaftiert war, hat sie viel über die Vergebung, die in Jesus Christus zu finden ist, gelernt und wurde über die Nachfolge Christi belehrt und von Menschen betreut, die sie lieben, weil Jesus Christus sie liebt. Ihr Glaube hatte Zeit, tiefe Wurzeln zu schlagen, und sie ist zu so etwas wie einer Missionarin unter ihren Mitinsassinnen geworden.

Sie schaut auf die letzten vierzehn Jahre zurück und dankt Gott für alle Leiden und für die Lektionen, die sie gelernt hat, weil sie dadurch ein neues Leben bekommen hat und in einen neuen Menschen verwandelt worden ist. Anstatt die Hände über dem Kopf zusammenzuschlagen, dass ihre Kinder ohne sie aufgewachsen sind, betet sie aufrichtig für sie und liest ihnen am Telefon Bibelstellen vor. Bei den gelegentlichen Besuchen spricht sie mit ihnen über das, was der Herr in ihrem Leben wirkt. Sie freut sich auf den Tag, an dem ihre Söhne heiraten und selbst Kinder haben werden. „Ich konnte meine Jungs nicht selbst aufziehen“, sagt sie, „aber ich werde die beste Großmutter sein, die du je gesehen hast!“

Nell hat die Lektion des Vorwärtsjagens ohne zurückzuschauen gelernt. Sie ist ein ergreifendes Vorbild für mich.

Der Apostel Petrus hat diese Lektion ebenfalls gelernt. Nach dem Passahmahl, das wir oft das letzte Abendmahl Christi nennen, schaute Jesus Petrus an. „Simon, Simon!“, sagte er. „Siehe, der Satan hat begehrt, euch zu sichten wie den Weizen. Ich aber habe für dich gebetet, damit dein Glaube nicht aufhöre; und du, bist du einst umgekehrt, so stärke deine Brüder.“ (Lukas 22, 31-32)

Da wusste Petrus noch nicht, dass er nur ein paar Stunden später Jesus Christus dreimal verleugnen würde. Aber Jesus wusste es. Und glaubst du nicht auch, dass Jesu Worte ihm den Rest seines Lebens immer und immer wieder durch den Kopf gingen? Jesus hatte ihm bereits vor der Verleugnung gesagt, dass er versagen würde, aber nachdem er Buße getan hatte, war es an der Zeit, weiterzumachen und Seinem Ruf zu folgen. Jesus hatte nicht gesagt: „Petrus, du wirst es in ein paar Stunden so richtig vermasseln. Erst wirst du Fersengeld geben und weglaufen, und dann wirst du Stein und Bein schwören, dass du mich überhaupt nicht kennst. Und das ist eine Schande, denn du hattest so viel Potenzial, aber du wirst mir danach nicht mehr von Nutzen sein können.“ Stattdessen hat Er Petrus’ aufrichtige Buße vorausgesehen und ihn daran erinnert, dass Sein Ruf unverändert gälte, wenn er umkehrte. Und seit zweitausend Jahren stärkt Petrus seine Brüder nun bereits durch seine Briefe im Neuen Testament und erinnert uns daran, dass man nicht vorwärtsgehen kann, wenn man ständig zurückschaut.

Ich mache mir bewusst, dass Gott die Kontrolle über das ganze Universum hat und dass die Fehler in meiner Vergangenheit, auch wenn sie mir dramatisch erscheinen, Gottes Plan nicht irreparabel zerstört haben. Gott ist souverän, und Seine Pläne können nicht durch jemanden wie mich vereitelt werden. Er kann die Löcher, die meine Fehler gerissen haben, ausfüllen, meine Kinder das lehren, was ich vergessen habe, ihnen beizubringen, wiederherstellen, was ich zerstört habe, wiederaufbauen, was ich niedergerissen habe, zurückkaufen, was ich verkauft habe.